김우창 金禹昌

1936년 전라남도 함평 출생. 서울대학교 문리과대학 정치학과에 입학해 영문학과로 전과했다. 미국 오하이오 웨슬리언대학교를 거쳐 코넬대학교에서 영문학 석사 학위를, 하버드대학교에서 미국문명사 박사 학위를 취득했다. 서울대학교 영문학과 전임강사, 고려대학교 영문학과 교수와 이화여자대학교 학술원 석좌교수를 지냈으며 《세계의 문학》 편집위원, 《비평》 편집인이었다. 현재 고려대학교 명예교수, 대한민국예술원 회원으로 있다.

저서로 『궁핍한 시대의 시인』(1977), 『지상의 척도』(1981), 『심미적 이성의 탐구』(1992), 『풍경과 마음』(2002), 『자유와 인간적인 삶』(2007), 『정의와 정의의 조건』(2008), 『깊은 마음의 생태학』(2014) 등이 있으며, 역서 『가을에 부쳐』(1976), 『미메시스』(공역. 1987), 『나, 후안 데 파레하』(2008) 등과 대담집 『세 개의 동그라미』(2008) 등이 있다. 서울문화예술평론상, 팔봉비평문학상, 대산문학상, 금호학술상, 고려대학술상, 한국백상출판문화상 저작상, 인촌상, 경암학술상을 수상했고, 2003년 녹조근정훈장을 받았다.

사물의 상상력과
미술

사물의 상상력과
미술

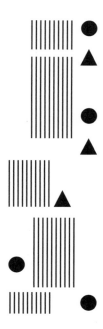

김우창 전집

9

민음사

간행의 말

　1960년대부터 글을 발표하기 시작한 김우창은 문학 평론가이자 영문학자로 글쓰기를 시작하여 2016년 현재까지 50년에 걸쳐 활동해 온 한국의 인문학자이다. 서양 문학과 서구 이론에 대한 광범위한 천착을 한국 문학에 대한 깊은 관심과 현실 진단으로 연결시킨 김우창의 평론은 한국 현대 문학사의 고전으로 읽히고 있다. 우리 사회의 대표적 지성으로서 세계의 석학들과 소통해 온 그의 이력은 개인의 실존적 체험을 사상하지 않은 채, 개인과 사회 정치적 현실을 매개할 지평을 찾아 나간 곤핍한 역정이었다. 전통의 원형은 역사의 파란 속에 흩어지고, 사회는 크고 작은 이념 논쟁으로 흔들리며, 개인은 정보 과잉 속에서 자신을 잃고 부유하는 오늘날, 전체적 비전을 잃지 않으면서 오늘의 구체로부터 삶의 더 넓고 깊은 가능성을 모색하는 김우창의 학문은 우리가 믿고 의지할 수 있는 소중한 자산의 하나가 아닌가 한다. 그리하여 간행 위원들은 그 모든 고민이 담긴 글을 잠정적이나마 하나의 완결된 형태로 묶어 선보여야 할 필요성을 절감했다. 이것이 바로 이번 김우창 전집이 기획된 이유이다.

김우창의 원고는 그 분량에 있어 실로 방대하고, 그 주제에 있어 가히 전면적(全面的)이다. 글의 전체 분량은 새로 선보이는 전집 19권을 기준으로 약 원고지 6만 5000매에 이른다. 새 전집의 각 권은 평균 700∼800쪽가량인데, 300쪽 내외로 책을 내는 요즘 기준으로 보면 실제로는 40권에 달한다고 봐야 할 것이다. 이 막대한 분량은 그 자체로 일제 시대와 해방 전후, 6·25 전쟁과 군부 독재기 그리고 세계화 시대에 이르기까지 한국 현대사를 따라온 흔적이다. 김우창의 저작은, 그의 책 제목을 빗대어 말하면, '정치와 삶의 세계'를 성찰하고 '정의와 정의의 조건'을 탐색하면서 '이성적 사회를 향하여' 나아가고자 애쓰는 가운데 '자유와 인간적인 삶'을 갈구해 온 어떤 정신의 행로를 보여 준다. 그것은 '궁핍한 시대'에 한 인간이 '기이한 생각의 바다'를 항해하면서 '보편 이념과 나날의 삶'이 조화되는 '지상의 척도'를 모색한 자취로 요약해도 좋을 것이다.

2014년 1월에 민음사와 전집을 내기로 결정한 후 5월부터 실무진이 구성되어 본격적인 활동을 시작했다. 방대한 원고에 대한 책임 있는 편집 작업은 일관된 원칙 아래 서너 분야, 곧 자료 조사와 기록 그리고 입력, 원문 대조와 교정 교열, 재검토와 확인 등으로 세분화되었고, 각 분야의 성과는 편집 회의에서 끊임없이 확인, 보충을 거쳐 재통합되었다.

편집 회의는 대개 2주마다 한 번씩 열렸고, 2016년 8월 현재까지 42차례 진행되었다. 이 회의에는 김우창 선생을 비롯하여 문광훈 간행 위원, 류한형 간사, 민음사 박향우 차장, 신새벽 대리가 거의 빠짐없이 참석했다. 이 회의에서는 그간의 작업에서 진척된 내용과 보충되어야 할 사항에 대해 서로 의견을 교환했고, 다음 회의까지 무엇을 해야 할지를 결정했다. 일관된 원칙과 유기적인 협업 아래 진행된 편집 회의는 매번 많은 물음과 제안을 낳았고, 이것들은 그때그때 상호 확인 속에서 계속 보완되었다. 그것은 개별 사안에 대한 고도의 집중과 전체 지형에 대한 포괄적 조감 그리고 짜임새 있는 편성력을 요구하는 일이었다. 이렇게 19권의 전체 목록은 점차 뚜렷한 윤곽을 잡아 갔다.

　자료의 수집과 입력 그리고 원문 대조는 류한형 간사를 중심으로 서울대학교 국어국문학과 대학원의 천춘화 박사, 김경은, 허선애, 허윤, 노민혜, 김은하 선생이 해 주셨다. 최근 자료는 스캔했지만, 세로쓰기로 된 1970년대 이전 자료는 직접 타자해야 했다. 원문 대조가 끝난 원고의 1차 교정은 조판 후 민음사 편집부의 박향우 차장과 신새벽 대리가 맡았다. 문광훈 위원은 1차로 교정된 이 원고를 그동안 단행본으로 묶이지 않은 글과 함께 모두 검토했다. 단어나 문장의 뜻이 불분명한 경우에는 하나도 남김없이 김우창 선생의 확인을 받고 고쳤다. 이 원고는 다시 편집부로 전해져 박향우 차장의 책임 아래 신새벽 대리와 파주 편집팀의 남선영 차장, 김남희 과장, 박상미 대리, 김정미 대리, 김연정 사원이 교정 교열을 보았다.

　최선을 다했으나 여러 미비가 있을 것이다. 독자 여러분들의 관심과 질정을 기대한다.

2016년 8월
김우창 전집 간행 위원회

일러두기

편집상의 큰 원칙은 아래와 같다.

1 민음사판 『김우창 전집』은 1964년부터 2014년까지 한국어로 발표된 김우창의 모든 글을 모은 것이다. 외국어 원고는 제외하되, 『풍경과 마음』의 영문판은 포함했다.(12권)

2 이미 출간된 단행본인 경우에는 원래의 형태를 존중하였다. 그에 따라 기존 『김우창 전집』(전 5권, 민음사)이 이번 전집의 1~5권을 이룬다. 그 외의 단행본은 분량과 주제를 고려하여 서로 관련되는 것끼리 묶었다.(12~16권)

3 단행본으로 나온 적이 없는 새로운 원고는 6~11권, 17~19권으로 묶었다.

4 각 권은 모두 발표 연도를 기준으로 배열하였고, 이렇게 배열한 한 권의 분량 안에서 다시 주제별로 묶었다. 훗날 수정, 보충한 글은 마지막 고친 연도에 작성된 것으로 간주하여 실었다. 예외로 자전적 글과 수필을 묶은 10권 5부와 17권 4부가 있다.

5 각 권은 대부분 시, 소설에 대한 비평 등 문학에 대한 논의 이외에 사회, 정치 분석과 철학, 인문 과학론 그리고 문화론을 포함한다.(6~7권, 10~11권) 주제적으로 아주 다른 글들, 예를 들어 도시론과 건축론 그리고 미학은 『도시, 주거, 예술』(8권)에 따로 모았고, 미술론은 『사물의 상상력과 미술』(9권)으로 묶었다. 여기에는 대담/인터뷰(18~19권)도 포함된다.

6 기존의 원고는 발표된 상태 그대로 싣는 것을 원칙으로 삼아 탈오자나 인명, 지명이 오래된 표기일 때만 고쳤다. 단어나 문장의 의미가 불분명한 경우에는 저자의 확인을 받은 후 수정하였다. 단락 구분이 잘못되어 있거나 문장이 너무 긴 경우에는 가독성을 위해 행 조절을 했다.

7 각주는 원문의 저자 주이다. 출전에 관해 설명을 덧붙인 경우에는 '편집자 주'로 표시하였다.

8 맞춤법과 외래어 표기는 국립국어원 규정에 따르되, 띄어쓰기는 민음사 자체 규정을 따랐다. 한자어는 처음 1회 병기하는 것을 원칙으로 하고, 문맥상 필요하다고 판단되는 경우 여러 번 병기하였다.

본문에서 쓰인 기호는 다음과 같다.

　　책명, 전집, 단행본, 총서(문고) 이름: 『 』

　　개별 작품, 논문, 기사: 「 」

　　신문, 잡지: 《 》

영상과 장소

박재영의 설치 미술에 대한 반성

이 글은 1996년 10월 9일과 10일 베를린의 세계 문화의 집(Haus der Kulturen der Welt)에서 개최된 '영상의 장소(Der Ort der Bilder)'라는 제목의 토론회에서 발표한 것이다. 이 토론회는 원래 박재영 씨의 설치 작품을 중심으로 계획된 것이었다. 그러나 물론 토의는 여러 가지 현대 미술의 문제들을 포함하는 것이 되었다. 박재영 씨의 설치는 아래 본문에서 설명하듯이 여러 곳에서 여러 차례에 걸쳐 조금씩 형태를 달리하여 세워진 것이었지만, 베를린에서는 세계 문화의 집의 입구에 세워져서, 이 토론회 외에도 다양한 행사가 열리고 있는 세계 문화의 집의 출입자들이 자유로이 관람할 수 있었다. 이 설치에서도 다른 곳에서나 마찬가지로 석고 조각품들이 중심이 되었지만, 그 외에 석고 파편들을 마루의 여기저기에 놓아두고 공중에 설치한 비디오카메라가 이 파편들 위에 서울의 모습을 비롯한 여러 영상들을 동적으로 비추게 했다.

박재영, 「Nur der Mensch ist der ort der Bilder」(1999)

설치 제작자 박재영 씨는 한국계 독일 미술가이다. 그는 1958년 서울에서 태어나 1966년에 어머니를 따라 뮌헨으로 이민 간 후, 뮌헨 미술 아카데미에서 수업하였다.(1979~1984) 뮌헨, 쾰른, 슈투트가르트, 베를린, 레겐스부르크 등에서 여러 번의 전시회를 가졌고, 뮌헨 아카데미의 신인상과 바이에른 주 회화 분야에서 장려상을 받았다. 한국에는 1985년부터 1986년에 걸쳐 독일 DAAD 장학금으로 찾아온 후, 여러 차례 다녀간 바 있다. 1989년에는 워커힐 화랑에서 개인전을 가졌고, 1995년에는 이 글의 주제인 설치 작품을 판교에 세운 일이 있다.

베를린의 토의에서는 필자 외에 다음의 참석자들이 발표하였다. 세계 문화의 집과 과학 문화 사회 담당자 베른트 셰러(Bernd Scherer)(「서론」), 괴팅겐 대학교 예술학 강사 리디아 하우슈타인(Lydia Haustein)(「논이 있는 골짜기에의 여행: 예술의 재발견」), 중국예술연구원 리셴팅(栗憲庭)(「모더니즘 들어서

기 — 서양의 미술 개념에 대한 도전」), 뮌헨 미술 아카데미 교수 베른하르트 립(Bernhard Lypp)(「우리의 예술 담론에 대한 도전」), 부다페스트 조각가 죄르지 요하노베치(György Jovanovech)(「한국의 환상」), 뉴욕 현대 미술관 큐레이터 바버라 런던(Barbara London)(「문화 교차로의 비디오와 비전」), 토론토 다매체 예술가 베라 프렌켈(Vera Frenkel)(「이주, 상실 그리고 기타 가사 노동 — 술집 주인을 위한 안내」), 도쿄 아오야마가쿠인 대학교 철학 교수 하시모토 노리코(「일본의 예도」), 카를스루에 디자인 대학교 교수 한스 벨팅(Hans Belting)(「영상의 장소」), 박재영 씨도 토론회에 참석하여 질문에 답하였다.

예술의 미로(迷路)

　박재영의 설치 작품 「영상의 장소」는 1993년 뮌헨의 '영국 정원'에 처음으로 설치되었다. 다음으로 이 작품이 설치된 것은 1995년 서울에서 멀지 않은 계곡에서였다. 이때 그것은 뮌헨 설치의 한 변주된 재연으로서 「논을 가로지른 비전(Visions Across the Paddy-fields)」이라는 표제를 가지고 있었다. 이 설치 작품은 이번 해 10월에 열리는 학술회의와 동시에 다시 베를린에 설치되기로 예정되어 있는데, 아마도 서울에서와 같은 조각품의 다른 변주가 될 것으로 생각된다. 이러한 설치의 과정이 암시하는 것은, 박재영의 「영상의 장소」는 아직도 진행 중일 뿐 끝난 것이 아니라는 사실이다.('끝난다'는 것이 이러한 작품에서 의미를 갖는다고 전제할 수 있다면 말이지만.) 그런데 그의 의도의 일부는 조각뿐만 아니라 설치 미술의 정지(靜止) 상태를 살아 움직이게 하여, 공간에 예속되었던 조각품을 시간적으로 전개되는 사건으로 바꾸어 보는 것으로 생각된다. 그의 기획의 과정적 성격은 설치를 수반하는 여러 행사들, 즉 여러 학자들이 이 설치에 내포된 주제들을 담론화하는 이 회의 그리고 그 외의 다른 행사들에 의하여 더욱 강조되는 느낌이다. 이 행사를 위하여 동원되고 있는바, 정태적인 시각적 이미지들을 시간적 연속성으로 변화시키는 비디오테이프의 사용은 이 전체 기획의 과정적 성격 및 시간적 연속성에 대한 물적 증거가 될 것이다.

「영상의 장소」의 구성 요소들 및 그 전시의 경로를 되돌아보는 일은 그 기획의 문제 제기적 성격을 지적하는 일이 될 것이다. 즉 이 기획은 하나의 예술 작품이 만들어지는 데에 들어가는 시공간의 조직 문제를 새로이 검토하게 만든다. 이 문제화는 단순히 예술 작품을 철학적 또는 미학적 명제로서만이 아니라, 바로 복잡한 시간과 공간의 날실 및 씨실들의 엉클어짐으로써 구성되는 삶의 조건과의 관계에서 그것을 새로이 검토할 것을 촉구하는 것이다. 이러한 문제화의 배경은 20세기가 끝나 가는 지금의 시점에서 오늘의 인간 조건을 이루는 관습적 시공간의 망(網)이 급속히 해체되어 가고 있다는 사실이다. 「영상의 장소」가 제기하는 문제는 바로 오늘의 삶의 핵심에 들어 있는 문제이다.

공간을 시각적인 표지에 의하여 구획하고, 시간을 서사화하는 일은 인간 존재의 과정적 유동성에 의미를 각인하기 위하여 전통적으로 사용하여 온 두 가지 방법이다. 영화는 이 두 방법을 하나로 하여 통합된 의미 체계로 합성하는 예술이다. 그러나 영화는 공간적 실체감의 안정보다는 시간화 과정의 불확실성에 더 많이 관계되는 예술이라 할 수 있다. 그 결과 영화가 이룩하는 어떤 의미론적 일관성도 임시적 성격을 면하기 어렵게 된다. 표지에 의하여 구획된 공간과 시간뿐만 아니라, 인간의 어떤 개념적 구성도 무근거하다는 포스트모더니즘의 비판은, 처음부터 허구성을 감추지 아니하였던 영화를 더 한층 의심적은 것으로 만들어 놓고 있다. 영화는 서사의 예술이다. 그것은 시간 속에 펼쳐지는 내용을 가진 것으로서 시간의 소멸성에 의하여 삼투되어 있다. 그러나 다른 한편 시간은 영화에서 서사적 일관성으로 지양되어, 자기 충족적 의미 속에 스스로를 온존시킨다. 비디오는 사실 사진과 영화의 중간에 있다. 그것은 영화의 허구성과 서사성을 가지면서도 스냅 사진처럼 연출되지 않은, 그러니까 서사화되지 않은, 생사실에의 충실성을 주장한다.

박재영의 설치 과정을 담는 마지막 그릇으로서의 비디오는 다른 시간, 다른 지역에서 펼쳐진 시각적 영상들을 하나의 시간적 연속성 속으로 편입시킴으로써 이 설치 기획에 사실 기록의 현실성과 서사화하는 영화의 일관성을 부여하는지도 모른다. 그러나 다른 한편, 이 기획은 실제에 있어서는 영화는 물론 이미 영화를 넘어간 비디오의 자기 제한적 틀 안에도 남아 있지 아니하고 그 한계 밖으로까지 넘쳐 날 수 있다. 설치에 쓰이는 영상들은 현실 세계에서 조각적 물체들로 존재하여, 영화의 허구적 서사나 비디오의 사실적 서사 속으로 좀체 흡수되어 들어가려 하지 않을 것이다. 그것들은 현실 세계 속에 단순한 물체로서, 아니면 특권적 미학적 물체들로서 존재하면서 외부 세계를 향하여 의미의 실낱들을 끊임없이 펼쳐 나간다. 현실 세계에서의 이러한 존재의 양상은 이 물체들이 하나의 색다른 사회적 또는 문화적 맥락 속에 놓일 때 두드러지게 강조된다. 이 과정에서 불가피하게 빚어지는 것은 현실 세계의 서사이다. 그러나 그것은 미학적으로 잘 만들어진 단정한 이야기가 아니라, 서로 다른 사회적 문화적 맥락 속을 누비고 있는 산만하고 어지러운 현실의 서사일 것이다. 설치 미술은 시간적 예술로 승화하려는 공간적 예술이다.

그러나 박재영의 설치는 설치 미술이 내포하는 이 두 개의 차원, 시간과 공간을 한껏 확장시킨다면 과연 어디까지 밀고 나갈 수 있는가를 새로이 실험하고 있다는 인상을 준다. 즉 어떻게 하면 그 두 차원을 마지막 한계까지 밀고 가면서, 설치 작품으로 하여금 또는 설치 행위로 하여금 동시에 하나의 일관된 의미 —— 해설적 담론이 아닌 물체의 실체감에 의하여 이룩되는 예술적 의미 —— 를 유지하게 하는가가 그의 새로운 실험의 초점이라 할 수 있다. 동시에 처음부터 이론가들을 그의 작업에 참여시켰고, 또 지금 회의에서 하는 것처럼 그들을 다시 모이게 한다는 점에서, 그가 해설적 담론의 힘을 등한시한 것은 아니다. 그는 이론적 담론까지도 그의 예술의 일부가 되게 하려 한다. 그의 실험은 우리로 하여금 포스트모더니즘의 분산 작용 속에 있는 20세기 말의 세계 상황에 대하여 새삼 생각하게 한다. 박재영 씨의 이러한 시공간적 설치의 독특한 실험은 미학적 물체들 그리고 여러 다른 세계의 자족적인 틀들을 무너뜨리면서, 리디아 하우슈타인이 그의 평문에서 말한바, "존재의 여러 형태들의 전형, 그리고 예술의 미로 속의 움직임에서의 정지점들(Representanten verschiedener Formen des Seins, Anhaltspunkte in einer labyrinthischen Bewegung der Kunst)"[1]을 화합시키려 한다. 그것이 과연 하나의 의미 있는 미학적 전체성을 이루어 내며, 이 세상에서의 우리의 경험을 통합시키는 어떤 새로운 형식을 만들어 낼 것인가는 시간을 두고 기다려 보아야 할 일이다.

그러한 통합이 이루어진다는 것이 적어도 당분간은 얼마나 어려운 일인가 —— 그런 통합이 이루어질는지 전혀 예측할 수는 없지만 —— 하는 것은 설치를 위하여 선택된 장소들, 뮌헨과 서울 간의 거리 및 문화적 격차들만 보아도 짐작이 된다. 이 장소들의 병치는 뜻밖이라고도 하겠으나 그리 이상할 것이 없는 일이기도 하다. 「영상의 장소」라는 이 설치의 전체적인 표제 자체가, 이미 관람자에게 여기에서 중요한 것이 개개의 조각품들뿐만 아니라 조각품들과 그것들의 공간적 맥락들 간의 상호 관계라는 점을 말

---

1   Lydia Haustein, "Jai Young Park: der Ort der Bilder", *Artis, Zeitschrift für Neue Kunst*, 48. Jahrgang Nr. 4(Bern und Stuttgart, April/Mai 1996), p. 43.

하고 있다. 표제는 처음부터 하나의 서사를 만들기 시작한다. 그리고 이 서사를 오늘날의 세계 공통적인 큰 서사 속으로 동화시키는 작업을 한다. 즉 이 서사는 세계의 모든 것을 가속적으로 한데 모으고 뒤섞는 현대화의 서사이다.

이 현대화라는 서사의 관점에서 볼 때 두드러지는 것은 이 두 도시들 간의 힘의 격차이다. 즉 하나는 이미 현대화 과정이 끝난 도시이고 다른 하나는 현대화가 진행되고 있는 도시인데, 두 장소의 이러한 차이는 공간적 평면의 축을 역사적 시간의 축으로 회전시킨다. 현대화의 과정은 각각 다른 역사와 문화를 가진 두 지역에서의 설치들을 서로 이어 주고 있는 공간과 역사의 의미 연관이다. 물론, 개인적 차원에서는 작가 자신의 자전적 배경 역시 그 의미의 줄을 이루고 있다고 하겠으나, 그 자전적 배경까지도 큰 맥락에서의 세계화 또는 현대화 과정과 맞물려 있다고 볼 수 있다. 물론 또 한 가지, 현대화의 서사는 현대성과의 관계에서의 예술의 존재 방식과 함께 보다 넓은 의미에서 다른 문화권에서의 예술의 존재 방식, 즉 복합적인 예술 인류학의 틀에 관련되어 있다. 그러나 예술 인류학적 또는 문화 인류학적 차이는 오늘의 세계에서 유일한 서사, 즉 현대화의 서사에 합친다. 그리하여 동일 차원에서의 문화적 차이는 역사적 발전의 차이에서의 시간적 격차로 번역된다. 이 번역은 논란이 될 수 있는 것이지만, 20세기의 역사는 기묘하게 이 번역을 허용하는 것으로 보인다.

뮌헨

두 도시의 차이의 의미로 돌아가서, 뮌헨은 서양 선진 국가의 도시이다. 그것은 이 설치가 뮌헨과 병치시키고 있는 한국적 배경과는 다른 세계를 대표한다. 뮌헨의 '영국 정원'에서의 설치는 서양 선진 문화권 안에서의 예술의 존재 양식, 그 전통 및 현대 국가 형태를 배경으로 한다. 나는 그 전시를 직접 거기에 가서 보지는 못했다. 그러나 사진 및 그에 관한 묘사들로 미루어 보건대, 이 설치 작품이 그곳에서 전시되었을 때는 하나의 예술품을 에워싼 최상의 조건들이 모두 갖추어졌던 것으로 추측된다. 리디아하우슈타인의 묘사를 여기에 인용하겠다. "이 작품은 여섯 개의 석고 조각품들로 구성되어 있다. 높이가 3미터를 넘는 조각품들은 7미터 길이의 대(臺) 위에 올라앉아 있다. 광택이 나게 닦아 놓은 알루미늄 거울이 방의 긴쪽 벽을 덮고 있는데 그 길이는 이 단으로 만들어진 대의 길이와 일치한다. 이렇게 해서 예술 이론의 개념으로도 분명히 분류 내지 정의할 수 없는 하나의 매우 독특한 공간 예술의 형태가 생겨난다."[2] 이것은 설치 작품 그 자체에 대한 묘사이다. 하지만 중요한 것은 이 작품을 에워싼 주변 환경을 전체적으로 주목하여 보는 일이다.

「영상의 장소」라는 표제는 또다시 우리로 하여금 설치가 이루어지고 있는 장소에 대하여 생각하게 한다. 그러나 주목하여야 할 장소는 설치의 목적을 위하여 따로 구획된 공간, 즉 미학적 목적을 위하여 구획 지어진 장소이다. 물체들의 배치는 미학적 표상의 관습을 따른다. 하우슈타인이 묘사하고 있는, 세심한 주의로써 설정된 조각의 환경은 이 관습의 중요성을 두드러지게 한다. 베른하르트 립의 지적대로, 이 설치는 도시의 일상적 삶으로부터 격리된 미학적 공간에 존재한다. '영국 정원' 그 자체가 이미 따로 구획을 지은 장소, "하나의 성역 …… 보호 구역, 보호된 공간이며 일상적 삶의 미학적 현상으로의 탈바꿈이 이루어지는 장소"[3]인 것이다. 물론

---

2 Ibid., p. 39.

3 Bernhard Lypp, "Spiegel-Bilder", *Was ist ein Bild?*, ed. v. Gottfried Bohem(München: Wilhelm Fink Verlag, 1994), p. 413.

그 정원은, 립이 말하듯이, 미학적 공간이란 어떤 것인가에 대한 제도화된 개념에 의하여 경직하게 설정된 박물관 또는 미술관과는 다른 장소이다. 그것은 보다 유연하고 공개된 장소로서 미술관과 함께 식물원의 특성을 지니고 있는, '자연과 예술의 공간(ein Natur-Kunstraum)'이다. 이 모든 것은 이 작품 배후에 숨겨진 의도에 대한 우리의 이해의 일부를 구성한다. 그렇다고는 하나, 조각은 미적 공간에 존재하며 관람자가 보는 것은 심미적 물체이다. 설치는 '장소(Ort)'만이 아니라 '영상(Bilder)'에도 집착하지 않을 수 없다. '영상'은 미리부터 그 커다란 물체들이 어떻게 감상되어야 할 것인가의 방향을 제시하고 있다.(이 점은 그것이 그림이었건 영상이었건 아니면 조상(影像)이었건 마찬가지이다.) 그 방향 제시의 초점은 관람자로 하여금 전시된 물체들에서 물체성을 추출(抽出)해 버리게 하고, 그 물체들로 하여금 보다 덧없는 환각의 영역에 속하는 영상들의 성격을 띠게 만드는 데 맞춰져 있다. 물체를 예술의 공간에서 본다는 것은 그것을 단순한 물체 이상의 것으로 본다는 것이다. 그것은 비물질화된다. 그런데 이 설치에서 이것은 광택이 나게 닦아 놓은 알루미늄 판(板) 위에 물체들을 투사함으로써 하나의 자리바꿈 또는 물체들의 유령화가 일어나게 한 데에서 보충적으로 암시되어 있다. 예술 작품은 아무리 물질적으로 존재하여도 하나의 정신적 영상이다. 거울은 이 정신 작용을 외면화한다.

서울

만약 뮌헨에서의 설치의 특징을 미학적 효과의 강조라고 한다면 서울 근교로의 자리바꿈은 설치의 현실 세계로의 귀환이라 하겠다. 이 설치 역시 미학적 의도를 가진 하나의 전시(展示)임에는 틀림이 없지만, 그것이 미학적인 것으로 살아남을 수 있는 것은 오로지 현실 세계에서 나오는 부정적인 힘과의 투쟁을 통하여서라는 것도 틀림없는 사실인 것이다. 여섯 개의 석고상들은 작은 골짜기를 향해 완만한 사면을 이룬 산비탈에 설치되었다. 이것은 산이 많은 한국 안의 어느 지역에서고 쉽게 골라잡을 수 있었을 그러한 장소이다. 이 전시 장소에서는 설치 그 자체를 토지의 다른 일상적 생활의 장소들과 명확히 따로 구획 짓기 위한 아무런 시도의 흔적도 우리는 찾아볼 수가 없다. 그러고는 그 밖에 존재하는 보통의 삶 속으로 섞여 들어가는 한편, 바깥세상을 스스로가 지니는 의미의 자계(磁界) 속으로 흡수해 들인다.

설치를 위하여 선택된 땅은 그 설치의 일부이다. 인간의 주거지의 대부분이 그렇듯이, 이 장소는 그것 자체만으로도 어떤 지형상의 특성들을 드러내 보이고 있다 하겠는데, 이 특성들에 의하여 어떤 도식적 또는 상징적 의미가 전달된다. 즉 좌우로 산등성이들이 병풍처럼 에워싼 가운데 남쪽으로 서서히 흘러내린 산비탈 및 비탈의 자락이 끝나는 골짜기의 다른 쪽 끝에서 길을 막고 서 있는 또 하나의 산등성이 ― 이것은 전통적인 풍수지리설에 의하면 길조(吉兆)가 들어 있는 지형이다. 이 풍수지리설은 한국에서는 지리적 그리고 생태학적 지식과 상식의 보고(寶庫)로 간주되어 왔다. 박재영의 설치를 위하여 선택된 장소가 풍수지리적으로 완벽의 전형이라 할 수는 없을는지 모르겠다. 그것은 너무 협소한 느낌이 있는 데다 골짜기에는 돌아 흐르는 물도 없고, 그 밖에도 풍수지리적으로 볼 때 갖추어야 할 몇몇 조건들이 결여되어 있다. 그러나 이러한 결점들에도 불구하고 그 선택된 장소는 분명 길조의 장소이다. 골짜기를 바라보는 곳에 있는 무덤들이 이미 이곳이 좋은 자리라는 사실을 증명하고 있다고 할 수 있다.

한국인의 의식 속에는 집터나 무덤 자리의 선택, 또는 그 밖에도 땅과 관련된 어떤 선택들을 해야 하는 경우, 풍수지리적 판단에 의존하는 습성이 지금도 꽤 두드러진다. 박재영의 설치에 동원된 물체들이 우선적으로 연상시키는 의미론적 관련 역시 풍수지리설과 그리 동떨어진 것은 아닐 것이다. 특히 한국인의 상상으로는, 설치는 자연스럽게 묘역 조성 작업을 연상시킬 것이다. 하지만 독일에서 온 한 참관인이었던 하우슈타인까지도 이 설치를 보며 다른 몇몇 연상들과 아울러 '고대 일본의 하니와' 또는 '중국의 망치(묘석)'[4] 등을 상기했다는 사실은 흥미로운 일이다. 그러고 보면, 이 설치는 하니와와 크게 다르지 않은, 고대 조선의 토기와 작은 토우(土偶)들 및 장구 모양의 매장용 옹관들을 연상시킬 것도 같다. 그러나 무엇보다도 오늘날의 한국인들의 마음속에서는, 그 물체들은 한국 땅 어디에서고 흔히 볼 수 있는 묘지를 꾸미기 위한 석조(石彫)물들 — 특히, 묘비 또는 망주석(望柱石)을 연상시킬 것이다. 여섯 개의 석고상들 가운데에서도 가장 키가 큰 상(像)은 망주석에다 모더니즘적이며 양성적인 면모들을 가하여 변형시킨 듯한 인상을 주나, 여전히 망주석과 마찬가지로, 음경의 연상을 그대로 가지고 있다.

위에서 마지막으로 언급한 특징, 즉 한국인들의 의식에서 음경적 상징으로서의 망주석은 매우 폭넓은 규모에서의 고대적 연상을 불러들인다.[5] 사실상, 독일에서 온 참관인들은 설치에 동원된 이 조각품들의 유래를 원형적 심상에까지 추적할 수 있다고 생각한다. 한국의 장례 용품들도 이 환영(幻影)의 장에서 나오는 원형적 심상들에 연결될 수 있다. 망주석은 음경의 상징인 동시에 또한 다산과 재생에 대한 원초적 소망의 물질적 형상화이다. 풍수지리학적으로 상서로운 장소의 선택도 실제로는 상징적이면서

---

4   Lydia Haustein, op. cit., p. 40.

5   망주석 등의 성적 상징에 대해서는 김태곤(金泰坤)·최운식(崔雲植), 『한국 문화 상징 사전』(동아출판사, 1992), 155, 465쪽 참조.

물질적인 상상에 의하여 결정된다. 이 상상의 핵심은 모태로의 귀환을 갈망하는 인간적 충동과 맞물린 관계 속에서 땅을 바라보는 일이다. 그러니까 전통적으로 묘역 조성에서 남성 상징과 여성 상징이 긴밀하게 서로 엇갈려 있는 것을 발견하는 것은 오히려 당연하다.

박재영의 설치도 바로 이 주체를 그대로 물려받았다 할 수 있는 것이다. 그의 설치에 있어 이 성적 느낌을 보다 부각시키고 있는 것은 전시된 석고상들 가운데에 섞여 있는 항아리 모양의 상(像)들인데, 여성의 몸의 생김새를 연상시키는 이 형상은 박재영의 그림에도 반복하여 나타나고 있다. 이 여성의 육체에 대한 암시에 관하여는 브리기트 손나(Brigit Sonna)가 《쥐트도이체 차이퉁(Süddeutsche Zeitung)》에 실은 보고서에서도 언급한 바 있다. 그런데 이 조각품들은 한국인들의 의식 속에는 장례의 연상 외에 또 하나의 연상을 불러일으킬 것이다. 그것은 보통 전통적 한국 가정에서 쌀 또는 여러 음식물들을 저장하며, 무엇보다도 겨울에 음식이 귀해졌을 때를 대비하여 채소들을 절여서 저장해 두는 데 사용하던 항아리의 연상일 것이다. 이것들은 지금에 와서는 사라져 가는 생활의 도구들이며, 그것들이 한국 도시인들에게 기억된다면 그것은 오로지 계절의 변화와 농사 일정(日程)에 의하여 매듭지어지곤 하였던 지난날의 삶의 양식에 대한 일종의 향수의 형태로서일 뿐일 것이다. 질그릇 항아리들은 가정의 자양 공급자로서의 여자들의 관리하에 맡겨졌다. 그러니까 이 질그릇 항아리들은 그 생김새 때문만이 아니라 작업적 연상 때문에도 여성적인 성격을 부여받는다 할 수 있다.

이런 연상들은 물론 한국인들에게만 특정하게 해당되는 것이라 하겠으나 여기에서 중요한 한 가지 사실은 이 특정한 연상의 경험도, 비한국인, 비동양인 그리고 한국이나 동양의 현대인들 모두에게, 무의식 속에 숨겨진 보다 폭넓은 원시적 연상들의 세계로 이어진다는 점이다. 그들에게 사실상 옛 질그릇들은, 시대의 변천을 겪는 동안, 막연하게 고풍스런 분위기를 지닌 미학적 물품들 — 이러나저러나 고대적 인상을 가진 물건들 — 임에 틀림없다. 이 함축성 풍부한 심상의 충돌은 박재영 조각품들 속에서 하나의 통합을 이룩함으로써, 보는 이로 하여금 야릇하고 강력한 어떤 감동과 공감을 경험하게 한다. 그렇게 되면 설치의 전체적 효과는 물체들의 한계를 벗어나 조각품들이 설치되어 있는 장소의 전체 속으로 퍼져 나간다. 그러고는 그것은 또다시 한국과 아시아의 전역, 그리고 온 세계로까지 연장되는 폭넓은 연상의 공간 또는 마음의 신화적 풍경 속으로 끝없이 확산되어 나간다. 하우슈타인은 이 과정을 다음과 같이 요약하고 있다. "그것은 하나의 신비스럽고도 우울한 듯하면서 동시에 심오하게 감각적인 감흥을 자아낸다. 그에 따라 관람자의 환상은 눈앞의 풍경으로부터 벗어나 그 자신의 기억의 공간을 거쳐 동양적 미학이라는 상상적 공간 속으로 어느덧 빨려 들어간다."[6]

"저 위에 있는 것들은 뭐죠?"

설치가 하나의 미학적 사건으로 탈바꿈하는 것이 궁극적으로는 이러한 동양적 미학의 공간 속에서라고 한다면, 우리는 다른 문제점에 부딪힌다. 즉 이런 공간이란 이제는 더 이상 동양에도 한국에도 존재하지 않는다는 사실을 피할 도리가 없는 것이다.(이 공간이 중국 미술사가이면서 독일인인 하우슈타인의 기억 속에서 보다 강력한 실체감을 유지했다는 사실은, 생각하면 흥미로운 일이다.) 박재영이 그의 설치를 통하여 묻고 있는 물음은 바로 이러한 미

---

6 Lydia Haustein, op. cit., p. 40.

학적 공간의 구축 및 파괴와 관련된 것이다. 어쩌면 그의 물체들은 우리로 하여금 단지 신비스러운 아름다움의 느낌을 경험하도록만 의도된 것이 아닐 것이다. 그가 자신의 조각품들을 설치하기 위하여 선택한 장소는 동양적 미학의 상상적 공간이 아니라 한국, 더 나아가 세계의 고뇌스러운 역사의 착잡한 흔적들을 지닌 현실의 장소이다. 조각품들과 그것들의 설치를 위하여 선택된 장소, 그리고 동양적 미학의 공간 사이에는 끊임없는 역류 현상이 일고 있다. 이런 부단한 역류 현상들을 통하여 생성되도록 의도된 효과는 복잡하고 애매하고 불안정하다. 만약에 관람자가 경험하는 미학적 느낌이 물체들의 형성적 유동성과 그로 인하여 촉발된 의식과 무의식의 교환에 관계된 것이라면, 설치의 장소는 관람자의 마음속에 불일치와 불협화 또는 불가해 등의 느낌들을 일게 할 것임에 틀림없다.

이렇게 말하는 것은, 맨 처음으로 이 설치를 배경의 장소와 함께 보았을 때 나는 그것만으로 완성된 전시품이라는 느낌을 받지 않았기 때문이다. 내가 이런 인상을 받은 것은 전시품이 장소와 어울리지 않아서라기보다는 장소 자체가 어딘지 조화를 잃은 듯한 느낌을 주었기 때문이었다. 이 느낌은 내가 이 작품을 설치의 처음 순간에 보지 못했다는 우연한 사정 때문일 수도 있다. 나는 이 설치가 맨 처음 모심기의 의식(儀式)과 함께 논 가운데에 전시되었을 때 그것을 감상할 기회를 갖지 못하였다. 작가가 모심기의 의식과 동시에 이 조각들을 설치한 것은 쌀농사의 리듬에 따라 절후를 새겨 나간 농경 사회로서의 한국의 땅과 삶 속에 이 설치 역시도 심겨질 것을 바라는 마음에서였는지 모르겠다. 그러나 내가 이번 여름 그 장소를 방문했을 때는 논은 버려진 늪지의 모습으로 되돌아가고 군데군데 잡초만이 제멋대로 자라고 있었다. 석고상들도 역시 마치 버림받은 물체들인 양, 해와 비바람에 의하여 거무튀튀하게 변색한 모습으로, 녹이 슬기 시작한 강철 선반 위에 올라앉아 있었다. 애초에 그랬음직한 광채 나는 백색 면모는 찾아볼 수 없었다. 나와 함께 그 장소에 갔던 설치 작가 자신은 이 석고 상들을 축축한 논바닥에 더 탄탄히 고정시키려면 대량의 시멘트와 콘크리트를 섞어 들이부었어야 했다는 설명을 해 주었는데 그렇게 한다는 것은 매우 큰 공사를 요했을 뿐 아니라 설치의 임시적 성격을 고려할 때 어리석은 일이었음에 틀림없다.

그런데 여기서 임시성이라는 말이야말로 핵심적인 말이다. 이 설치를 에워싼 모든 것이 — 전시된 설치만이 아니라 그 설치의 장소인 골짜기와 그 주변, 거기서 멀지 않은 곳에 있는 수도 서울, 그리고 나라 전체에 이르기까지 — 임시적인 느낌을 부단히 전달하고 있는 것이었기 때문이다. 그러니까 관람자는 이 설치의 장소를 찾아갈 때, 이미 이 임시적인 느낌을 스스로 지니고 갔다고 보아야 할 것이다. 그가 지니고 간 이 임시적인 느낌으로 말하면, 그것은 과거 이삼십 년 동안 줄곧 진행되어 온 현대화라는 천지개벽의 과정이 낳은 산물이라 하겠는데, 그 결과, 한국 도시 주변의 모든 곳에서는 끊임없이 세우고 무너뜨리는 공사가 계속되고, 건축 자재의 파편들로 가득해져서, 온 산하가 어떤 것도 오랫동안 한 모습으로 남아 있는 것이 없는 임시의 공간이 되었다. 골짜기로 접근해 감에 따라 눈에 들어오는 광경은 이곳저곳에 새로 도로를 만들기 위하여 벌여 놓은 공사 현장들, 그리고 한쪽 비탈이 완전히 깎여 나간 산들의 모습이었다. 산을 이렇듯 잘라 내는 것은 앞으로 이 지역을 위한 석유 저장소를 구축할 터를 마련하기 위하여서라고 이미 이 근방을 답사한 박재영 씨가 내게 말해 주었다.

아마도 이 장소가 선택된 것은 만약에라도 북한과 전쟁이 일어나는 때는 미사일이라든가 포탄의 공격으로부터 보호받을 수 있는 안전한 장소라는 판단에서였을 것 같다. 이 골짜기에는 농가들과 수도의 주민들을 위한 별장인 듯싶은 가옥들이 서 있었다. 농토의 군데군데는 폐농이 된 땅이었다. 특히 한국 농촌의 상징이며 생명의 근본이었던 벼 논의 경우, 그것이

폐기된 것은 세계 시장으로의 개방에 따라 바뀐 나라의 경제 사정이 쌀을 수익성이 낮은 곡물이 되게 하였기 때문이다. 그러나 다른 농토의 경작은 아직 계속되고 있었다. 쌀 재배에 적합한 논이 더 수익성이 높은 곡물을 재배할 수 있는 마른 밭으로 전환된 곳들도 눈에 띄었다. 그러나 이것도 당분간의 일일 것이었다. 즉 땅값이 계속 상승함에 따라 투자가들과 새로운 개발 계획들이 이곳으로 밀려 들어올 때까지만의 임시적인 현상일 가능성이 큰 것이다. 농부들이 되도록 빨리 채소들을 길러 시장에 내놓을 수 있도록 작물들을 온실 재배하게 됨에 따라 비닐하우스는 나라의 어느 곳에서고 눈에 띄는 흔한 광경이 되었거니와, 이 골짜기에도 역시 비닐하우스들이 여기저기 서 있었고 설치 장소 근처에서도 더러 눈에 들어왔다.

노인 한 명이 한 비닐하우스 앞에 앉아 있었다. 그의 이야기로는, 그는 채소들을 돌보기 위해 텐트 모양으로 생긴 비닐하우스에서 기거하고 있다는 것이었다. 그에게는 가족도 또 자기 집이라 부를 만한 것도 없었으므로 채소들이 자라는 곁으로 아예 와 버리는 것이 나은 것이었다. 우리가 노인이 앉은 자리에서도 보이는 설치 장소로 가기 위해 비탈길을 오르려는 것을 알아차린 그는, "저 위에 있는 것들은 뭐죠?" 하고 물었다.

"저 위에 있는 것들은 뭐죠?" 우리가 우연히 만난 이 농부가 설치를 심미적인 의미를 지닌 어떤 것으로 생각지 않는다는 것은 분명했다. 지금 한국 사회에 팽배해 있는 실용주의적 사고방식은 비실용적인 것들을 값있는 것으로 감상할 수 있는 여유를 별로 남겨 주지 않는다. 전통적 삶의 틀로부터 뿌리 뽑혀 나와 전진하는 자본주의의 전차에 밀려나면서 오로지 살아남기 위하여 분투하는 하층민일수록 그런 여유는 더욱 가질 수 없는 것이다. 농촌에서 목격되는 변화 때문만으로도 그곳에 사는 사람들로서는 아름다운 것을 감상할 수 있는 심리 상태에 들어가기가 어려울 것이다. 농촌의 많은 곳은 이제 온갖 잡동사니 폐기물들——더러는 출처를 알 만도 하나 나머지는 출처조차 알 수 없는──로 어지럽혀져 있다. 그 가운데서도 깨진 콘크리트 토막이라든가 찢어진 비닐 자락들, 또는 스티로폼 조각들은 특히 눈에 띈다. 더욱이, 단열재나 포장재 또는 각종의 거푸집 만들기 등에 사용되는 스티로폼은 한국 어디에서도 볼 수 있는 것이다. 석고 설치물과 가장 유사한 것은 이 스티로폼일는지 모른다. 자칫하면 설치물은 이러한 스티로폼의 쓰레기와 구별하기 어려운 것이 될 수도 있다.

정자

하지만 더 중요한 것은, 그 농부가 설치된 석고상들을 하나의 미학적 의미를 가진 물체들로 알아보지 못했던 것은 석고상들에게 미학적 구획이 전혀 주어지지 않았기 때문인지도 모른다는 점이다. 조각은 한국 전통에서는 근본적으로 예술적 표현이나 감상의 대상으로서는 그 위치를 굳히지 못한 외래의 예술 형태이다. 옥외에서 볼 수 있는 조각품으로는 하나씩 서거나 앉아 있는 불상 또는 바위 면에 새겨진 불상들을 주로 들 수 있다. 하지만 이런 보기들 역시 진정한 의미에서 노천에 만들어졌다고 말할 수 있는 경우는 그리 흔하지 않다. 어쨌든 이런 조각품들은, 적어도 원래 의도된 바로는, 미학적 감상을 위하여 만들어진 것들이 아니다. 그것들은 종교적 맥락 속에서 비로소 의미가 주어지는 물품들인 것이다. 옥외의 조각품들로는 이 밖에도 파고다라든가 등(燈) 또는 신화적 동물들의 석상(石像)들 ── 그리고 물론, 묘지 장식용 석물들을 들 수 있겠는데, 이것들이 갖는 미학적 호소력 역시 그것들이 수행하는 종교적 또는 실용적 역할에 부수하는 이차적인 의미밖에 지니지 못한다. 그런데 이 종교적·실용적 중요성은 그 물품들을 에워싼 물질적 또는 공간적 배치에 의하여 명시되어 있게 마련이다. 우연히 지나가던 행인이 박재영의 석고상들과 같은 야릇한 물체들을 자연 속에서 발견하게 되면, 그것을 종교적 또는 실용적 관련 밖에서 이해하기 어려운 것은 오히려 당연하다. 가령 이 경우에는 장례 의식이라든가 아니면 어떤 건축 공사 계획 같은 것을 그는 연상할 것이다.

우리의 사물을 보는 눈은 전통에 의하여 미리 정해진다. 예술 작품의 경우 우리 눈에 들어오는 물체가 심미적인 것이 되는 것은 어떤 분명한 외형이나 신호에 의하여 미적인 것으로 표지되기 때문이다. 그러한 표지는 우리에게 하나의 틀을 제시함으로써 우리의 마음이 적절한 방향으로 쏠리게끔 해 준다. 그런데 이러한 틀은 결국 어떤 물리적 구획에 의하여 제공될 때 가장 효과적이다. 또 이러한 구획이 미학적 물체를 그것을 둘러싼 환경으로부터 격리시킨다. 그것은 문화가 가지고 있는 미학적 현상들에 대한 이해로부터 형성된다.

뮌헨의 설치를 평하면서 베른하르트 립은, 앞에서 말한 바와 같이, 설치의 공간적 배려에 우리의 주의를 환기하고 있다. 조각품들을 올려놓은 대좌, 그것을 비추는 거울이 그러한 것인데, 그것은 설치의 공간적 배경, '자연과 예술의 공간'인 식물원까지 포함한다. 그런 다음에는 설치의 배경은 유럽 전통에서 규정하는 예술의 특정한 영역에 대한 이념까지를 포괄한다. 박재영은 서울에서도 그의 설치를 계획함에 있어 어떠한 공간적 틀──불협화 요인들을 모두 밀쳐내 버릴 틀을 사용할 수 있었을 것이다. 서양 관습으로는 어떤 조각품이 의도적으로 자연환경 속에 놓일 때는 보통 누군가의 정원 또는 적어도 숲속의 공터 같은 장소이기가 쉽다.(이럴 때 선택되는 공터라는 것도 궁극적으로는 하나의 공원이나 아니면 어느 누구의 조경된 사유지라는, 한정된 테두리를 암시하는 것이 대부분이다.) 판교에서의 설치는, 이미 말한 바와 같이, 이런 종류의 틀을 마련하기 위한 아무런 시도도 하지 않는다. 이것은 의도적일 수 있다. 왜냐하면 작품을 한정시키는 틀이 없으면 관람자는 설치의 장소인 산비탈과 골짜기 전부 ── 즉 불협화의 요인들 ── 를 설치품의 배경으로 받아들일 수밖에 없을 것이기 때문이다.

이것은 오늘의 한국의 풍경에 대한 비판을 포함한다고 할 수 있는데, 비판은(설치의 공간적 개방성을 비판적인 것으로 읽는다면) 틀의 부재가 한국의 전통과 일치한다는 점을 생각할 때 더욱 큰 함축성을 지닌다. 전시된 작품의 성질로 볼 때는 그렇게 말할 수 없겠으나, 전체적인 공간적 구도를 포괄적으로 바라보건대, 한국의 전통적 풍경 속에서 박재영의 설치와 가장 비슷한 것은 시골 어디를 가나 볼 수 있는 정자(亭子)라 말할 수 있다. 작은 전망대와 비슷한 정자는 사면이 모두 자연을 향해 열려 있다. 정자가 세워지는 곳은 보통 물이 보이는 골짜기 또는 낮은 언덕 위이다. 풍치적 이점을 생각하여 주의 깊게 선택된 장소에서는 정자는 잠시 풍치를 즐기며 휴식을 취하고 싶은 사람이 사용할 수 있는 장소이다. 그러나 이 장소가 더 화려하게 이용된 것은 지방의 사대부들이 시를 함께 읊거나 음악을 즐기거나 또는 그림을 그리기 위하여 모이곤 하던 회합 장소로서였다.

시각적 공간 미학의 관점에서 말한다면, 정자는 풍경에 시각적 악센트를 부여하여 그 부근 전 지역을 질서 있는 미적 공간으로 만드는 역할을 하는 길표였다. 어떤 의미에서는 정자가 서 있음으로써 그 일대가 하나의 정원으로 화한다고 말할 수도 있는데, 이럴 때 정원은 만들어진 정원이 아니라, '오브제 트루베(objet trouvé)'처럼 하나의 '발견된' 정원, 즉 '엉 자르댕 트루베(un jardin trouvé)'이다. 정자는, 틀이 아니라 하나의 초점을 제공함으로써 미적 공간을 창조했다. 이 미적 공간은 구획이 되지 않은, 시각의 힘의 한계가 없다면 무제한으로 계속될 수 있는 공간이었다. 여기에서 전제되는 것은 그 정자에서 바라보는 주변 일대의 시계(視界)가 미적 조화감을 손상하지 않는다는 것이다. 이 조화감은 삶의 장과 세계의 토대를 이루는 것으로서 정서적으로 공간의 전체를 뒷받침하는 하나의 요인이다.

앞에서 말한 대로, 설치의 장소로부터 뻗어 가는 시계(視界)는 불협화의 요인들을 드러낸다. 가령 버려진 논이라든가 비닐하우스, 지금 새로 만들고 있는 간선 도로와 이어지는 작은 도로 등등, 그러나 이것들을 포함한 배경은 거기에서 멈추는 것이 아니라 계속 연장되어 현대화의 모든 상흔들을 지니고 있는 그 지역 전체의 풍경 그리고 이윽고는 나라 전체, 그리고 자본주의적 생산의 논리로 움직이는 세계 전부에까지 미친다. 현대적 배경은 그것이 보다 연장된 것이건 아니면 보다 제한된 것이건 간에, 설치된 조각품과 조화되는 풍경이 되지는 아니한다. 그리하여 설치 장소에서 발견되는 불협화의 느낌은 현시점에서의 한국 사회의 발전상 및 일반적인 과정 전체에 대한 비판이 된다.

미학적 소우주

그러나 이 비판은 한국 현대화의 역학에 비추어 볼 때에만 그 의미와 예리함이 드러난다. 이 역학 관계는 한 가지 관점에서만은 이해할 수 없을 만큼 복잡한 것이다. 그러나 미적 표상에 틀을 주는 조건을 생각해 보면, 역학의 심부 구조에 대한 어떤 이해를 얻을 수 있을 것으로 생각된다. 이미 지적한 대로, 박재영의 설치에 틀 또는 액자가 없다는 사실은 설치라는 미적 사건을 보다 큰 사회생활의 맥락으로 연결한다. 그러나 이와 동시에 우리가 주의하지 않을 수 없는 것은, 틀 주기란 전통적인 한국 또는 동양의 미학에서는 중요한 기법이 아니라는 점이다. 정자는 일상의 세계와 미학의 영역 중간에 애매하게 존재함으로써 전통적인 한국에서 실용과 미 사이의 구획이 불분명했음을 강조하여 보여 준다. 이것은 구획의 애매함을 예증하는 좋은 사례이지만, 예외적인 예는 아니다. 한국 또는 동양의 전통에서 일반적으로 예술이 하나의 독립된 미적 영역에 속했다고 말하기는 어렵다. 이 사실은 기법을 포함하여 동양에서의 예술의 존재 양식의 모든 측면에 영향을 미쳐 왔다. 그리고 이것은 동양 예술을 서양 예술과는 다른 것이 되게 하였다. 그것은 또한 이 예술들을 낳은 두 문화의 실용적 세계가 서로 얼마나 다른 성질의 것인가도 말해 준다. 왜냐하면 틀의 결여, 또는 약화는 해당 문화 전통 속에서의 시각 체제, 따라서 인식 체제의 결과라고 할 수 있기 때문이다.

회화나 조각에서의 틀의 설정은 하나의 미학적 물체를 그것의 주변 환경으로부터 따로 떼어 놓기 위한 관례적인 행위이다. 이 행위는 또한 온갖 사물들이 시끄럽고 혼잡하게 뒤섞이는 이 세상을 어떻게 하면 질서 있고 의미 있는 하나의 총체로서 정리할 수 있을까 하는 마음의 움직임에서 나온다. 이 정신적 작업은 세상이라는 혼잡하고 무질서한 덩어리로부터 각종의 서로 다른 영역들을 가려내는 작업이다. 이 영역들은, 윌리엄 제임스가 말한 대로, "우리가 세상에 대하여 주의하는 다른 방법들에 따라 제가끔 특유의 존재 양식으로 나타나게 되는 소우주들"[7]이다. 그 가운데에는 "논리적, 수학적, 형이상학적, 윤리적 또는 미학적 명제들로 표현되는, 이상적 관계들 또는 누구나 믿고 있든가 아니면 적어도 믿을 수 있는 진리들로 이루어진 세계"[8]도 포함되어 있다.

틀(액자)은 그 자체의 존재 양식들을 가진 이들 소우주 가운데 어느 한 개의 영역, 즉 미의 영역을 표해 주는 표지이다. 이 틀은 보통 물리적 고안에 의하여 만들어지나, 그것에 대응하는 정신적인 틀을 암시한다. 더 나아

---

7 William James, *The Principles of Psychology*, vol. II(New York: Dover Publications, 1950), p. 291. 제임스의 '소우주' 개념은 사회학자 알프레드 슈츠의, 인식 스타일의 차이에 따라 구성되는 다층적 의미 영역으로서의 '다층적 현실(multiples realities)'이란 개념에 흡수되어 있다. Alfred Schutz, *Collected Papers I*(The Hague: Martinus Nijhoff, 1972), p. 207 이하 참조.

8 William James, op. cit., p. 292.

가 그것은 현상학자들이 환원(reduction) 또는 에포케(epoche)라고 표현하는 정신적 작업에 의하여 조립되는 무형의 틀일 수도 있다. 이런 방법에 의하여 우리의 자연적 태도는 미적 태도로 바뀌게 되고, 그 결과 우리는 주의의 대상이 되는 물체를 미적인 것으로 경험하게 된다. 이 물리적, 심리적 또는 지적 환원 작업은 문화에 따라 다른 양태로 나타난다. 그것은 문화권에 따라 또는 같은 문화권 안에서라도 강조되는 것일 수도 있고, 강조되지 아니하는 것일 수도 있다. 대체로 이 강조적 표지는 유럽의 전통에서는 두드러진 반면, 동양이나 한국에서는 두드러지지 않거나, 부재하는 것이 아닌가 하고 생각된다. 그러나 틀의 있고 없음은, 다시 말한다면, 단지 물질적 표지가 있고 없는 문제가 아니다. 그보다는 그것은 하나의 문화 전통 안에 진전되는 세계 만들기의 매우 복잡한 움직임의 문제에 관계된 일인 것이다. 즉 그것은 한 문화의 형이상학을 말해 주는 표지라 할 수 있다.

하나의 분리된 미적 영역이 가장 두드러지게 결정된 사례로는, 알베르티(Leon Battista Alberti)의 '코스트루치오네 레지티마(costruzione legittima)', 즉 정법 구성의 원칙에 따라 구도된 회화라고 할 수 있다. 여기에서 분리의 작업은 분리를 시키는 틀에 의해서라기보다도 회화적 공간에 대한 강력한 내부적 기획에 의하여 행해지고 있다. 그리하여 여기에 관계된 것이 단순히 기계적 또는 물리적인 단절이 아니라 더 복잡한 내적 조직 — 회화 공간, 시각 현상 그리고 사물 인식의 내적 조직 — 이라는 것을 가장 전형적으로 예시해 준다. 이러한 내적 조직 또는 내부적 기획에 의하여 회화적 공간이 기획 밖에 있는 주변 환경으로부터 분리되는 것이다. 이것은 다시 말하여, 궁극적으로 틀의 문제가 구성의 문제 — 회화의 구성이면서 동시에 세계 구성의 문제 — 라는 것을 시사한다.

예를 하나 들겠다. 이것은 노먼 브라이슨(Norman Bryson)의 글에 언급된 것인데, 그의 관심사가 여기서의 우리의 관심과 일치하는 것은 아니나,

그는 이 글에서 순전히 내부적 기획의 강력한 힘에만 의하여 하나의 회화적 공간이 비회화적 주위 환경으로부터 — 틀에 대한 필요가 생기기 전에 — 이미 분리되는 과정을 보여 주고 있다. 그가 보기로 들고 있는 것은 라파엘로의 「성모의 결혼」인데 여기서 원근법은, 그 엄밀한 기율을 통하여, 보는 이에게 시각적 또는 정보적 의미의 위계질서를 부과한다. 그림의 구성적 기획을 되풀이하여 분석하지 않고도, 브라이슨의 비교를 빌리자면, 고전적 수사법의 엄격한 규칙과 그림의 구성의 질서를 중첩해 봄으로써 그 내적 구성의 엄밀성을 짐작할 수 있을 것이다. "키케로의 수사법은 주어지는 정보에다 통괄적 원근법을 부과하고, 그 지배적인 원근법 속의 움직일 수 없는 위치에 그 주체를 복속하게 한다." 이와 유사한 방법으로, "「성모의 결혼」의 구도는 …… 정확히 표상된 것의 어느 부분이 1차적인 또는 2차적인 또는 3차적인 등급에 해당하는가를 명시한다."[9]

그림은 전체적으로, 보석의 점진적인 축소나 건물의 여러 특징들의 정연한 배치로 기하학적인 질서를 시각화하는 도시의 광장의 원근법으로 구성되어 있다. 이 공간에서 가장 중요한 것은 공간의 중심축이다. 이 그림에서 "보는 사람은, 마치 교회의 내부 공간에 들어선 신자가 건물의 기본 축에 따라 정향하듯이, 우선순위가 분명한 공간에 놓이게 된다. 공간의 축을 강조한 것은 공간에 성스러운 느낌을 준다. 그리고 축을 따른 배치는 축을 흡수한 물체를 신성한 것이 되게 한다. 그리하여 손가락을 축에 두고 반지를 끼는 성모는 성스러운 존재가 된다."[10] 이것은 공간의 기본 구도에 대한 언급이지만, 원근법의 원리가 그 외의 것까지도 공간을 내면적으로 하나가 되게 하는 것이다. 라파엘로의 공간 구성은 기하학적 기법과 함께 교회

---

9 Norman Bryson, *Vision and Painting: The Logic of the Gaze*(New Heaven: Yale University Press, 1983), p. 104.

10 Ibid., p. 111.

라파엘로, 「성모의 결혼」

의 전통을 고수함으로써 특히 엄격한 것이 되어 있다. 이러한 엄격성이 물론, 브라이슨이 지적하듯이, 획일적으로 지켜진 것은 아니다. 그러나 일반적으로 원근법적 구성이 서양 회화에서 차지하고 있는 중요성은 새삼 말할 필요도 없다.

여기서 아울러 주목할 점은, 라파엘로의 회화나 정법 구성의 원칙이 단순한 기법상의 특징이 아니라는, 어쩌면 말할 필요도 없이 당연한 사실이다. 앞에서 우리는 브라이슨의 분석을 빌려 왔지만, 회화의 원근법적 질서에 대한 그의 관심은 그 결과로 생겨나는 공간적 구획이 아니라 거기에서 상정되는 어떤 특정한 형태의 시각성에 있다. 시각성은 문화가 요구하는 시각의 체제에 의하여 구성된다. 알베르티의 원근법의 출현에 대하여는 지금까지 수없는 해석들이 시도되어 왔다. 하나의 해석은 이것이 수학, 과학, 인문적 개인주의, 그리고 또 다른 현대 문명의 여러 징표(徵表)들을 포함하는 서양의 지적 발달사의 매트릭스로부터 나왔다고 보는 것이다. 이것은 원근법적 구도의 기법상의 특징들로 미루어 볼 때 타당성이 있는 관점이다.

르네상스적 원근법에서 두드러지는 하나의 특징은, 브라이슨이 지적하듯이, 회화적 공간의 시각적 조직화에 있어서, 보는 눈의 역할을 핵심에 두는 점이다. 시각적 피라미드의 정점에 선 채 눈은 공간 속의 여러 점들이 기하학적으로 명료한 하나의 위계질서를 이룩하는 방향으로 배치되게끔 시각의 빛살들을 방사한다. 이것이 우리로 하여금 생각하게 하는 것은 서양의 현대적 발전에서 주체 또는 주체성이 차지하는 중요성이다. 회화적 공간은 하나의 제왕적 주체의 창조의 장(場)이다. 그러나 동시에 그것은 기하학적 공간이다. 그리하여 주체는 그 스스로 창조한 기하학의 공간에서 심한 변모 과정을 거치게 되며, 그 결과 인간이 아니라 기하학적 질서가 이룩되는 과정 자체가 회화적 구성의 제왕적 주체가 된다. 주체가 세계를 하

나의 이성적 질서의 공간으로 창조하여 결국 그것 스스로 그 질서의 일부
가 되고 마는 이 과정은 물론 서양에서의 과학적, 기술적 그리고 문화적 발
달의 기본 설계도를 표상하는 것으로 연장하여 생각할 수 있는 것이다.

강산무진(江山無盡)

말할 필요도 없이 동양화에서는, 한국의 회화를 포함하여, 원근법적 구
도에 의한 빈틈없는 공간적 조직화는 발견되지 않는다. 동양화에서의 비
원근법적 공간은 하나의 기법상의 특징이라고 하겠는데, 한편, 서양화의
경우와 마찬가지로 그것은 인간과 그의 세계가 시각적으로 그리고 인식론
적으로 어떻게 구성되었는가에 대한 근본적 전제와 관련된 것이다. 동양
화에서 고정된 하나의 관점은 존재하지 않는다. 보는 이는 한 점의 주체도
아니며 기하학적으로 명증화된 공간적 질서 체계 속의 한 객관적 실체도
아니다. 그렇다고 여기에 공간적 질서나 주체적 관점이 전혀 없다는 뜻은
아니다. 단지 그러한 것들이 서양화의 그것들과 다를 뿐이다. 대체로 말하
여, 동양의 회화적 구도들에서는 구성하는 자아나 구성된 공간이 느슨하
게 설정되어 있어서 알베르티식 원근법의 가차 없는 명확성을 가지고 있
지 않다.

브라이슨은, 시각적 문화적 구성에 대한 다른 한 편의 글에서, 인식 체
제상의 서양화와 동양화의 차이에 대해 언급하면서, 모든 것이 변화의 장
의 혼용 상태에 있는 동양화에서와는 달리, 서양의 회화적 구도는 자아와
세계를 서로 분명한 구획을 가진 고정된 실체들의 관계로서 파악한다고
말한다. 이 구도에서는 "우주의 끊임없는 변화의 장으로부터 [객체로서의]
(이하 [ ] 표시된 것은 필자가 추가한 것임) 실체가 분리되고, [주체로서의] 실체

가 사상된다." "실체의 개념은 하나의 실체 둘레에 지각의 틀을 만들어 주는 응시법으로만 유지될 수 있다. 이 응시법은 전체의 시장(視場)으로부터 하나의 '컷'을 잘라 내어 그 잘라 낸 컷을 정지된 틀 속에 부동의 것으로 고정화시킨다."[11] 이것은 하나의 그림에 의하여 구성되는 시계(視界) 전체에 해당되는 지적이다. 동양화에서는, 이와는 대조적으로, 하나의 회화적 공간을 구성하는 여러 요인들을 서로 가르는 분명한 구획선이 없다. 모든 것은, 실재이며 동시에 무(無)인 우주의 진여(眞如), '순야타(sunyata)'를 배경으로 끝없는 변화의 과정 속에 존재한다.

'순야타' 또는 근본적인 무상의 장으로 옮겨지면 실체[이 실체는 브라이슨이 '주체적 실체(the subject-entity)'라고 부른 것과 '객체적 실체(the object-entity)'라고 부른 것을 동시에 의미한다.]는 해체되어 버린다. 끊임없이 변화하는 우주적 장에 자리하며, 그 장으로부터 분리될 수도 없고 또는 그 안에서 구획 짓는 테두리를 얻을 수도 없기 때문에, 그것은 하나의 '단일한' 장소를 차지하고 있다고 말할 수 없다. 무상의 장으로부터 자신을 분리할 수 없는 실체의 존재적 근거는 다른 모든 것들의 존재이기 때문에, 그것은 독립된 자아적 존재를 가질 수도 없다. 그것은 하나의 지속적인 형상을 가진 것으로서 그것 자신을 내세울 수가 없는 것이다.[12]

동양화에서의 자아와 세계에 대한 느슨한 개념의 으뜸가는 사례로서 브라이슨이 들고 있는 것은 셋슈(雪舟, 1420~1506)의 선화(禪畵)들이다. 그러나 이 원칙 자체는 동양의 인식론적 상황과 그 미학적 귀결 전반에 걸쳐

---

11 Norman Bryson, "The Gaze in the Expanded Field", *Vision and Visuality*, ed. *Hal Poster*(Seattle: Bay Press, 1988), p. 97.

12 Ibid., pp. 97~98.

두루 해당되는 것이라 할 수 있다. 물론 그 경우 브라이슨의 선화론에 들어 있는 신비주의적 요소를 그대로 받아들일 필요는 없을 것이다.

우리는 동양적 미학이, 신비주의적 요소를 포함하든 포함하지 않든, 대체로 이와 비슷한 방향을 좇았을 것이라고 말하면서, 신비주의적 선(禪) 불교의 세계관에 따르는 브라이슨의 해석을 빌릴 것이 없이, 구획 없는 무한 공간은 기술에 의한 세계의 재구성이 있기 전의 실제적인 삶의 조건, 즉 농촌적 삶의 조건들에서 그대로 발견되는 것이었으리라고 말할 수 있다. 물론 농촌적 삶에서도 구획 없는 하나의 조화로운 공간으로서의 세계의 구상은 어느 정도 관념의 허구화를 포함하는 것일 것이다. 그러면서도 근본에 있어서, 그것은 사실적인 개념이기도 한 것이다. 신비주의 자체도 농촌적 삶의 조건의 이념화에서 생겨난 것이라 할 수 있겠지만, 그것은 동시에 이 조건을 하나의 초월적 일관성 속에서 이해하기 위한 인식론적 편법이기도 했을 것이다. 그리하여 우리는 불가피하게 이 신비주의적 회화관을 참조할 수밖에 없지만, 동시에 그것이 지각의 현실과 농경적 삶의 현실 속에 근거하는 것임을 상기하여야 한다.

신비주의는 삶과 회화의 불가분적 관계를 인식론적으로 찬미하는 것이라고 할 수 있다. 회화를 거창한 형이상학적 해석으로 정당화하는 것은 하나의 관례가 되어 왔다. 즉 그림은 "자연의 신적인 변화를 꿰뚫고, 그 오묘함을 헤아려 보여 준다."[13]라고 옛 중국의 장언원(張彦遠, 9세기)은 말하고 있다. 한국에서도 중국의 보기를 좇아 그림의 목적은 정신적 진리들의 형상화에 있지 재현(再現)적 사실주의로 설명할 것이 아니라는 주장이 강했다. 이 정신적 진리들이란 반드시 감각의 세속적 영역을 초월하는 어떤 것

---

13 Susan Bush and Hsio-yen Shih, *Early Chinese Texts on Painting*(Cambridge, Mass.: Harvard University Press, 1985), p. 49.

들일 필요는 없었다. 그것은 우주 안에 두루 작용하는 기본 원칙으로서 우주 안에서 일어나는 여러 변화 과정들 속에 편재하며 모든 변화를 주도하는, 힘들이면서 훈련받은 감수성의 소지자에게는 일상적 차원에서도 인지되는 것이다.

회화에 대하여 주장되는 형이상학적 이론들은 그 내용이야 어떤 것이건 간에, 실제로는 이런저런 진리나 원칙 자체들보다는 그러한 진리나 원칙들을 이해하는 데 필요한 마음의 태도에 대하여 말하고 있다고 볼 수 있다. 그리고 그 이론들은 그러한 마음의 태도를 개발시키는 데에 필요한 조건이 어떤 것인가를 제시함에서 언뜻 생각되는 것보다는 훨씬 더 강한 설득력을 가지고 있다. 여기서 요구되는 조건이라고 하는 것은 화가들의 훈련에서 정신적인 면이 강조되어야 한다는 것이지만, 그렇다고 그것의 기법적인 면과의 관계를 등한히 한 것은 아니다. 성현(成俔)은 "물상을 묘사하는 데 천지조화의 심오한 뜻을 터득하지 못한 자는 훌륭한 그림을 그릴 수 없다."[14]라고 했다. 이 형이상학적 주장을 강희맹(姜希孟)은 좀 더 구체적인 정신과 시각과 매체의 기술로 옮겨 진술했다.

군자가 도덕을 구명(講明)하는 중에 몸과 마음이 피로하다고 사어(射御)나 금슬(琴瑟)을 잡을 수 없고 무엇으로 정신을 부드럽게 하고 양성(養性)을 할 것이냐. 이때 책상에 앉아 종이에 붓을 날려 만물을 정관(靜觀)할 때에 마음으로는 터럭 끝만 한 것도 능히 꿰뚫어 볼 수 있으며 손으로 그림을 그릴 때에 내 마음이 극치에 도달하는 것이다. 무릇 모든 초목과 화훼는 눈으로 그 진수를 보아 마음으로 얻는 것이요, 마음에 얻는 진수를 손으로 그려내는 것이니 한번 그림이 신통하게 되면 한번 나의 정신(마음)도 신통하게

---

14 정양모(鄭良謨), 「조선 후기의 회화」, 『산수화(상)』(중앙일보사, 1980), 184쪽.

되며 한번 그림이 신통하게 되면 한번 마음도 신묘하게 된다. 그런고로 때로 연묵(鉛墨)에 의해서 자기 마음(정신)과 씨름을 하는 것이다.[15]

강희맹이 말하고 있는 것은 분명 재현적 사실주의 이상의 것이다. 그러나 위의 인용문에서 흥미로운 것은 대상을 골똘히 뜯어보는 것에 대한 강조이다. 다만 이 보는 행위가 눈보다는 마음의 노력이 있을 때 성취되는 것이다. 그러는 한, 본다는 것은 도덕적 훈련에 의하여 닦이고 명상의 수련을 통하여 정관의 정신에 들어간 상태에서의 보는 행위이다. 그러나 동시에 그것은 정신의 세계를 응시하는 것이 아니라 이 세상의 것들, 즉 풀이라든가 나무, 꽃 등에 초점을 맞춘 응시이다. 다만 이 바라봄이 마음의 눈을 보다 예리하게 만들어 준 정신적 세계로부터 시력의 보강을 얻어 가능한 것이다.

주목해야 할 점은 마음이 유형의 언어와 무형의 세계, 이 둘 모두에서 하나의 단일적 원칙으로 작용하고 있다는 점이다. 이 마음은 영국의 낭만주의적 개념에서의 상상력, 콜리지(Samuel Coleridge)가 말한바, '인간의 모든 지각 작용'과 '무한에서의 영원한 창조 행위에 다 같이 작용하는 제1동인'으로서의 상상력과 비슷하다. 이 우주적 신비의 힘은 유럽의 낭만파들에게는 숭고한 자연 속에서 특히 경험하기 쉬운 것이었지만, 동시에 미적 대상과의 감각적, 지각적 또는 정서적 공감이라든가, 또는 이런 감흥들을 마음속에 재창조할 수 있는 기억력이라든가, 자연을 재현하는 화가의 표현력에서도 감지될 수 있는 매우 세속적이며 현세적인 측면을 가진 힘이기도 했다.[16]

---

15 같은 책, 185쪽.

16 Samuel Taylor Coleridge, *Biographia Literaria I*, eds. James Engell and W. Jackson Bate (Princeton, N. J.: Princeton University, 1983), p. 304.

그러나 동양의 관점에서 이 마음은 종종 인간의 심리로서보다는 세계를 관류하고 있는 물질이며 정신인 어떠한 힘으로 생각되었다. 이것의 움직임이 동양화에서 강조되는 기운의 원리이다. 이 생각은 6세기 때 중국의 이론가였던 사혁(謝赫)의 육법(六法)에도 피력되어 있다. 즉 회화는 '기운(氣韻)'을 통하여 활력 있는 움직임의 느낌을 주어야 하며, 그것은 또한 화가의 마음과 세상에 동시에 공명(共鳴)을 울리는 하나의 정신 —— 객관적 관찰이나 기법상의 능률이 아니라 —— 에 의하여 만들어져야 한다는 것이다. 그러나 이러한 동서양의 비교가 가져오는 이점은 이 기운의 힘이 마음 속에서 인식의 한 기능으로서도 작용한다는 것을 상기하는 것이다.

앞에서 강희맹의 인용문은 풀이라든가 나무 그리고 꽃들이 정신 집중 상태에서의 상기(想起)에 의하여 종이 위에 재창조된 사물들이라는 것을 말한다. 종병(宗炳)이라든가 곽희(郭熙)와 같은 중국인들의 경우, 풍경화의 의미는 다분히 자연의 기억 속에 남은 장면들을 상기(想起)하는 즐거움에 있었다.[17] 강세황(姜世晃, 1713~1791)에게는, 실제의 풍경을 찾아가 보지 않고도 충분히 만족할 만한 풍경화의 창조가 가능하였는데, 그는 마음의 눈을 좇음으로써만도 그런 풍경화를 그릴 수 있다고 생각하였다. 그는 자신이 풍경화를 그리게 된 동기를 이렇게 설명하고 있다. "나는 천성이 본래 아름다운 산수를 사랑하나, 일찍이 어려서부터 고질병이 있어 움직이기가 어려우므로 산에 올라 구경하고자 하는 소원을 한 번도 이룰 수 없었고, 오직 취미를 그림에 붙여 스스로 즐겼다. 그러나 그 기이한 취미와 사실과 먼 생각이 어찌 진짜 산수를 보고 즐기는 것과 같겠는가?"[18] 그러나 중요한 점은 그가 그림으로부터 얻기를 바라는 즐거움이나 실제로 자연의 풍경에

---

17 James Cahill, *The compelling Image: Nature and Style in the Seventeenth Century Chinese Painting*(Cambridge, Mass.: Harvard University Press, 1982), p. 63 참조.

18 김은희(金垠希), 『강세황의 예술철학과 동양화론』(현명, 1994), 116쪽.

양팽손, 「산수도(山水圖)」

서 얻었을 즐거움을 기본적으로 같은 것이라고 생각했다는 것이다.

……이에 작은 네 벽에다 모두 산수를 그렸다. 겹겹이 둘러 있는 산세에 푸른 기운이 곧 흘러내릴 것만 같다. 샘은 절벽을 달리고 구름은 바위에 굴레를 씌운다. 은자의 집은 도인의 집과 불사(佛寺)와 더불어 긴 대나무와 높은 나무에 가리워 은은히 비추인다. 들판 다리 아래 고깃배에 노니는 사람들이 서로 이어지고 아침과 저녁, 눈과 비, 그리고 명(明)과 암(暗), 전(前)과 후(後) 모두가 눈앞에 완연히 있으나, 이른바 진산수(眞山水)에 못 미침은 유독 산수에 맑은 소리가 없음이라. 때때로 거문고 줄을 만지며 곡을 탄다. 높은 소리, 낮은 소리에서 연주하다 보면 예스런 맑은 소리가 나도 모르게 완연히 산수와 서로 합하여진다. 급히 쏟아지는 물이 돌에 부딪히는 소리, 미풍이 소나무 숲 사이를 파고드는 소리, 어부들의 노 젓는 소리나 뱃노래, 강 언덕 절간의 늦은 저녁 종소리, 숲속의 학이 우는 소리며 울 밑에서 부르짖는 용의 소리가 산수의 소리에 한데 어울려 어느 하나 갖추어지지 않은 것이 없다. 그 형태를 모두 갖춘 데다 그 소리조차 얻어 둘이 합하여 하나가 되어 그림이 그림인지 거문고가 거문고인지 알지 못하게 된다. 그리하여 비로소 병을 잊고 소원을 보상받아 마음이 평화롭고 우울을 떨쳐 버리게 되었다.[19]

공감에 의해 풍경 속으로 들어간 체험의 실감을 강세황은 다음과 같이 외쳐 말한다. "어찌 지팡이를 짚고 신발을 준비하여 애써 높은 곳을 오르고 많은 돌 틈을 꿰뚫은 연후에야 비로소 유쾌함을 얻겠는가?"

강세황이 증언하고 있는 것은 현실과 거의 똑같은 효과를 창조하는 마

---

19 같은 책, 116~117쪽에서 재인용.

음 또는 상상력의 힘이다. 그러나 이 상상력은 물질적 세계의 힘이라는 것을 다시 강조할 필요가 있다. 그럼으로써, 자연이, 가령 경치 좋은 곳에 정자를 지었을 때처럼, 심미화될 수 있다면, 심미적 물체인 회화는 자연으로 환원될 수 있는 것이다. 거듭 말하지만 심미화의 효과는 반드시 물질세계의 현실을 이상화하여 긍정함으로써 얻어지는 결과가 아니다. 위에서 우리는, 동양화의 '기운'과 같은 것이 낭만주의의 핵심 개념의 하나인 상상력과 비슷한 면을 가지고 있다고 말하였다. 이번에는(낭만주의에도 그러한 면이 없는 것은 아니지만) 그것의 물질적 성격을 다시 환기하자는 것이다.

중국 미학의 핵심적 개념이며 회화 속에 반드시 형상화하여야 한다는 '기운'을 나는 위에서, 어떤 해석법을 좇아(가령 이 글에서 인용한 수전 부시 또는 제임스 케이힐 등도 이 해석을 택하고 있다.) '정신적 공명'이라고 옮겨 말했다. 마이마이 제는 그의 『개자원화전(芥子園畵傳)』의 영어 번역에서 이 '기운'을 '리듬이 있는 활력(rhythmic vitality)'이라고 번역하고 있다. 그것은 "자연 속에 ─즉 천체의 운행 또는 계절의 순환 속에 존재하는 리듬"[20]이라고 다시 설명될 수 있다. '기운' 또는 '기'라는 말은, 가령, 워즈워스(William Wordsworth)가 그 신비적 자연 체험 속에서 느낀 것, 즉 "고양(高揚)된 생각들로 나를 설레게 하는 존재, 보다 깊은 곳에서 하나로 하는 어떤 존재에 대한 드높은 느낌"[21]이라고 표현할 때의 자연과 인간의 마음의 일체성을 뜻하는 것과 같은 면이 없지 않다. 그러나 이 '기운'이라는 문구의 '기'는, 위에서도 잠깐 비쳤듯이, 물질적인 힘으로 해석되는 경우가 더 흔하다. 자연의 체험이란 것이 신비적 측면을 어느 만큼이나 내포하고 있건 간에, 이 신비적 고양은 아름다운 자연환경 속에서 인간이 느끼는 현실적

---

20 Mai-mai Sze, *The Way of Chinese Painting*(New York: Vintage Books, 1959), p. 59.

21 William Wordsworth, "Lines Composed a Few Miles above Tintern Abbey."

조화의 느낌에 그 현실적 근거를 두고 있는 것이다.

　강세황이 환기하는 좋은 자연의 장면에서 우리는 인간들이 만들어 놓은 생활의 구조물들, 즉 도학자들의 회합 장소, 불교 사원, 어부와 그의 배, 그리고 어쩌면 화가 자신의 투영일 수도 있는 은자의 암자, 이런 것들을 볼 수 있다. 이렇게 하여 만들어지는 것은 일상적 실생활로부터 물러난 삶의 모습이 아니라 자급자족에 가까운 삶의 조건이 어떤 것인가에 대한 묘사이다. 즉 지극히 검소하지만 정신적인 면에서만이 아니라 물질적인 면에서의 행복도 부족함이 없는 그런 삶의 방식이 어떤 것인가를 묘사한 것이다. 여기에서 알 수 있는 것은, 비록 동양의 풍경화가 목표로 하는 바가 구라파 낭만주의의 그것과 마찬가지로 숭고의 느낌, 또는 초월적인 아니면 초자연적인 암시를 불러일으키는 것이라고 할지라도, 이 고양된 자연의 장은 자연 속에서 운위되는 일상적 삶 ── 그것이 농사짓는 삶이든 아니면 고기잡이의 삶이든 ── 과 단절될 필요가 전혀 없다는 사실이다. 사실상 풍경화 전반에 걸쳐 흐르는 하나의 포괄적인 큰 서사가 말해 주는 것은 풍치 좋은 자연환경 속에서 검소한 생계 수단에 의지하여 살고 있는 은자들의 이런저런 생활의 측면들인 것이다. 강세황의 상상적인 풍경화는 이 포괄적인 큰 서사의 지역적 표출이라고 하겠는데, 이 서사는 끝없이 펼쳐지는 자연, 12세기의 중국 그림의 제목을 따라, 계산무진(谿山無盡) 또는 18세기 한국 그림의 제목을 빌려 강산무진(江山無盡)한 가운데 흩어져 살고 있는 인간들의 모습인 것이다.

　'큰 서사'를 말하는 것은 물론 그것을 이념적 구상으로 보는 일이다. 그러나 동시에 그것은 현실 세계의 관련성을 가진, 또 그것에 대하여 통제적 모형으로 제시되는 이념적 구성이다. 회화, 특히 풍경화의 이론 및 제작은 동아시아에 있어 여러 색다른 예술적 충동들을 유교적인 이념적 체계에 의하여 관리한 결과로 생겨났다. 창조의 우주론적 근거로서의 마음, 또는 보편적 생명의 기운에 대한 믿음은 유교의 기본적인 신앙 개조였다. 마음이 생명력의 우주적 리듬의 일부로서 작용한다는 이론은 객관적 사실주의를 배격하게 하는 데 중요한 역할을 했다. 개별적 대상 또는 구역을 따로 떼어 틀 속에 넣는 사실주의적 방법 대신, 동양의 화가들은 세계를 유기적 일체성 속에서 보는 일종의 낭만주의를 선택하였다. 그러나 그 낭만주의는 주관적 표현보다는 기(氣)와 이(理)의 보편적 체험, 주관과 객관이 신비적으로 또는 포괄적으로 융합된 공간화의 체험을 강조하였다.

중국과 한국에서 다 같이 큰 영향력을 가졌던 이론가의 하나인 소식(蘇軾)은 이공린(李公麟)의 그림을 평하면서, 대상의 사실적 묘사에 충실한 그 그림의 사실성을 칭찬하는 말을 비판하여, 사람의 지각 현상, 능숙한 예술적 기법, 인간의 우주적 실존이 모두 일체적으로 존재함을 강조하였다. 그림에 은사(隱士)가 사는 환경이 세밀하게 그려져 있다면, 그것은 사람이 세말사(細末事)를 하나하나 주의하기 때문이 아니라 그러한 사실의 세계 속에 일체적으로 존재하기 때문이다. "세상을 버린 학자가 산에 들어가면 그는 어느 한 가지 것에 집착하는 것이 아니다. 그의 정신은 세상의 모든 것들과 교감하며 그의 지식은 모든 기예를 두루 포괄했던 것이다."[22] 이 포괄적이고 우주적 체험에서 아름다운 자연 풍경이 중요한 것은, 분명 그런 장소들에서 우리의 정신과 세상 만물의 교감이 더 용이하기 때문이다.

그러나 아름다운 자연은 전통적 조선 사회에서 깊은 사회적 의미를 가지고 있었다. 유교적 인생관은 사람의 사회적 의무 및 공인으로서의 봉사에 인생의 가장 중요한 의미를 부여하였지만, 다른 한편으로는 그와 정반대로, 그것은 사회를 떠나 사는 은자적 삶의 근원성을 인정하였다. 동양화의 사회적 기능의 하나는, 은자적 삶의 이상화를 통하여, 사회적, 대인간적

---

22 Susan Bush and Hsio-yen Shih, op. cit., pp. 206~207.

의무로부터 놓여나 자연 속에서 자기 수양에만 몰두하는 단순한 삶을 의무와 봉사의 인생에 대조시킴으로써 그 둘 사이에 있어야 하는 균형의 필요를 상기시키는 것이었다. 그런데 이 두 번째 이상, 즉 은자적 이상은, 적어도 조선조 유교의 이념적 갈등의 구도에서 보다 높은 도덕적 기반과 정통성을 지닌 개념으로 받아들여졌다고 할 수 있다. 모든 것의 근본은 자연의 유기적 일체성이고, 이것은 자연의 체험에서 궁극적으로 증거되는 것이었다. 이와 같이 전통적 세계관을 구성한 모든 이념적 요소들은 공간적 체험의 전체성에 맞아 들어가게끔 되어 있었다. 그리고 이 전체성은 현실적으로 농경적 삶의 안정된 한계들에 의하여 뒷받침되었다.

공간의 붕괴

이념적으로 통제되고 농경 사회의 일상과 실제적인 작업들에 의하여 유지된 전근대적 공간은 이제 사라졌다. 그리고 이 사라짐이야말로 분리된 공간의 구획이 없이 대기 속에 노출된 채 서 있는 박재영의 설치에 서리는 불협화와 불일치의 느낌의 원인이 되는 것이다. 박재영의 설치는 몇 가지 명제를 증명해 보여 준다. 예술 작품은 공간 속에 존재한다는 것, 이 공간은 틀에 의하여 특별히 구획된 공간일 수 있다는 것, 이 공간은 궁극적으로는 문화적 전통이 설정하는 미적 영역에 의하여 뒷받침된다는 것, 하지만 한국의 전근대 전통에서는 이 공간은 하나의 분리된 영역으로서는 존재하지 않았거나 아니면 지리적, 사회적 공간 전반과 그대로 이어진 연속적인 공간으로서 존재했다는 것, 이러한 사실들을 그의 설치는 드러내 보여 주고 있는 것이다.

그러나 다시 한 번 연속적인 공간은 이제 더 이상 존재하지 않는다. 이 일체적 공간의 파괴는 어떻게 해서 일어났는가? 대답은 찾기 어렵지 않다. 일체적 공간의 근본으로서의 토지의 황폐화에 대한 책임은 지난 이삼십 년 동안 맹렬하게 추진되어 온 현대화에 쉽게 돌릴 수 있다.(물론 이 기간은 단지 지난 세기의 후반부터 내리 진행되어 온 현대화 과정이 가운데의 보다 격화된 한 시기에 해당될 뿐이다.) 그러나 이 현대화 과정이 원래는 어떻게 시작되었는가 하고 계속 묻는다면, 그것은 제국주의의 압력으로 인한 것이라고 답할 수 있다. 제국주의는, 물론 한국의 경우, 일본의 식민지화와 그 뒤를 이은 미소의 반목 때문에 생긴 냉전의 여러 폐해의 형태로 체험되었다. 제국주의와 현대화가 이 땅의 지형까지도 눈에 띄게 바꾸어 버린, 적어도 현시점에서는 시각적으로나 환경적으로 수없는 부정적인 효과를 동반한, 역사적 변화에 대한 원인의 일부임에는 틀림이 없다. 그러나 현대화는 매우 복잡한 의미를 지닌 역사적 전개이다. 그것은 과거로부터 계속되어 온, 그리고 모든 충격과 피해에도 불구하고, 일관성과 조화감을 잃지 않은 채 존속한 삶에 부정적인 수정이 가해지는 변화가 아니라 전폭적인 삶의 재창조인 것이다.

문명의 과정의 주변부에 강요되는 삶의 재창조가 일으키는 체제적인 충격은, 가장 포괄적인 차원에서, 하나의 사회 또는 문화가 유지 또는 상실하게 되는 전체적 공간감의 문제로 바꾸어 설명될 수 있다. 앙리 르페브르는 "논리 — 인식론적 공간, 사회적 행위의 공간, 그리고 기획, 투영, 상징 또는 이상향 등 상상의 소산들을 포함하는 감각 현상들의 공간"[23] — 이러한 공간의 체계가 사회적 실천으로 생산되는 것이라고 주장한다. 만약 그러한 공간의 체계가 과연 존재한다면, 그것은 사고라든가 의식을 통해서

---

23 Henri Lefebvre, *The Production of Space*, trans. Donald Nicholson-Smith (Oxford: Blackwell, 1991), pp. 11~12.

라기보다는 실천에 의하여 생긴 공간이다. 그리하여 그것은 주체의 통합적 통일성을 보여 주지는 아니할 것이다. 르페브르의 공간의 사회적 실천은 긴 시간을 거친 다음에야 어느 정도의 응집력 또는 일관성을 가진 것이 될 것이다.

그러나 우리는 사회에 일종의 근원적 공간화가 존재하여, 이것이 국부적인 정신적 또는 물리적 공간들을 사회 속에 만들어 낸다고 생각해 볼 수 있다. 근원적 공간성이 그 창조력과 응집성을 얻기 위해서는 물론 문화적 과정들 전반에 걸친 활발한 움직임이 요구될 것이다. 이 공간성 ── 사회의 다른 공간적 실천을 결정하는, 이 공간화하는 공간성 ── 은 돌연 붕괴하거나 아니면 기력을 상실하게 되고 공간의 단편들만을 뒤에 남길 수가 있다.(르페브르는 1910년경에 서구 문명을 지배하던 하나의 이성적 공간이 갑자기 무너졌다고 말한다.)[24] 나는 그것이 비서구 도시들이 제국주의의 영향 아래 겪는 쇼크에 의한 기능 정지 현상과 같은 종류의 것이 아닌가 하고 생각해 본다. 다만 후자에게 이 쇼크는 비할 수 없이 큰 것이다.

비서구 도시는 제국주의와 현대화의 충격을 받으면 반드시, 군중, 판잣집 그리고 잡동사니의 물건과 영상들이 이치도 맥락도 없이 뒤엉키는 혼란의 장소로 바뀐다. 이 혼잡한 공간 안에 서구식 계획을 불러들이는 시도가 없었던 것은 아니나, 그러한 시도들은 기껏해야 가짜의 속악한 겉발림만을 생성할 뿐, 좀처럼 보다 깊은 의미의 공간 속에 뿌리를 내리지 못한다. 그러나 도시가 무질서한 공간으로 화한다면, 그것은 문화적, 정신적 그리고 실제적 소공간들을 비유적으로 구성한다고 할 수 있는 사회, 문화 그

---

24 "……1924년경에 하나의 공간이 붕괴했다. 그것은 상식과 지식과 사회적 실천과 정치권력의 공간으로서, 그때까지 일상적 담론은 물론 추상적 사고에 의사소통의 환경으로서 존중되어 왔던 공간이며, 또 (유클리드나 논리의) 그리스 전통을 토대로 르네상스 이후 발전되어 온, 그리고 서양 예술이나 철학 또는 서양의 도시에 구현되었던, 원근법과 기하학의 공간이다." Lefebvre, op. cit., p. 25.

리고 삶의 양식, 이 모든 것들에서 일어나고 있는 무질서 현상의 일면에 불과하다.

하나의 문화적 공간은 어떻게 하여 붕괴되는가? 한 가지 답으로서 현대화의 충격 또는 제국주의의 과부하 압력은 이미 말한 바 있다. 주목할 점은 이러한 충격이 단순히 사회나 문화에 가해지는 물리적인 또는 폭력적인 타격만을 의미하는 것이 아니라, 마치 구조물이 표면상의 분명한 이유 없이 또는 속이 썩어 안으로부터 무너지듯, 어떠한 사람들의 창조적, 구조적 주체성이 무너져 버리는 것을 의미한다. 이 붕괴된 공간 속으로 헤게모니를 장악한 문화의 영상들이 쏟아져 들어온다. 이 영상들은 하나의 새로운 공간화를 위한 생산적 과정의 소산들이 아니라 다른 생산적 공간의 산물들이다.

이렇게 말하는 것은, 제3세계와 서양의 만남을 불평등한 세력들의 충돌로만 보는 것이다. 그러나 서양적 공간성이 보다 우세한 것은 어느 정도 불가피한 것이라고밖에 할 수 없다. 그 이유는 단지 그것을 뒷받침하는 제국주의적 권력 때문이 아니라 그것의 기반이 되는 이론적 탄탄함 때문이다. 르페브르는 한 사회가 공간적 실천에 성공하려면 특혜 받은 공간들, 즉 정치적 장소 및 종교적 의식(儀式)들을 위한 장소 같은 것들이 유지되는 것이 중요하며, 또한 거기에 덧붙여, 진리, 삶, 사고, 지식 그리고 권위를 포함하는 "하나의 (기의적 그리고 기표적) 고차원적 '현실'"을 만들어 내기 위하여 행해지는 행위들의 공간이 필요하다고 말한다. 이 모든 행위들은, 인간의 이론적 삶과 결부되어, 지배적인 고차원적 현실을 어지럽게 하는 소음들을 제압하고 제거하는 일을 한다. 이 소음 통제의 이론의 공간은 사회의 공간 체계의 고정화에 매우 중요한 역할을 수행한다. "공간적 실천은 개념화되기 이전에 직접 체험되지만, 개념화된 것이 체험된 것에 대하여 갖게 마련인 사변적 우위는 실천을 삶과 더불어 사라지게 하며 체험적 삶의 '무의식'의 차원을 경시하게 한다."[25]

　체험된 공간과는 별개의 개념화된 공간이라는 것은 어느 사회에나 존재한다. 그러나 우리는 그것이 서양 전통 속에서 더 강한 뿌리를 내리고 있다는 지적을 할 수 있다. 일찍부터 강력한 이론적 경향은 서양 전통의 특징이 되어 왔다. 연역적 기하학, 알베르티식 원근법, 뉴턴의 물리학, 또 그 밖의 여러 가지 것들을 포함하는 공간적 사고의 경우 이것은 더욱 그러하다. 한국에서 공간에 대한 기본적 사고 체계가 붕괴되었다면, 그것은 일부는 "개념화된 것이 체험된 것에 대하여 갖게 마련인 …… 우위" 때문이라 할 수 있다. 이것은 또한 강하게 주제화된 공간이 약하게 주제화된 공간에 대하여 우위를 점하게 마련인 미학적 공간의 형성 과정에도 적용되는 얘기일 것이다.

공간 붕괴기에 있어서의 예술 작품

　이제 다시금 박재영의 설치로 되돌아가, 우리는 그것을 한국에 있어서의 마음과 삶의 공간의 붕괴만이 아니라, 체험적 세계가 개념적 세계로 탈바꿈하는 과정 — 이것은 어쩌면 세계적 규모의 합리적 조직화를 추세로 하는 역사의 불가피한 과정이라고도 할 터인데 — 을 예증해 주는 예로서 볼 수 있다. 박재영의 설치는 몇 가지의 공간성을 보여 주고, 이 공간성에 애매하게 걸쳐 존재한다. 그중, 아마도 역사적 진화의 차원에서 첫 번째 순위를 차지할 수 있는 것은 한국 판교에서 있었던 설치가 표상한 공간성일 것이다. 그것은 사회생활이라는 직조물의 전부, 아니면 하나의 사회가 구

---

25 Ibid., p. 34.

성하는 공간의 총체와 그대로 연속되어 있는 공간성이다. 거기에는 하나의 예술 작품이 존재하는 특별한 공간적 구역에 대한 강한 느낌이 존재하지 아니한다. 옥외에서의 예술품의 전시가 없었던 전통적 한국의 경우, 자연 속에 놓인 물건은 그것이 무엇이든지 아직 기계적 방법들에 의하여 조형되지 아니한 땅 위에서 실용적 또는 의식(儀式)적 사물들의 무리에 무리 없이 섞여 들어갔다. 이 상태는 발터 벤야민(Walter Benjamin)이 '아우라'라고 부르는 상태와 이 상태를 선행하는 또 하나의 상태 사이를 오락가락하는 하나의 상태이다. 자연 경제의 상태에서, 하나의 물체는 그것의 유일무이한 상황에 묻혀서 존재한다. 예술품의 경우도 마찬가지이다.

예술 작품에 그것의 유일무이한 아우라를 부여하는 상황들은 그 예술 작품을 그것의 상황들로부터 억지로 뽑아낸다. 그렇게 되면 그것의 아우라는 그냥 퇴화해 버린다고 벤야민은 말한다. 그러나 우리는 만약에 아우라가 벤야민이 또 다른 맥락에서 정의하고 있듯이 "거리의 독특한 현현"[26]이라고 한다면, 아우라가 파괴되는 것은 반드시 "물체를 ─ 그것의 각(殼)으로부터 뽑아내는 것"[27] 때문만은 아니라고 말해야 한다. 각(殼) 속에 들어 있는 물체에는, 그것의 물리적, 실용적, 문화적 및 종교적 맥락들을 반영한다는 뜻에서라면 모르지만, 거리의 느낌이 있을 수 없다. 맥락의 반영에 의하여 어느 정도의 거리감이 제시된다 할지라도 ─ 특히, 어떤 숭배 대상물의 종교적 맥락의 경우처럼 ─ 그것은 결국 현실의 연속적인 있음 속으로 동화(同化) 흡수되어 버리고 마는 것이다. 아우라의 거리감은 하나의 실용적 맥락을 가진 물체가 격리된 영역, 체험적 세계의 현장감 저쪽의

---

26 Walter Benjamin, "On Some Motifs in Baudelaire", *Illuminations*(New York: Schocken, 1969), p. 166.

27 Walter Benjamin, "The Work of Art in the Age of Mechanical Reproduction", *Illuminations*, p. 223.

영역으로 옮겨 들어가기 시작할 때 — 박물관들과 그 수집품들이 나타나기 시작한 초창기처럼, 하나의 물체가 그것의 실용적 맥락으로부터 하나의 미적 영역으로 옮겨 들어가기 시작할 때 — 비로소 생겨난다.

판교에서의 박재영의 설치는 일상적인 세계 속에 존재한다. 그러나 그것은 불협화의 양식으로 변주된 일상적 존재이다. 그것은 공간 속에 존재하나, 동양 미학의 기억되고 상상된 공간 속에 존재하는 것이 가능하다는 뜻에서밖에는, 그것 자체의 공간을 갖지 못했다. 뮌헨의 설치는 그것의 고유한 공간적 맥락, 미적 영역 속에 존재한다. 그림의 틀과 같은 대좌(臺座)와 벽을 덮은 거울에 의하여 현실 세계로부터 격리됨으로써 그 공간의 미적 구획화에는 강한 역점이 주어진다. 현대 세계에서는 예술품을 위한 적절한 공간은 박물관이나 미술관이다. 즉 그것의 전시 목적을 위하여 따로 떼어 놓은 공간이 그 고유한 공간인 것이다. 박물관과 미술관은, 보편화된 현상으로는 서양의 발명품이다. 이런 것들은 서양이 한국으로 들어옴과 동시에 한국에 들어왔다. 지금에 와서는 현대화의 가속화된 보조에 맞추어 그 수가 늘어 가고 있다. 박물관은 애초에 왕실과 귀족층이 수집한 미술품에서 시작되었다. 공공시설로서의 박물관들은 건축의 면에서 아직도 귀족적 위엄을 지니고 있다. 한국에서 지금 발전 도상에 있는 박물관의 어떤 것들은 신흥 자본 계층의 예술품 수집의 연장 또는 넘쳐흐름의 산품이다.

여기서 잠깐 주목하고 지나갈 일은 한국의 전통적인 실용품 가운데 많은 수가 새로운 부유층의 생성과 함께 수집의 대상이 되었으며 부유층의 집으로 옮겨져 가서, 잘 정돈된 공간 속에 따로 비치되게끔 됨으로써 미술품이 되었다는 재미있는 사실이다. 즉 그 물품들은, 이렇게 옮겨 가면서, 지금껏 그것들의 실용적 맥락 속에서는 알아볼 수 없었던 미적 아우라를 지니기 시작하게 된 것이다. 새로운 공간에의 이동은 이러한 물품으로 하여금 두 가지 성격, 실용성과 미학적 성격이라는 두 관점으로 보이는 것이 되게 했고, 이 두 성격 사이의 낙차(落差)가 이들 전통적 살림 도구들의 가격을 엄청나게 폭등시켰다. 박재영의 설치로부터 공간을 앗아 가고 있는 것은 바로 이렇게 생겨나는 특수한 공간들이다. 이제 어떠한 대상도, 예술적 가치의 관점에서 보아지기 위해서는 이러한 특수 공간을 확보하지 아니하면 안 된다. 박재영의 설치는 그것을 미학적으로 따로 떼어 놓는 공간을 갖고 있지 않음으로써, 이 특수 공간의 실천적 출현을 증언한다.

　박물관의 발달사는 더 자세히 연구되어야 하겠지만, 그 기원을 대강만 훑어보아도 그것은 사회적 공간의 구획화에서 하나의 물리적 공간을 할당받아서 존재하게 된다. 그러나 그것은 동시에 정신 발달의 일환이다. 뮌헨의 설치에서의 알루미늄 거울은 이 점에서 의미심장한 것이다. 그것은 일상적인 삶의 체험적 공간으로부터 따로 분리된 예술 작품의 존재 양식이 어떤 것이 되는가를 시각적으로 예증해 준다. 거울은 객관적 세계에 있는 물체들을 비물질화함으로써 그것을 환영(幻影)적 공간 속에 있는 환영적 영상들로 만들어 버린다. 말하자면, 실체가 없는 형상들이 이루는 플라톤적 영역 또는 미적 영역 속의 영상들로 바꾸어 버리는 것이다. 그러니까 눈에 보이는 것들 밑에 깔려 있는 것이 플라톤적 관조(觀照) 또는 미학적 명상의 행위를 통하여서 드러나는 또 다른 이성적 형상들이라는 것이 암시되는 것이다. 그러나 현실에서는 물질과 형상의 플라톤적 관계는 뒤바뀌어 버린다. 실제 이성의 형상들의 암시를 북돋워 주고 유지하여 주는 것은 실제의 공간에 있는 물질적인 것들이다. 물체들은 영상들이 된다. 그러나 이 영상들은 그것들 자체만으로 존재하는 것이 아니라, 실제의 것들의 반영으로 존재한다. 물질과 이데아가 서로 뒤바뀔 수 있는 거울 속의 반영이 만들어 내는 애매한 공간이야말로 바로 서양 미학의 전통적 소산인 미적 영역이다.

　그러나 미적 공간이 생겨나는 데 작용하는 비물질화 과정은 계속 진전

된다. 예술 작품이 가지고 있는 이성의 형상의 영역 그리고 물질세계와의 이중적 관계는 그 자체의 가차 없는 논리를 좇는 이 과정의 단 하나의 단계에 불과하다. 점점 더 세속화되어 가는 현실에서 플라토니즘은, 은폐된 것이건 공공연한 것이건 간에, 설 자리가 없다. 그러나 무엇보다 문제가 되는 것은 예술 작품의 물질적 대상에 대한 관계이다. 존 크레리는 현시대에서의 시각적 경험이 '지시성의 부재(absence of referentiality)'로 특징지어진다고 말한 적이 있다. 19세기 이후 지금까지 감각에 대한 과학적 연구는 지각과 대상물 사이에 필연적인 관계가 없다는 것을 보여 주었고, 감각적 가상을 만들어 내는 기계 수단은 외적 지시물이 없이도 감각적 경험이 일어날 수 있게 하였다. 이런 발전은, 다른 말로 표현하자면, 시각과 물질적 세계 사이에 존재하는 진리의 관계를 절단하는 결과를 초래하였다. 예술에서의 모더니즘의 실험의 토대가 된 것은 이 진리의 관계의 소멸이다.[28] 그러나 이러한 실험들은, 장 보드리야르의 이론으로 하여 최근 많이 사용하게 된 어휘를 빌리면, 시뮬라시옹[模寫], 시뮬라크르(모사 영상) 및 하이퍼리얼[過現實]이 지배하며, 사실적인 것과 그것의 영상들 간에 아무런 분간도 없는 20세기의 세계, "여러 가지로 결합 가능한 모형들이 대기가 없는 하이퍼스페이스[過空間] 속에서 방사상(放射狀)으로 통합되며 만들어 낸 생산품인, 과현실의 세계"[29]가 출현하기 위한 전주곡에 불과했다.

박재영의 설치는 뮌헨에서는 아직 물체와 그것의 반영 사이에 진리적 관계가 존재하는 물질적이며 미적인 영역에 존재하고 있다. 그러나 이것은 단지 일시적인 현상에 불과하며, 지금 그것은 이런 진리적 관계가 붕괴될 수밖에 없는 하이퍼리얼의 세계로 넘어가는 문턱에 걸려 있다고 보

28 John Crary, "Modernizing Vision", *Vision and Visuality*, ed. Hal Poster(Seattle: Bay Press, 1988) 참조.

29 Jean Baudrillard, *Simulations*(New York: Semiotext(e), Inc., 1983), p. 3.

는 것이 정확할 것이다. '설치'는 이미 그것의 애매한 존재 양식을 설명하는 예술 형식이다. 그것은 물질성 속에 존재하되, 이 물질성은, 불후성(不朽性) ── 동상(銅像)의 기념비적 영구성까지는 아니더라도, 적어도 하나의 내구성(耐久性) 내지 지속성 ── 을 갈망할 수 있으면서도 스스로의 임시성을 체념적으로 받아들이는 물질성이다. 자신의 영속성에 대한 자기 회의는 오늘날의 세계가 놓인 처지에 관련된 여러 사정들에서 기인한다. 나타남과 동시에 소모품이 되는 시각적 영상들의 범람, 사회적 제도나 물질적 기반의 지속을 불가능하게 하는 변화의 속도, 자연적 존재의 무게를 가질 수도 있는 것이 예술 작품이라는 생각을 버리고, 예술 작품을 커뮤니케이션의 텍스트가 되게 하여, 의미 없는 흔적의 기록, 목소리의 한 현상에 불과하게 만드는 반성적 주관성의 심화, 이러한 모든 것이 그 원인인 것이다.

설치의 임시성은 무엇보다도 설치의 공간과 그것과의 관계의 임시성에서 온다. 사물의 전체적 안정성을 보장하는 것은 공간의 안정성이다. 설치는 그것이 전시된 장소에 대하여 지속적인 권리가 없다는 것을 이미 스스로 의식하고 있다. 뮌헨의 영국 정원은 예술을 위하여 헌정된 장소가 아니다. 만약 그것이 '쿤스트라움(예술의 공간)'으로 간주될 수 있다면, 단지 얼마 지속되지 않는, 빌린 시간 동안만 임시로 그러한 것이다. 하지만 어쩌면 공간성은 박재영의 설치 속에 그 모든 애매성에도 불구하고 존재론적으로 보다 깊이 얽혀 들어가 있는 것인지도 모른다. 박재영의 조각품들은 3차원의 물질성을 갖춘 육중한 몸체의 물체들이다. 그것들은 거울에 반사될 때 그 물질성을 잃으나 거울에 반영된 상태에서조차도 야릇한 공간성 가운데 남아 있다. 플라톤적 형상의 영역을 상기시키는 이 공간성은, 예술 작품이 지시성에 매달려 있는 한은, 예술 작품의 본질적 조건으로 남는다. 그 이유는 현실의 환각을 창조하는 것은 바로 이 공간적 환각이기 때문이다. 어떤 물체의 안과 그 주변에 암시된 공간성이야말로 실세계에 닻을 내린 참물체의 무궁무진한 깊이와 신비로움을 보장해 주는 것이다.

거울에 투영된 박재영의 조각품들은 아직도 이 공간성을 가지고 있다. 그리고 영상들의 뒤쪽은 우리 눈으로 볼 수 없으나, 분명 그 깊이의 느낌으로 보아 거울의 표면으로부터 시작되는 이쪽 세상에 속하는 것이 아니라 표면 저쪽으로 연장되는 또 다른 세계에 속하는 하나의 공간 속에 아직도 존재한다. 영상의 신비로움은 이 거울의 뒤쪽으로 암시된 공간의 신비로움이다. 그러나 베른하르트 립이 보고한 바로는, 이 환각은 완전한 것이 아니다. 립은 원래의 설치의 일부를 이루는 알루미늄 거울의 표면이 둔탁하다고 말한다. 이 둔탁함 때문에 알루미늄 거울에 반영된 물체들은 표면에 남아 있을 뿐 환상적인 심오한 공간 속으로 사라져 들어갈 수 없게 되어 있다는 것이다.[30] 그렇다면, 설치와 미학적 형상들이 차지하는 공간과의 관계는 식물원과 그것과의 관계가 명확하지 않은 것과 마찬가지로 불확실한 것이 된다.

모든 것이 모사품, 영상, '디 빌더(die Bilder)'가 되어 버리는 과현실의 세계에는, 보드리야르의 말을 빌리자면, "존재와 현상 또는 현실과 그 개념을 반영할 거울이 남아 있지 않다."[31] 대좌 위에 올라 있는 물체들과 그것들의 거울 속의 영상들 사이에서, 그 어느 것이 참것이고 또 어느 것이 개념적인 것이건 간에, 그 둘 사이에는 아무런 진리의 관계도 성립되지 않은 것이다. 관계가 있는 듯한 환각은 그 공간적 기획 전부가, 빌려 오기는 했지만, 현실의 공간임에 틀림이 없는 공간 속에 설치되었기 때문에 생긴 현상인 것이다.

---

30 *Was ist ein Bild?*, p. 36.

31 Baudrillard, op. cit., p. 3.

사실에 있어서 모든 것은 표면적인 것에 불과하며 임시적인 공간 속에서 우리 마음을 임시로 잠깐 자극하는 영상들일 뿐이다. 이 영상들은, 실재의 공간이건 상상의 공간이건, 공간 속에 거주하지도, 쉬며 머물지도 않는다. 이것들이 공간 속에 함께 묶여 존재하지 않는다면, 이것들이 함께 존재하는 것은 도대체 어디에서일까? 그곳이 하나의 안정된 공간, 모든 실체들이 존재하는 단일적이고 무한한 장소인 공간이 아닌 것만은 분명하다. 또한 사회적, 문화적 그리고 이론적 실천이나 정신적 작업 등이 구성하는 뚜렷하게 알아볼 만한 소공간들이 아닌 것도 분명하다. 만약 거기에 하나의 공간이 존재한다면, 그것은 광고업자, 비디오카메라, 컴퓨터 그래픽스 조작 장치 등의 환각 제조를 위한 현대적 기계들이 생산해 낸 '하이퍼 스페이스(과공간)' 또는 '사이버 스페이스(인공 공간)'일 것이다. 그런고로 예술의 존재론에 대한 박재영의 실험이 여러 사회의 공간으로 옮아가고, 또 과거의 설치들을 기록한 비디오테이프에 기록되고, 하나의 컬로퀴엄 ─ 다른 시간 그리고 다른 공간들에서 행해진 설치에 대하여 각각 다른 기억들을 가진 다양한 배경의 사람들의 담론을 포함하는 하나의 컬로퀴엄 ─ 으로 전위되는 것은 합당하다고 할 수 있다.

　박재영의 설치는 우리로 하여금 오늘날의 세계에서 예술 작품의 존재 양식을 바꾸어 놓는 변화 과정에 대하여 생각하게 만든다. 이 과정에서 변화하고 있는 것은 예술 작품만이 아니다. 우리는 모두 이 과정에 참여하고 있다. 이 과정은 우리의 지각(知覺) 구조를 부단히 바꿔 놓으며, 또한 우리가 살고 있는 세계 그 자체 속에 닻을 내린다. 그것은 우리가 주거하고 있는 장소들과, 이전에는 이 장소들에서 우리가 편안한 느낌으로 또는 신비한 낯섦의 느낌으로 지닐 수 있게 해 주던 ─ 이제는 영상화한 ─ 이런저런 것들을 그 안으로 끌어들인다. 이런 것들은 이전에는 하나의 안정된 공간, 문화적으로 또는 정신적으로 구성되었으면서 동시에 물리적 실재로서 느껴졌던 그러한 공간 가운데에 담겨 있었다. 그러나 이제는 이 공간적 안정감은 분해되고, 장소들과 영상들은, 그것들을 서로 묶고 있던 굴레들로부터 풀려나면서, 불확실한 것이 되고 비실재가 된다.

다리와 정자

『존재와 시간』의 철학자 하이데거는 일찍이 인간 존재의 시간성에 대하여 깊은 관심을 가진 것으로 알려졌다. 그러나 그가 사실상 더 큰 관심을 가졌던 것은 존재 또는 있음(Sein)이었다. 존재 또는 적어도 존재감은, 비록 하이데거 자신이 안일한 정의를 불허하고 있지만, 아마도 공간에 대한 우리의 느낌에 의하여 가장 가깝게 전달할 수 있는 개념이 아닐까 한다. 그의 글에는, 가령 열림, 열림의 터, 공간, 구역, 장소, 세계 등 공간과 관련된 어휘가 무수히 나온다. 그리고 그의 저서 전체에서 우리는 물체들과 그것들의 공간적 배경과의 관계에 대한 관찰들을 끊임없이 발견한다. 독일 시골 풍경 속에 서 있는 한 채의 농가라든가, 사원 속의 희랍 조상(彫像)들, 반 고흐가 그린 농부의 구두와 농토, 시인과 철학자가 걸어가는 숲속의 길, 이러한 것들이 언급되는 것이다. 이것들은 모두 물체들이란 얼마나 공간 속에서의 그것들의 역학적인 자리 박힘에 의하여만 의미 있는 존재성을 부여받는가를 말해 주고 있다. 이러한 상호 관계는, 가령 하이데거가 다리와 다리가 설치된 장소에 대하여 말한 아래와 같은 글에도 잘 나타나 있다.

분명, 다리는 특별한 '그것만의' 성질을 가진 물건이다. 왜냐하면 다리는 4중의 터전(das Geviert), '땅과 하늘과 신적인 것과 죽어야 하는 존재인 인간'을 한데 묶음으로써 저 자신의 '부지(eine Stätte, 敷地)'를 확보하기 때문이다. 그러나 '그것 자체가' '하나의 장소(ein Ort)'가 될 수 있는 것이 아니면 부지를 위한 공간은 만들 수(einräumen) 없다. 다리가 있기 전에 장소(das Ort)는 거기에 있지(vorhanden) 않다. 다리가 서기 전에도 물론 시냇물을 따라 무엇인가에 의하여 점거될 수 있는 많은 지점들(vielle Stellen)이 있었다. 그 가운데 한 지점이 장소가 된 것인데, 그것은 '다리 때문에' 그렇게 되는 것이다. 이렇게 하여 다리는 거기에 서기 위하여 하나의 장소로 오는 것이 아니라, 오히려 다리로 인하여 장소가 일어나는 것이다. 다리는 하나의 물체이다. 그것은 4중의 것을 하나로 묶는다. 바로 이 부지에 의하여, 장소와 길들(Plätze und Wege)이 정해지고, 공간(ein Raum)이 마련된다.[32]

하이데거의 다리는 풍경 전부를 한데 모으는 집합점이다. 그것은 자연스럽게 인간의 주거와 그다음으로는 — 이것이 가장 중요하다. — 그가 4중의 것이라고 부르는 것, 즉 땅(Erde), 하늘(Himmel), 신적인 것(Göttliche), 그리고 인간(Sterbliche)까지를 포용한다.

흥미로운 것은, 다리의 기능 중에, 한국 풍경화에서의 정자의 그것과 매우 비슷한 데가 있다는 점이다. 정자도 역시 이미 시사했듯이, 하나의 장소를 미적 질서의 공간으로 정리하는 집합점의 역할을 했던 것이다. 앞에서 말한 것처럼, 정자는 전국 곳곳에 서 있었다. 그리고 여기에서 글하는 선비들이 함께 시화를 즐기곤 했다. 지난날의 이 역할의 흔적으로, 정자가 있는 터의 자연을 기리는 시들이 적힌 목판들이 아직도 정자의 천장 아래 걸려 남아 있는 곳들이 있다. 또한 인쇄된 형태로 남아 있는 시들도 있다. 그 한 예는 — 이것은 희귀한 예라 할 수 있다. 왜냐하면 이 시는 전통적으

---

32 Martin Heidegger, "Bauen, Wohnen, Denken", *Vorträge und Aufsätze II*(Tübingen: Günther Neske Pfullingen, 1954), p. 154.

로 시의 매체로서 보다 흔히 사용되던 한문 대신에 한글로 씌었기 때문이다.──송순(宋純)이 쓴 「면앙정가」이다. 이 시는 토지의 아름다움에 대한 송가인데, 여기에서 주목하고 싶은 것은, 조망이 정자를 중심으로 하여 상하로 펼쳐짐을 그린 서두 부분이다.

무등산(無等山) 한활기뫼히 동다히로 버더이셔
멀리 떼쳐와 제월봉(霽月峰)이 되여거날
무변(無邊) 대야(大野)의 므삼짐쟉 하노라
일곱구배 한대움쳐 믄득믄득 버러난닷
가온대 구배난 굼긔든 늘근뇽이
션잠을 갓깨야 머리랄 안쳐시니
너라바회 우해 송죽(松竹)을 헤혀고
정자(亭子)랄 안쳐시니 구름탄 청학이
천리(千里)랄 가리라 두나래 버럿난닷
옥천산(玉泉山) 용천산(龍泉山) 나린 믈히
정자(亭子)압 너븐들해 올올(兀兀)히 펴진드시
넙거든 기노라 프르거든 희지마니
쌍룡(雙龍)이 뒤토난닷 긴깁을 채펴난닷
어드러로 가노라……[33]

위에서 정자를 천 리를 갈 청학에 비교한 것은 거기에서 볼 수 있는 조망의 넓음을 하나로 요약하는 것이라고 하겠는데, 정자는 가장 뛰어난 지리적 이점의 중심에 서 있는 것으로 묘사되어 있다. 그것은 말하자면 부근

---

33 「면앙정가」, 『한국 고전 문학 전집 3』(고려대학교 민족문화연구소, 1993), 117∼118쪽.

풍경을 하나로 집약하는 지점에 있는 것이다. 정철(鄭澈)의 시조는 「성산별곡(星山別曲)」에서 담양의 식영정(息影亭)을 칭찬하여,

> 창계(滄溪) 흰물결이 정자(亭子)알패 돌러시니
> 천손 운금을 뉘라서 버혀내여
> 닛난닷 펴티난닷 헌사도 헌사할샤
> 산중(山中)의 책력(冊曆)업셔 사시랄 모라더니
> 눈아래 헤틴 경(景)이 철철이 절노나니
> 듯거니 보거니 일마다 선간(仙間)이라[34]

라고 말하여, 정자가 경치의 중심일 뿐만 아니라 일종의 창조의 중심으로서 시간을 초월하면서, 계절의 순환을 만들어 내는 신선의 거처라고 암시하고 있다. 그리고 그는 여기의 형이상학적 관련을 식영정을 주제로 한 시조에서 더 분명하게 한다.

> 남극(南極) 노인성(老人星)이 식영정의 비최여셔
> 창해 산전이 슬카장 뒤눕도록
> 가디록 새비찰 내여 그물 뉘를 모란다[35]

이렇듯, 정자는 하이데거의 다리와 같이 하나의 의미 있는 공간, 자연의 조망을 제공하고 자연의 형이상학적 일체성을 확인하는 그러한 공간을 새로이 제정하는 역할을 한다. 물론 그 둘 사이에는 차이점들이 있다. 두드러

---

34 「성산별곡」, 같은 책, 164쪽.
35 「시조 1」, 『한국 고전 문학 전집 1』(고려대학교 민족문화연구소, 1993), 195~196쪽.

진 차이의 하나는, 다리는 실용적 또는 시민적 구조물이며 인간의 일상적 삶에 긴밀히 밀착되어 있는 것인 데 반해, 정자는 미적 구조물로서 땅을 미적으로 소유하는 일에 보다 긴밀히 연결되어 있는 점일 것이다. 이 차이점은 땅에 대한 그 두 개의 서로 다른 관점, 그 하나는 이미 세계의 기술적 이용에 깊은 관여를 전제로 하고 다른 하나는 세계의 심미화에 대한 보다 큰 관심을 전제로 하는, 관점이 펼쳐 내는 다른 종류의 삶에 대하여 많은 것을 암시한다. 그러나 다리와 정자는 둘 다, 동양과 서양에 공통된, 세상 사물들의 어떤 존재 방식과 또 인간이 그것들에 관계하는 어떤 방식을 드러내 준다. 즉 인간이 하나의 조화로운 총체를 이루며 있는 어떤 방식을 보여 주는 것이다. 이러한 방식의 밑에는 뉘앙스와 가능성을 달리하면서, 어떤 원초적인 공간이 가로놓여 있다.

박재영의 물체들과 그 물체들이 설치된 공간은 사물과 공간, 그리고 인간의 과거로부터의 존재 양식이 사라져 가고 있다는 것을 가리켜 보여 주고 있다. 우리는 그가 이 과도기의 의미를 어떻게 해석하고 있는지는 알 수 없다. 지금 당장에는, 우리는 — 특히, 한국에 살고 있는 우리는 — 종류가 다른 여러 공간 양식의 충돌에 의하여 초래된 황폐와 혼란을 목격하고 있다. 서로 맞부딪히는 공간 양식들이란 미적인 것과 기술적인 것을 말하고, 또 이 둘을 배태했던, 보다 근원적인 공간성이다. 그러나 이제 와서는 기술적인 것이 미적인 것뿐 아니라 존재하는 모든 것을 모조리 휩쓸어 압도한다. 물론 한국에는 이제는 한국도 정식으로 세계의 기술 문명 — 그것이 도처에서 일으키는 황폐와 혼란에도 불구하고 원시적 공간성뿐만 아니라 미의 자율적 영역을 폐기하면서 동시에 수많은 새로운 가능성들을 약속해 주는, 그런 새 시대의 문명 — 에 참여하게 되었다는 사실을 기뻐하고 있는 사람들도 적지 않다. 하나의 세계가 무너지고 새로운 또 하나의 세계가 태어난다. 우리는 아직 지금 만들어지고 있는 세계가 어떠한 것인가 모른다. 그러나 태어나려 하는 이 세계는 이미 존재하기 시작했다고 해야 할 것이다. 아니면 그것은 '존재하지 않는 세계', 즉 '사이버스페이스'로서 태어나는 것일까? 우리는 묻는다. 사이버스페이스 너머에 세계가 존재하는가?

『예술 작품의 기원』에서 하이데거는 예술 작품의 한 역할은 세계를 만드는 일이라고 말했다. "작업[주로 예술 창조의 작업 그리고 작품을 말하는 것이라고 나는 추정한다.]의 본질은 하나의 세계를 만드는 행위이다.(Werksein heißt eine Welt aufstellen.)"[36] 세계란 무엇인가? 그는 이렇게 답한다. "세계란 하나의 역사적 인간 집단의 운명에서, 단순하고 본질적인 결정의 넓은 길들의 스스로 열어 보이는 열림이다.(Die Welt ist die sich öffnende Offenheit der weiten Bahnen der einfachen und wesentlichen Entscheidungen im Geschick eines geschichtlichen Volkes.)"[37] 내 생각에는, 복잡하고 난해하게 들리는 이 대답이 가리키는 것의 하나는 사람들의 한 공동체가 이루는 역사적 전통이다. 이 전통은 그 사람들이 내린 역사적으로 중요한 결정들에 의하여 형성된다. 그리고 이것이 사람들을 하나의 공동체로 묶는다. 그 밑에 있는 역사적 결정들은, 다른 것들에도 관계되지만, 그 사람들이 역사적으로 거주하는 땅의 모양에 관계된다. 우리가 앞에서 언급한, 하이데거의 다리가 좋은 예이다.

사람들이 내리는 결정들은 그 다리가 그것이 놓일 지형 그리고 그것이 소속될 공동체에 어떤 관계를 가질 것인가를 정한다. 세계는, 앞의 구체적인 예에서 볼 수 있듯이, 그 물리적 환경을 조형(造形)하는 동시에 그것에 의하여 조형되는 하나의 역사적 공동체를 말한다. 예술은 단지 이 역사적·지리적 공동체를 이상적으로 객관화하여 나타내고 있을 뿐이다. 또 그

---

36 Heidegger, "Der Ursprung des Kunstwerkes", *Holzwege*(Frankfurt am Main: Vittorio Klostermann, 1952), p. 33.

37 Ibid., p. 36.

렇게 함으로써, 이 공동체를 형성한다. 만약에 예술 작품이 하나의 세계를 만든다면, 그 세계란 역사 속에서 펼쳐지는 이 구체적 공동체를 가리키는 말일 것이다.

그러나 만약 우리가 이것을 하나의 세계라 부른다면, 우리는 다만 비유적 의미로만 세계라는 말을 쓰고 있다는 것을 상기할 필요가 있다. 세계는, 문자의 뜻을 보다 정확히 따른다면, 지구 또는 갖가지 민족, 문화 그리고 인간 공동체가 소속해 있는 땅덩이를 가리키는 말이다. 이 세계는 1935년 또는 1951년에는 — 이 연도들은 하이데거가 앞에 언급한 글들을 각각 쓴 연도들이다. — 세상 대부분의 사람들의 입장으로 볼 때 한낱 추상적인 개념에 불과했다. 그러나 20세기를 마감해 가는 이 시점에서는, 그것은 더 이상 추상적인 개념이 아니다. 우리는 세계에 이 폭넓은 개념을 적용시켜, 예술품을 제작한다는 것이 하나의 세계를 만드는 일이라고 말할 수 있을까? 인류 모두를 위한 하나의 세계를 만드는 예술이란 대체 어떤 종류의 것일까?

아직 우리는 이 세계에 대하여 — 그 물질적, 정신적 있음의 총체에 대하여 어떻게 생각해야 할지 알지 못한다. 우리는 우리가 역사적으로 그리고 지리적으로 소속되어 있던 보다 작은 세계가 우리로 하여금 느끼게 하던 깊은 느낌들을 생각할 때, 이 새로운 세계에 대하여서는 어떻게 느껴야 할지 아직 알지 못한다. 구체적인 역사적 공동체의 진실을 형상화한 과거의 예술 작품들이 그대로 남아서, 우리로 하여금 우리 자신의 있음으로써 세계의 있음에 참여하여야 한다는 것을 생각하게 할 것이다. 그러나 우리는 아직은, 우리의 속 깊은 곳으로부터는, 지금 만들어지고 있는 새로운 세계에는 소속되어 있지 않다.

박재영의 설치는 지금 전 지구를 하나로 만들어 가며 이룩되고 있는 이 세계와 관련해서 아직 생겨나지 아니한 깊은 소속감의 필요를 일깨운다.

그러나 여기에는 역설이 있다. 왜냐하면, 그가 우리에게 보여 주고 있는 것은 이전에 하나의 정자 또는 하나의 다리를 중심으로 영구성과 실체가 있는 것으로 결정화(結晶化)되었던 그런 세계는 더 이상 존재하지 않는다는 것이기 때문이다. 이제는 영구성과 실체감은 영상들 ─ 장소와 결부되지 아니한 영상들 ─ 을 한데 모은 비디오 속에만 존재한다. 이 영상들 역시 그대로 남아 있는 것은 아니다. 물질적 현실 속에 뿌리내리고 있지 아니한 그것들은 참조물이 없는 영상들, 환영(幻影)들 그리고 디지털화한 정보들일 뿐이다.

지금은 모든 것이 담론이 되었다. 그런고로 이 심포지엄에서 박재영이 우리에게 보여 준 단편화된 영상들을 함께 묶는 담론적 실마리들이 펼쳐지는 것은 합당한 절차이다. 그러나 만약 우리가, 담론의 세계를 초월하여 물질적 세계로, 아니면 땅으로, 인간으로부터, 특히 인간들의 디지털화한 담론의 세계로부터 스스로를 은거시키고 은폐시키면서 말 없는 고통 속으로 숨어 들어가는(이제 와서는 지구가 스스로의 사라져 가는 존재를 느끼게 하는 것은 오로지 고통을 통해서일 뿐이므로) 그러한 하이데거식 개념의, 땅으로 나아가는 것이 아니라면, 예술은 궁극적으로 무의미한 것이라는 생각을 떨쳐 버릴 수 없다면, 그건 너무도 심한 복고 증세를 나타내는 것일까? 영상들과 말들을 통하여 지구로, 그러면서 아직 태어나지 않은 앞으로의 세계로 되돌아가는 것 ─ 박재영의 설치의 암시에 따르면, 이것이 20세기를 마감하는 오늘의 시점에서 예술가에게 다가오는 과업인 듯싶다.

(1997년)

광주비엔날레와 그 짜임새

1

이 토론회에 참석하라는 주최자 측의 초청을 받고 수락하면서, 무엇인가 할 말이 있을 성싶다고 생각하였는데, 주제를 받고 보니 막막한 느낌이 들었습니다. 그 주제는 광주비엔날레와 세계화를 연결시키라는 것인데, 그것은 정말 내가 말할 수 있는 것이 아니라는 생각이 듭니다. 내가 조금이라도 관심을 가지고 있는 일이 있다면, 비엔날레 행사가 어떻게 지역 사회에 뜻있는 일이 될 수 있을 것인가 하는 문제입니다. 이 문제는 나에게 전달된 토론의 제목들로 보건대, 박정기 선생이 잘 말씀하여 줄 것으로 생각됩니다. 그러니 나의 말이 박 선생의 말과 더러 중복이 되더라도 용서하시기 바랍니다.

2

세계화를 바르게 정의하려면, 복잡한 분석이 필요할 것이지만, 그 말을 그냥 사용해 보면, 그것은 지역의 발전이라는 관점에서도 필요한 것이라는 생각을 해 볼 수 있습니다. 오늘날 우리 사회가 어떻게 해서든지 조금 더 문명된 사회가 되어야 한다는 뜻에서 발전해야 하는 것이라면, 지금의 정세하에서는, 발전을 위한 많은 정보와 기술과 자원이 외국에서 들어와야 하거나 또는 적어도 외부 세계와의 관련을 생각하지 아니하면 아니 되게 되어 있습니다. 그런데 이 외부 세계와의 관계는, 다른 많은 발전의 수단들과 함께 중앙에서 독점해 왔습니다. 이제 지방이 독자적으로 또는 중앙에 못지않게 발전하여야 하겠다는 기운이 강하여지는 시기가 되었습니다. 그러기 위해서는 지방이 가져야 되는 것 중의 하나가 중앙을 거치지 아니하고 외부와 연결되는 기술입니다.

여기 기술이라는 것은 경제적인 이익을 가져올 수 있는 기술을 말하기도 하고, 문화적 기술도 말합니다. 당연한 이야기로 사람이 하는 모든 일은 일체적이어서, 경제나 사회나 정치가 자생적인 힘을 발휘할 정도로 존재하기 위해서는 문화가 없을 수가 없습니다. 문화는 다른 것들을 사람의 사는 일과의 관계에서 균형 있게 하는 균형 바퀴 노릇을 할 뿐만 아니라, 자신감을 불어넣어 주는 일을 합니다. 지방은, 크게 발전하기 위해서 문화적 자신감을 가질 수 있어야 합니다. 이것은 중앙에 대해서도 그러하고, 세계의 여러 문화 중심에 대해서도 그러합니다.

그런데 이 문화적 자부심은 전라도 지방에 특히 중요한 것이 아닌가 합니다. 나는 여러 해 전에 이 지방의 발전과 관련하여, 공업을 많이 들여올 것이 아니라, (물론 그것도 아니 생각할 수는 없는 것이지만,) 가능한 대로 관광 개발, 문화 개발을 생각하는 것이 어떻겠느냐는 말을 한 일이 있습니다. 지금도 이것은 생각해 볼 만한 것이라고 말씀드리고 싶습니다. 맑은 공기, 공해 없는 전원이 중요한 자원이 되어 가고 있습니다. 전라도의 산수가 강원도에 비할 수 없다고 하는 사람들이 많지만, 나는 온화한 산과 들과 물과 섬 ─ 이러한 것들도 산업에 지친 사람들에게 큰 위안이 되는 것이라고 생각합니다. 이러한 관점에서 갈수록 귀중한 것이 되어 가는 전라도의 이점을 경제적 이점으로 바꾸는 방도를 생각할 필요가 있습니다. 여기에는 국제적 관점이 절대적으로 중요합니다. 국제적으로도 손색이 없어야 자기 나라나 자기 고장에서도 손색이 없는 것이, 국제화되어 가는 세상의 경제 논리입니다. 나는 비엔날레도 이러한 관련을 생각하는 것이 중요하다고 말하고 싶습니다.

3

국제적 행사가 중요하기는 하지만, 그것이 겉멋으로 행해져서는 별 의미가 없는 것이 될 수 있습니다. 이 지역 사람들에게 겉도는 행사로 지나가는 일이 되어서도 아니 될 것입니다. 이익을 각박하게 따지는 것이 옳은 일도 아니고, 장기적인 관점에서 참으로 이익이 되는 것도 아니지만, 서울 사람이든 외국 사람이든 그 사람들만 재미를 보고 가는 행사가 되어서는 아니 될 것입니다. 봉 노릇은 하지 말아야 합니다.

비엔날레와 같은 행사는 그 자체로서 광주와 전남의 사람들에게 좋은 국제적 경험을 쌓는 계기가 될 것으로 생각합니다만, 이것이 주요한 자산으로까지 되기 위해서는, 이 경험이 지속성이 있는 제도 속에 편입되어야 할 것입니다. 나는 이러한 행사를 계기로 해서, 국제적 관점에서의 광주 전남의 발전 계획이 설 수 있다면 좋은 일이 될 것으로 생각합니다. 월

드컵이 열리게 되려면, 그것은 광주와 같은 도시에서도 열리게 될 터인데, 그것까지 넣어서 장기적인 계획과 제도를 발전시키는 일이 필요하지 않나 합니다.

4

되풀이하건대, 비엔날레 행사는 광주와 전남의 넓은 의미의 발전 계획의 일부로 생각되어야 합니다. 비엔날레가 미술만의 국제 행사가 아니라 이 지역의 경제와 문화를 향상하는 일의 일환이 되어야 한다는 말입니다. 이것은 국제적 수준의 여러 가지 사회 하부 구조를 포함해서 하는 말입니다. 도로, 숙박 시설, 식당, 찻집, 연주장, 공연장, 공원 등이 여기에 포함됩니다. 물론 이러한 것이 한 번에 될 수 있는 것도 아니고, 비엔날레라는 행사만을 위해서 될 수 있는 것도 아닐 것입니다. 다만 이러한 것을 포함하는 안목에서 계획되어야 한다는 것을 말하는 것입니다. 그러기 위해서는 비엔날레 담당 부처만이 아니고 시나 도 또는 시민 단체의 다른 부처들도 관심을 동원하여야 합니다. 또 중앙 정부의 지원과 협조도 이러한 관점에서 요청되어야 할 것입니다. 대전 엑스포와 같은 일도 대전에서만 한 것이 아닐 것입니다. 도로를 닦고 집을 짓고 하는 일로 새로 한 것이 많은데 이것을 대전시에서만 감당할 수는 없었을 것으로 생각합니다. 또 경제계나 민간 단체에서 할 수 있는 일도 많이 있을 것입니다.

이러한 각도에서 일을 해 나가는 데에 중요한 것의 하나는 조직위원회 또는 운영위원회에 요즘 식으로 말하여 '경영 마인드' 또는 '경제 마인드'가 있어야 한다는 것입니다. 자세히 검토하지는 아니하였지만, 지금의 조직위원회에는 경영 전문가, 경제 전문가, 도시 전문가, 경제계 대표 등이 참여하고 있지 아니한 듯한데, 그렇다면 이를 보강할 필요가 있습니다. 또는 일반적으로 이러한 방면의 인력과 자원을 동원할 만한 영향력을 가진 인사를 참여케 하는 것도 생각할 수 있습니다. 그러나 지난번 회의에서도 말한 바 있지만, 지나치게 많은 사람들이 형식적으로 모이는 것이 좋은 것은 아닙니다. 그 점은 참고하시기 바랍니다. 일을 할 수 있고, 진정한 토의를 할 수 있고, 개인적인 정열을 도출하고 발휘할 기회가 있는 모임이라야 합니다.

5

비엔날레를 경제의 관점에서 생각할 때, 광주의 주변 또는 더 나아가 전남 일원을 함께 생각하는 것이 필요할 것입니다. 대규모 산업을 끌어오는 것이 지방이 사는 방법의 하나, 또는 살면서 죽는 방법의 하나이기는 하지만, 나는 참으로 지방이 사는 방법은 소규모의 소공예가 아닌가 하고 생각해 봅니다. 나는 일본에서 많은 지방 도시가 도자기, 인형, 전통적 옷감, 간장 제조, 또는 매실장 담그기 등으로 특징 있는 도시로서의 성격을 유지하는 것을 보았습니다. 다품종 소량 생산이라는 유행어가 있습니다. 이것은 앞으로는 산업 체제가 그렇게 되어 가게 마련이라는 말입니다. 이것은 하이테크 산업에 주로 적용하는 것 같은데, 수공예, 수공업이야말로, 여기에 해당하는 것입니다. 어떻게 전반적인 산업 체제와 지역의 수공업 공예 사이에 연결 고리를 만드느냐 하는 것이 문제이고, 그것이 핵심이기는 하지만, 비엔날레를 문화와 경제를 아우르는 행사로 본다면, 수공업이 여기에 연결될 수 있는 것이 아닐까 하고 생각해 보게 됩니다.

6

비엔날레의 경제적 효과의 하나는 관광이겠는데, 국제적인 관광객 유치에 이것이 얼마나 효과가 있을지 알 수 없는 일이지만, 발달되고 정리된 수공예의 현장이 문화 관광의 여정에 포함될 수 있는 것은 분명합니다. 제가 전라도 사람이면서도 전라도 풍물을 잘 파악하고 있지를 못해서, 좋은 예를 들 수가 없습니다만, 담양의 죽세공과 같은 수공업도 정비되어 볼 만한 곳이 될 수 있고, 무등산의 차 재배지도 가 볼 만한 곳이 될 수 있고, 조금 각도를 달리하여, 소쇄원과 같은 전통적인 정원, 조금 멀리는 강진의 다산 유적지 등도 이러한 코스에 연결될 수 있을 것입니다.

7

이렇게 말하면서, 생각되는 것은 비엔날레와 관계해서, 광주와 전남의 미술 연고지와 미술 자원이 자연스럽게 이 행사에 연결되었으면 좋겠다는 것입니다. 제가 가 보지를 못해서 구체적으로 말씀드릴 수는 없습니다만, 진도의 허소치 연고지, 해남의 윤두서와 아울러 미술은 아닐망정 윤고산의 연고지 같은 것들도 여기에 연결하여 생각할 수 있습니다.

그리고 중요한 것은 광주와 전남 지역의 현역 미술 자원과 인사가 비엔날레에 적극적으로 참여하여야 한다는 것입니다. 거꾸로 외국에서 오는 화가, 조각가들의 관점에서 볼 때, 그들에게 현역, 현장의 미술 활동, 미술 교육, 미술인과의 교류의 기회를 갖는다는 것은 매우 의의 있는 일일 것입니다. 예술 하는 사람이 싫어하는 것은 추상적이고 공허한 것이고, 좋아하는 것은 구체적인 사람과 장소와 물건입니다. 이것이 아마 참다운 예술인의 특징일 것입니다. 그러니까 현장적 교류는 우리 미술인만이 아니라 밖에서 찾아오는 미술인에게도 매우 큰 의미가 있는 것입니다. 그들로 하여금 학교와 화실을 찾아갈 수 있게 하고, 미술인이나, 학생들과 교환할 수 있는 기회를 가질 수 있게 하는 것이 필요합니다.

8

하여튼 깐깐하게 따져 볼 것은 우리에게 돌아오는 것이 무엇이냐 하는 것입니다. 그것은 꼭 이익을 보아야 한다는 야박스러운 계산속으로 그러는 것이 아니고, 그렇게 하는 것이 이 행사를 짜임새 있게 하는 일이 되게 할 것이기 때문입니다. 앞에 말한 것 외에도 이 행사에서 짜낼 수 있는 여러 가지 이익들이 있을 것입니다. 그중에 무엇보다도 교육적 효과가 큰 것일 터인데, 그것에 대해서는 언급하지 못하였습니다. 일본의 예를 또 들어서 안되었습니다만, 일본의 어느 시골에서 아프리카의 북 치기 명수를 모셔다 초등학생들에게 아프리카 북 가르치기를 여러 주 동안 하는 것을 보았습니다. 생각해 본다면, 여러 연령층의 시민에게 고루 돌아가게 할 문화 교육적 이익이 전시물 이외에도 있을 것입니다.

9

나에게 비엔날레의 주제를 제안해 달라는 요청도 있는 성싶은데, 그것은 국제적인 미술의 흐름을 더 잘 아는 분이 하는 것이 좋겠다고 생각합니다. 다만, 중앙에 대한 지역, 세계적 중앙에 대한 세계적 변두리, 고급 예술과 수공예, 고급 예술과 생활 예술, 산업화와 비산업 지역, 민주 열망과 미술——이러한 것들이 광주라는 지역과의 관련에서, 주제 선정에 고려해 볼 만한 사정들이 아닌가 하는 것을 말씀드릴 수는 있겠습니다.

10

마지막으로 말씀드리고 싶은 것은, 비엔날레를 광범위한 사회적, 경제적, 문화적 관련 속에서 추진하기 위해서는, 지금의 조직위원회 이외에 전체적인 운영을 기획할 소수의 위원회, 앞에서 말한 비미술인을 포함하는 위원회가 있는 것이 필요하지 않겠느냐 하는 것입니다. 그러한 위원회가 있다면, 그 위원회는 비엔날레의 행사 자체에 관해서만이 아니라, 앞에서 말씀드린 바와 같은, 또는 그것과 다른, 광범위한 관련이 있는 일들을 궁리하고 추진하는 일을 담당할 것입니다. 이것은 자문위원회를 보강하여서도 가능할는지 모르겠습니다. 중요한 것은 문화와 사회의 경영학이 끼어야 한다는 것입니다.

(1996년)

하노버 엑스포와 쿠얀 불락의 양탄자 직조공

1

내년이 새로운 세기의 시작이라고도 하고, 새로운 천년의 시작이라고도 한다. 이것은 많은 사람에게 흥분의 원인이 되고, 축제와 흥행과 회고와 예언의 계기가 되고 있다. 물론 다른 한편으로 시대의 이러한 흥분과 열기를 뒤쫓아 가지 못하는 사람들도 있다. 이러한 사람들의 관점에서 그것은 이해하기 어려운 동기에서 오는 것으로 보인다. 어디에서부터 무엇을 계산하여 새로운 세기 ──21세기가 되고 새로운 천 년이 된다는 것일까.

계산이 그리스도에 관계되는 것은 틀림이 없는 것일 터인데, 그리스도는 서기전 4년에 태어났다고도 하고 7년에 태어났다고도 하고, 또 수학적으로 생각하여, 2000년이 아니라 2001년이 이러한 새로운 세기를 획하는 해라고도 한다. 다른 달력으로 살아온 오늘의 중국이나 이슬람 국가는 적어도 이러한 시대 구분과는 관계없는 것일 것이다. 한국은 어떤 달력으로 어떤 지역에 속하여 살아왔는가. 앞으로의 천 년이 무슨 의미를 가지고 있다면, 기독교 기원과는 관계가 없는 지난 천 년은 무엇과 관련하여 의미가 있는 것일까. 그러나저러나 달력의 날짜가 바뀐다고 달라지는 일이 있는 것일까. 숫자의 마력으로 사람의 노력이 없이 절로 되는 일이 있다는 것인가. 다른 한편으로 이러한 것을 따지는 일은 부질없는 일이다. 이유에 관계없이 사람들이 원하는 것이 축제의 흥분임에 틀림이 없다. 우리 사회에 번창하는 축제와 흥행과 공연과 집회와 회의를 보면 핑계가 없어 더 열지 못하는 것이 문제인 것처럼 보인다.

아마 이러한 것들이 반드시 의의가 없는 것은 아닐 것이다. 그것을 나무라는 것은 소박한 공리주의의 표현에 불과할 수 있다. 예로부터 축제의 중요한 기능은 공동체의 단합을 다지는 일이다. 달리 주목할 것은 여기에 있는 다른 측면이다. 즉 단합을 다진다는 것은 공동체가 그러한 강조를 필요로 할 만큼 불안한 상태에 있다는 것을 말한다. 그리하여, 인류학자들이 말하는 것처럼, 축제는 공동체의 하나의 상태에서 다른 상태로 옮겨 가는 위기의 시점을 표한다.

인류학자 빅터 터너(Victor Turner)에 의하면, 축제를 포함한 여러 공동체 의식에서 핵심적인 것은 임계 상황(liminality)이다. 이것은 공동체적 전환의 중간에 있는 것으로서, 이 엉거주춤한 상황에서 한편으로 전통적인 가치들이 강하게 주장되고, 다른 한편으로는 그것을 부정하는 여러 언동 ― 회의, 비난, 야유 등의 언동이 행해진다. 이러한 중간 상태는 재래의 가치와 새로운 가치가 서로 부딪치고 섞이는 공간을 제공하며, 궁극적으로 새로운 사회적 통합을 준비한다. 축제가 사회의 작고 큰 신구 갈등의 중재의 장이 되는 것이다. 우리나라에 각종의 모임과 축제가 많은 것은 어쩌면 우리 사회가 말하자면 항구적인 전환 과정 속에 또는 그 위기 속에 있다는 것을 나타내는 것일 수 있다. 그리고 그것은 위기 상황의 전환에 있어서 그 나름의 기능을 가지고 있다고 할는지 모른다.

그러나 작은 의미에서 거기에 그러한 기여를 한다고 할 수 있다고 하더라도, 참으로 큰 의미에서 축제가 현대 사회의 위기를 해결해 줄 수 있는 것일까. 그것은 해결책이라기보다도 증상에 불과할 가능성이 크다. 오늘의 사회의 규모 그리고 사회가 당면한 문제 등은 이러한 무의식적 과정에 맡겨지기에는 너무 크고 복잡하다. 필요한 것은, 이것도 전부일 수 없다는 것을 인정한 다음, 합리적 연구와 대처이다. 그것도 물론 합리성의 성격에 달려 있다. 어떻게 보면, 오늘의 축제적 집회에는 이미 합리적 의도들이 개입되어 있다. 바탕은 보다 원시적인 공동체에서와 같은 무의식의 공동체 역학이라고 하더라도, 이러한 집회의 직접적인 동기에는 세속적인 동기 —— 정치적인 조종과 동원 그리고 상업적인 이익을 겨냥하는 계산이 들어 있다. 그리하여 그것을 지배하는 것은 본래의 축제적 집회에서의 역학 —— 갈등, 임계 상황, 통합의 자연스러운 과정의 역학 또는 논리가 아니다. 사실 여기에서의 합리성이란 이 무의식적인 과정으로 하여금 그 자연스러운 추이를 따라가게 하는 것일 것이다. 오늘의 문제의 하나는 삶의 어떤 자연 발생적인 계기도 그대로 두어두는 것이 되지 못하고 조종의 대상이 된다는 점이다. 축제도 이 이상 그 자연스러운 성격을 유지하지 못하는 것이 되었다. 거기에 어떤 역할이 있다고 하더라도 그것이 발휘되려면, 그것은 전체적인 합리성 속에서 일정한 자리를 차지할 수 있도록 연구되어야 한다. 동원되는 사회의 여러 가지 자원을 생각할 때, 우리는 우리가 개최하고자 하는 축제가 참으로 우리에게 진정으로 도움이 되는 것인가를 생각하여야 한다. 이러한 생각의 테두리 안에서만 축제는 의미를 가질 것이다.

2

이런 점에서, 「쿠얀 불락의 직조공이 레닌을 기념하다」라는 제목의 브레히트(Bertolt Brecht)의 시는 하나의 모범적인 우화가 된다. 기념이라면, 물론 생각하는 것이 동상이요, 기념관이요, 기념 집회이다. 레닌의 경우에도 마찬가지였다.

> 빈번하게 풍성하게 잔치를 차렸지, 레닌 동지를
> 기념하기 위하여. 흉상을 세우고 동상을 세우고,
> 그 이름으로 도시의 이름을 부르고 아이들의
> 이름을 부르고. 수없는 세계의 언어로 연설을 하고
> 상하이에서 시카고에서 집회를 하고 시위를 하고
> 하나같이 모두 레닌 동지를 기념하기 위하여.
> 그러나 투르키스탄 남쪽의 소읍 쿠얀 불락의
> 양탄자 직조공들은 다음과 같은 일을 하기로 했지,
> 레닌을 기념하기 위하여.

쿠얀 불락의 양탄자 직조공들은 가난하고 열병에 시달리고 있었다. 열병은 근처의 늪에 우글대는 모기가 전파하는 말라리아로 인한 것이었다. 그렇다고 그들이 세계를 휩쓰는 레닌 동지를 기념하는 일에서 빠질 수는 없는 일이었다. 그들은 흉상을 세우기로 하고 열병으로 떠는 몸을 이끌고 나와 붉은 군대에서 나온 담당관인 가마레프 앞에 줄을 서서 떨리는 손으로 어렵게 번 돈을 한 푼 한 푼 내어놓았다. 그러나 그들의 떨리는 손을 본 가마레프는 모이는 돈을 흉상이 아니라 모기 퇴치를 위해서 사용하는 것이 좋겠다고 생각하고, 그 돈으로 석유를 사서 모기의 서식장인 기차 정거장 뒤편의 늪지에 뿌리게 하기로 하였다. "죽은 그러나 잊어서는 아니 되는/ 레닌 동지를 기념하기 위하여/ 쿠얀 불락의 열병을 퇴치하기로" 한 것이다. 레닌을 기념하는 날에 버킷에 석유를 담아 늪지에 뿌린 이들은

레닌을 기념하기 위하여 스스로를 돕는 일을 하고
스스로를 돕는 일을 함으로써 레닌을 기념하였다.

그들은 "그렇게 함으로써 레닌을 참으로 잘 이해한 것이었다." 이런 일이 있은 다음 이 직조공들은 이 일의 경위를 적은 동판을 ── 그들이 어떻게 레닌의 흉상을 열병 퇴치 목적의 석유와 교환하였는가를 자세히 기록한 동판을 만들어 정거장에 부착하였다.

3

세상에는 불가항력적인 것들이 있다. 오늘날 축제는 우리가 원하든지 원하지 아니하든지 간에 열리게 되어 있는 것으로 보인다. 어차피 그렇다면, 우리가 할 수 있는 일은 사후에라도 쿠얀 불락의 양탄자 직조공의 지혜를 배우고, 할 수 있는 데까지 현실적인 계획을 거기에 삽입하도록 하는 일일 것이다. 1993년에 우리는 대전에서 엑스포를 개최한 일이 있다. 그런 다음에 비슷한 성격의 엑스포가 스페인의 세비야에서 열렸다. 세비야는 그것을 계기로 도시 주변의 교통 체계를 현대화하고 도시를 대대적으로 정비하였다. 엑스포와 엑스포 개최 장소의 건립으로 인하여 세비야의 시민과 스페인 국민이 얻은 이익도 적지 않겠지만, 아마 보다 실질적인 소득은 지속적으로 남을 도시 하부 구조의 정비에서 얻어진 것일 것이다. 사실

이것은 세비야의 엑스포 계획에서 당초부터 계산된 것이었다. 대전의 경우에도 엑스포 이외에 도시 정비에 대한 고려가 없었던 것은 아니지만, 그것이 처음부터 세비야의 경우만큼 중요한 몫을 차지했고 그만큼의 소득을 가져왔다고 하기는 어렵다. 나는 지금 계획되고 있는 밀레니엄 축제의 구체적인 계획들을 알지 못한다. 그러나 듣는 바로는 거기에는 태평양에서 2000년 첫 햇살을 따 오는 일이라든가 기념문을 짓는다든가 하는 일들이 포함되어 있다고 한다. 세계의 여러 나라에서 비슷한 행사를 하는 것일 것이다.

밀레니엄 행사 중에 유명한 것 중의 하나는 영국의 런던에 세우는 밀레니엄 건조물이다. 그것은 커다란 페리스 관람차와 같은 것인 듯한데, 그 주변은 앞으로 관광 명소가 될 것이라고 한다. 그런데 주의할 것은 그것이 템스 강가의 낙후된 도시 구역의 신개발에 밀접히 관계되어 있다는 사실이다. 여러 가지 관점에서 이 건조물에 대한 비판도 많지만, 그것은 적어도 단순한 구경거리를 만드는 일만은 아닌 것은 분명하다. 밀레니엄 기념물은 도시 시설의 향상을 위하여 에너지 집합의 초점이 되고 있는 것이다. 쿠얀 불락의 양탄자 직조공들이 여기에 그들의 생활의 지혜가 반영된다고 생각되지는 아니하겠지만, 거기에는 그들의 지혜에도 맞아 들어가는 부분이 없지는 아니하다고 할 수는 있을 것이다.

우리가 나라 안에서 또는 밖에서 벌이는 축제적인 일들에 얼마만큼 실질적인 내용이 들어가는 것일까. 막대한 예산을 들여 가며 — 요즘의 국가 예산을 주무르는 사람들의 관점에서는 그것이 새 발의 피 정도로 보일는지 모르지만, 대부분의 사람에게 120억은 가볍게 써 버릴 수 없는 막대한 금액이다. — 2000년에 개최되는 하노버 엑스포는 우리에게 무엇을 의미하는가 또는 의미할 수 있는가. 거기에서 우리가 소득을 생각하는 경우, 물론 구체적으로 우리가 얻어 오는 것이 무엇인가만을 말할 수는 없다. 소득을 말한다면, 그것은 실질적인 소득 이외에, 세계에 우리를 알리는 일도 거기에 포함될 것이다. 오늘날과 같은 국제적 환경에서 국가의 세계적 위상은 국제 관계뿐만 아니라 개인의 자아의식의 구성에까지도 한몫을 담당한다. 우리에게 오는 소득 이외에 우리가 세계에 기여하는 것이 무엇인가도 고려되어 마땅하다. 이 기여가 우리의 국제적 위상에 관계되는 것이기도 하지만, 이러한 기여를 통하여 인류의 보편적 안녕과 진보에 참여하는 것은 만족할 만한 인간 생존의 실현의 한 지평을 이루기도 한다.

하노버와 같은 곳에서 사람들이 얻어 오는 것은 주로 정보가 될 것이다. 이 정보는 지식에 속하는 것도 있고 기술과 경제에 관계되는 것도 있을 것이다. 단순히 하노버와 독일 사람들 그리고 다른 나라 사람들이 일을 추진해 나아가는 방법을 배워 오는 것도 중요한 일이다. 이러한 박람회에 참석하고 세계 박람회 구성자들과의 접촉망을 확대하고 하는 것도 보이지 않는 과실이 될 것이다. 이러한 소득은 소수의 전문가들의 것일 수도 있지만, 그것을 전 사회적인 자산이 되게 하려는 노력이 있으면 더욱 좋은 일이 될 것이다. 그러기 위해서는 될 수 있는 대로 많은 사람들 —— 관계 분야의 사람들이 최대한도로 많이 참여할 것을 권유할 수 있을 것이다.

얻어 오는 것만이 아니라 기여하는 것이 있어서 뜻있는 박람회가 될 것임은 말할 것도 없다. 과학, 기술, 예술 —— 디자인, 조경, 설치, 기획 등의 예술, 또 다른 문화와 정보의 면에서 우리에게 보여 줄 만한 것이 없다면, 박람회 참여는 누구에게도 의미 있는 일이 될 수 없을 것이다. 보여 줄 만한 것이 있다면, 그와 아울러 경제적 이익이 생기는 것도 오늘과 같은 무역의 시대에서 자연스러운 일이 될 것이다.

우리의 역량을 보여 준다고 해서 스스로 자랑스럽게 생각하는 것을 아무것이나 보여 주는 것이 좋은 일은 아닐 것이다. 하노버 엑스포의 주제는 '인간, 자연, 기술'이라고 한다. 이 주제는 다시 말하면 어떻게 산업 기술이 자연과 조화되고 인간의 총체적인 행복에 기여할 것인가를 문제 삼아 이 문제에 답하여 우리가 무엇을 할 수 있는가, 널리 알려지지는 아니 하였으면서도 세계의 이 구석 저 구석에서 이 문제에 대한 해답으로서 생각될 수 있는 고안이 있는가 ─ 이러한 질문에 답하자는 것이 아마 엑스포의 일부가 되어 있는 것일 것이다. 또다시 말하면 주제의 의도는 환경 친화적이고 인간적인 기술 발전의 문제를 생각하자는 것일 것이다. 그런데 듣는 바로는 한국관의 계획은 이러한 질문에 별로 관계가 없는 계획으로 건립되는 것으로 보인다. 우리가 환경 친화적인 것으로서 무엇을 하고 있는가, 우리가 하는 일로서 다른 곳에서 배울 만하다고 할 수 있는 것이 무엇인가, 우리가 그러한 것을 전시로서 전람회장 내에서 보여 줄 수 있는가 ─ 이러한 것들이 우리가 생각하여야 하는 것일 것이다. 우리의 역사에서의 과학적 업적을 보여 주기 위하여 측우기를 복사 설치하고 오늘의 현실에서 주목할 만한 예술적 발전으로 사물놀이를 보여 주는 것이 전혀 의미 없는 일이라고 할 수는 없지만, 이러한 것도 엑스포의 주제에 맞는 것으로 제시될 수 있어야 할 것이다. 그러한 것들의 전시는 주제에 맞는 계획에서 천의무봉으로 맞아 들어가는 한도에서만 의의 있는 일이 될 것이다. 우리 역사와 사회에서 대표적인 것이라고 생각되는 것이면 무엇이든지 골라서 보여 준다면, 그것은 문화유산과 현실의 풍부함으로 자랑하는 일이면서 동시에 그 빈약함을 드러내는 것으로 취해질 수도 있을 것이다. 오늘날에 와서 독일에서 케플러를 내세우고 마그데부르크의 실험을 떠벌리면, 그것은 심각한 것이 될 수 없을 것이다.

어쨌든 하노버든 다른 어디이든 이왕에 국가 예산을 들여서 참여하는 박람회라면, 그것은 최대한도로 얻을 수 있는 것이 무엇인가, 그것이 참으로 실질적인 의미에서 우리 사회의 발전에 기여할 것인가 ─ 이러한 문제를 널리 연구하고 수행되는 것이 되어야 할 것이다. 그리고 어떤 경우에는 또는 많은 경우에는 참가를 포기하는 용기도 가져야 할 것이다. 무엇이든지 벌려 놓고 보자는 것이 오늘의 생각들이다. 그것은 많은 일을 할 수도 있지만, 그것은 단기적인 관점에서의 이야기이고, 길게 놓고 보면, 하지 않는 용기를 갖는 것이 우리의 살림살이에 더 많은 도움이 되는 경우도 적지 아니할 것이다.

(2000년)

행복의 추구와 문화

두 개의 다비드상

'행복하십니까?'라는 물음을 오늘의 사회를 점검하는 물음으로 한 정당에서 채택하였다고 한다. 그것을 말로 분명하게 표현하는 경우는 많지 않겠지만, 이것은 많은 사람들이 스스로 물어보는, 그리고 그에 비추어서 인생과 사회를 저울질하는 물음이다. 그런데 행복은 무엇이며, 어떻게 하여야 행복하게 되는 것일까.

미국의 「독립선언문」은 '생명, 자유 그리고 행복 추구'를 천부의 권리로 규정한 바 있는데, 여기에서 생명이나 자유가 사람이 누려야 할 권리라는 것은 당연한 것 같지만, 마지막 '행복 추구'의 권리가 참으로 근본적인 인간의 권리인가에 대하여 조금은 의아한 느낌을 가질 수 있을지 모른다. 또 그렇다고 하더라도 그것이 정치적인 선언의 대상이 될 만한 것인가를 의심할 수도 있다. 그것은 사회나 정치 체제가 보장해서 하는 것이라기보다는, 사람에 따라서 제가끔 궁리해야 하고 궁리할 수도 있고 아니할 수도 있는 일로 보이기 때문이다.

그러나 사람이 살아야 하고 살아가는 데 있어서 적어도 근원적으로는 자유로워야 한다고 하는 것 이상으로 행복의 사회적 책임을 말하는 것은, 사회가 목숨을 부지하는 것만이 아니라 살 만한 삶을 살 수 있게 해야 한다는 진일보한 생각을 표현한 것이다. 그렇다고 해도 행복이 개인의 영역에 속한다는 것은 여전히 맞는 말일 것이다. 그러니까 사회가 행복의 추구에 대하여 책임을 진다는 것은 복합적인 제도적 마련을 의미하는 것이다. 그것은 사회가 이것이 당신의 행복이니 받아들이라고 하는 것이 아니고, 개인들이 그가 생각하는 행복을 추구하게 하면서, 그 개인적 추구의 조건을 사회에서 보장하도록 노력해야 한다는 것을 말한다.

대체로 한 사회에 행복의 문제가 나오는 것은 적어도 그 사회가 목숨을 부지하는 일에 있어서의 기본 조건 — 먹고 입고 사는 일은 해결했고, 그 다음의 문제를 해결할 수 있는 힘을 갖추었다는 것을 말한다. 최소한의 삶의 필요는 사회 전체로서 해결할 수 있는 종류의 문제라고 할 수 있다. 목숨 부지의 기본은 다 같은 것이라고 할 수 있기 때문이다. 그런 다음에 조금 더 살 만한 삶의 문제는 다양한 답변을 요구하는 것이 당연할 것이다. 이러한 조금 더 풍요한 상황에서는 기본적인 생활 조건의 해결 자체도 조금 더 다양해질 수 있다. 풍요의 조건하에서도 먹고 입고 사는 데 필요한 것이 충족되어야 한다는 것은 그대로 존속하는 삶의 조건이지만, 이것이 보다 다양한 형태로 충족될 수는 있기 때문이다. 오늘날의 시장 경제에서는 소비재의 무한한 다양화가 같은 필요와 욕구의 다양한 형태의 충족을 가능하게 해 준다고 할 수 있다. 필요와 욕망의 다양화 그리고 그 충족의 방식의 다양화가 사람의 삶을 조금 재미있게 하는 것임을 부정할 필요는 없다. 그러나 그것은 지나친 것일 수도 있다.

최근에 미국의 회사 타이코 인터내셔널에서 회삿돈을 착복한 혐의로 사장 등이 법의 조사 대상이 된 일이 있다. 외국 신문에 보도된 바에 의하면, 혐의를 받은 사람들의 물질적 사치의 추구도 보통 사람으로는 쉽게 상상할 수 없는 정도였던 것 같다. 사장 부인의 230만 달러를 들인 생일 파티가 이탈리아의 사르데냐 섬에서 개최되었는데, 거기에는 로마식 의상을 입은 무용수들, 금바지를 입은 역사(力士)들이 출현하고, 미켈란젤로의 다비드상을 얼음으로 재현하여 보드카가 나오게 하는 설치가 있었다고 한다. 그런데 이 사장의 사치스러운 생활은 3200만 달러짜리 뉴욕 아파트에도 드러나 있는데, 거기에는 하녀의 방에도 금으로 된 샤워 커튼이 쳐져 있고, 6000달러짜리 우산 받침대가 있다고 한다.

이러한 극단적인 사치의 추구는 아마 대부분의 사람에게 좋은 인상을 주지는 아니할 것이다. 이것은 사회적 문제가 아직 많이 남아 있을 뿐만 아니라, 원래부터 금욕주의적 전통이 강한 한국에서 특히 그러할 것이다. 이러한 사치는 금욕주의가 아니라 균형 있는 사회 질서라는 관점에서도 문제가 될 수밖에 없다. 극단적인 사치의 추구는 사회적 부조화와 긴장 그리고 갈등을 가져오고 급기야는 행복 추구의 전체적 틀을 파괴하게 될 수도 있기 때문이다. 그러나 이러한 극단적인 사치의 문제는 그것이 약속해 주는 행복의 질이라는 관점에서도 비판적으로 생각될 수 있다.

타이코 사장의 사치는 그에게는 얼마나 큰 행복을 가져다준 것일까. 거기에 어떤 종류의 행복이 있었으니 그러한 사치가 추구되었을 것이고, 사치에도 국외자가 알 수 없는 경지가 있을지 알 수 없는 일이다. 그러나 그것이 그렇게 커다란 행복을 의미하지는 않을 거라고 생각하는 것은 그렇게 틀리지 않을는지 모른다. 우선 봉건 시대의 왕이나 귀족들의 잔치에 비해서도 그것은 지속적인 삶의 질서에서 나온 것이라는 느낌보다는 일시적인 '쇼'의 느낌을 준다. 현대의 사치란 이러나저러나 삶의 내실이 될 수는 없고, 그 외양만을 모방하는 쇼의 성격을 가질 수밖에 없다고 말할 수 있을지 모른다.

미국 「독립선언문」에 나오는 '행복의 추구'라는 난해한 말은 원래 재산

권을 규정하려는 여러 가지 이데올로기적 고려로 그러한 말로 바뀌었다고 한다. 어떻게 바꾸어 놓든 행복의 추구와 재산 또는 더 극단적으로 돈은 관계가 있는 것이 사실이다. 그리고 물론 돈은 사치스러운 삶의 추구를 위하여 필요한 것이다. 한국에서도 전통적으로 복을 받는다는 것과 부귀라는 것은 연결되어 있다. 다만 부귀를 붙여 놓은 것은, 부의 추구가 단순히 물질을 의미하는 것이 아니라 사회적으로 규정된 부 —— 여러 사람이 우러러 보는 물질적 축적과 과시를 의미한다는 점에서 행복의 세속적 형태를 표현하는 것으로서 더 적절한 것이라고 할 수 있다. 타이코 사장의 잔치는 한편으로는 지나치게 궁핍한 상태가 아니면 보통 사람도 할 수 있는 잔치의 확대판이지만, 결국 그 의의는 사회적인 것 —— 물질적 부의 축적과 함께 그것을 과시하려는 욕망과 관계하여 일어난다고 할 수 있다. 여기에 추가하여 미켈란젤로의 다비드상의 복제로도 생각할 수 있는 바와 같이 심미적 요소도 한몫을 했다고 할 수 있다.

그러나 결국 이러한 의미에서의 행복의 지나친 추구는 사회적 부조화와 긴장 그리고 갈등을 가져오고 급기야는 행복 추구의 전체적 틀을 파괴할 수도 있다. 또 그러한 행복의 추구가 참으로 의미 있는 행복의 추구인가 하는 의문을 가질 수도 있다. 물론 개인적인 행복의 형태는 다른 사람이 판단할 수 없는 것이라는 전제를 받아들인다 해도, 어떤 지나친 행복의 추구가 사회적 행복의 총화라는 점에서는 문제가 있음에 틀림이 없다.

아마 여기에서 가장 중요한 것은 사회적으로 자극되는 일일 것이다. 그것이 전부는 아닐 것이나 많은 사치는 사회적 경쟁 —— 내가 너보다 나은 사람이라는 것을 인정받으려는 경쟁에 관계될 것이라는 말이다. 어쨌든 오늘의 세계를 보면, 사람의 사치에 대한 욕망도 한이 없고, 그것이 만들어 내는 희한한 고안도 한이 없는 것으로 보인다. 그러나 보다 순수한 의미의 문화도 풍요의 조건이 촉진하는 것이라고 할 수 있다. 문화에도 이러한 의미에서의 사회적 성격이 없는 것은 아니지만, 그것이 경쟁적인 투쟁 이상의 그 자체로의 가치를 가진다고 할 때, 문화의 사회적 성격은, 또는 어떤 종류의 높은 업적은 여러 사람 ── 단지 동시대의 사람만이 아니라 역사와 전통을 가로질러 여러 인간적 노력이 하나가 됨으로서만 가능한 것이라는 데에서 연유한다고 할 것이다. 여기에서 높은 업적이란 사람의 삶을, 목숨을 부지하는 일 그리고 그것을 다양하고 아기자기하게 변형시키는 일 이상으로 어떤 것을 사람의 삶에 더하여 주는 것을 말하는 것이라고 하겠지만, 높고 낮음이란 주관적인 것이기 때문에, 쉽게 일반화할 수 없기는 하다.

인간의 행복을 말할 때 우리는 그것이 참으로 커다란 만족감 ── 향수의 느낌을 주는 것이라고 하는 것이 옳을지 모른다. 그리고 또 한 가지 실용의 관점에서 말할 때, 보통의 차원에서의 삶의 필요의 충족 그리고 행복을 보장해 줄 수 있는 큰 테두리도 궁극적으로 큰 테두리의 문화에 의해서만 보장된다고 할 수도 있다. 생존 경쟁이라는 말이 있지만, 기본적인 삶의 조건의 만족은 대체로 경쟁적·투쟁적 성격을 갖는다. 이것은 풍요의 상황에서의 그 확대와 변형의 경우에도 본질적으로 달라지는 아니한다. 여기에 대하여 높은 문화가 만들어 내는 것의 하나는 공정성과 정의, 화해와 평화와 감사와 향수의 원리들이기 때문이다. 물론 기본적인 생존이 없는 문화 강조는 가장 추한 현실을 만들어 내기도 하지만.

(2004년)

삶의 현실과 초현실[1]

황규백 화백의 작품 읽기

1

예술은 흔히 말하듯이 상상력의 소산이다. 물론 이 상상력은 자유로워야 한다. 그러나 그것은 역설적으로 정확할 수도 있고, 또 체계적일 수도 있다. 우리는 황규백 화백의 작품에서 이 두 가지의 역설적인 결합을 본다.

1976년 황규백 화백의 메조틴트 판화, 「꽃(Flowers)」에는 '마그리트에의 헌정(Homage to Magritte)'이라는 부제가 붙어 있다. 그의 그림이 마그리트(René Margritte)와 유사한 바가 있는 것은 사실이다. 마그리트를 초현실주의의 화가라고 한다면, 황 화백의 작품도 초현실주의라는 이름으로 분류될 수 있다. 그러나 초현실주의의 특징이 현실 재현보다는 무의식으로부터 분출하는 자유분방한 상상력에 있다고 한다면, 그러한 의미에서 그

---

1 이 글은 2004년 10월 22일부터 현대화랑에서 열리는 황규백 화백의 전시회 카탈로그에 싣기 위하여 썼던 글이다.

를 초현실주의자라고 부를 수는 없을 것이다. 사실 마그리트의 경우에도 어느 정도는 그런 면이 있다고 하겠지만, 황 화백 그림의 큰 특징은 그 성실한 현실성에 있기 때문이다. 1989년의 황규백 화백의 판화집 서언에서 존 쇼키(John Szoke)는 황 화백의 판화의 특징을 설명하면서, "한 마리의 새, 의자 하나, 시계 하나, 이러한 것들은 극히 사실적으로 보인다. 그렇지만 그것들의 자리는 아주 초현실적이다."[2]라고 말한 바 있다. 그의 작품에서 먼저 눈을 끄는 것은 지극히 꼼꼼한 솜씨로 그려진 사물들이다. 다만 그 사물들의 자리 또는 문맥이 보통의 사실 세계를 벗어난다. 그의 판화와 그림의 매력은 이 초현실과 현실의 공존에 있다.(그리고 궁극적으로 이것이 하나라는 것을 보여 주는 데에 있다.)

새는 의자, 등, 악보, 장미꽃, 목판, 우체통 위에 있고, 시계는 흑판, 양탄자, 철책 위 또는 도자 그릇 안에 놓여 있다. 사물들이 놓인 비상식적인 공간은 어떤 의미를 갖는 것일까. 아마 그 첫째 기능은 우리로 하여금 사물과 세계에 대한 우리의 이해가 얼마나 일정한 문맥에 의지하고 있는가를 알게 하고 그 의미를 되새기게 하는 데에 있을 것이다. 판화집에 실린 1987년과 1988년의 판화를 보면, 모자를 주제로 한 작품들이 몇 점 있다. 등산화로 보이는 이 모자들은 풀밭과 코스모스 그리고 장막으로 보이는 차단물 위의 하늘 같기도 하고 빈 공간 같기도 한 자리에 놓여 있거나 떠 있다. 우리는 모자를 보면 곧 그것이 어떤 용도를 가지고 있는가 그리고 어떤 사람에 의하여 사용되는 것인가를 생각한다. 위에서 우리는 이미 위의 모자들을 등산모 또는 운동모라고 이름하여 그것들을 실용적 사물로 말하였다. 이때의 실용성은 일상적인 관행을 구성한다. 그리고 그것은 간단한 의미에서의 물리적 법칙에 근거해 있다. 그 관점에서 모자는 공중에 떠 있

2　*K. B. Hwang: Complete Prints, 1968~1988*(New York: John Szoke Graphics, 1989), p. 7.

어서도 아니 되고 풀이 있는 벌판에 버려져 있어도 이상하다. 새나 시계의 경우에도 마찬가지이다.

그런데 통상적인 공간적 맥락, 즉 우리의 삶의 일상적이고 물리적인 맥락을 제거한다면, 사물들은 어떠한 의미를 갖는가. 앞에 언급한 운동모에 관한 작품들은 보는 사람에게 이러한 질문을 던지게 하려는 의도를 가졌다고 할 수 있다. 그러나 강조되거나 과장되지 않더라도 이러한 질문은 대부분의 예술 작품에 들어 있는 질문이라고 할 수 있다. 1988년의 「검은 모자(Black Hat)」는 일단 그러한 질문을 일어나게 하지 않는 작품으로 보인다. 그것은 정상적인 실내의 정상적인 탁자 위에 놓여 있다. 그것은 두툼한 천으로 된, 멋을 생각하는 사람의 모자라는 인상을 준다. 이것은 탁자보 그리고 함께 놓여 있는 그릇의 화려함으로 뒷받침되는 사항이다. 그리하여 이 작품은 일단 사실적인 정물화에 가까이 가는 것으로 보인다. 그러나 그것은 반드시 실용적인 문맥을 가진 것은 아니다. 그 천을 눈여겨보게 하고 어떤 멋을 생각하게 하는 것 자체가 현실적 상황의 경우와는 다른 것이라고 할 수 있다. 그러한 것이 거의 자동적으로 지각되는 것이 현실 상황이라면, 미술 작품 속에서 그것은 조금 더 면밀한 의식적 반성의 대상이 된다. 이것은 대체로 모든 정물화의 경우에 그러하다. 그리하여 예술 작품은 재현을 통해서 사물의 의미를 다시 살피게 한다. 황 화백의 작품에서 물건이 놓인 자리가 초현실적이 되고 환상적이 된다면, 그 의도는 바로 실용적인 맥락을 떠나서 역설적으로 사물 자체를 돋보이게 하는 '예술 작품의 낯설게 하기'를 한껏 심화한 결과이다.

그러나 맥락 없는 사물은 없다. 실용적 또는 현실적 맥락을 벗어난 예술 작품의 맥락은 무엇인가? 허무의 현기증이나 구토는 실용적 현실로부터 시각을 전환할 때 일어나는 증상일 수 있다. 그러나 그러한 전환은 사물을 자유로운 환상의 영역으로 해방할 수도 있고 또는 우리의 시각에 대한 반성적 시각을 강화할 수도 있다. 황규백 화백의 작품에서 우리가 느끼는 것은 환상의 아름다움이다. 실용과 물리의 세계에서 벗어난 사물들은 환상의 공간에 놓인다. 그러나 이 환상은 적어도 그의 작품에서는 사물들의 모습을 정교화하는 효과를 낳는다. 그의 작품에서 사물들은 그 정교한 형체를 얻는다. 어디까지나 그에게 주제가 되는 것은 일상적 맥락에서도 확인되는 사물들이다. 적어도 이 점에서는 그는 현실 모사를 중시하는 사실주의자이다. 다만 이 형체들이 이 환상의 공간에 부유한다. 그리하여 바로 사물과 환상의 섬세한 조화에서 작품의 매력이 탄생한다.

그러나 사실들 또는 사물들도 그저 주어지는 것은 아니다. 형체의 면에서 그것은 참을성 있는 예술 창조의 작업에서 생겨난다. 그것이 어떻게 가능한가? 이 질문에 대한 답변은 지각이 이루어지는 과정에 대한 철학적 탐구를 요구한다. 그 탐구는 실용적 물건들로부터의 부재를 통하여 다시 그것을 확인하는 작업이다. 그 두 움직임 사이에 우리는 사물의 바른 모습을 살필 수 있게 된다. 그러나 황 화백의 입장에서 지각의 대상들은 바깥 세계로부터 주어지면서 동시에, 사람의 마음속에 침전되어 있는 기본적인 지향에 의하여 선택적으로 합성된다. 이 지향 사실을 향한 순수한 움직임에 스며 있는 것은, 간단히 말하여, 사람의 행복에의 지향이다. 그것이 지각되는 사물을 만들어 내는 기본적인 동기인 것이다. 물론 이 행복은 현실의 사물과 사물들이 이루는 환경에 의하여 매개된다. 아름다움은 사물 속에 드러난 행복의 모습에 다름 아니다. 초현실적 상상력은 그 자체로 행복의 근원이면서 행복과 사물이 만나 이루는 현실을 현시하는 공간이 된다.(어떤 예술 작품에서 표현되는 불행의 현실은 행복의 현실의 이면이다.)

황 화백에 있어서 특이한 것은 이 지각적 현실에 있어서의 만남에 대한 탐구가 방법적 일관성을 가지고 있다는 사실이다. 그의 작품은 일정한 어휘와 문법 그리고 서사의 흐름을 가지고 있다. 말할 것도 없이 예술 작품의 매력은 그 감각적 직접성에 있다. 그러나 그것을 넘어선 상상력의 매력은 작품에 깊이를 더하여 준다. 작가의 작품들로 하여금 하나의 세계를 이루게 하는 것도 이러한 맥락의 힘이다. 황규백 화백의 초현실을 통한 현실의 탐구는 판화 작품들에서 일관성 있게 진행되었다. 그것은, 모든 장식적인 매력이 주는 인상과는 달리 사람의 삶의 근원을 향한 그리고 그 행복의 충동에 대한 쉼 없는 모색이었다. 금년 10월 전시되는 유화들은 그 맥락을 이으면서 다시 방향의 새로운 변화를 시사한다. 판화의 경우처럼 유화 작품도 하나하나 감상될 수 있는 것이기는 하지만, 지속적인 주제와 변주라는 관점에서 바라볼 때, 작품들은 더 깊은 의미를 갖는다. 이 작품들은 판화의 경우 그러했던 것처럼, 삶에 대한 깊은 명상의 결과물이다. 의미 있는 예술 작품은, 보는 사람에게도, 감각적 체험의 대상이면서 지속적인 명상의 대상이기도 하다. 황 화백의 작품들도 보는 것과 함께 생각할 것을 요구한다.

2

보는 사람에게 작품의 감각적 직접성이 첫째이고 그 의미가 2차적이듯, 예술의 작업에서 가장 확실한 것은 예술가의 본능과 직관 그리고 창작의 과정이다. 대체로 의식적인 방법 또는 공식은 예술적 진실을 창조하지 못한다. 그러나 방법은 본능에 일치할 수 있다. 이 일치가 일어날 때, 한 예술가는 비로소 그의 독자적인 세계를 향하여 나아갈 수 있게 된다. 황 화백에게는 한 예술적 깨우침의 순간이 있었고 그로부터 시작하여 그는 그의 작품 세계를 일관된 것으로 구축할 수 있었던 것으로 보인다. 그 이전까지의 그의 예술은 전사(前史)가 된다. 이 체험은 필자도 그로부터 간략하게 들은 바 있지만, 로니 코언(Ronny Cohen)은 판화집 서문에서 이를 자세히 설명하고 있다. 파리로부터 뉴욕으로 옮긴 이후인 1973년 뉴욕 근처의 베어 마운틴을 방문한 어느 날 그는 눈 위에 손수건을 덮고 풀밭에 누워 작품의 문제들을 생각하고 있었다. 그때 풀과 하늘 그리고 손수건의 모양이 마음을 움직여 이것을 스케치해 두었는데, 그 며칠 후에 영화관에서 영화를 보던 그는 문득 풀밭의 광경을 다시 생각하게 된다. 그것은 그에게 "그의 예술의 숭엄한 사명을 깨닫게 하는 '삶의 아름다운 신비'를 전해 주는 듯하는 체험이었다."[3] 이때의 영감을 작품화한 것이 「풀 위의 흰 손수건(White Handkerchief on the Grass)」을 비롯한 비슷한 주제의 작품들이다. 이때부터 이미지들이 쏟아져 나오기 시작하고 그의 예술 생산의 방향은 확실한 것이 된다.

풀밭 위로부터 하늘로 뻗은 손수건은 무엇을 상징하는가? 이것을 분명한 의미로 번역할 수 있다고 생각하는 것은 아마 시각 예술의 존재 이유를 잘못 이해하는 것일 것이다. 그러나 거기에 어떤 의미의 암시가 전혀 없다고 한다면, 작품에 대한 공감은 반감되는 것일 것이다. 조 밀러(Joe Miller)는 황 화백이 월트 휘트먼(Walt Whitman)의 애독자라는 것을 말하면서, 그의 작품과 휘트먼의 시집 『풀잎(Leaves of Grass)』 사이에 어떤 연계가 있음을 말한 바 있다. 휘트먼의 시 「나의 노래(Song of Myself)」에는 과연 손수건과 풀을 연결하는 구절이 있다. 이 시집에서 풀은 한없는 삶의 무성한 연쇄의 상징인데, 휘트먼은 "손에 가득히 풀을 가져오며, '풀이란 무엇이어요' 하고 한 아이가 물어보았다."라는 형식으로 질문을 발하고 이에 답하여, "나 또한 그나 마찬가지로 그것이 무엇인지 알지 못한다. …… 그것은 하느님의 손수건인지, 그가 짐짓 떨어뜨려 놓은 향기 나는 선물, 또는 증표인지."

---

3 Ibid., p. 11.

라고 말한다.

휘트먼에서의 이러한 풀과 손수건의 일치가 반드시 황 화백의 판화에 직결되는지는 분명치 않다. 나에게는 오히려 풀밭은 앤드루 와이어스(Andrew Wyeth)의 「크리스티나의 세계(Christina's World)」를 연상시킨다. 그러나 앞에 말한 로니 코언의 설명으로 손수건의 의미를 "자연과 인공적 세계를 매개하는 평면"이라고 한 것은 맞는 것으로 생각된다.[4] 물론 휘트먼의 연상이 부정되는 것은 아니다. 풀은 자연의 생명력의 상징이고, 그러니만큼 자연의 일부로서의 인간의 생명에 대한 '상형 문자'이지만, 동시에 사람의 삶은 그 자연의 힘을 매개해 주는 인위적인 매개물을 필요로 한다고 할 수 있다. 이것은 실용적인 의미에서나 인식론적인 의미에서나 마찬가지이다.

판화집의 손수건 시리즈에서 「풀 위의 흰 손수건」 바로 다음의, 「풀 위의 두 개의 손수건(Two Handkerchiefs on the Grass)」이 텐트와 같은 모양이 되어 있는 것은 반드시 우연한 것이 아닌지도 모른다. 어쩌면 그것은 사람이 필요로 하는 장막, 차폐물, 또는 거소를 나타내는 것이 아닐까? 판화집의 다음의 판화는 '흰 손수건'에서 흰색을 떼고 「풀 위의 손수건(Handkerchief on the Grass)」이 되어 있다. 여기의 손수건 위로는 풀이 자라고 그에 더하여 거기에 듬성듬성 꽃이 피어나 있다. 사람이 의지할 것은 자연과는 다른 것이지만, 동시에 사람의 일은 자연 속으로 자라 들어가며 자연의 꽃을 더욱 잘 피게도 하는, 조화를 이루어야 한다. 이러한 우화가 이 판화에 스며들어 있는 것일 수도 있다. 그리고 다음에 이어지는 판화에서, 풀밭 위에 부유하고 있는 것들, 즉 오지그릇, 불을 켤 수 있는 성냥, 음식의 재료로서의 계란은 초원 위의 삶의 기본적인 요건들을 우화적으로 표현

---

4 Ibid., p. 17.

한 것으로 취할 수 있다. 셔츠는 또 하나의 필수품이다. 텐트의 주거는 보다 견고한 집으로 바뀔 수 있다. 바위가 집이 될 수도 있고, 집의 아이디어가 바위에 의하여 시사될 수도 있다.(와이어스 그림의 주인공은 초원 위에서 멀리 있는 집을 보고 있다. 이에 비슷하게 「풀 위의 손수건」은 미국에 삶의 터를 마련하여야 하는 황 화백 자신의 자전적인 사정을 반영하는 것으로 볼 수도 있다. 예술 작품의 특징은 애매한 복합체라는 데에 있고, 그것이 예술로 하여금 구체와 그 의미의 결합을 가능하게 한다.)

우화는 더욱 복잡하게 계속된다. 일정한 시간이 지나면, 생활의 필수는 아니라도 꽃과 같은 아름다움이 삶에 첨가될 수 있다. 불을 지피는 데에 필요했던 성냥은 난방이나 공장의 에너지 원천이 된다. 살다 보면, 일정한 사유의 축적이 일어나고 이것은 보따리로 표현될 수 있다. 이 무렵의 작품에 주사위를 주제로 한 것이 두 개 있고 그 이후에도 두드러지지는 아니한 채로 주사위가 보이는 경우가 있지만, 축적은 운수에 깊이 관계된다. 물론 이것은 손수건 위에서 꽃이나 돌을 말로 하여 벌이는 놀이, 당구, 골프 등과 같은 놀이에도 이어진다. 통신이 발달되고 외래종의 화훼나 조금 사치스러운 과일이 만들어지고 사람의 그림자가 비치는 데에는 꽃이 피는 정원이 생겨난다.(「꽃: 마그리트에의 헌정」) 거주지는 안으로 조금 더 아늑한 보금자리가 되어 방석이나 베개를 추가하게 되고 읽을거리로서 신문과 같은 것이 들어가게 되기도 한다.(「작은 텐트(A Small Tent)」, 「풀 위의 베개(A Pillow on the Grass)」) 그런가 하면 밖으로는 손수건은 희랍 고전 건축의 기둥과 중복되었다가 손수건을 참조할 필요가 없는 고전 건축의 기둥이 된다.(「두 개의 기둥과 흰 손수건(Two Columns and White Handkerchief)」, 「두 기둥(Two Columns)」) 이러한 발전은 실내로서는 아마 「검은 의자」와 같은 작품이 적절하게 표현하고 도처에 보이는 즐김의 대상으로서의 예술화된 자연(가령 새나 재배된 각종의 화초, 체리 또는 상자에 장식된 새)에도 나타난다. 그러나 지상에 거주하는 인간의 삶의 가장 섬세한 발전은 예술에서 정점에 이른다. 1980년대의 작품의 모티프가 되는 바이올린이나 첼로, 나팔, 꽃과 새가 장식하는 악보, 연극의 마스크, 꽃들 사이에 놓인 무용화 같은 것은 예술에 의한 삶의 섬세화를 말하는 것일 것이다.

이와는 다르게 황 화백의 작품에서 중요한 모티프로 과학 기기들 또는 그것에 관련된 도해 등이 있다. 과학 기기들은 그의 세계를 이해하는 데에 특별한 의미를 갖는다. 이들 기기는 특히 처음에 '손수건 시리즈' 이후 1976년부터 1978년까지의 판화들의 전면에 나타난다. 거기에는 온도계도 있고 측후 기기라고 명명된 여러 장치들 또는 메트로놈과 같은 것들도 있고 측량에 사용될 법한 막대(pole)나 측량기로부터 우주 공간을 헤아려 보는 천체관측의(astrolabe)에 이르는 공간의 측정에 관계된 것들도 있다. 그런데 기계 장치가 가장 두드러지게 화면을 차지하는 것은 1977년의 「기상 예보(Weather Forecast)」라는 제목이 붙은 작품들에서이다. 기상 예보의 판화들은 부드러운 예술 작품이라기보다도 거의 기계들의 설계도 같은 느낌을 준다. 기계에 첨가된, 레오나르도 다빈치의 공책에서 발견됨 직한 기하학적 도면들은 이러한 공학적인 또는 과학적인 인상을 강화해 준다. 예술적 상상력과 과학적 상상력 그리고 기술적 상상력의 거리가 그렇게 먼 것은 아니다. 삶의 현실이라는 관점에서 예술은 과학보다는 기술에 가깝다. 그러나 기술이 실용성을 목표로 한다면, 예술은 그것보다는 더 넓은 맥락에서 그 의미를 천착한다. 그리고 그 관계가 현실 이익에 초연한 관조적 성격을 갖는다. 이러한 점에서 그것은 과학에 가까이 간다.

기상은 사람의 삶의 환경의 총체적 조건이다. 그러나 이 삶의 근본 조건이라는 관점에서 더 직접적인 것은 공간이다. 공간의 측정에 관련된 기기는 당연히 황 화백의 작품 세계를 이해하는 데에 가장 중요한 상징물일 것이다. 「풀 위에서(On the Grass)」는 공간 기기들의 의미를 예시해 주는 작품이다. 작품의 중심에 있는 것은 풀밭 가운데 둥그렇게 도려낸, 헝겊인지 흙인지 분명치 않은 바탕의 원형 공간인데, 그 공간은 가로세로의 축으로 구획되고, 이 축에 따라 방위가 표시되어 있다.(남북은 알파벳으로, 동서는 열쇠와 장미 어쩌면 닫힌 자아의 열쇠와 그를 여는 사랑의 상징일 수도 있는 장미로 표시되어 있는데, 이것은 지리적 방위와 심정적 방위의 중복을 나타내는 것일 수 있다.) 방위의 공간 위로는 무성한 풀밭 속에 고풍스런 건물이 서 있다. 앞에 언급한 풀밭에 선 기둥 사이에도 방위에 관계된 것으로 보이는 기기들이 놓여 있는 것을 볼 수 있다.

사람이 집을 짓고 사는 데에는, 특히 문명된 건축물을 짓고 사는 데에는 측지와 정지 작업이 필요하다. 공간이 삶의 터전이라고 한다면, 시간은 그 매체이다. 다만 그것은 공간처럼 사람이 마음대로 다스릴 수 있는 것이 아닌 까닭에 실용성을 쉽게 드러내지 아니한다. 그러나 삶이 시간 속의 사건임은 말할 필요도 없다. 1980년대 초반의 판화에는 시계를 주제로 한 것이 여러 편 있다. 삶의 시간을 상기하게 함과 동시에 그것을 정확히 측정하려 한 인간의 고안력을 찬양하려 한 것인지도 모른다. 그러나 정확한 측정이 실용적인 또는 인생 경영에 있어서만 의미를 갖는 것은 아니다. 자연은 사람 이전에 이미 시간을 측정한다. 1975년의 「꽃」에서, 꽃이 방위계와 함께 놓인 것은 자연의 생명인 꽃이 방위에 대한 정밀한 민감성을 가진 것을 말하려는 것이 아닐까.(물론 사람은 이것을 이해함으로써, 보다 화려하게 개량된 꽃을 피우는 법을 배울 수 있다.) 「작은 나비를 위하여(For a Little Butterfly)」는 풀밭과 손수건 그리고 다른 작은 기호들과 더불어 메트로놈을 중심에 세워 놓았다. 세상 만물이 시간, 그것도 일정한 시간, 또 음악으로 변할 수 있는 시간과 더불어 움직이지만, 그중에도 특히 꽃 피는 계절에 민감한 나비는 시간의 지속, 음악의 리듬을 내장하고 있는 아름다운 곤충이라고 할 수 있다.

이와 같이 황 화백의 작품들은 삶의 기본적인 구성 요소를 어휘로 발전시키면서, 거기에 흐르고 있는 법칙성을 과학이나 기술의 기기로써 드러내 보인다. 그러나 예술의 본령이 이러한 것들을 소재로 한 우화나 가르침에 있는 것은 아니다. 예술 작품이 거기에 관계된다면, 그것은 가르침이 시각적 체험 속에 구현되는 한도에서이다. 어쨌든 예술은 교과서의 이해를 도와주는 도해가 아니라 독자적인 탐구 행위이다. 그 탐구의 과정이며 결과가 미술의 시각적인 재현이다. 황 화백은 다른 어떤 예술가보다도 지각의 세계를 의식적으로 탐구한다. 앞에서 말한 여러 우화적 내용들은 이 탐구의 큰 테두리로 그리고 방법으로 작용한다. 그리고 과학 기기는 과학 기기이면서, 황 화백의 지각 세계의 탐구에 대한 증표들이다. 그의 작품 활동의 초점은 시각 체험의 명료화이다. 상상력은 명료화를 가능하게 한다. 1978년의 작품, 「나무와 손수건(Tree and Handkerchief)」은 나무 뒤에 걸려 있는 장막에 달이 비쳐져 있거나 잡혀 있는 것을 보여 준다. 사람이 자연에 살기 위하여 장막이나 집이 필요하듯이, 외부 세계를 보는 데에도 여과 장치가 필요하다. 그러나 여기에서의 장막 장치는 반드시 사물의 상상적 변용보다는 지각 작용에 개재하는 주관적 기제의 불가피함을 말한 것이라고 하는 것이 옳다. 왜냐하면 그의 다른 작품들이 말하고 있는 것은 대체로 지각 세계의 정확한 관찰이기 때문이다.

과학 기기가 삶의 목적을 위해서나 지적인 인식을 위해서 필요한 것처럼, 예술가의 지각 세계의 탐구에서도 필수적인 것은, 기기를 빌리든 아니 빌리든, 정확한 관찰이다. 안경은 황 화백의 작품에 자주 등장하는 소도구 중의 하나이다. 시각의 세계에 관계된 것이 미술이라고 하면, 시각적 사실 세계에 대한 면밀한 탐구를 상징하는 기구는 안경이라고 할 수 있다. 1981년의 「안경(Glasses)」은 안경 자체를 주제로 하고 있지만, 같은 제목의 1984년의 작품에서 안경은 방위를 표시하고 있는 카드와 같이 있다. 공간에 대한 오리엔테이션과 자세한 관찰의 암시가 나란히 놓여 있는 것이다. 안경의 주제는 유화들에서는 더 자주 등장한다. 물론 안경은 관찰의 도구이지만, 동시에 나이의 상징일 수도 있다. 그리하여 그것은 동판화에서나 우화에서 점점 많이 등장하는 시계에 관련될 수 있다. 미술 작품의 특장은 언어와 달리 이 양의성을 해명할 필요가 없다는 데에 있다. 다른 한편으로 시각(視覺)은 그 자체가 단순히 공간적인 현상이 아니라 시간적인 현상이라고 할 수 있다. 삶의 기본 축이 시간인 한, 시간에 제한되지 않는 시각은 없다. 보는 일은 삶의 필수 요건이다. 그런 의미에서 안경은 정확한 시각과 나이를 동시에 나타낼 수 있다. 그것이 시계와 더불어 빈번해지는 것은 기이한 일이 아니다. 안경의 필요는 주어진 대로의 삶의 에너지의 약화에서 일어난다.

이렇게 말하는 것은 다시 우화로 돌아가는 일이다. 자세한 관찰의 중요성은 미술에 있어서 관찰의 우화로써가 아니라 작품의 시각적 현실로써 재현되어야 한다. 대상물은 가장 사실적으로 재현된다. 사실화는 윤곽이나 결의 섬세성으로 가능하여진다. 재현된 것들은 거의 사진에 가깝다. 그러나 사실성은 객관성이면서 동시에 그것을 지향하는 의지 그리고 그것을 드러내는 필치 또는 스타일이다. 이것은 미술뿐만 아니라 삶의 현실에서도 마찬가지이다. 미술은 우리가 삶을 더 자세하고 꼼꼼하게 사는 것을 도와준다. 「풀 위의 흰 손수건」에서 풀을 그리는 필치는 얼마나 섬세한가. 이것을 유화에 그려진 풀에 비교해 보면 더욱 그렇다고 느낄 수 있다. 이것은 물론 동판의 기술적 요구로 인한 것이라고 할 수도 있다. 그러나 예술에서 실현되는 지각 체험은 매체의 요구와 작품의 기교, 그리고 예술 의지와 일체적인 관계에 있다. 위에서 언급한 안경을 주제로 한 두 개의 작품 가운데 두 번째 것이 더 매력적인 것은 단순히 암시된 생각의 기발함 때문만이 아니다. 작품 전체도 그러하지만, 여기에 그려져 있는 안경은 가벼운 드로잉의 선으로 표시되어 그 물질적 무게를 잃어버리는 듯하지만, 오히려 그 사물적 호소력은 더 절실한 것이 된다. 사실성과 스타일의 일체성이란 그러한 것이다. 드로잉의 느낌을 그림에 즐겨 도입하는 파울 클레(Paul Klee)의 많은 그림의 진실은 이와 같은 일체성에서 나온다. 이러한 안경의 경우가 아니라도 황 화백의 가볍고 정교한 필치는, 새든 꽃이든 방석이든 시계든, 모든 대상물의 묘사에서 가장 중요한 역할을 한다. 그것은 사실의 모사보다도 그것에 대한 조심스러운 존중을 시사함으로써 사물의 사물성을 드러낸다.

물론 사실과 필치, 주의 집중의 일치는 사물 지각에서만 일어나는 것은 아니다. 황 화백의 작품의 특징이 대상의 사실성과 공간의 초현실성에 있다는 것이 이 글의 요지이다. 그러나 다시 한 번, 초현실적 공간은 무엇인가? 공중에 떠 있는 의자를 보여 주는 초현실주의 그림이 있지만, 공중에 떠 있는 의자가 초현실의 환상이 되는 것은 그것을 떠받치는 건조물, 즉 이층집이나 고층 아파트를 아직 짓지 않은 상태에서만 그러하다. 판화집에서 풀 위의 손수건 시리즈 다음에 오는 「오지그릇(Pot)」은 풀밭 위의 허공에 부유하고 있다. 그러나 이 부유 상태는 집을 짓고 부엌을 짓고 할 때까지만 지속될 것이다. 또는 거꾸로 말하여 집에 오지그릇은 건조물의 뒷받침이 없이 상상되는 것으로 존재했던 것이라고 할 수도 있다. 그것은 처음에는 물질적 공간이 아니라 사람의 머릿속에 떠오른 것이다. 사실은 이 머릿속의 상상의 물질적 전개이다. 상상력과 사실은 하나의 일체적인 세계 속에 있다. 과학과 예술은 이것을 우리에게 깨닫게 한다. 황 화백의 세계에서도 사실과 상상 그리고 예술의 작업은 하나이다. 초현실주의자들이 말하려고 한 것은 바로 이것이다.

3

금년 10월 현대 화랑의 전시회는 황규백 화백으로는 전혀 새로운 예술적 시험의 결과를 보여 주는 계기이다. 그는 몇 년 전부터 수십 년간 그의 중요한 매체로 삼아 왔던 동판의 기법을 버리고 유화를 시도하기 시작했다. 동판에 비하여 유화가 얼마나 쉬운 매체인가를 새삼스럽게 깨달았다는 말 이외에는 황 화백으로부터 나는 이 새로운 시도의 의도가 무엇인지에 대하여 설명을 듣지 못하였다. 본인의 의도가 어떤 것이든, 중요한 것은 작품이 전달하는 예술적 의도이다. 이것은 조금 더 두고 보아야 분명해질 것으로 생각된다.

모든 예술 장르는 일정한 위계질서를 이룬다. 전통적으로 유화가 판화보다는 위에 있는 장르임은 부인할 수 없다. 위에서 설명하려고 한 것처럼 황 화백의 작품들은 사람 사는 세계에 대하여 중요한 명제들을 제시한다. 이 명제들이 중요한 것으로 생각되는 만큼, 어쩌면 그는, 동판화의 기술적 어려움의 문제를 떠나서라도 그것을 중요한 장르를 통하여 다시 천명하고 싶었는지도 모른다. 예술은 장식적인 역할을 피할 수 없다. 그것은 심각한 내용을 가진 거대한 작품의 경우에도 마찬가지이다. 그러나 소품이라는 인상을 줄 수밖에 없는 판화의 경우에, 특히 아름다움만을 추구하는 작은 작품들의 경우에, 작품은 단순히 장식적인 것으로 생각되기 쉽다. 물리적으로도 큰 것이 될 수 있는 유화는 적어도 장르적인 소품화의 제약은 벗어날 수 있다.

판화를 보고 난 다음에 전시회의 유화들을 보면, 장르의 변화에도 불구하고, 근본적인 수법이나 어휘 그리고 문법은 바뀌지 않았다는 인상을 준다. 인간과 자연의 관계를 주로 한 판화의 주제들도 크게 바뀌지 아니하였다고 할 수 있다. 그러나 서사의 전체적인 음조는 상당히 달라진 것이 아닌가 한다. 이 달라진 음조는 「풀 위의 흰 장막(White Sheet on the Grass)」에서 극적으로 포착할 수 있다. 이 그림의 구성 요소는 1973년 이후에 창조적 에너지의 근원이 되었던 「풀 위의 흰 손수건」과 아주 비슷하다. 그러나 그 것이 시사하는 바는 전혀 다른 것으로 생각된다. 그림의 장막은 화면에 나 타나는 바로는 손수건과 크게 다르지 않다. 그러나 그것은 한없이 펼쳐지 는 풀밭 위의 허공에 달려 있지 않다. 지평선의 저쪽에는 현대식 건물로 가 득 찬 도시가 있고 그 위에 있는 것은 허공이 아니라 구름이 떠 있는 하늘 이다. 가장 중요한 것은 손수건이 앞으로 건축될 수 있는 사람의 거소의 상 상 공간에 있다고 한다면, 이 장막은 이미 지어져 있는 도시의 집들을 가리 고 있다. 그림의 풀들이 신선하고 예리한 맛을 가지고 있지 아니한 것은 동 판의 날카로움과 붓의 유연함의 차이에서 오는 것일 수도 있지만, 작품의 의도에 무관한 것이 아닌 것으로 보인다. 풀도 조금 더 노란빛을 띠고 있 다. 판화에서의 흰 손수건이 상상으로나 실제에 있어서나 앞으로 지어야 할 것을 말하는 것들을 암시하는 것이었다면, 여기에 지어야 할 것이 별로 없는 것은 분명하다. 오히려 이미 지어져 있는 것은 가려 버리고 싶은 것인 지도 모른다. 지을 것이 있다면, 그것은 장막을 화폭으로 삼아 그려 볼 수 있는 상상의 조형물 정도일 것이다. 그러나 그것은 현실적 의미를 갖는 상 상의 발랄한 실험은 아니다.

판화의 경우와 대비하여 서사(敍事)의 어휘로 등장하는 사물들도 상당 히 제한되어 있다. 바위, 악기, 우산, 보따리, 모자, 구두, 시계 등은 전에도 등장하던 것이고 거울, 사다리 그리고 확돌과 같은 것이 새로 그려지는 물 건들이다. 그전부터 있던 것이든 새로 등장한 것이든, 달라진 것은 무엇보 다도 그 스타일이고 전체 공간과의 관계에서의 그 의미이다. 가령 돌의 경 우, 판화에서 돌은 건축물을 생각게 하는 것이었다. 또는 다른 돌은 공기놀 이의 돌처럼 게임이나 다른 구조물에 이용될 수 있는 것이었다. 유화에 등장하는 돌은 커다란 바위이다. 「모자와 구두가 있는 바위(A Rock with the Hat and the Shoes)」에서, 누런빛의 풀밭과 구름 그리고 몽롱한 하늘을 배경으로 서 있는 바위는 거의 전 화면을 차지한다. 바위 위의 모자와 아래의 장화는 누가 벗어 놓은 것인가. 아니면 바위가 모자를 쓰고 있고 구두도 신은 것인가. 바위의 항문에는 시계와 같은 것이 장치되어 있다. 이런 것을 하나로 묶어 볼 때, 바위는 아마 시간의 지배하에 있는 인간에 대한 비유일 것이다. 인간은 자연이 만들어 놓은 작품의 하나이다. 그러한 의미에서 그는 깎아 놓은 바위와 비슷한 것으로 생각될 수도 있다. 아니면 시간과 더불어, 나와 더불어, 사람은 그러한 바위처럼 되어 가는 것일까.

「두 바위와 굴렁쇠(Two Rocks with the Hoop)」에서 크기나 새김의 정도가 다른 두 바위는 풀밭 위에 멈추어 선 두 명의 사람, 어쩌면 남녀일 것이다. 두 바위의 둔중함은 바위를 장식한 덩굴이나(이것도 시간과 더불어 시들 것이 틀림없지만) 작은 바위에 걸쳐 있는 의상으로 인하여 조금은 가벼워져 있다. 덩굴을 감아 놓은 굴렁쇠는 아이들의 놀이의 가벼움을 연상시키지만, 지금 돌이 되어 있는 사람이 굴릴 수 있는 장난감은 아니다. 「굴렁쇠(Hoop)」라는 작품에도 같은 장난감이 나오지만, 그것은 저녁때의 불빛이 새어나오는, 그 옆 계단으로 올라가 버린 누군가가 놀이를 끝내고 놓아둔 것임에 틀림이 없다. 「두 바위와 굴렁쇠」에서 바위에 기대어 놓은 굴렁쇠도 놀이의 시작이나 계속을 시사하는 것으로 보이지는 않는다. 그렇다고 아직은 덩굴의 장식이나 의상의 화려함이 시사하고 있듯이, 아름다운 것들이 막을 내린 것은 아니다. 「바위 위의 바이올린(Violin on the Rock)」은 제목대로 바위 위에 놓인 바이올린을 보여 준다. 제목은 반석 위에 놓인, 그러니까, 영원히 지속될 바이올린, 즉 음악의 존재를 말한다고 할 수도 있다. 그러나 화면의 실제에 있어서 바위의 엄청난 크기와 무게에 대조되는 바이올린의 존재는 극히 가냘픈 것으로 보인다. 아름다움의 표지가 되는 덩굴줄기의 가냘픔은 이것을 더 강조해 준다.

　바위와 악기의 병치는 다른 그림에서도 볼 수 있다. 「바위와 첼로(Cello with the Rock)」에서 악기는 바위와 나란히 앉아 있다.(바위가 있는 들에는, 장막 뒤에 도시의 건물들이 있었듯이, 송전탑이 들어서 있다.) 그런데 여기에서 악기는 바이올린이 아니라 첼로이다. 이것은 크기에 있어서나 그 음역의 무게에 있어서 조금 더 바위에 대비될 만하다. 이번의 유화에 그려진 또 하나의 악기도 첼로이다. 「스카프가 있는 첼로(Cello with Scarf)」에서 첼로에는 스카프가 씌어져 있다. 배경은 밤처럼 어둡고 안경이 놓여 있는 바위 주변만이 그윽하게 밝아 있을 뿐이다. 연주는 이미 끝난 것인가. 만 레이(Man Ray)의 그림에서도 그렇듯이 첼로나 바이올린은 때로 여자의 몸과 비슷한 형체를 가진 것으로 말하여진다. 스카프는 이러한 연상을 보강해 준다. 그러나 첼로가 여인이라면, 여인이 발랄한 삶의 에너지를 나타내고 있는 것이 아님은 분명하다. 그러하든 아니든 판화에서 음악은 꽃과 새와 악보의 가벼움, 그리고 로코코 문양같이 우아하게 휘감긴 바이올린의 목으로 대표되었다. 그 음악과 어두운 성적 유혹의 표현으로서의 음악과의 차이는 삶과 상상력의 명암과 경중의 차이이다.

　전시회의 유화에 처음 등장하는 물건으로서 거울이 있다. 거울의 형체는 첼로와 유사하다. 그리고 또 하나의 거울을 그린 작품에서 거울은 여인의 나체 하반신을 비춘다.(「풀 위의 거울(Mirror on the Grass)」) 거울이나 악기나 다 같이 성적인 것을 시사하는 대상물로 사용되고 있음이 분명하다. 여기의 성은 어떠한 것인가. 거울의 성은 보이어리즘(voyeurism)의 성이거나 아니면, 적어도 현실의 성이라기보다는 기억이나 상상에 되비치어 돌아오는 어떤 것일 것이다. 「테이블 위의 거울(Mirror on the Table)」은 이 거울의 정황을 설명해 준다. 거울 속에는 촛불이 밝혀져 있고 그 저쪽으로 사다리가 있고 공중에 서 있는 사다리 위로 달이 떠 있다. 거울은 달에 오르는 제단이 되어 있는 것이다. 탁자 위에는 열쇠, 안경과 주사위와 시계가 놓여 있다. 이것들의 상징적 의미는 앞의 판화의 독해에서 설명한 바 있다. 거울을 가질 수 있는 것은 사적 소유와 관찰과 운수와 시간을 확보한 연후에 가능하다. 탁자 앞에 보이는 공간은 판화 같으면 초현실적 상상의 공간이다. 그러나 여기서 이것은 이미 존재하는 숲속의 저택을 의미하는 것으로 보인다. 이러한 거울의 제단에 비치는 것이 나체 여인의 하반신인 것이다. 거울 속의 몸은 매우 아름답다. 그러나 그것은 조금은 퇴폐적 심미주의를 생각하게 한다.

모든 주관적인 것, 심리적인 것, 인간적인 것은 퇴폐적인 면을 가지고 있다. 유화 작품에 있어서, 직접적인 형태로는 아니지만, 우리는 황 화백의 작품에 비로소 인간의 모습이나 그 연상이 등장하는 것을 본다. 그의 작품에 초현실적인 상상이나 환상이 두드러진 것은 분명하지만, 초기의 판화에서 그것은 강한 외향적 지향으로 존재한다. 그것은 거의 객관적인 사실성에 일치한다. 그러나 그것은 유화에 있어서 조금 더 자신으로 되돌아오는, 반성적 의식이 된다. 「달과 사다리(Moon and Ladder)」는 야경이다. 풀밭이 있고 어두운 숲이 있고 밤하늘이 있고 달이 있다. 이러한 야경의 일부가 특히, 달이 장막에 잡혀 있다. 여기의 사물들과 그 배치는 1978년의 판화, 「나무와 손수건」에 흡사하다. 다른 것은 전체의 분위기이다. 그리고 장치로서 크게 다른 것은 나무 대신에 풀밭으로부터 사다리가 달을 향하여 뻗어 있다는 것이다. 나무가 앞에서는 달을 끌어내려 준 데 대하여, 최근의 작품에서의 덩굴가지와 붉은 의상이 걸쳐 있는 사다리는 달을 향하여 떠나가는 움직임을 말하는 것으로 느껴진다.

그러나 모든 사다리가 밤의 환상에 속하는 것은 아니다. 「사다리(Ladder)」라는 작품에서, 사다리는 대낮의 밝은 풍경의 일부를 이루고 있다. 안경, 주사위, 책, 열쇠, 우산 등이 놓여 있는 사다리는 어디로 올라가는 것일까. 어쩌면 그것은 풀밭과 먼 산이 있는 풍경이 궁극적으로 사람을 이끌어 가는 곳은 높은 어디라는 것을 말하는 것일 것이다. 우산은 초기의 판화에도 더러 등장하지만, 그것은 실내에 놓여 있거나 걸려 있는 것이었고, 말하자면, 손수건을 텐트로 또 집으로 바꾼 다음에도 들에 나가려면 필요한, 보조 텐트와 같은 것이었다. 그러나 실내에 놓인 우산은 어디까지나 편하게 예비되어 있거나 일단의 사용이 끝난 후의 것이었다. 1986년의 「두 우산(Two Umbrellas)」에서 원앙새처럼 나란히 벽에 걸린 검고 무늬 있는 두 우산은 산책을 마치고 온 다음의 부부를 연상케 하였다. 이번의 유화, 「나무 밑의 우산(Umbrella under the Trees)」에서, 우산은 내팽개쳐졌거나 버려져 있다. 그렇기는 하나 그것이 적극적으로 사용되었던 것이 분명하다. 「사다리」에서 거의 맨 위에 놓여 있는 우산은 사다리를 오르기 전에 자연 안의 산보에 사용되었지만, 이제 별 필요가 없는 것이 되어 있는 그러한 우산일까. 캔버스의 밖으로 사라지는 계단 위에서 사라지기 즉전에 열쇠가 놓여 있다. 우산을 필요로 할 수도 있는 들녘에서의 소요(逍遙) 후에 필요한 것은 사적인 공간에의 침잠(沈潛)이란 말일까.

　어두운 밤의 숲에서이건, 밝은 대낮의 공간에서이건, 이러한 회화적 명상을 통해서 암시되는 것은 궁극적인 초월이거나 조용한 내면에로의 명상적 침잠이다. 그 분위기에 있어서 황규백 화백과 볼테르는 전혀 다른 조(調, key)를 가지고 있다고 하여야 하겠지만, 볼테르의 유명한 말에, 실천으로나 이론으로나 세사에 동분서주하기보다는 "자신의 정원을 가꾸는 것"이 중요하다는 말이 있다. 황 화백의 이번 전시에서 풀밭 위에 놓인 확돌을 모티프로 한 것이 여러 편 있다. 여기의 풀밭은 열려 있는 들판이라기보다는 암청색의 나무에 둘러싸여 있는 정원으로 보인다. 확돌은 원래 실용적인 물건이었는지 모르지만, 이제는 정원에 놓인 예술품이 되어 있다. 확돌에 고인 물에는, 저 홀로 또는 감상자의 눈 아래에서, 달과 하늘과 숲이 비친다. 지금은 꽃이 놓여 있지만, 그 의자에 앉으면, 이것을 감상할 수 있을 것이다. 확돌에 물이 없을 때, 그 바닥에 시계, 그리고 가장자리에 우산이 놓여 있다. 우산은 어쩌면 비 오는 날의 방황에서 사용했던 것일 것이다. 모든 것은 추억을 환기하게 한다. 그리하여 거기에 시계가 놓여 있다. 그것이 현재이든 과거이든 방황과 소요의 동반자였던 우산은 덩굴의 줄기로 장식하여 기념할 만하다.

이러한 정원의 경험을 단순히 안으로 접어드는 행위라고만 할 수는 없다. 그것을 통하여 바깥의 세계에 우리는 보다 제 모습으로 바라볼 수 있게 된다. 이번의 전시작에서 단순하면서 조용한 감동을 주는 작품의 하나는 「바위(A Rock)」이다. 밝은 지평선의 끝으로 하늘까지 이어지는 풀밭 위에 계란 모양의 커다란 바위가 하나 놓여 있다. 섬세한 결로 보아 그것은 사람이 원시적인 수법으로 다듬어 놓은 것인 듯도 하고 우연히 거기에 놓인 것 같기도 하다. 자연물이 되었든 인공물이 되었든, 편편한 들녘에서 눈을 끄는 조형물임에 틀림이 없다. 이 바위 위에는 한 가닥의 꽃가지가 놓여 있다. 사람은 세계의 형상들의 경이에 마주칠 때, 이를 기리는 표지를 거기에 바치지 아니할 수 없다. 사람이 바치는 찬미의 증표는 가냘픈 것이다. 그러나 하늘과 땅과 나무 사이에서 사람의 존재가 얼마나 작은 것인가를 생각할 때, 그것이 오히려 적절하다.

그것이 작품의 연대나 서사적 단락을 나타내는지는 모르지만, 황 화백의 그림을 본 다음 내가 넘겨받은 작품 사진에 의하면, 여러 사진 가운데 맨 마지막 것은 「굴렁쇠」이다. 앞에서 언급한 바와 같이, 이 작품에서 굴렁쇠는 벽에 기대어 세워져 있고, 그가 누구였든지 간에, 굴렁쇠를 가지고 놀던 사람은 계단 위의 저쪽, 저녁 불이 밝혀져 있는 실내로 돌아간 것으로 보인다. 그림은 거기에 하루의 놀이가 끝난 다음의 행복한 휴식이 자리하여 있을 것이라는 느낌을 준다. 이러한 의미에서 적어도 이번 전시에서

이 작품은 하나의 만족할 만한 세계를 이룩한 노 예술가의 이야기의 일단의 마감을 표하는 것으로 적절하다. 노 예술가는 사람이 사는 세계의 지각과 상상적 구조를 생각하고 재현하고 다시 돌아와 그 인간의 의미를 명상적으로 되찾고 이를 동판화로 그리고 유화로 표현하였다. 세계와 삶은 지각되고 상상되고 현실적으로 구성되는 것이지만, 그것은 표현의 명증화가 없이는 참모습을 얻을 수 없다. 그것은 가장 심각한 작업이면서 동시에, 아이들의 굴렁쇠 놀이같이 순진한 놀이이다.

앞에 말한 것은 다시 한 번 황규백 화백의 작품을 우화로, 하나의 서사로 읽은 것이다. 이러한 독법은 작품의 감각적 직접성을 손상할 수 있다. 다시 돌아가야 할 것은 작품 자체이다. 앞에서 말한 바와 같이, 황 화백의 매체는 판화에서 유화로 바뀐 것인데, 유화는 판화에 비하여 서사적 크기를 더하여 주는 효과가 있다. 그러나 동시에 사람에 따라서는 그의 동판화가 가지고 있던 명료함의 힘과 그것을 통하여 성취되는 사실적 정교함이 조금 줄어든 감이 있음을 느낄 수도 있을 것이다. 어쩌면 이것은 넓어진 공간과 유화 물감의 상호 삼투성으로 하여 불가피한 것일 것이다. 이것을 보충해 줄 수 있는 것이 황 화백의 동판화 시기로부터의 서사적 맥락이다. 위에서의 나의 알레고리적 독법은 이러한 관점에서 정당화될 수 있을는지 모른다. 그러나 되풀이하여 중요한 것은 작품 자체이다. 황 화백의 예술적 탐구는 계속될 것이기 때문에, 이러한 서사적 내용을 떠나서도 앞으로의 그의 작품은 그 체험적 복합성을 더해 갈 것이다.

(2004년)

사물의 시
릴케와 그의 로댕론

시에서도 그러하고 일상적 삶에서도 이미지는 심리 작용의 핵심적 내용을 이룬다. 그런데 이미지의 근본이 되는 것은 우리 주변의 사물들이고 그 물건이 차지하고 있는 외적·내적 공간이다. 사물과 이미지의 구분은 모호하다. 그것은 지각하는 사물의 실재성에 얼마나 무게를 두느냐 하는 데에 따라서 결정되는 것이기 때문이다. 그러나 이 역점의 차이가 심리에 있어서, 예술 작품을 생각하는 데에 있어서, 그리고 생각의 지향을 결정하는 데에 있어서 중요한 차이를 가져오는 것은 틀림이 없다. 사물은 이미지의 경우보다도 분명하게 다른 사물과의 사실적 연계 속에서 파악된다고 할 수 있다. 그리고 이러한 사물들은 하나의 현실적 공간 속에 있는 것으로써 종합된다. 이때 공간은 이미지의 심리적 공간이 아니라 현실적 공간이 되기 때문에, 생각은 절로 상상의 영역보다는 존재론적인 세계, 아니면 적어도 현상학적인 세계에로 열리는 것이 된다.

이렇게 말하는 것은 시에 있어서 이미지가 중요한 경우와, 사물이 중요한 경우가 다르다는 것을 생각하게 한다. 조금 전에 말한 바와 같이 이미지는 시의 중요한 어휘를 이룬다. 이 사실을 의식적으로 시에 부각시킨 것은 말할 것도 없이 이미지즘이다. 그러나 그와는 달리 이미지가 아니라 사물에 초점을 맞춘 시는, 가령, 릴케(Rainer Maria Rilke)의 시와 같은 데에서 가장 잘 예시될 수 있다. 어쩌면 프랑시스 퐁주(Francis Ponge)의 시와 같은 것도 사물의 존재를 부각시키려 한 시의 예가 된다고 할 수 있지만, 릴케는 시의 사물로 하여금 그 물질적 현존성을 넘어 형이상학적 공간을 생각하게 한다. 이 점에서, 그의 시는 사물을 보여 주면서, 사물이 위치해 있는 보다 넓은 존재론적 바탕을 엿보게 한다. 그러는 만큼 사물의 의미를 보다 넓고 깊게 느끼게 한다.

1

소위 '사물의 시(Dinggedichte)'는 릴케의 시적 발전에서 커다란 전기가 된 시편들에 적용되는 이름이다. 이렇게 불릴 수 있는 시가 주로 수록된 것은 1907년의 『신시집(Neue Gedichte)』과 1905년의 『신시집 2부(Der Neue Gedichte anderer Teil)』이다. 릴케는 그 이전의 시들에서 시를 주로 주관적인 감정의 표현이라는 관점에서 생각하였지만, 이들 새 시집에서 사물에 대한 객관적인 기술을 담는 것이 시의 참된 모습이라고 생각하게 된다. 물론 그 전에도 그의 시가 낭만주의에서 말하는 바와 같은 감정을 그렸다고는 할 수 없고, 또 이 신시집들의 시 그리고 그 후의 시들에서 그가 완전히 사물의 기술에만 치중하고 주관적인 요소들을 배제하였다고 할 수는 없다.

시에서, 예술 작품에서 사물을 말한다는 것은 그 안에서 사물이 예술적으로 변용된다는 것을 전제하는 것이기 때문에 완전한 사물의 사물성이란 있을 수 없다. 이것은 철학에서나 일상적 지각에서도 마찬가지이다. 사람의 지각과 인식 기능의 매개를 통하지 않고 그 자체로서 존재하는 사물은 단지 전제될 수 있을 뿐이지 접근할 수 없는 신비라고 해야 할 것이기 때문이다. 어떤 경우에서나 사물의 사물 됨은 상대적일 뿐이다. 그러나 다시 한번 그가 객관적 세계에 대한 새로운 지각을 가지게 된 것은 사실이다. 그리고 시의 수법에서만이 아니라 그의 사상에서 — 시에 사상이 있다고 한다면 — 사물은 핵심적인 자리에 놓이게 되었다. 사물에 대한 그의 깨우침에 큰 자극을 준 것은 로댕과의 만남이었다. 그는 1902년에 로댕론을 쓰기 위하여 파리로 가 로댕을 만났고, 로댕과 친밀하게 되어 그의 비서로 일하기도 했다. 1902년 말에 완성된 로댕론은 다음 해에 출판되었다. 그 후에도 그는 1905년에 드레스덴에서 다시 로댕에 대한 강연을 하고 로댕과의 서신 교환을 계속하였다.

사물이 관심의 해석에 놓이게 되기는 하였지만, 사물의 의미에 대한 그의 이해는 시에서보다 로댕론에 자세하게 설명되어 있다고 할 수 있다. 그의 시는 이 사물론에서 자라 나올 뿐이다. 어쨌든 그의 사물론은 그의 시의 이해에 그리고 로댕과 예술의 이해에 필수적이고, 아마 우리 자신의 삶의 이해에도 도움을 줄 수 있을 것이다. 물론 그의 시도 그렇지만, 그의 사물론이 간단한 것이 아니기 때문에, — 가령 이미지즘의 그에 비슷한 문제에 대한 이론에 비교해도 그렇다. — 여기에서 할 수 있는 것은 그것을 일면적으로 우리의 관점에서 해석하는 일이 되기 쉽다. 아래에서 우리는 우선 그의 시를 몇 편 살펴보고, 그것을 그의 로댕론에 연결해 본 다음, 다시 그의 시를 읽어 보기로 한다.

2

있는 대로의 사물의 모습을 드러나게 한다고 할 때, 상식적으로 생각하듯이 객관적인 묘사가 그것을 가능하게 하는 것은 아니다. 새로운 지각, 그 지각을 표현하는 비유의 발견 없이는 묘사는 불가능하다. 사실 상식적인 객관성이라는 것도 대체로는 이미 죽은 지각과 비유의 되풀이에 불과한 것이 보통이다. 사물의 사물 됨, 그 객관성이 복잡한 의미를 갖는다는 것을 몇 편의 시를 통하여 살펴본다. 그것은 간단한 지각의 차원 또는 그것의 표현의 차원에서 그러하다. 그러나 그것은 결국, 나중에 다시 살필 것이지만, 형이상학적 차원에서만 이해될 수 있다.

릴케의 『신시집』에는 사물을 느끼게 하는 여러 시편이 있다. 그중에도 「영양(羚羊, Der Gazelle)」과 같은 시는 과연 매우 객관적으로 동물을 묘사하고 있는 시라고 할 수 있다. 그러나 방금 말한 바와 같이, 묘사가 상식적인 의미에서의 기술로서 이루어져 있는 것은 아니다.

　　요술일까? 조심스레 고른 두 마디의 말의 운율,
　　그것이 네 안에 신호 따라 오가듯 하는
　　그 운율에 어이 미칠 수가 있을까?
　　이마에는 솟아오르는 잎사귀, 그리고 리라,

　　너의 모든 것 사랑의 노래 속으로 흐르고,
　　읽기를 그치고 감은 눈, 눈까풀 위에
　　그 사랑의 말 장미 꽃잎처럼
　　사뿐히 놓이는데, 가까이서 보고저.

지그시 감은 눈에, 뛰어오름 네 발에 장전하고
목이 머리를 세워 귀 기울이는 한 찰나.
뜀의 방아쇠 당김 문득 멈춘 듯 ─
숲속에서 먹 감던 여인 문득 멈추어
선 듯. 고개 들어 돌아보는 얼굴에
호수 물 비추면서.

여기에 묘사되어 있는 것은 양의 발랄하면서도 조용한 모습이다. 물론 그 사뿐한 모습은 비유를 통해서 불러내질 수밖에 없다. 장미 꽃잎, 사랑의 노래, 시를 읽다 감은 사람의 눈들은 양이 환기하는 분위기를 그린다. 포착된 것은 영양의 순간적으로 동작을 멈춘 모습이다. 그 정지한 모습은 총에 실탄을 장전하고 발사 직전과 같기도 하고 숲속에서 먹을 감다가 고개를 들어 얼굴을 돌리는 ─ 호수의 물결이 어른대는 얼굴을 돌리는 여인과도 비슷하다.

사물시 가운데 가장 널리 회자되는 것의 하나는 「표범(Der Panther)」이다. 여기에서 주제가 되어 있는 것은 사물이라기보다 동물이고 또 동물의 상황이지만, 이 시를 사람들은 가장 실감 나는 사물시의 예로서 생각한다.(물론 릴케의 사물시에서 사물은 사물과 함께 사람이든 사건이든, 객관적인 대상을 시로 쓴 것을 말한다.)

그의 눈길은 창살을 빠져나가기에
지쳐 이제 아무것도 지니지 않는다.

그에게는 천 개의 창살이 있고
천 개의 창살 뒤로는 아무 세상도 없는 듯,

힘 있고 부드러운 발걸음의 움직임은
극히 작은 동그라미를 그리고 돈다.
멍멍해진 커다란 의지가 멈추어 선 중심,
그것은 그런 중심을 도는 힘의 무도와 같다.

가끔 가다 동공 앞의 휘장이 소리 없이
올려질 때면, 하나의 영상이 들어가서,
긴장한 사지의 고요 속을 지나고
심장에 이르러 스르르 스러진다.

—「표범: 파리 식물원에서」

로댕은 릴케에게 식물원 또는 동물원에 갈 것을 권했다. 그곳은 관찰을
연습하는 장소가 될 수 있다. 그가 본 동물 표범은 힘을 완전히 잃어버린
것은 아니다. 그러나 그는 우리의 좁은 공간에 밀폐되어 밖으로 뻗어 나지
못한다. 그리고 그에게 세상은 아무 의미 없는 것이 된다.

이 시는 표범의 절망과 체념을 전달한다. 그러나 동시에 여기에는 어쩌
면 벗어날 수 없는 한계로 하여 비참하면서도 더욱 강하게 느껴지는 힘이
있다. 비유로 끌어들여진 힘의 무도는 이 점을 강조하는 것인지 모른다. 예
술 작품의 힘은 바로 형식의 제어 속에서 느껴지는 힘에 있다고 할 수 있
다. 릴케의 시도 표범의 상황에 깊이 공감하면서도, 시인이 체험한 상황을
재현하는 것이면서도, 그 절제된 형식의 제어 속에 표현함으로써 비로소
예술적 완성에 이르렀다고 할 수 있다. 또 하나의 객관적 묘사의 시 「백조
(Der Schwann)」에서 묘사에 동원된 비유들은 조금 더 복잡하다.

아직 하지 않은 일들을 헤쳐 가는 것,

하지 않으면 아니 될 무거운 고난의 일 ──
백조의 뒤뚱거리는 발걸음은 이에 비슷하다.

그리고 죽는 것, 매일매일 놓치지 않고
밟아야 할 땅을 놓아 버리는 것 ──
그것은 백조가 스스로를 내려놓는 것.

물속으로 ── 부드러이 받아들이며,
복되게 지나쳐 가는, 아래로
물결 하나 또 하나, 비껴가는 물,
백조는 이제 한없이 고요히 그리고 확실하게
갈수록 의젓하게, 왕자답게
평안하게 미끄럽게 물위로 나아가신다.

시는 땅 위와 어색한 몸짓에 비하여 물속의 백조가 의젓한 몸가짐으로 떠가는 것을 그린다. 그런데 이 묘사에 사용된 비유는 단순하지만은 않다. 백조의 의젓함은 삶의 괴로운 시달림을 벗어난 죽음이 주는 해방감에 비교되어 있다. 물론 죽음의 해방감은 상상된 것이다. 시인은 백조를 보면서 죽음을 생각하는 것이다. 또는 사람이 삶에 대한 끈질긴 애착을 버린다면 사람도 물위의 백조처럼 평온한 몸가짐을 가질 수 있다는 것을 생각하는 것일까? 하여튼 사물을 제대로 보게 하는 배경에는 죽음의 예감이 작용할 수도 있다. 「풍뎅이 홍보석(Der Käferstein)」은 풍뎅이가 박혀 있는 이집트에서 온 수천 년 묵은 보석을 이야기한 것이다.

별들이 이미 그대 곁에 있지 않은가? 이제

그대가 껴안지 않은 것이 무엇이겠는가?
그대 이 단단하게 굳어진 풍뎅이의
홍옥이 된 알맹이를 잡는다면,
풍뎅이의 껍질을 내리누르는 공간을
그대의 피에 받아들이게 될 터인데,
공간이 그처럼 순순하게,
가까이, 스스로를 내맡긴 일이 없었지.

공간은 수천 년을 풍뎅이들 위에 있고,
그것은 아무도 사용하거나 가를 수 없다.
그리고 풍뎅이들은 스스로를 달고 잠들었다.
요람처럼 흔드는 그 무게 아래서.

이집트로부터의 풍뎅이 돌이라면, 그것은 수천 년 동안 지탱해 온 것인데, 릴케는 그 투명한 홍보석을 우주 공간에 비유하여, 그 공간이 변함이 없이 온전하게 풍뎅이 위에 놓여 지속되어 왔다고 말한다. 또는 사실 생각해 보면, 우주 공간 그 자체는 실제로 수천 년이 아니라 수억 년을 그렇게 버티어 온 것이다. 풍뎅이를 에워싸고 있는 투명한 보석의 공간이 그것을 새삼스럽게 상기하게 할 뿐이다. 이와 같이 변하지 않는 세월과 공간이 사람의 하는 일에 또는 적어도 그 주변에 존재한다. 그리고 사람이 가까이 여기는 사물도 그렇게 존재할 수 있는 것이 아닌가? 또는 적어도 그러한 시공간을 제 안에 편입함으로써 그러한 지속에 가까이 갈 수 있는 것이 아닌가? 릴케는 이러한 암시를 이 시에 담고 있다.

위에서 추려 본 몇 편의 시들은 대체로 이러한 복잡한 연상과의 관계에서 이야기된 것들이라 할 수 있다. 영양은 잠깐의 정지의 순간에 포착된 것이다. 여기에서 순간은 영원한 것이 되었다. 백조는 삶과 죽음을 배경으로 하여 이야기되어 있다. 동물의 움직임 그리고 사람의 존재는, 위에서 비친 바와 같이, 삶과 죽음을 배경으로 하여 그 영원한 순환에 참여한다. 사람의 존재를 뒤받치고 있는 다른 여러 큰 존재론적 범주가 그러하듯이 삶과 죽음의 의식은 인식론적 의미를 갖는다. 표범의 움직임과 상황에 대한 내적인 이해는 예술 작품이 존재하는 어떤 방식과의 관련에서 우리에게 강한 인상을 남기게 된다고 할 수 있다. 이러한 예들에서 보듯이 객관성은 사실적으로 보는 데에서만 얻어지는 것이 아니다. 그것은 큰 이해와 지혜와 병존한다.

3

앞에서 든 시들 이외에 릴케의 시들을 예로 들 수 있지만, 그의 사물시들이 강한 인상을 남기는 것임은 틀림이 없다. 그런데 그러한 인상 — 조소적(彫塑的)으로 명확한 자취를 남기는 시가 미적인 쾌감을 준다는 외에 무슨 뜻을 가질 수 있는 것일까? 우리는 조금 괴팍한 질문이기는 하지만, 이렇게 물어볼 수 있다. 그리고 릴케 자신 그의 시적 노력 뒤에 그런 질문을 숨겼던 것으로 보인다.

사물시는 기억을 위한 것이고 그것은 삶의 무상 속에서 우리를 위안하는 일을 한다. 그의 유고시, 「무릇 사물이 눈짓하여……(Es winkt zu Fühlung fast aus allen Dingen)」는 이러한 위엄을 말하고 있는 것으로 해석할 수 있다.

무릇 사물이 눈짓하여 다가오라 한다.
구비마다 불어오는 소리, "기억하라!"

모르고 낯설게 스쳐 지나간 하루
그날도 훗날의 선물이 되어 마감된다.

우리의 수확을 누가 다 헤아릴 것인가?
누가 우리를 지난 세월로부터 떼어 낼 것인가?
시작부터 우리가 배운 것은 무엇이었던가?
다른 사람을 통하여 스스로를 안다는 것.

하찮은 것이 우리를 감싸 준다는 것,
아, 집이여, 풀밭의 경사여, 저녁 햇살이여!
언젠가 너는 정다운 얼굴로 가까이 와서,
안으며, 안기며, 우리 곁에 서 있다.

모든 것들을 가로지르는 하나의 공간이 있다.
세계의 내면 공간이, 새들이 고요하게
우리를 지나 나른다. 자라고자 하는 나!
내 저쪽을 보면, 내 안에는 나무가 자란다.

내가 근심할 때, 내 안에 집이 있고,
내가 스스로를 사릴 때, 내 안에 숨을 것이 있다.
사랑했던 이, 그 아름다운 세계의 영상은
나에게 머물러 있으며, 흐느껴 우노니.

　삶의 무상함은 많은 삶의 교사들이 자주 이야기하는 바이다. 이것을 보
완하는 방법은 없을까? 너무나 소홀하게 지나쳐 간 것들을 자세히 보고,

그것을 기억하여 마음에 새겨 두는 것이 그 한 방법이다. 어떻게 보면 삶은 풍요로운 것이라고 할 수 있고 그것은 세상에 가득한 사물로 하여 그러한 것이지만, 사람들은 너무나 건성으로 이것들을 지나쳐 가고 만다. ─ 릴케는 이렇게 말하고 있는 것으로 보인다.

그러나 모든 것이 기억되는 것은 아니다. 어떤 종류의 형상만이 기억에 남는다. 그것들은 마음에 간직되는 것이라야 한다. 그리고 거기에서 무르익어야 한다. 무엇이 마음에 간직될 수 있는가? 집, 경사진 풀밭, 저녁 햇살 ─ 이러한 하찮은 것이라도 마음에 귀하게 여기는 것이어야 한다. 그러나 동시에 마음에 귀한 것이고 위안이 되는 것은 반드시 개인적인 차원에서만 그러한 것은 아니다. 모든 것은 하나의 공간 속에 있다. 이 공간은 마음의 공간이기도 하고 밖에 있는 공간이기도 하다. 이러한 정확히 정의될 수 없는 애매한 조건들 가운데에 있는 것이 예술 작품이다. 사실 기억에 남고 마음에 간직되는 사물의 모습을 가장 잘 드러내 주는 것이 예술 작품이다. 릴케의 사물의 시가 하는 것이 바로 이 작업이다.

그런데 다시 한 번 물어서, 사람의 사물에 대한 경험을 보존하는 데에 예술이 하는 일은 정확히 무엇인가? 간단히 말하면, 예술은 경험의 소재에 형식을 부여한다. 이 형식이 말하자면 기억의 보존을 위한 그릇이 되는 것이다. 그렇다고 형식의 그릇이 고정되어 있는 것은 아니다. 그것은 형식적 일관성을 가지면서, 경험과 더불어 새롭게 창조되는 것이라고 할 수 있다. 『신시집』의 서두에 실린 「초기의 아폴로(Früher Apollo)」에 시사되어 있는 것은 예술의 형식을 만들어 내는 것이 어떤 뻗어 나는 힘이라는 것이다.

아직도 잎 트지 않은 나뭇가지 사이로,
벌써 봄이 된 아침이 비추어 들듯이,

그의 머리에는 시의 눈길이 우리를
혼절(昏絶)하게 함을 막을

아무것도 없다. 눈길에는 아직은
아무런 그늘도 없고 그의 잠은
월계가 피어나기에는 너무 서늘하다.
나중에야 그의 눈썹으로부터

장미의 뜰이 높게 자라 오를 것이다.
그리고 그로부터 꽃잎 하나하나
입술의 움직임 위로 떨어져 갈 것이다.

허나 입술은 아직은 고요하고, 쓰이지 않고
반짝이며, 미소하며, 무엇인가를 들이켠다.
그의 노래 그에게로 흘려들고 있듯이.

　이 시는 이해하기 어려운 것 같지만, 어떻게 보면 매우 간단한 것을 말
하고 있다고 할 수 있다. 이 시가 말하는 초기 아폴로상에서 주목할 만한
것은 그야말로 "아무것도 없다." ── 시의 출발점은 이 말로 요약할 수도 있
다. 눈에는 시도 그늘도 없고, 잠자는 모습에는 월계관을 연상하게 하는 것
도 없고, 입술에는, 미소와 노래가 어렴풋이 비추는 것 같기는 하지만, 장
미 꽃잎을 떠올리게 하는 아름다움도 없다. 그런데도 아무것도 없는 것은
앞으로 있을 이러한 것들의 가능성을 시사한다. 그리고 사람들에게 충격
을 줄 만한 시가 태어날 것이라는 예감을 준다.
　그런데 이러한 가능성을 위해서는 그것을 훼방할 것이 없다는 것이 중

요하다. "아무것도 없다."는 것은 단순한 상태가 아니다. 그것은 큰 자기 절제를 요구하는 일이다. 원시적인 조상(彫像)들이 얼마나 많은 것에 의하여 장식되고 채색되어 있는가를 생각해 보면, 이렇게 비어 있는 것이 간단한 것이 아니라는 것을 알 수 있다. 그러면서도 그것은 앞으로의 보다 나은 형상적 발전의 가능성을 배태하고 있는 것이다. 이것이 무리한 상상이 아니라는 것은 젊음의 아름다움을 보면 알 수 있다. 그 아름다움은, 세속적 특성을 발전시켜 가지고 있지 않은 순진무구함, 그러면서도 무한한 성장과 발전의 가능성을 시사하는 데에 있다. 초기의 아폴로상이나 젊은이의 모습의 비어 있음은 죽음의 비어 있음이 아니다. 그것은 스스로를 창조해 나갈 힘의 순수한 형태이다. 초기의 아폴로상은 바로 이 힘 — 형상을 만들어 갈 힘이다. 사물의 형상 그리고 예술이 빚어내는 형상은 그 자체로 중요한 것이 아니라 이 힘의 자기 현현으로 중요한 것이다. 예술이 사람의 기억을 마음에 저장하는 데에 도움을 준다면, 그것은 경험 속에서 이 힘을 시사하는 형상을 발견하고 그것으로 경험을 변용함으로써이다.

4

이러한 변용은 시에서보다도 조각 작품에서 더 쉽게 느껴 볼 수 있다. 이 변용의 복잡한 의미를 릴케가 본격적으로 생각하게 된 것은 로댕의 작품을 통해서였다. 로댕은 리얼리스트였다. 그는 현실을 이상화하지 않고 있는 그대로 재현하고자 하였다. 그러나 이미 말한 대로, 그대로 있는 대상 — 또는 상식이 그대로의 것이라고 하는 대상을 재현하여 진정한 예술 작품이 되는 일은 없다.

로댕의 최초의 주목할 만한 작품은 「청동 시대(L'Âge d'airain)」(1887)이다. 처음에 조각을 본 한 평론가는 그 리얼리즘을 칭찬하면서도 그것이 모델 위에 석고를 씌워 만든 것이지 않을까 하고 폄하하는 발언을 하였다. 그것이 다시 파리의 살롱 미술전에 출품되었을 때에, 로댕은 이 작품을 모델에 그대로 맞추어 제작한 석고상과 비교해 볼 수 있도록 석고상을 심사위원회에 송부하였다. 그러나 심사위원회는 그것을 열어 보지도 아니하였다. 지금이라도 원 모델의 사진과 이에 맞춘 석고상과 로댕의 작품 「청동 시대」를 비교하여 보면, 작품이 사실적인 것은 틀림이 없으나, 일정한 예술적 변용을 거친 것이라는 것을 분명하게 보게 된다.(사진 1)[1] 릴케는 이 동상에 대하여 이렇게 말하고 있다.

이 형상에서 생명력이 덜하거나 분명하지 못하거나 명료하지 않은 자리를 찾아낼 수는 없으리라. 마치 대지의 심연으로부터 솟아난 힘이 사내의 핏속으로 들어간 것 같았다. 이 형상은 3월의 폭풍을 목전에 두고 불안해하는 한 그루 나무의 실루엣이 있다. 다가올 여름의 열매의 충만이 뿌리 속에 조용히 있는 것이 아니라 어느 틈에 서서히 줄기까지 솟아 올라와서 이제 그 주위로 거센 바람이 몰아쳐 올 것이기에 불안해하는 나무의 실루엣이 있다.[2]

또 이어서 릴케는 이 조각에서 앞으로 다가올 시대의 힘을 본다. 그것은 "예측할 수도 없고 끝도 없는 수백 년간의 작업을, 그리고 오른발에는 첫번째 걸음이 기다리고 있다."[3] 마치 「초기의 아폴로」가 앞으로 열릴 고전 시대의 희랍을 예상하고 있듯이, 「청동 시대」는 그다음에 올 시대를 예상

1 Cf. 엘렌 피네, 이희재 옮김, 『로댕: 신의 손을 지닌 인간』(시공사, 1996), 30~31쪽.
2 라이너 마리아 릴케, 안상원 옮김, 『릴케의 로댕』(미술문화, 1998), 37~38쪽.
3 같은 책, 38쪽.

(사진 1) 「청동 시대」

하고 있는 것이다. 릴케의 이러한 불안한 힘의 느낌이 그리고 시대적인 원형의 예감이 반드시 모든 사람이 느끼는 것일지는 확실치 않다. 그러나 모델의 사진에 비하여 동체가 날씬하게 이상화되고 또 그 팔이나 다리가 무엇인가 미결정된 동작을 예비하고 있는 듯한 느낌을 준다. 물론 이러한 이상화에 시대적인 원형이 작용한다는 것도 사실이겠지만, 그것은 직접적으로 지각되는 것이라기보다는 서양 미술사에 의하여 암시되는 것이라 할 것이다.

　이상화 —— 형상 속에 들어 있는 동적인 요소를 강조하는 이상화는 「입맞춤(Le Baiser)」(1880~1898)이나 「영원한 우상(L'Eternelle idole)」(1889)에서도 알 수 있다.(사진 2, 3) 이 조각들은 남녀 간의 성적 관계를 그린 것이다. 그러나 주목할 것은 그것이 반드시 육감적인 것을 두드러지게 하는 것은 아니라는 것이다. 릴케는 후자의 조각에 대하여 다음과 같이 말하고 있다.

> 몇 차례 반복하여 제작된 이 대리석상 중 하나는 외젠 카리에르가 소장하고 있는데, 상승하고 하강하는 매혹적인 힘의 한결같은 운동을 항상 내부에 지니고 있는 샘물처럼 맑은 이 돌은 그의 저택의 고요한 어둠 속에서 살고 있다. 한 소녀가 무릎을 꿇었다. 소녀의 아름다운 육신은 살포시 뒤로 젖혀 있다. 그녀의 오른발은 뒤쪽으로 뻗었고 손은 더듬으면서 발에 닿는다. 이 세 개의 선 속에 바깥세상으로 나가는 길은 없으며, 그녀의 삶은 신비와 함께 안으로 닫혀 있다. 아래에 있는 돌은 무릎 꿇은 소녀의 모습을 그대로 들어올리고 있다. 그리고 갑자기 우리는 나른함과 몽상 혹은 고독으로 인해 어린 소녀가 빠지는 이 자세 속에서 먼 이국의 무서운 제신들이 빠지는 것 같은 태고의 성스러운 표정을 보는 것처럼 느끼게 된다. 소녀의 머리는 약간 앞으로 숙여 있다. 관용과 고귀함, 인내의 표정으로 소녀는 만발한 꽃 속에 얼굴을 묻듯 그녀의 가슴 속에 얼굴을 묻고 있는 사내를 고요한 밤의 언덕 위에서 내려다보는 것처럼 바라본다. 그 역시 무릎을 꿇은 자세이며, 더 깊숙이, 돌 속 깊이 잠겨 있다. 그의 양손은 가치 없고 공허한 물건처럼 몸 뒤에 놓여 있다. 오른손은 벌려져 있어서 우리는 그 안을 볼 수 있다. 신비로 가득한 위대함이 군상으로부터 흘러나온다.[4]

이러한 릴케의 묘사는 이 조각의 분위기를 적절하게 그려 내고 있는 것

---

4 같은 책, 47쪽.

(사진 2) 「입맞춤」   (사진 3) 「영원한 우상」

으로 생각되지만, 그것에 우리가 동의하든 아니하든, 여기의 남녀 관계가
단순한 육체의 관계가 아니고, 릴케가 이야기하는바, "관용과 고귀함, 인
내"의 관계이며, 그것이 비록 성이 관계되어 있더라도 하나의 제의의 신비
의 경건함을 느끼게 하는 것이라는 것임은 분명하다. 그런데 여기에 흥미
로운 것은 이 제의에서 관용과 고귀함과 인내의 주인공은 남자보다는 여
자라는 것이다. 「입맞춤」에도 이러한 거리감은 존재한다. 그러나 이 조각
에서는 주인공은 남자로 보인다. 물론 마치 큐피드가 사랑을 처음으로 불
러일으키려는 듯 능동적 동작을 보이고 있는 것은 여자이다. 그러나 남자
가 더 자족적인 힘을 나타내는 것은 사실일 것이다. 로댕은 이 두 조각을
하나의 대조적인 작품으로 만들었는지도 모른다.

5

이러한 이상화는 단순히 미화한다는 말이 아니다. 릴케는 「영원한 우상」을 설명하는 끝에 이 작품에는 연옥의 분위기가 있다고 말한다. 그것은 조각에서 느끼게 되는 사랑과 함께 사랑의 거리를 가리키는 것일 것이다. 소녀가 고요한 밤의 언덕 위에서 내려다보듯이 무릎 꿇은 남자를 내려다본다면, 그 관조는 그들의 사랑을 아름다운 것이게 하면서 동시에 그들 사이에 있는 거리를 말한다. 그리고 그것은 처해 있는 보다 큰 공간을 상기하게 한다. 그것은 사랑의 아픔을 의미할 수 있다. 그런데 사람의 삶의 아픔이 그것뿐이겠는가? 릴케의 로댕론의 가장 많은 부분은 연옥과 지옥의 고통——또는 그에 비슷한 현세의 고통을 조각한 작품들을 다룬 것이다. 예술 작품이 우리에게 귀중한 것들을 기억하게 하고 그것으로 위안을 주는 것이라면, 고통을 형상에 새겨 영원한 것이 되게 하는 것은 무엇을 뜻하는 것인가?

릴케는 세상 여론에 상관하지 않고 자신의 예술적 추구 속에서 일하는 것을 참다운 예술가의 삶의 태도로 생각하거니와, 로댕이 여러 시련을 거치면서 무명과 고독을 견디며 자기다운 최초의 작품으로 만들어 낸 작품으로 「코 깨진 사내(L'Homme au nez cassé)」(1864)를 꼽는다.(사진 4) 이것은 예술의 본령이 상투적인 아름다움 또는 예쁨이라는 관습에서 완전히 벗어난 못생긴 늙은이의 얼굴을 조각한 것이다. "이 얼굴은 삶에 의하여 어루만져진 적이 없고, 오히려 삶에 빈번히 얻어맞은 얼굴"이다. 로댕은 이 얼굴의 주름 하나하나를 면밀하게 추적하였다.

그리하여 보는 사람은 그 주름에 들어 있는 긴 삶의 역사를 알 수 있다는 느낌을 갖는다. 그러면서도 그 얼굴은 "삶으로 충만"한 것이다. 그것이 추함에도 불구하고 이것을 예술품이 되게 한다. 그 삶은 물론 힘든 삶이다. 그러나 "엄청나게 힘들고 이름 붙일 수 없는 삶이 이 작품에서 솟아난다."

(사진 4) 「코 깨진 사내」

라고 릴케는 말한다. 그러면서도 그 삶은 어떤 균형 속에 거두어진 삶이다. 이 조각의 모델이 된 노인은, 고통에도 불구하고, 또 그것이 새겨진 엄청난 삶의 힘에도 불구하고, 로댕 앞에 모델로서 매우 평온하게 앉아 있었을 것이라고 릴케는 추측한다. 그는 자신 안에 "위대한 인내"를 가지고 있는, 스스로를 당당하게 갖는 사람이다. 그러나 이 조각의 균형은 궁극적으로 예술가 자신의 자기 균형에 의하여 이룩된다. 예술은 무한한 힘을 표현한다. 그러나 그 힘은 마치 분수가 솟구쳤다가 다시 제자리로 돌아온 듯이 자기로 돌아온다. "……조각 작품의 운동이 아무리 크다 해도, 그 운동이 무한히 먼 곳에서 왔거나 설령 하늘의 깊이에서 온 것이라 해도 운동은 조각으로 다시 되돌아와야" 한다. 이것은 예술가 자신의 "완전한 자기 몰두"에 이어진다. 이것이 작품에 "존재의 고요를 부여"한다.[5]

사람의 삶의 고통은 반드시 삶에 의하여 얻어맞아 생기는 것으로 한정되지 아니한다. 그것은 뻗어 나는 삶의 힘의 한 결과이다. 그 힘은 탐욕과 쾌락과 광기와 불안과 그리움과 투쟁 ── 세상의 인간이 펼쳐 내는 모든

---

5 같은 책, 29∼34쪽.

육체의 드라마 전체에 드러난다. 로댕의 중요한 문학 원전은 단테의 『신곡』이었다. 그는 단테의 지옥의 인물들, 권력가 우골리노, 부정의 열애인(熱愛人) 파올로와 프란체스카, 숲속의 온갖 괴물들에 관심을 가지고 그것들을 조각하였다. 그 결과가 1880년 파리의 장식 미술관(Musée des Arts Décoratifs)에서 위촉을 받고 그의 사후인 1900년에야 완성된 「지옥의 문(La Porte L'Enfer)」이다.

여기에는 수백 명의 육체들이 얽혀 만들어 내는 인간의 삶 ── 지옥의 삶이면서 에너지로 충만한 인간의 삶이 그려져 있다. 거기에는 단테의 인물과 함께 당대의 인간상들이 등장한다. 릴케는 「신곡」에 그려진 탐욕과 투쟁의 삶은 그의 당대에도 더욱 철저하게 계속된다고 생각하였다. 그러면서도 그는 이러한 역사에 발전이 있다고 느낀다. 투쟁은 인습과 차별과 계급 그리고 성의 구별을 넘어서 진행된다. 릴케는 역사 속에서 육체가 이상으로 바뀌는 것을 본다. 충동은 동경으로, 성욕은 인간적인 관계로, 영혼의 결합으로 발전한다. 그리고 "모든 악덕 속에, 자연을 거스른 온갖 육욕 속에, 또 현존의 무한한 의미를 발견하려는 절망적이고 실패로 끝난 모든 시도들 속에 있는 위대한 시인들을 있게 한 저 동경(憧憬)의 의지는 무엇인가"[6]가 감지된다. 그것이 반드시 어떤 열매와 보람으로 끝나는 것은 아니지만, 역사에는 자기 초월과 영원을 향한 소망이 있다.

그러나 무엇보다도, 예술가의 관점에서 중요한 것은, 이 모든 인간의 몸부림과 자기 초월과 그 실패의 저쪽에 있는 모든 것을 초월하게 바라볼 수 있는 관조이다. 「지옥의 문」의 중심에 자리 잡고 있는 것이, 유명한 「생각하는 사람(Le Penseur)」의 조각이다.(사진 5, 6) 릴케는 그것을 다음과 같이 묘사한다.

---

6 같은 책, 51쪽.

(사진 5) 「생각하는 사람」   (사진 6) 「지옥의 문」

[다른 조각들과 분리되어 있는] 고요하게 닫혀 있는 공간 속에 「생각하는 사람」의 형상이 앉혀져 있다. 그는 이 전체 장면의 위대함과 모든 경악을 본다. 생각하기 때문이다. 그는 침잠한 채, 묵묵히, 형상들과 사상의 무게를 지고 앉아 있으며, 그의 온 힘(이것은 행동하는 사람의 힘이다.)이 생각하고 있다. 그의 몸 전체가 두개골이며, 혈관 속에 있는 피는 모두 뇌수인 것이다. 그의 위로 가로 테두리 위에는 남자 셋이 더 서 있는데, 이 문의 중심점은 바로 생각하는 사람이다. 위에 있는 세 사람에게는 심연이 영향을 끼쳐 먼 곳에서 이들의 모습을 이루어 내고 있다. 머리를 숙여 서로 기대고 있는 이들이 내민 팔 셋은 한 지점에서 만나 아래쪽 똑같은 곳을 가리키고 있다. 중

력의 힘으로 그들을 끌어내리는 저 나락을 가리키고 있다. 그렇지만 생각하는 사람은 자신의 내부에 중력을 지니고 있음에 틀림없다.[7]

이러한 설명에서 릴케가 말하려 하는 것은 삶의 소용돌이를 초월하는 생각의 고요이지만, 동시에 삶의 힘 그 자체를 — 마치 육체로 생각하는 것처럼 — 포괄하고 있는 사색이다. 물론 조각가는 이것을 형상의 균형 속에 표현한다. 조각에서 "무한한 훌륭함과 정당함, 모든 운동들의 균형, 그 비례 관계의 놀라운 내적 올바름, 철저히 침투된 생명"[8] — 이러한 것들이 어울려 조각의 아름다움을 구성하는 것이다. 이 육체의 생각은, 되풀이하건대, 육체는 물질의 세계를 한달음에 뛰어넘지 아니한다. 그리하여 그것은 거의 주어진 물질의 세계를 넘어서는 데에 실패하는 것처럼 보인다. 이 실패에 가까운, 초월과 물질의 일체성은, 릴케의 생각에, 석재 속에 흡수되어 버리는 인간은 모색의 형상들로 표현된다. 그 하나가 「다나이드(La Danaïde)」(1885)이다.(사진 7) 릴케는 말한다.

무릎을 꿇고 흘러내리는 머리카락 속에 쓰러져 있는 「다나이드」……, 이 대리석상 주위를 서서히 둘러보는 것, 풍부하게 구부러진 둥근 등을 돌아서 고귀한 울음 같은 돌 속에 없어져 버린 얼굴로, 영원의 얼음덩어리에 깊이 파묻힌 채 마지막 남은 한 송이 꽃처럼 다시 한 번 조용히 삶을 말하는 손으로 이른 길고 긴 길을 걸어 보는 것은 놀라운 경험이다.[9]

희랍 신전의 기둥을 머리에 이고 있는 「카리아티드(Caryatid)」도 삶의 부

---

7 같은 책, 56쪽.
8 같은 책, 63쪽.
9 같은 책, 59쪽.

하를 온몸으로 또 그의 내면에도 그대로 흡수하고 있는 인간의 모습을 나타낸다. 로댕의 작품 「명상(La Pensée)」(1886)은 조금은 더 성공적으로 물질의 세계에서 탄생하는 생각을 그대로 표현한 것이다.(사진 8) "사색하면서 조용히, 커다란 돌로부터 턱까지 벗어 나온 머리, '명상'은 한 덩어리의 명료함, 존재의 얼굴이 담담하게 지속되는 무거운 장으로부터 서서히 일어나고 있다."[10]

6

위에서 우리는 물었다. 예술 작품이 우리에게 귀중한 것들을 기억하게 하고 그것으로 위안을 주는 것이라면, 고통을 형상에 새겨 영원한 것이 되게 하는 것은 무엇을 뜻하는 것인가? 릴케 그리고 로댕은, 그것이 삶을 돌아보게 하며 생각하게 하고 사람의 삶에 어떤 폭과 고요를 준다고 말한다. 그것은 거의 우리를 설득한다고 할 수 있지 않을까 한다. 그러나 그 설득이 완전한 것은 아니라는 느낌을 버릴 수는 없다. 그리하여 우리는 앞의 질문을 다시 한 번 반복하지 않을 수 없다.

어떤 경우에나 생각한다는 것은 지옥에서 일어나는 작은 일들을 넘어서서 그 전체를 본다는 것이다. 릴케에게 이것은 일단은 삶의 전체를 포괄한다는 것이지만, 그것을 넘어 어떤 가능성 ─ 단순히 삶의 선택을 좁히는 것이 아니라 더 넓은 것으로 이끌어 갈 가능성을 의미한다고 할 수 있다. 「지옥의 문」에서 세 사나이가 중력에 이끌리는 듯한 몸짓으로 중력에 이끌리는 듯 나락으로 떨어져 가는 인간들을 가리킨다는 것과 생각하는 사

---

10 같은 책, 61쪽.

(사진 7) 「다나이드」

(사진 8) 「명상」

람이 중력을 그의 생각 속에 끌어들이는 것 사이에는, 일단 하나의 사건에 주목하는 것과 삶의 넓은 가능성의 스펙트럼 속에서 그것을 의식하는 것의 차이가 있다. 그리고 이것은 다시 다른 선택의 가능성을 연다고 할 수 있다. 릴케는 로댕의 예술과 생애의 발전을 주어진 사물에 대한 충실에서 부터 존재의 전폭을 향하는 것으로 해석한다. 그렇다고 그가 사물의 사실 성을 버렸다는 것은 아니다. 사물은 보다 넓은 존재의 공간에 놓임으로써 더욱 풍부한 것이 된다.

「코 깨진 사내」는 "현존에 대한 [로댕의] 무제한적 헌신, 운명이 그어 놓은 선[=주름살]에 대한 경외, 망가지는 데서조차 창조해 내는 삶에 대한 그의 신뢰"[11]를 보여 주는 작품이다. 한 사람의 장인이 새겨 내는 하나의 얼굴은 다른 무수한 사람들의 얼굴의 경험을 요약한 것이라고 할 수 있다. 그러나 하나의 얼굴은 말하자면 커다란 생명력이 빚어내는 수많은 얼굴의 하나가 아닌가? 그리하여 거꾸로 보면, "[얼굴의] 형상을 창조한다는 것은 …… 주어진 얼굴 속에서 영원을 찾음을 뜻한다." 더 나아가 그것은 모든 사물에 관류하는 생명의 힘의 영원함을 찾는 것일 수도 있다. 즉 "얼굴이 영원한 사물의 행보에 관여하고 있는 저 한 조각의 영원성을 찾아내는 것이다."[12]

로댕의 이런 발전 과정을 설명하면서 릴케가 사용하고 있는 비유는 매우 설득력이 있고 또 그 자체로 뜻이 깊다. 로댕은 어디까지나 그때그때의 장인적인 작업에 그의 작업의 도구에 충실하였다. 그러면서 그것을 넘어가는 넓은 공간에 이른 것이다.

　　[로댕은] 농부가 쟁기를 뒤따라가듯이, 반드시 걸어서 지나야 하는 넓은

---

11 같은 책, 67쪽.
12 같은 책, 70쪽.

지역 전체를 걸었다. 그러나 고랑을 일구어 가는 동안, 그는 자기 토지에 대해서 곰곰이 생각해 보기도 하고 낮게 자리한 땅과 또 그 위에 있는 하늘에 대해서, 바람의 운행에 대해서, 내리는 비에 대해서도 생각해 보았다. 왔다가, 아파하고 사라지고 또다시 돌아오고, 그렇게 계속되면서 끝나지 않는 모든 것에 대해서 숙고하였다. 그리하여 그는 이 모든 것에서 영원한 것을 [생각하고], 이제는 많은 것에 의해 별로 당황하지 않고 더 잘 인식하게 되었다고 믿었다. 이 영원한 것을 위해서는 고뇌도 좋은 것이고 괴로움도 모성이며 아픔도 아름다웠다.[13]

이 구절에서 말하는 농부가 보는 땅과 하늘은 넓어져 가는 로댕의 세계, 예술가의 천로역정(天路歷程)에 대한 비유이지만, 조금 전에 비친 바와 같이, 실제로 로댕의 수법의 확대 심화를 말하는 것이기도 하다. 수법과 인식의 발전, 작업과 그 확대는 따로 존재하는 것이 아니다. 릴케의 설명으로는 이것은 로댕의 작품 「칼레의 시민(Les Bourgeois de Calais)」(1889)에서 잘 예시될 수 있다.(사진 9) 이것은 특수성과 보편성, 일시적인 것과 영원한 것, 일상성과 영구적인 것, 조각 작품으로서는 무엇보다도, 사물성과 공간성 — 이 서로 모순될 수 있는 것을 하나로 합치는 데 성공한 작품이다.

우선 이 작품을 평가하기 전에 그 배경에 있는 이야기를 상기하는 것이 필요하다. 1347년 프랑스로 침공해 온 영국 왕 에드워드 3세는 칼레 시를 포위하고 시민을 아사 직전에 이르게 하였다. 그는 포위를 푸는 조건으로 유력 시민 여섯 사람이 목에 밧줄을 걸고 죽을 각오로 시를 나와 시의 성문 열쇠를 바치고 목숨을 내놓으라는 제안을 내었다. 결국 왕비의 하소를 듣고 왕은 이들을 방면하였다. 로댕의 조각은 칼레 시의 요청으로 이들 시민

---

13 같은 책, 68쪽.

(사진 9)「칼레의 시민」

의 동판과 조각을 만들게 된 것이다. 로댕이 묘사하는 것은 시민들을 위하여 죽음을 결심하고 적진으로 출발하려는 여섯 명의 시민이다. 이들이 개인의 이해관계를 넘어가는 영웅적인 결심을 한 것은 사실이지만, 로댕은, 릴케에 의하면(사실 다른 사람의 견해도 비슷하다.) 이들을 개체적 역사를 가진 개인들로 조각하였다. 표정과 몸짓은 완전히 개인의 것이고 그들의 개인사에서 나오는 것이다. 그러면서도 그들은 영웅적이고 대표적인 인간임에 틀림이 없다. 로댕이 이들 여섯 사람을 고른 것은 100명도 더 되는 시민들을 생각해 보고 고른 것이라고 릴케는 말한다. 이들은 여러 가지 전형으로 추출된 것만으로도 결국은 하나가 된 집단이다. 그러나 로댕은 릴케에 의하면 이 단일성을 보여 주기 위하여 "이 형상들을 총괄하는 것 이상은 하지 않은 것으로 보인다."[14] 그러면서도 그는 이 군상을 3층 높이의 탑 위에 올려놓아 이것이 하나가 되어 보이게 하려 하였다. 그러나 높은 좌단의 기획은 칼레 시의 반대에 부딪쳐 좌절되었다.

릴케는 이 조각의 통일성을 높이 평가한다. 그 통일성은 매우 특이하다. 물론 그것은 개체성을 잃지 않는 결집성으로 구현된다. 조각은 군상의 "결집성을 보여 주면서도 개개 형상들은 서로에게 닿지 않고, 마치 벌채가 끝난 숲에 마지막 남은 나무들처럼 나란히 서 있다."[15] 이들은 자연의 사물들처럼 서 있는 것이다. 그것은 마치 구름이나 산들이 하나가 되어 있는 것과 같다. 이것들을 하나로 하는 것은 대기이다. 로댕에게는 조각에 작용하는 대기가 중요했다고 릴케는 말한다. 조각의 부분을 두드러지게 하거나 얕고 깊게 함에 따라서 대기는 바람이 되기도 하고 고요가 되기도 한다. 로댕은 자기의 작품과 관련하여, 대기가 수백 년에 걸쳐서 성당과 그에 따르

---

14 같은 책, 88쪽.
15 같은 책, 89쪽.

는 사물들을 그렇게 하듯이, "요약하고 심화하고 먼지를 제거하였으며, 솟음에 이어 어둠과 지속 속에서 더 천천히 흘러가는 한 삶을 위하여 비와 서리, 태양과 곡물을 가지고 이 사물들을 양육"[16]한 것을 알았다.

그리고 그는 나아가 대기를 넘어 더 넓은 세계를 포괄하는 작품들을 만들었다. 그 예의 하나가 「탕아(L'Enfant prodigue)」(1840)이다.(사진 10) 이 조각은 집으로 돌아온 탕아가 아버지 앞에 무릎을 꿇고 두 손을 높이 들고 있는 것이면서, 릴케의 표현으로는, "신을 필요로 하는"[17] 모든 것을 대표한다. 그러나 이것을 충분히 느끼기 위해서는, 우리는 상상 속에서 이 조각을 독립되어 있는 물건으로가 아니라 넓은 대지와 하늘의 테두리 안에 두고 보아야 할 것이다.

우리는 로댕을 통하여, 릴케를 통하여, 예술 작품들이 자연 안에 존재하며, 그 빛과 대기 속에 있다는 것, 그리고 인간도 그 안에 있다는 것을 새삼스럽게 깨닫게 된다. 앞에서 우리는 「명상」이나 「다나이드」에 대해서도 언급하였다. 이것들에 대한 평을 포함하는 다음에 인용하는 릴케의 말은 좋은 작품은 이러한 관점을 내포한다는 것을 다시 상기하게 한다. 여기에서 그는 고대의 조각들이나 마찬가지로 로댕이 자료가 되는 돌을 적절하게 다듬음으로써 작품에 빛을 끌어들이려고 했다는 것을 말하고 있다.(위에서 참조한 것은 주로 1902년의 릴케의 로댕론이지만, 이것은 1907년의 로댕을 주제로 한 강연에 나오는 것이다. 번역 문체가 다른 것은 이런 사정으로 인한 것이다.)

뤽상부르 박물관에 있는 돌덩이에 묻힌 얼굴 「명상」과 같이 고유한 빛을 가진 돌들이 실제로 있습니다. 이 얼굴은 그늘이 들 정도로 앞쪽으로 기울

---

16 같은 책, 90쪽.
17 같은 책, 93쪽.

(사진 10)「탕아」

어져 있지만, 돌의 하얀 미광 위로 받쳐져 있어서 그 빛의 영향을 받아 그늘은 해체되고 투명한 어슴푸레함으로 옮겨 갑니다. 작은 군상들 중 하나[「파올로와 프란체스카」(1905)], 두 육체가 억제되어 있는 빛과 조용히 만나기 위하여 여명을 창조하고 있는 이 작품을 생각할 때 황홀을 느끼지 않을 사람이 누구일까요? 그리고 엎드린 다나이드의 등으로 지나가는 빛을 보는 것도 기묘한 일 아닙니까? [거기에서] 빛은 몇 시간 동안이나 거의 진전이 없는 것처럼 그렇게 천천히 움직입니다. 이전에도 어떤 이가 이렇게 다양한 그늘의 모든 뉘앙스를 알고 있었을까요? 이따금 작은 고대 조각상의 배꼽 주위를 스치는 것처럼 가볍게 밀려난 가냘픈 어둠까지, 우리가 이젠 장미 꽃잎의 둥글게 우묵한 부분에서나 알게 되는 그런 어둠까지, 과연 누가 알았을까요?[18] (사진 11)

그러나 더 중요한 것은 이러한 뉘앙스의 문제보다도 릴케가 "공간의 획득"[19]이라고 부르는 확대된 존재의 의식이다. 로댕은 자연과 예술의 사물을 통하여 공간의 넓이를 배웠고 동시에 그것이 가지고 있는 기이한 조화를 익혔다. 사물들은 언제나 법칙을 내장하고 있으며, 이것은 공간의 신비스러운 기하학을 엿볼 수 있게 한다. 사물의 윤곽은 여기에서 나오는 일정한 규칙에 따라서 성립한다. 그것은 몇 개의 평면들이 서로 대비적으로 기울면서 한 방향으로 정리될 때 드러나게 된다. 그럼으로써 사물은 사실적인 공간에 자족적으로 독립하여 존재하는 물건이 된다. 로댕의 작품에서 강조되는 세부, 평면의 통일과 압축은 그것이 우주 공간의 일부이고 무한한 것 속으로 뻗어 나가고 있다는 인상을 준다. 릴케의 생각으로는 「청동

---

18 같은 책, 125쪽.
19 같은 책, 125쪽.

(사진 11) 「파올로와 프란체스카」

시대」가 말하자면 실내의 것인 듯한 내부 공간에 존재하였다면, 「사막의 성 요한(Saint Jean prêchant dans le désert)」(1878~1880)은 이 방으로부터 멀리 나가고 있고, 「발자크」(1895)는 대기 속에 서 있고, 어떤 머리 없는 나상 그리고 거대한 「보행자(L'Homme qui marche)」(1877)는 "틀림이 없는 우주 공간의 별들 사이의 만유" 속에 있다.[20]

---

20 같은 책, 127쪽 참조.

로댕의 작품 세계의 전개가 현존에 대한 무한한 헌신으로부터 넓은 자연과 공간으로 나아가는 것이었다는 릴케의 해석은 부분적으로 동의할 수 없는 것이 있을 수 있으나, 대체적으로는 온당한 것이 아닌가 한다. 그것이 릴케가 생각한 예술의 의의를 나타내고 있는 것이란 것도 틀림이 없다. 근본은 삶의 세부를 낱낱이 면밀하게 관찰하고 조형해 내는 일이다. 그러면서 거기에 초연하게 작용하는 생각의 힘은 이 세부를 전체성 속에 — 생명의 힘과 자연과 우주 공간의 테두리 속에 포괄할 수 있게 한다. 이 점에서, 단테의 『신의 희곡(La Divine Comédie)』에 비슷하게, 『인간 희극(La Comédie humaine)』이라는 포괄적인 제목으로 당대적 인간들의 모습을 그려 내고자 한 발자크는 로댕에게 원형적인 예술가라고 할 수 있다.(사실 그가 애독한 단테도 보들레르도 그러한 시인이고, 서양 문학의 큰 원천이 되어 있는 셰익스피어 또는 괴테도 그러한 사람이라고 할 수 있다.) 그가 만년에 발자크상을 만드는 데에 심혈을 기울인 것은 자연스러운 일이라고 할 수 있다.

「발자크」의 의미는 그것이 만들어진 경과나 그것을 준비하는 예비적인 조각들을 대비하여 보아도 알 수 있다.(사진 12, 13, 14) 로댕이 프랑스 문인협회로부터 발자크상의 제작을 위임받은 것은 1891년이었는데 그는 18개월 내에 작품을 완성하겠다고 약속했다. 그러나 1894년에는 문인협회로부터 24시간 내에 작품을 제출하라는 독촉을 받았다. 1898년에 그는 석고상을 살롱전에 내어놓았다. 그것은 사람들이 기대하는 바와 같은 펜을 손에 들고 대작을 쓰거나 뚜렷한 얼굴과 풍채를 지닌 위대한 작가의 상이 아니었다. 논란의 대상이 되어, 로댕은 대가로 받았던 1만 프랑을 돌려주었고 문인협회는 다른 작가에게 상의 제작을 다시 위촉하였다. 그 후 로댕은 석고상을 뫼동의 자기 집 정원에 두고, 청이 있어도 그것을 내어 주

「발자크」(1892)   (사진 13) 「발자크 초상화」

지 않았다. 1907년에 로댕은 이를 파리 시에 기증하였으나, 그것을 세우겠다거나 청동으로 주조하겠다는 시 구역이 없었다. 로댕은 1917년에 죽고 1937년에 동으로 주조할 기금 모금 운동이 있어, 1939년에야 파리의 몽파르나스 가에 동상이 서게 되었다.

　로댕이 상을 쉽게 제작하지 못한 것은 자기의 소재를 철저하게 이해해야 했기 때문이었다. 그는 발자크의 초상화와 사진을 조사하고, 작품과 편지를 읽고 그의 고향을 방문하고 발자크에 비슷한 모델을 찾아보고, 50여 개의 습작을 만들었다. 그러는 사이 작품을 쉽게 완성할 수 없었다. 그가 원한 것은 단순한 초상이 아니라 그가 이해한 바에 따라 발자크의 참모습을

(사진 14) 「발자크 기념비」(1897)

빚어내는 것이었다. 상식적인 초상으로부터의 변용을 통하여 심각한 의미를 전하려 한다는 것은 발자크의 사진과 1893년에서 1895년 사이의 누드 습작과 최종 작품을 비교해 보아도 짐작할 수 있다.

릴케의 설명에 의하면, 발자크는 수많은 사람들의 삶을 인간 희극의 등장인물로 재현하고자 하였다. 그러면서도 이 독자적인 인물들은 하나의 일관된 세계를 보여 준다. 그러면서 또 그들은 작가의 창조물로서 작가 안에 살고 있다. 로댕은 자신의 작품을 만들면서 이러한 작품의 세계 안에 살고자 했다. 그는 "마치 자신도 발자크가 창조한 인물인 것처럼 발자크가 만든 사람들 무리 속에 눈에 띄지 않게 섞여서 살았다."[21] 발자크의 사람됨에 대한 기록 가운데, 로댕에게 중요한 것으로 생각된 것은 라마르틴이 한 말, 즉 발자크가 "원초적인 얼굴"을 가졌고, "수많은 영혼을 지녔고, 이 영혼들이 그의 무거운 육체를 아무것도 아닌 양 짊어지고 있었다."라는 것이었다.

로댕은 몇 번의 실험 후에 발자크상에 승복을 입혔다. 승복은 발자크가

---

21 같은 책, 94쪽.

즐겨 입던 작업복이었지만, 그것은 발자크를 "의상의 고요 속으로 완전히 은둔해 버린 모습"이 되게 하였다. 이것은 사람들이 기념상에서 흔히 기대하는 사람의 몸의 느낌을 없앤 원인이 되었다. 발자크는 "떨어지는 외투 자락에 자신의 모든 무게를 잃어버리면서, 풍채 좋고 당당하게 걷고 있는 영상"이 되었다. 그러면서 "그의 얼굴은 관조하며, 관조에 도취하여, 창조의 거품을 일으키고 있었다. 전체적으로 그가 나타내고 있는 것은 창조의 힘이었다." 흘러넘치는 생식력을 가진 발자크는 "여러 세계를 건설하는 사람, 숱한 생명을 [다한] 사람"이며, "만일 세계가 텅 비어 있었다면 아마도 그의 눈이 세계를 설치하였을" 그런 사람이었다.[22]

8

되풀이하건대, 발자크상의 의미를 요약하는 릴케의 말은 그가 "창조의 자부, 창조의 오만, 창조의 황홀"[23]을 나타낸다는 것이다. 그러나 여기의 이런 말은 로댕의 개인적 품성을 ── 발자크든 로댕이든 ── 말하는 것이 아니다. 특히 로댕의 개인적 품성을 말하는 것이 아니다. 릴케는 그의 두 번째의 로댕론에서 그의 인물에 대하여 이야기하고 있지만, 거기에서 두드러지는 것은 그가 나날의 평화 속에 사는 자연스럽고 부드러운 사람이라는 점이다. 몇 안 되는 친구들 사이에서 그의 호의(die Güte, 선의, 부드러움)는 "자연의 부드러움, 긴 여름날의 부드러움 ── 모든 것을 자라게 하고 천천히 어두워지는 긴 여름날처럼, 근원적인"[24] 것이었고, 그의 작업장을 찾아

---

22 같은 책, 97쪽.
23 같은 곳.
24 같은 책, 131쪽. 릴케의 원문을 참조하여 번역문을 수정하였다.

오는 방문객에게도 그는 똑같이 상냥하고 예의 바른 사람이었다. 만년에 시골에 자리 잡은 그는 "아무도 손대지 않은 아침 시간을 사랑하여" 아침 산보를 즐기고, 시골 풍경을 사랑했다. 그리고 산책길에서 본 소가 수레를 끄는 것을 보고, 그 "느림 속에서 이루어지는 것을, 그 충만"을 감상하였다. 그리고 자연의 산책과 관조를 통해 얻은 새로운 의욕으로 자신의 작업으로 돌아왔다. 그도 하나의 자연의 일부였다. 그리하여 릴케는 "자연처럼 여유를 갖고 자연처럼 생산하는 것이 이 강력한 인간의 본질에 속한다."[25] 라고 말한다.

　이러한 부드럽고 평온하고 자연스러운 로댕의 모습은 릴케가 그를 만나서 알게 되었을 때의 모습이다. 이때 로댕은 이미 자신의 예술적인 삶을 안으로나 밖으로나 확실하게 한 다음이었다. 그는 넓은 인정과 명성을 누리고 있었고 생활도 안정되어 있었다. 그러나 이러한 평온한 모습은 그의 예술관의 확립과 인생 수련의 최종적인 결과였다고 할 수 있다. 그에게 모든 핵심은 정확한 세부의 관찰과 그것의 면밀한 형상화에 있었다. 그것은 영감보다는 끊임없는 일에 의하여 이루어지는 것이었다. 로댕의 유명한 말에 "일해야 한다, 쉬지 않고 일해야 한다, 일 이외에 다른 것은 없다.(Il faut travailler, toujours travailler, rien que travailler.)"라는 것이 있지만, 이것은 그의 가난한 젊은 시절의 경험에서 나온 것이기도 하고 그의 세계관에서 나온 것이기도 하다. "쾌락이 유혹하지 못한 곳으로 가난이 그를 몰아갔던 것"이 그의 젊은 시절이었다. 이것은 그에게 삶을 지탱해 주는 기본 자세로 발전하였다. "오로지 신만을 의지하는, 가진 것 없는 모든 존재들 사이에서 자신도 가진 것 하나 없는 몸으로 동물과 꽃들과 사귈 수 있게 해 준

---

25 같은 책, 146, 148쪽.

것이 가난이라는 것을"[26] 그는 몸에 익히게 되었다. 그러나 그는 예술 작품에서도 세부가 중요하고 그것은 고생을 마다하지 않는 세심한 작업의 기율이 필요하다는 것을 일찍부터 깨달았다. 조각품에서 중요한 것은 선과 평면, 표면 —— 이러한 것들의 작은 뉘앙스들이다. 이것을 장인의 손으로 형상화하는 것은 커다란 인내를 필요로 하고 인내 뒤에는 작은 것들에 대한 사랑과 경탄이 있어야 한다. 또 사물과의 관계에서 무한한 겸손과 헌신이 필요하다.[27] 가난과 일과 예술의 진리는 서로 따로 있는 것이 아니었다.

조각가로서의 로댕의 큰 깨달음의 하나는 모든 것이 표면이라는 것이었다. "존재하는 것은 오직 하나의 표면, 수천 갈래로 움직이고 변화를 거듭하는 하나의 표면일 뿐"인 것이다. 이 모든 것에 이르고자 하는 사람에게 중요한 것은, 크고 작은 것, 중요하고 중요하지 않은 것에 관계없이, 이 표면의 모습을 포착하는 것이었다. 세계는 거창한 이념에 요약되는 것이 아니라 손의 작은 작업, 일상의 일에 들어 있었다.[28] 이것이 일상생활에도 이어지는 것은 당연했다. 그가 젊은 시절 살았던 벨르뷔의 시골 생활과 관련하여 릴케가 말한 다음과 같은 설명은 로댕에 있어서 작은 사물의 직관과 일상성의 결합을 잘 드러내 준다.

그는 이 삶을 이곳, 자기 집이 있는 시골의 고독감 속에서 더 신뢰할 만한 사랑으로 껴안는 법을 배웠습니다. 삶의 헌신을 고백한 사람 앞에 나타나듯이 그에게 제 모습을 드러내고 이제는 더 이상 어디에도 숨지 않으며 그에 대한 불신도 갖지 않습니다. 그는 큰 것과 작은 것에서, 거의 보이지

---

26 같은 책, 136쪽.
27 같은 책, 120~121쪽 참조.
28 같은 책, 115쪽.

않는 미세함과 측량할 수 없는 거대함 속에서 삶을 인식합니다. 일어나거나 잠자리에 들 때 삶이 거기 있고, 밤을 지새우는 가운데도 삶은 있습니다. 옛날풍의 단출한 식사 시간도 삶으로 가득하고, 빵도 포도주도 삶으로 충만합니다. 즐거워하는 개들 속에, 백조들 속에, 빛나는 비둘기 떼 안에도 삶이 있습니다. 작은 꽃송이마다 삶이 온전히 들어 있고, 열매마다 백배의 삶이 있습니다. 채마밭에서 가져온 배춧잎 하나도 삶을 사랑하며 얼마나 정당한지 모릅니다. 참으로 기꺼이 삶은 물속에 빛나며 꽃 속에서 행복해합니다. 인간이 교만하지 않으면, 삶은 존재하는 어디서나 인간의 현존을 제 것으로 삼은 것입니다. 저 너머에 있는 작은 집들은 자신이 있어야 하는 곳에 올바른 평지 위에 얼마나 선량하고 틀림없이 서 있는지, 또 세브르 부근에 있는 다리는 얼마나 찬란하게 강물을 뛰어넘고 있는지, 그것은 멈췄다가 쉬었다가 성큼 걸었다가 다시 뛰기를 세 차례나 반복합니다. 바로 그 뒤로 성채가 있는 몽발레리앙 언덕이 보이는데 그것은 커다란 조형물 같기도 하고, 아크로폴리스 같기도 하고, 고대의 제단 같기도 합니다. 또 여기 있는 이것들도 삶에 가까이 있었던 사람들이 만든 것입니다. 이 아폴로상, 이 열린 꽃송이 위에서 쉬고 있는 이 부처상, 이 새매[Sperber]의 상, 그리고 여기 거짓이라고는 전혀 없는 간결한 소년의 토르소도.[29]

이와 같이 넓은 포용의 삶은 모든 자연물과 인조물을 받아들이고 그러니만큼 그것이, 위에서 말한 것처럼, 인간에게도 미치는 것이다. 인내와 사랑과 경탄은 만물의 모습에서 알게 된 것이지만, 그것은 사람에게도 미치는 것이 아닐 수 없다. 위에서 말한 그의 사람들에 대한 부드러움과 선의는 보다 큰 세계관의 한 부분으로 존재한다.

---

29 같은 책, 141~142쪽.

9

그런데 이렇게 말하면서, 아마 우리가 갖게 된 의심의 하나는, 그에게 삶의 기쁨과 함께 고통도 삶의 위대함을 증거해 주는 것이라고 하면, 인간의 고통의 문제를 어떻게 생각하였을까 하는 것이다. 그것을 당연한 것으로 받아들이지 아니하였을까? 아마 고통이 왔을 때, 그리고 그것이 불가피한 것이라고 할 때, 그것을 의연하게 받아들이는 것을 로댕은 높이 생각하였을 것이다. 「칼레의 시민」은 자기의 개체적인 삶을 부정하지 않으면서도, 보다 높은 목적을 위하여 자신의 삶을 버리는 사람들의 이야기를 담은 것이다. 그러나 삶의 풍요를 높이 생각하는 사람이 불필요한 삶의 고통과 왜곡을 어쩔 수 없는 숙명으로 수용했을 것 같지는 않다. 그러나 만유에 대한 대긍정을 가진 사람의 고통이 그것을 사회적인 관점에서만 보는 사람의 그것과는 완전히 일치하는 것이 아닐 것이다. 사회적인 고통의 해석은 고통의 의미를 충분히 다원적으로 생각하는 것은 아니기 쉽다. 가령 가난을 물질적 빈곤, 그것도 빈부의 격차의 상대성에서 오는 박탈감으로만 본다면, 가난을, 가난에서도 가능한 또는 오히려 거기에서 보다 근접하기 쉬운, 삶의 조촐한 풍요에 감사하는, 그러한 경건함으로 보는 관점은 성립하기 어렵다고 할 것이다. 삶의 근원적인 깊이와 넓이에 근거하여 삶을 보는 사람에게 가난과 부의 문제는 상당히 다른 저울로 평가되는 것일 것이다. 그것은 사람의 고통의 경우에도 그러하다.

로댕이 사회의 정의를 위하여 적극적으로 활동한 것으로 보이지는 않는다. 발자크상으로 문제가 있었을 때, 문인협회 회장이었던 졸라는 그를 적극적으로 두둔하였다.(로댕 자신은 문인들의 지원을 그렇게 탐탁하게 생각하지는 아니하였다.) 졸라는 원래부터 사회적 약자에 대한 깊은 동정을 가지고 날카로운 사회 비판을 주조로 삼은 작가이지만, 그의 판단으로는 유태인이기 때문에 부당한 혐의로 종신형을 받은 드레퓌스 대위의 사건에서는 공정한 재판을 청구하는 사회 운동의 주역이 되었다. 로댕은 드레퓌스 사건에서 초연한 태도를 지켰다. 이것이 졸라를 섭섭하게 하고 나중에 그것은 그로 하여금 로댕의 작품을 탐탁하게 생각하지 않는 발자크상 건립 운동으로부터 거리를 유지하게 한 동기가 되었다.

릴케의 경우, 정치적 관점에서의 사회 정의의 문제에 대한 그의 태도는 극히 모호하다. 그는 귀족과 부자들과 쉽게 교류하였다. 「두이노의 비가」의 영감의 장소가 된 두이노 성은 그가 수차례 머물렀던 부유한 마리 폰 투른 운트 탁시스-호엔로에 공주의 장원이었다. 그리고 그가 최후의 삶을 살았던 곳은 그의 후견이 되어 준 베르너 라인하르트 소유의 뮈조 성이었다. 그러나 「말테의 수기」를 비롯하여 파리 체재 수기들을 보면, 그가 파리의 노동하는 사람들에게 깊은 공감을 가지고 있었던 것은 틀림이 없다. 1902년의 로댕론은 그가 계획하고 있었던 「노동탑(La Tour du travail)」(1893~1896)으로 마감한다. 그는 그것이 예술의 미래를 예시해 줄 수 있다고 생각했을 것이다. 릴케는 당대의 사회에 발자크상이 놓일 공간이 없음을 개탄하였다. 그것이 자연 가운데 놓여 있을 수밖에 없었던 것은 정신문화 부재의 증거라고 생각하였다. 그러나 역사는 진보하고, 이제 새로운 시대가 동트게 될 것이었다. 예술도 새로운 것이 등장할 것이다. "어스름 빛의 비밀을 안고 있는 조형물, 새벽녘의 조각이 탄생하게 된다."라고 그는 말했다. 그리고 그는 이 새로운 예술의 증거의 하나가 로댕의 「노동탑」이라고 생각했다. 처음에 부조로 만들어질 「노동탑」은 "광산에서 평생을 마친 사람들의 형상들과 함께 지하 굴에서 시작되어, 요란하고 활기찬 작업에서 차츰 소중한 작업들로, 용광로에서 마음으로, 망치에서 두뇌로 이어지는 전 도정을 따라 모든 작업들"을 포괄하고 꼭대기에 "밝은 하늘로부터 이 탑으로 내려온 축복으로서, 날개 돋친 두 명의 수호신"으로 끝나는

형태를 취할 것이었다.[30]

　릴케는 파리의 고통받는 사람들의 사정에 공감하고 노동하는 사람들의 노동을 존경했지만, 그의 새 시대에 대한 희망은 반드시 모든 사람에게 물질적 행복을 기약하는 사회에 대한 것은 아니었다. 앞에 인용한 「노동탑」에 대한 기술은 노동으로부터 정신으로의 승화를 이야기한다. 릴케는 무엇보다도, 방금 말한 바와 같이, 자신의 시대의 정신적 황폐를 강하게 느꼈다. 그는 새로운 삶의 풍요에 대한 찬양을 집약할 사원이 있어야 한다고 생각했다. 그리고 있어 마땅한 것으로서, 삶의 위대함 —— 인간을 넘어가는 삶을 찬양할 "공동의 집"을 생각했다. 그에게 진정한 삶의 위대함은 인간의 위대함을 보여 주는 것이어야 하지만, 그것은 아마 집단적 기율로 얻어지는 물질의 소유로 확보되는 것은 아니었을 것이다. 인간의 위대함은 개체적 인간의 완성에 있고 이것은 다시 보다 위대한 삶 그리고 존재에 대한 인간의 겸허로 이루어지는 것이었다. 어쩌면 필요한 것은 보다 원초적인 삶의 회복이었다. 왜냐하면, 참으로 위대한 것은, "계속해서 인간적인 것이 완전히 커짐으로써, …… 일반적 위대함의 품속으로 자신의 얼굴을 숨기고자"[31] 하기 때문이다. 이것이 발자크상이 노천에 놓여야 하는 이유이다. 그러나 릴케가 어떻게 인간으로서 진리에 이르는 것이라고 생각하였는가 하는 것은 그의 시를 통해 더 잘 짐작해 볼 수 있는 것일 것이다.

---

30 같은 책, 101쪽.
31 같은 책, 154쪽.

10

릴케의 로댕 해석은 로댕의 해석이면서, 그 자신의 예술관 또 당대적인 삶에 대한 일정한 견해를 확립하려는 노력이었다. 그가 로댕과 관련해서 말하고 있는 것은 그 자신의 시적 노력에 그대로 등가적 의미를 갖는다. 추구의 핵심은 넘쳐 나는 삶의 다양한 풍요를 하나로 파악하는 일이었다고 할 수 있다. 삶에 대한 예술적 비전의 의미는 삶의 풍요가 그것을 단순화하는 개념이나 이념으로 환원될 수 없다는 데에 있다고 하겠지만, 하나를 향한 추구는 다양성을 위해서도 피할 수 없다고 할 수밖에 없다.

하나, 일자(一者)에 대한 추구는 대체로는 종교에서, 또 19세기부터 20세기 중반까지는 이데올로기에서 그 답을 발견하였다. 이러한 것들에서 자극되고 영감을 받았다고는 하겠지만, 릴케는 삶을 하나로 해체하지 않는 답을 원했다. 이러한 의도를 가진 사유의 기획이란 모순 덩어리일 수밖에 없다. 이 모순의 통합이 로댕 예술의 비밀이고, 본질적인 의미에서의 예술의 비밀이고, 그 자신의 시적 추구의 결론이었다. 이 모순과 모순의 통합은 그의 시의 도처에서 발견된다. 그중에도 그가 자신의 묘비명으로 고른 시구는 그것을 가장 간단하게 요약하는 것이라고 할 것이다.

장미, 아 순수한 모순이여! 그 많은
눈까풀 아래, 어느 누구의 잠도 아닌
기쁨이여!

Rose, o, reiner Widerspruch, Lust
Niemandes Schlaf zu sein unter soviel
Lidern.

장미 꽃잎은 사람의 눈까풀에 비슷한 모양을 한 것으로 생각할 수 있다. 그것이 눈까풀이라면, 그 밑에는 눈이 있을 것이고, 눈까풀 아래에는 자고 있는 사람이 있을 것이다. 그러나 말할 것도 없이 장미 아래 숨어 있는 것은 아무것도 없다. 장미는 누구나 아름답다고 생각한다. 그리고 마음에 이는 것은 이 아름다움은 무엇을 의미하는가 하는 물음이다.

세상의 아름다움을 보면 사람은 왜 그것이 존재하는가 묻는다. 또 사람은, 삶이 아름답든 괴롭든, 사람의 삶의 의미는 무엇인가 하고 묻는다. 그러나 거기에 답이 있을 수 없다. 있는 것은 순수한 현존이며 현상일 뿐이다. 또는 영원한 현재성뿐이다.(헤세의 표현으로 ewige Gegenwart, 또는 틸리히의 eternal now뿐이다.) 그것은 차고 넘치고 다양하고 무한하다. 이것은 릴케가 로댕론에서 조각을 말하면서, 조각가가 다루는 것이 어디까지나 사물의 표현뿐이라고 한 것과 맞아 들어간다. 조각가는 미를 창조한다고 하나 그것이 어떻게 하여 창조되는지 모른다. 기발한 발상 또는 통상적인 미의 상투적 이념이 그것을 말하여 주는 것은 아니다. 조각가는 미의 조건을 만들 뿐이다. 이 조건을 만드는 데에서도, 표면을 넘어서지 못한다. 그러나 이 표면은 사물의 무한한 가능성과 풍요를 드러내 준다. 그러면서 그것은 하나의 삶의 표현, 하나의 존재의 표현이다. 존재는 표현에 일치한다. 조각가의 관점에서, "존재하는 것은 오직 하나의 표면, 수천 갈래로 움직이고 변화를 거듭하는 하나의 표면일 뿐"이다.[32] 물론 이것은 자연 자체가 그렇다는 말이기도 하다.

조각가가 제작하는 표면은 무엇인가? 그것은 사물들을 이룬다. 그런데 기이한 일은 인간에게 귀중한 것도 자연과 함께 존재하게 할 수 있다는 일이다. 릴케는 사물을 이야기하면서, 어린 시절에 귀중했던 사물들 ──동물

---

32 같은 책, 115쪽.

과 나무와 왕의 모양을 가지고 있던 어린 시절의 물건들의 특별한 의미를 가지고 있었던 것을 기억하라고 한다. 여기에서 알게 되는 것은 우리가 느끼는 것 — 특히 선량함과 신뢰와 같은 것이 객관적인 사물이 되어 존재할 수 있다는 사실이다. 더 나아가 우리는 우리가 만드는 것 — 우리의 삶의 온기를 그대로 지닌 것들이 다른 객관적인 사물들과 함께 존재할 수 있다는 것을 알게 된다. 그것들이 — 물론 잘되는 경우를 말하겠지만 — "완성되어 손에서 떠나자마자 …… 곧 다른 사물들 속으로 들어가서 사물의 의젓함과 고요한 품위를 얻었으며, 슬프게 합의를 하고 멀어져 간 것처럼 자신의 영속으로부터 이쪽을 바라보는 것"[33]이 되었다는 것을 아는 것이다. 그런데 이것은 우리가 만든 사물이 우리의 것이면서도 일정한 변용을 겪었다는 것을 말하는 것이기도 하다. 사람이 제작한 것이 객관성을 얻으려면, 그것은 우연성을 털고 필연적이고 본질적인 것으로 바뀌어야 하는 것이다. 밖에 존재하는 것이 되려면, 사람이 만든 것도 바깥세상의 법칙을 따라야 하는 것이다. 그럼으로써 그것은 세상에 존재하는 것으로서, 우리를 우리 자신의 좁은 영역으로부터 벗어나서 삶으로, 세계에로, 존재에로 또는 신성한 것으로 이끌어 간다. 릴케의 생각으로는 고대의 신상을 만든 사람들이 한 일은 "사람들이 본 인간과 동물의 모습으로부터 사멸하지 않는 것, 영속하는 것, 고차원적인 것을 만들려는 시도"[34]였다. 이것은 로댕의 조각가로서의 의도이고, 릴케의 의도이고, 모든 예술가들의 사명이다.

그러면 모든 것이 밖에 존재하고 표면으로 끝난다면, 인간의 내적인 삶, 그 아픔과 기쁨은 어떻게 되는 것인가? 릴케가 그것을 완전히 헛된 것이라고 생각한 것은 아니다. 많은 사람들이 인정하듯이, 그는 어떤 시인보다도

---

33 같은 책, 111쪽.
34 같은 곳.

내면적인 시인이다. 그에게 내면과 외면의 관계는 모순의 통합 속에 존재한다. 앞에서 장미가 순수한 모순이라고 한 것은 장미가 전적으로 외적 사물로 존재한다는 말이 아니다. 그것은 외적 사물로 존재하면서 동시에 그것을 넘어가는 것을 시사하는 것으로 존재한다. 그것은 누구의 잠이 아니면서도 누구의 잠인 것처럼 있다. 또는 누구의 잠인 것처럼 있으면서, 누구의 잠도 아니다. 예술가는 이 모순을 통해서 내면을 느끼면서 그것이 외면으로만 존재한다는 것을 안다.

그런데 그와 동시에 그의 자아는 자연에 일치함으로써 객관화한다. 창작 활동으로서 객관을 내면으로 끌어들인다. 이 외면의 내면화 행위는 자신의 객관화 행위이면서, 릴케가 예술가를 이야기할 때, 무수히 강조하듯이 자신 안에 침잠하는 행위, 자신에 충실해지는 행위이다. 바로 사물의 존재 방식이 그러한 것이 아닌가? 그것은 스스로 자족한 생태에 있다. 그러면서도 다른 만물과 더불어 있고, 그것의 일부이다. 예술 작품의 존재 방식도 그러하다. 다만 그것은 사람의 내면을 거친 결과를 포함하고 있다. 그동안에 예술가의 내면에 변화가 일어나고 내면은 내면대로 더 충실해진다. 릴케는 예술의 원천이 아무리 멀리에서 ── 존재의 심연과 무한에서 왔다 하더라도 그것은 작품 안의 자족성으로 돌아와야 한다고 말한다. 그 과정에서 예술가에게 일어나는 것은, 앞에서 언급했던 바와 같이, "완전한 자기 몰두"이다. 존재의 영역 안에 있으면서 이루어지는 예술 작품의 자족성 그리고 예술가 자신의 초연한 자기 몰두 ── 이것이 예술 작품이 이룩해 내는 고요의 근원이다. 이러한 것들이 말하고 있는 것은 우주도 예술 작품도 인간도 완전히 자기 속에 있고 스스로 완성되는 과정에 있으면서 동시에 깊은 존재의 교환 관계 속에 있다는 사실이다.

앞에서 장미는 내면이 없는 것으로 말하였다. 그것은 표면 이외의 다른 것이 아니다. 숨어 있는 다른 아무것도 없다는 것은 장미가 그 자체로 완

전하다는 것을 의미한다. 그러나 거꾸로 장미란 내면이 아닌가? 그 자체
로 완전하다는 것은 그 내면이 가득하다는 것이다. 뿐만 아니라 그것은 그
주변을 내면화하고 있다고 하여야 하지 않을까? 장미의 향기, 그 아름다
움은 그것이 자리해 있는 공간을 바꾸어 놓는다. 그리고 우리의 내면에 기
쁨을 준다. 그것이 사람들이 방 안에 장미를 가져다 놓는 이유가 아니겠는
가? 자기 충족의 내면은 그대로 외면을 내면으로 바꾸어 놓는다.(마치 사람
에 있어서 인격의 힘이 그러한 것이듯이.) 해석이 쉽지 않지만, 「장미의 안(Das
Rosen-Innere)」이 말하려고 하는 것은 이에 비슷한 것이 아닌가 한다.

　　이 안에 대하여 어떤

　　외면이 있는가?

　　어떤 아픔 위에

　　그런 천을 올려놓는가?

　　어떤 하늘들이 비치는가.

　　이 열려 있는 장미.

　　근심 없는 장미의

　　내면의 호수에. 보라.

　　어떤 손이 흔들어도

　　쏟지 못할 듯, 풀림 속에

　　풀려 내깔려 있는 것을

　　스스로 갈무리하지 못하는 것을.

　　내면의 공간으로부터

　　스스로 넘쳐 나서,

　　밝은 날로 나아가고,

　　더욱더욱 가득하여,

스스로를 닫기도 하느니,
그리하여 여름은 송두리째,
방 안이 되고, 하나의 꿈속의
방이 되나니.

　사람들은 그들의 상처를 위하여 장미를 사용하고자 하고, 하늘마저도 장미 속에 스스로 비추기를 원하는데, 장미는 스스로의 충만함으로 저절로 위안이 되고 만물을 비추는 것이 된다.(상처에 필요한 것은 살핌의 내면이 있는 그리고 가득한 사물의 힘이 있는 사물이다.) 릴케가 로댕을 말하며, 예술 작품은 용도가 없는 자족성에 의의가 있다고 말한 바 있다. 장미는 장미로서 완전함으로 하여 상처를 위로하고 만물과 더불어 있다. 여름날이 아름다움은 이미 거기에 장미가 스스로 충만하고 자존하면서, 그 자존으로 하여 넘치면서 일어나는 사건이다.

　사물이 존재하는 방식이 자족하면서 열려 있고, 예술가와 예술 작품이 그러하지만 사실 사람의 삶의 완성도 ──사람이 도에 이르는 것도 바로 이에 비슷하게 자기를 충실히 함으로써, 자기를 비우고, 자기를 비움으로써 자기를 보다 무르익게 하고 또 우주를 감싸 안는 과정이라 할 수 있다. 릴케에는 부처에 관한 몇 편의 시가 있지만, 그는 바로 이러한 자기완성, 세계 완성을 부처에서 발견할 수 있다고 생각한 것으로 보인다. 난해한 대로, 『신시집 2부』의 마지막 시, 「광채 속의 부처(Buddha in der Glorie)」의 뜻이 그러한 것이 아닌가 한다.

가운데의 가운데, 알맹이 가운데의 알맹이,
스스로를 스스로 안에 닫고 단맛이 드는 아몬드──.
이 모든 것, 별에 이르기까지, 만유가

그대의 과육이니 인사 받으시라.

보라, 그대는 그대에 달린 것이 없음을 안다.
그대의 과피(果皮)는 무한에 있다.
그곳에 강한 과즙이 있어 밀어 나아간다.
그리고 밖으로부터 비치는 빛이 이를 돕는다.

저 멀리 그대의 태양들이 넘치고
빛을 발하며 선회한다. 그러나 그대 안에
태양을 넘어 사는 것들이 이미
시작되었거니.

이 시의 모든 것은, 우리가 흔히 대립적인 것으로 생각하는 것들, 알맹이와 껍질, 내면과 외면, 내면의 자족과 외면의 연대 등의 융합으로 이루어진다. 부처는 만유를 포용한다. 그는 중심에 있고 핵심에 앉아 있다. 만유의 포용은 안으로 무르익어서 그 열매가 커지는 것을 말한다. 그 열매가 곧 만유이다. 그렇다고 만유가 그에게 기대어 있지 않을 수 없게 하는 것은 아니다. 부처가 이룩하는 것은 사물들이 그에게 의존하게 하는 것이 아니라 스스로 있게 하려는 것이다.

부처는 모든 것이 그의 무르익음의 소산임에도 불구하고, "그에게 달린 것이 없음을" 확인한다. 부처와 다른 사물의 관계는 내적이면서 따로 있는 관계이다. 그는 전부가 알맹이이면서 동시에 껍질을 가지고 있음을 안다. 껍질이 없다는 것은, 앞의 「장미의 안」에서처럼, 다른 것에 대하여 아무런 방비를 필요로 하지 않는다는 것을 말한다. 그러나 부처가 껍질이 없다면 그는 자족적이지도 않고 자족의 상태가 알게 되는 상처의 가능성도 알지 못할 것이다. 그는 그러한 의미에서 초탈한 것은 아니다. 그는 껍질을 무한으로 밀어내었다. 모든 것을 포용하여 자기 안에 있게 하였기 때문이다. 또 껍질이 없다면(시에는 없는 말이지만) 어떻게 자비를 가질 수 있겠는가. 그가 만유에 묶이기 위해서는 껍질이 있어야 한다. 뿐만 아니라, 고통을 포함하여, 밖에서 오는 자극이 없다면, 내적인 성숙도 있을 수 없다.

부처는 존재를 포용하지만, 존재의 창조자는 아니다. 그의 자비심은 우주를 전부 포함할 만큼 넓지만, 그의 자기완성의 과정 그리고 자비의 과정을 자극하는 것은 외부 세계이다. 그의 자기 충실은 타자와의 관계 속에서 끊임없는 자기 초월의 성취를 말한다. 생명체로서의 부처를 자극하는 것은 밖에 있는 생명의 힘 —— 주로 밝음의 원천으로서의 힘이다. 부처의 밖에는 우주의 수많은 힘을 나타내는 태양들이 있다. 이것이 그로 하여금 생명의 집을 양성할 수 있게 한다. 그러나 밖에서 오는 밝음은 그의 내면에 다시 흡수되고, 그것은 또다시 아름답게 완성할 수 있는 세계 —— 아몬드와 같은 세계가 된다.

이것이 부처의 영광이다. 그러나 이것이 어찌 부처만의 영광이겠는가? 하나의 열매가 자라는 과정은 바로 이러한 것이다. 그것은 조그만 싹에서 시작한다. 그러면서 점점 커져 간다. 땅에서 오는 물과 영양, 공기의 여러 원소 그리고 광선 —— 이러한 것들의 합성을 통하여 열매는 계속 자란다. 열매가 무르익는 것은 외부 세계가 안으로 들어오고, 그것과의 연결이 강화된 결과이다. 그러나 그것은 밖으로 나아가는 일이 아니라 자기를 키우는 행위이다. 부처의 세계에로의 확장은 이러한 극히 기본적인 식물과 사물의 과정을 우주적으로 확대한 것이다.

사물에 대한 철저한 긍정 그리고 그것으로부터의 세계와 존재에 대한 대긍정 그리고 그 대긍정에서 오는 자기완성 그리고 그것을 통한 세계의 변화를 이야기한 것이 「광채 속의 부처」이다. 이러한 시를 우리는 달리 찾아볼 수 없다고 할 수밖에 없다. 그럼에도 불구하고 이 모든 우주적인 깨달음은 사물로부터 시작한다. 과일이 바로 부처님의 존재 그리고 인간의 보다 본질적인 존재 방식에 일치하는 것이다. 놀라운 것은 이것을 말하는 시가 서른세 살이 될까 말까 한 청년에 의하여 쓰였다는 사실이다.

(2008년)

물질적 세계의 상상력

화폭 속에 함축된 근원적 서사: 오치균 화백론

1

예술은 모두 같은 문제에 부딪친다고 할 수 있지만, 그림은 사실과 매체의 모순 사이 긴장과 화해 속에 존재한다. 그림의 속성 중 하나는 사물의 세계를 재현하는 것이다. 그러나 재현이란 현실에 있는 것을 그대로 재생산해 내는 것을 말하지 않는다. 그것은 다른 매체, 특히 제한된 매체 속에 사물의 환상(幻像)을 만들어 낸다. 이 사이의 갈등이 심미적 쾌감을 주는 원천이 되고 우리가 확실히 자각할 수 있게 도와준다.

사물에는 모양이 있고 색깔이 있다. 이 사물을 화면에 재현한다고 할 때, 색깔은 그런대로 비슷하게 그려 낸다고 하더라도, 형태의 재현은 여러 어려운 문제를 제기한다. 큰 사물들을 작게, 작은 것을 크게 화면에 그려 내는 것은 비교적 간단한 문제라고 할 수 있다. 더 나아가 사물 세계의 복잡한 요소 가운데 무엇을 생략하고 무엇을 더 넣을 것인가 하는 것은 조금 더 판단력이 필요한 문제이다. 그런데 이론상 가장 어려운 문제는 차원간의 치환(置換)의 문제이다. 사물은 대부분 입방체적 성격을 가지고 있다. 그 3차원을 2차원에 재현하는 일은, 참으로 사실성을 원하는 것이라면, 불가능한 일이다. 그러나 많은 경우 3차원의 사물을 선으로 재현하기 위하여 초보적으로 할 수 있는 일은 외곽의 선으로 물건의 모습을 더듬어 내어 그리는 일이다. 그러나 많은 경우 3차원의 사물을 선으로 재현할 수 있는 외곽이 존재하는 것인지는 분명치 않다. 또 하나의 3차원 재현법은 원근법이다. 이것은 부분적인 것일 수도 있고 전체적인 것일 수도 있다. 작은 3차원 수법도 그 이전에는 분명한 형태로는 존재하지 않았다고 할 수 있지만, 화면 전체에 본격적으로 3차원을 부여하는 방법은 르네상스 시대의 '법칙적 구성(construzione legittima)'으로부터 시작되었다. 사물을 완전히 평면으로 그리는 그림도 있지만, 현대에 와서는 대체로 3차원의 그림에 대한 반대 명제로 존재한다고 할 수 있다.

왜 사람은 이러한 어려운 일을 시도하는 것일까? 아리스토텔레스가 말한 것처럼, 사람에게는 재현(mimesis)의 본능이 있다고 할 수 있다. 그러나 다시 이 본능이 왜 있는 것인가를 물어볼 수도 있다. 재현은 외부 세계와 자신을 익히는 방법 중 하나일는지 모른다. 사물과 사물의 관계를 2차원으로 치환하는 것은 시각 경험을 단순화하여 사람의 인식을 용이하게 한다. 지도와 같은 것이 그 단적인 예이다. 그러나 그 단순화는 너무 단순한 것일 수 있다. 단순화된 세계 인식은 사람의 방향성을 오도하고 무엇보다도 세계와의 관계에서 생겨나는 즐거움을 희석한다.(물론 단순화로 얻어지는 인식에는 그 나름의 즐거움이 있다. 그리고 모든 인식은 단순화를 지향한다.) 예술의 재현은 단순화하는 세계 인식의 한 방편이면서 세계와의 교섭에서 오는 사람의 즐김을 최대화하고자 하는 것이라고 한다.

방금 말한 것처럼 2차원의 공간에 3차원을 재현하는 것은 시각 재현의 중요한 방법이다. 그런데 재현의 기법에서 하나의 문제는 사물의 외면적 형태보다 각각의 독특한 질감을 어떻게 재현해 낼 수 있느냐 하는 것이다. 세계의 질감은 세계의 중요한 속성이면서 사람의 즐김의 원천으로서 빼놓을 수 없는 것이다. 질감은 색깔의 종류, 농담, 명암 그리고 섬세한 붓놀림의 선으로 이뤄진다. 이것은 어떠한 미술적 재현에도 따르게 마련이지만, 그것은 보다 적극적으로 회화적 재현의 목적에 필요하다.(작은 목적이 될 수도 있다.) 가령 이것은 동양화에 비하여, 특히 서양화의 사실적 전통에서 중요한 것으로 생각된다. 서양화에서 옷감의 천에서 느껴지는 실감을 재현하려는 노력은 오래된 일이다. 17~18세기 화란의 사실적인 그림에는 특히 부르주아 가정에서 사용하는 두꺼운 식탁보, 모피 망토, 커튼 등의 질감을 집중적으로 재현하려는 노력이 보인다. 당시의 화란 그림에 자주 등장하는 과일이나 식료로서의 조류나 생선은 촉각과 함께 미각을 암시하는 질감을 전달한다.

이러한 재현의 문제는 단순히 기교의 문제가 아니다. 그것은 사람의 현실 인식과 깊은 관련이 있다. 사람은 여러 감각을 통하여 세계와 교통한다. 보고 만지고 냄새 맡고 하는 것은 모두 현실을 인식하는 방법이다. 이것이 동시에 이루어진다면, 인식은 더욱 확실하게 될 것이다. 그럼으로써 다감각적인 방법은 현실의 효과적인 재현 수단이 된다. 사람의 지각이나 인식에서 중복 원리(redundancy principle)는 현실을 확인하는 중요한 원리이다. 회화가 이 원리의 재생을 노리는 것은 자연스럽다. 그리하여 시각적인 회화에 있어서도 다른 감각을 보태는 것, 특히 촉각의 요소를 보태는 것은 현명한 재현의 전략이다. 그런데 위에서 말한 바와 같이, 이 촉각이 드러나는 것은 옷감이나 모피와 같은 것에서이다. 이것은 당장에 그렇지 않더라도 우리가 현실적으로 경험할 수 있는 것이다. 그런데 다감각적인 현실 지각에서 감각들은 따로따로 작용하면서 종합되는 것일까 아니면 한 번에 작용하는 것일까? 촉각은 인간의 감각 가운데 근접한 상태에서만 작용하는 감각이다.

회화의 효과로서 또 인간의 인식의 전략으로서가 아니라 인간이 지각하는 현실의 세계에서 어떤 경우에나, 가령 멀리 있는 물건의 인식에서도 직접적으로 촉각이 작용하는 것일까? 그림은, 이미 주목한 바와 같이 대개 3차원의 사물과 세계를 재생하고자 한다. 말할 것도 없이 눈으로 보는 세계는 3차원적인 요소가 있다. 물론 그것이 완전히 법칙적 구성에서 보이는 바와 같은 기하학에 일치하는 것이 아니라는 것은 회화와 이론 그리고 광학(optics)의 이론에서 자주 지적되는 사실이다.

그런데 거리(距離)가 개입되는 이 3차원적인 세계 인식에 촉각이 작용한다고 할 수 있는 것일까? 플라톤은 사람이 어떤 사물을 볼 때 눈에서 나간 기운이 사물에 맞닿는 것이라고 생각하였다. 이것은 반드시 원시적인 추정만은 아니라고 할 수 있다. 점, 선, 평면 등에 대한 기하학적 정리들은 그것들이 '단단한 물체(rigid body)' 위에 있다는 것을 전제한다. 가령 두 점 사이의 최단 거리를 나타내는 선이 있다고 하는 것과 같은 공리가 그러하다. 이러한 경우, 우리는 추상적 사고에도 촉각이 들어 있는 것으로 생각할 수 있다. 한 과학 사전에서 물질은 시공을 차지하고 관성을 가진 입자의 집합체라고 정의한다. 이러한 정의에도 우리의 지각은 들어 있는 것이 아닐까? 직관적으로도 우리는 물질을 공간을 막는 어떤 덩어리이면서, 부스러질 수 있고, 궁극적으로는 촉각에 의하여 확인되는 것이라고 생각한다. 촉각은 눈을 가로막는, 그러면서 손으로 만졌을 때 확실하게 인지되는 것이다. 물질을 확인할 때 이렇게 두 감각이 관계되어 있다. 그중에도 최종적인 증거는 촉각의 시험으로 주어진다. 손으로 만지는 것이 늘 가능한 것이 아니면서도 물질을 정의하는 데에는 촉각의 테스트가 상정되어 있는 것으로 생각되는 것이다.

이러한 사실을 통해 사람의 지각을 통한 세계 인식에는, 어떤 경우에나 시각만이 아니라 여러 감각이 작용한다고 생각하게 된다. 그러니까 회화에서 시각에 감지된 현실에 촉각이나 미각적 요소를 보태는 것은 사람의 지각 작용에 들어 있는 이치를 부각시키는 일에 불과하다. 시의 기교로서 감각의 공시적인 작용을 말하는 공감각(synesthesia)이 이야기되지만, 이것은 현실의 일부를 새삼스럽게 시의 기교로서 인지한 것이다.

이렇게 보면, 촉각이 중요한 것은 모피나 옷감의 묘사에 있어서만이 아니다. 그것은 모든 시각 체험과 그 재현에 작용한다. 예를 들어 가장 시각적인 경험이라고 할 광선의 경험에도 촉각이 작용할 수 있다. 이것은 현실에도 그러하겠지만, 회화에서도 그러하다. 인상파의 그림은 서양 회화 전통에서 야외의 광선을 그림에 재현하려는 새로운 시도였다고 말하여진다. 그러나 어떤 인상파의 그림은 그들이 원한 것이 단순히 빛의 시각적 효과만이 아니라는 생각이 들게 한다. 모네의 「밝은 광선 속의 루앙 사원(La cathédrale de Rouen, le portail et la tour Saint-Romain, plein soleil, harmonie bleue et or, 1892~1893)」에서 고딕 사원 건물의 석재는 밝은 햇빛의 입자들에 의하여 분해된 작은 입자들로, 손으로 만질 수 있는 듯한 느낌을 주는 가루로 덮여 있는 인상을 준다. 이것은 회화의 효과이지만, 동시에 지각의 현실이고 광학의 현실이라고 할 수도 있다. 우주 공간은 광선이 지나고 있음에도 검은 어둠의 공간이라고 한다. 광선이 밝은 빛이 되는 것은 지구의 대기 그리고 여러 물질들과의 상호 작용을 통해서이다.

사실 모네의 다른 그림도 그러하고, 인상파의 많은 그림들은 여러 입자로 분해된 색깔을 드러내 보여 준다. 그리하여 불분명한 윤곽을 갖는다. 예를 들어 심각한 현실 탐구의 성격이 강한 세잔의 과일 그림들에서도 우리는 입자화된 색깔들의 불명확한 효과를 본다. 이것은 말할 것도 없이 그 어릿어릿한 인상이 만들어 내는 시적 효과를 위한 것이기도 하지만, 빛과 물질의 상호 작용을 지시하는 것이라고 할 수도 있다. 그러면서 거기에는 화가의 촉각이 작용한다. 화가의 수법이 그려 내는 것은 이 3자, 광선과 물질의 입자와 촉각의 상호 작용이다.(물론 광선은 파동이면서 입자라는 빛에 관한 이론을 생각해 볼 수도 있지만, 이것은 이야기를 너무 샛길로 들어서게 한다. 그러나 그것에 관계없이 입자의 개념에는, 위에서 시사한 바와 같이 이미 촉각적 요소가 들어가 있다.)

그림에 있어서 촉각은 어떤 경우에나 없을 수 없는 요소이다. 붓 자국은 이미 인상파 이전에 화가의 촉각적인 지각을 나타내는 것이라 할 수 있다. 사람들은 붓 자국이 없는 투명성을 지향하는 고전적인 작품에서도 붓 자국을 발견한다. 그리고 많은 작품에 작가의 붓 자국이 난 필법의 흔적을 원한다.(작품의 진위를 가려낼 때 이것은 중요한 역할을 한다.) 그것은 한편으로는 개인적 감성의 개입을 원하는 낭만주의적 기대에 관계되는 것이면서 다른 한편으로는 인상파 이전에 이미 물질적 세계의 구성에 촉각적 지각이 개입되어 있다는 것을 기교적으로 확인하는 것이라고 할 수도 있다. 사람이 체험하는 객관적 세계는 한편으로는 물질과 공간, 다른 한편으로는 시각과 촉각 또는 공감각적으로 작용하는 감각들의 합성으로 이루어지고, 회화에 있어서 이 요소들이 어떻게 다른 역점과 배분을 가지느냐에 따라 작품의 경향이 결정된다고 할 수 있다.

2

서론이 길어졌는데 그에 대한 변명을 하자면, 오치균 화백의 그림을 이해하기에 앞서 이러한 회화 기교의 문제 그리고 그것의 현실적 바탕에 대한 반성이 필요하기 때문이다. 오치균 화백은 사실주의적 작가이면서 기교의 작가이다. 그가 그려 내는 사실주의적 세계는 촉각으로 인지되는 물질세계이다. 그는 촉각으로 감지되는 물질들의 집합을 일정한 공간적 구성으로 그리고 사실의 세계를 구축한다. 여기에 그의 고유한 수법이 중요한 기능을 갖는다. 임파스토(impasto), 그것도 완전히 손가락 끝으로 물감을 이겨 바르는 것이 그가 사용하는 기본적인 기법이다. 그에게 대상의 세계는 촉각의 세계이다. 그것을 부각시키는 것은 개인적인 선택이지만, 그 근거는 앞에서 설명한 바와 같이 물질세계 자체에 있다. 물론 촉각으로 파악되는 물질적 속성은 그 자체로 중요한 것이라기보다는 그것이 하나의 세계를 구성한다는 데에서 의미를 얻는다. 이것은 특히 이 세계의 회화적 재현이라는 점에서 중요하다. 회화는 시각 체험에 있어서 이 세계가 일정한 공간적 형태로 나타난다는 데에 주목한다. 오치균 화백의 그림은 일관되게 이러한 세계에 대한 탐구이다.

이 세계의 전체성이 가장 분명하게 나타나는 것은 시각(視覺, angle of vision)이 넓은 풍경에서이다. 이 문제를 간단히 생각해 보는 것은 오치균 화백의 그림의 의미를 생각하는 데 하나의 실마리가 될 수 있다. 그의 그림을 평하는 여러 사람들은 이미 큰 파노라마가 그에게 가장 중요한 화제(畵題)라는 점을 언급하였다. 그 예로 가장 뚜렷한 것은 건물들로 가득 찬 뉴욕 시이지만 산타페의 풍경, 특히 뉴멕시코의 하늘과 땅, 서울, 한국의 산하, 사북 등이 주로 광각(廣角) 조감의 대상이 된다. 그렇다고 해서 그의 그림들이 전부 파노라마적인 풍경만을 그린다는 말은 아니다. 뉴욕의 풍경에도 건물의 벽면에 초점을 맞춘 것, 길가의 한구석에 주저앉은 사람이나 외로이 묶여 있는 개를 그린 것이 있고, 사북을 그린 것에도 클로즈업된 풍경 묘사가 있다. 그러나 이 클로즈업된 사물들의 묘사에도 어딘지 모르게 거대한 공간이 스며 있다. 그리하여 보는 사람은 그것이 커다란 물질세계 또는 사회의 일부를 그린 것이라는 느낌을 받는다. 모든 것은 큰 물질세계의 창조적 변화의 일부이다.

이와 관련하여 우리는 그의 그림에 시각(視角)의 조정이 중요한 문제가 되지 않는 인물화나 정물화가 적은 것에 주목할 수 있다. 사북 풍경에서 「화분」(2000)(그림 1)이 정물에 가까운 것으로 말할 수 있지만 이 그림 속의 화분들도 실외에 놓여 있는 것이고, 화분들의 뒤는 명확하지 않은 채로 산이 보이는 것이 아닌가 한다. 오치균 화백에게는 별개의 화집으로 『감』이란 것이 있지만 이 화집의 그림에서나 다른 화집에 들어 있는 감나무와 또다른 나무들의 그림에서, 그림의 주된 관심사는 여러 모양으로 가지들이 하늘이 비치는 공간을 적절한 도안으로 채워 나가고 있는 양상에 있다. 여기에서도 관심은 물질감을 가진 것들이 일정한 공간을 구성하는 모습이다. 그리하여 다시 한 번 오치균 화백의 그림은 보다 원초적인 물질의 세계 —— 그것의 형성적 성격을 보여 준다고 할 수 있다.

그런데 이 큰 세계를 바라보는 각도가 넓은가 좁은가는 상대적인 문제라고 할 수 있다. 사북은 물론 서울의 경우에도, 한국의 도시와 취락의 모습은, 오치균 화백의 그림이 아니라도, 뉴욕의 시가지에 비하여 어지러운 느낌이다. 그러나 이 혼란은 전적으로 보는 사람의 관점 문제라고 생각할 수도 있다. 사람이 사는 틀이라는 의미에서의 세계는 시각에 따라서 또 문명의 편의가 변함에 따라서 큰 것이 되기도 하고 작은 것이 되기도 한다. 혼란스럽게 군집해 있는 사북의 집들은 어지러워 보이지만 그 안에 있는 집 한 채 한 채는 거기에 거주하는 사람들에게는 그 나름의 삶의 필요를 공간적으로 정리해 주는 주거 공간이다. 이것은 사북의 여러 모습을 담은 그림 가운데 화가의 눈이 한 채의 집에 집중해서 그린 그림을 보면 알 수 있다.(사실 오늘날 한국의 국토 개발은 자동차로 대표되는 현대 기계 문명의 눈으로 전통적인 취락들을 깔아뭉개는 잔학 행위가 되어 있다. 이것은 시각의 상대성을 생각하지 못하는 관료들의 눈을 그대로 삶의 현실을 투시하는 눈으로 착각하는 일에 관계되어 있다.) 물론 오치균 화백이 그러한 점을 계산한 것인지는 분명히 알 수 없

(그림 1) 「화분」

다. 그러나 전체적으로 살펴본 그의 그림의 실상은 우리로 하여금 시각의
확대와 축소에 대한 이러한 전제를 생각하게 한다.

그런데 시각의 문제는 오치균 화백의 기본적인 기법 자체에 깊이 박혀
있는 것이라 할 수 있다. 앞에서 말한 대로, 그는 붓이 아니라 지두(指頭)로
써 물감을 캔버스에 칠하는 방법을 쓴다. 화면은 물감을 칠한 경우처럼 매
끄러운 것이 아니라 물감의 덩어리들이 말라붙어 울퉁불퉁하다. 이러한

표면은 단순한 물감의 흔적을 지닌 것이 아니라 한 평자가 말하였듯이, 거의 조각적인 요철(凹凸)을 이룬다. 물감의 덩어리들이 직접적으로 매끄럽고 연속적인 물체의 형체를 그려 내는 것이 아니다. 가까이서 보면 화면은 형체를 알 수 없는 요철의 집합일 뿐이다. 경이로운 것은 거리의 조정에 따라 이 낱낱이 따로 있는 작은 덩어리들이 일정한 형태를 가진 물체가 된다는 점이다. 그리고 멀리 떨어져 볼수록 물체의 윤곽들은 분명해진다. 이것은 물론 일정한 한계 내에서이다. 다시 화면에 바짝 다가서면 물체의 윤곽은 작은 물감의 덩어리로 해체되고 그것들이 이루는 전체적인 윤곽들이 사라진다. 관람자는 화가가 아주 근거리에서 작업하면서 멀리서의 해상(解像) 효과를 예측할 수 있었을까, 또는 화가가 그 효과에 대한 정확한 광학적 이해를 하고 있었던 것일까 하는 것들을 생각하게 된다.

그러고 보면, 우리는 사물과 눈 사이의 거리는 우리의 지각에 매우 중요한 요소이고 이 거리는 사람이 살아가면서 필요에 따라 결정된다는 것을 깨닫는다. '본다'는 일에서 드러나는 현상에는 원초적으로 인간 지각이 개입되어 있고, 사람이 사는 세계는 지각의 차원에서부터 일정한 수준에서의 구성 결과인 것이다. 물감 덩어리의 차원에서 우리가 인지하는 꽃이나 사람의 얼굴은 희석화되어 혼란스러워 보인다. 그러나 물리적 입자의 관점에서 입자들 사이에는 그 나름의 질서가 있다고 할 수 있다. 또는 잡다한 인자들이 산재한 지상의 혼란은 충분히 먼 우주 공간의 관점에서는 지구라는 유성(遊星)으로 하나의 통일된 단위가 된다. 혼란과 질서는 차원의 이동에 따라 몇 번이고 상호 교체되는 관계에 있다. 물론 회화가 반영하는 것은 여러 수준의 미시적 또는 거시적 관점이 아니다. 그것은 인간의 삶의 수준을 반영한다. 이때의 수준이란 한편으로 인간의 의식과 의도를 넘어가는 것이면서 다른 한편으로는 지각 행위 자체가 교통, 정보 소통, 물질의 기술 조작의 방편에 의하여 변형되는 데에서 알 수 있듯이 인간이 습관화한 행동의 차원을 완전히 초월하는 것은 아니다. 다만 이것은 철저한 반성적 행위를 통하지 않고는 의식의 표면에 떠오르지 않는다.

물론, 이러한 문제들은 반드시 화가 자신이 생각하여 그의 작품에 고안하여 넣은 것이라고 할 수는 없다. 그러나 미술의 기법에 대한 궁리, 그리고 그것을 위한 직관적인 또는 이론적인 광학적 고찰이 여기에 전적으로 관련이 없는 것은 아니다. 세잔과 같은 화가는 광학에 적극적인 관심이 있었다. 그의 작품은 이러한 관심을 어느 정도 드러낸다고 할 수 있다. 그러나 일반적으로 예술가의 현실과 예술 창조에의 몰입은 저절로 그러한 지각의 기제에 대한 직관에 이어진다고 할 수 있다. 예술 창작의 과정은 특히 시각 예술에 있어서, 적어도 인간의 실존에 대응하는 물질세계의 탄생 과정과 일치한다. 예술 작품은 이러한 과정의 소득이다. 심미적 쾌감은 이 과정의 창조적 측면이 전달하는 고양감에 이어져 있다. 사람들은 예술 작품을 보면, 반드시 그것의 의미에 대하여 물어본다. 이 의미는 대체로 서사적인 이야기에 의하여 주어진다고 생각한다. 그러나 오치균 화백은 이러한 서사를 일단 부정한다. 그의 사북 그림들이 하고자 하는 '이야기'가 무엇인가를 묻는 손철주 학고재 주간의 질문에 대하여 그는 "나의 그림은 스토리텔링이 아니다. 스토리텔링은 나의 예술이 아니다. 나는 설명을 제거하고 본질을 보여 주고 싶다."라고 답한 바 있다.(*Sabuk*, p. 15) 예술에 이야기가 있다면, 그것은 세계의 창조적 탄생에 관한 이야기여야 마땅하다. 그렇다고 이것이 반드시 서사적 내용을 완전히 거부하는 것은 아니다. 다만 그 서사는 예술의 '본질'에서 저절로 일어나는 것이라고 할 수 있다.

작품의 심미성은 물질 자체에서 나오는 듯한 형상화의 충동에 일치하면서, 이 형상이 사람의 삶에 갖는 일정한 대응에 의하여 고양된다. 결국 시각 예술의 지향은 '좋은 게슈탈트'이지만, 좋은 게슈탈트에서 '좋음'의 의미는 사물에 근거하면서 인간의 필요에 의하여 정의된다. 다만 이것은 우리가 생각하는 상투적인 서사를 넘어가는 근원적인 서사이다. 오치균 화백의 뉴욕이나 사북의 그림에 함축되어 있는 것은 이러한 근원적인 서사이다.

3

오치균 화백의 물질적 형상의 서사가 가장 잘 드러나 있는 것은, 여러 지역의 그림 가운데에서도 뉴욕 시를 소재로 한 그림들이다. 그것은 뉴욕인들에게 아마 가장 기억할 만한 그리고 가장 다양한 뉴욕의 영상을 돌려주는 일이 되었다. 뉴욕의 풍경화 중 가장 쉽게 눈에 띄는 것은 시가지의 모습을 광각으로 휘어잡은 파노라마들이다. 파노라마의 심미적 효과는 한편으로는 뉴욕의 풍경 자체에서 온다. 현실에서의 시가지와 건물의 규칙성은 매우 단조로운 것일 수 있으나, 오치균 화백의 그림에서 그것은 화면에 절로 조소적(彫塑的) 정형성을 부여한다. 물론 이 정형성이 지나치게 기계적이지 않은 것은 임파스토 기법을 강조했기 때문이다. 그것은 건물 그리고 전체 풍경을 질료적으로 분해하면서 시가지의 기하학적 선을 화법의 의도성에 흡수한다.

파노라마의 건물들은 전체적으로 수직선과 수평선으로 가로질러진 그래프와 같은 구도를 이룬다. 그러면서도 화면은 물질의 집적이 주는 불투명하고 부정형적인 입체성을 유지하고 단순히 기하학적인 통일성이 아니라 물질적 통일성을 드러낸다. 1994년의 「New York」[1]은 이러한 입체적 건물들이 정연한 길을 따라 도열하고 있는 시가지의 가장 대표적인 파노라마이다. 「Empire State」(1994)(그림 2)에서 입체적 건물들의 상당 부분은 보

---

1 『김우창과 김훈이 보는 오치균의 그림 세계』(생각의나무, 2008), 97쪽.

(그림 2) 「Empire State」

다 유동적인 물감으로 변주되어 풍경이 화가의 상상력의 소산임을 강조한다. 이러한 주관적 변주는 여러 형태를 취할 수 있다. 1993년의 「Winter」에서, 뉴욕의 건물들은 중량을 느끼게 하는 입체들이 놓여 있는 추상화에 가까이 간다. 다만 화면의 위쪽으로 보이는 강 또는 언덕들이 이것이 풍경화라는 것을 상기시킨다.

대체적으로 오치균 화백의 뉴욕 파노라마는 그것이 풍경의 일부라는 것을 잊지 않게 한다. 이미 말한 것처럼, 그 구도의 기하학적 선들은 뉴욕의 시가지 전체가 그러하기 때문에 인위적인 것이 아니라 자연스러운 느낌을 준다. 임파스토의 정형화가 만들어 내는 입체성은 단순히 추상적인 것일 수도 있지만, 흔히는 광선의 명암에 의하여 생겨난다는 인상을 준다. 그리하여 그것은 빽빽한 인공적 건축물에도 불구하고 시가지 풍경이 자연의 광선 속에 있다는 것을 분명히 한다. 오치균 화백의 뉴욕 풍경은 이러한 점들 때문에 인위적 시가지의 재현이면서 자연의 낭만주의를 유지한다.

대표적인 작품으로 1994년의 「Downtown 2」[2]를 들 수 있다. 이 그림은 명암이 분명하다. 이것은 어쩌면 서쪽으로 지고 있는 햇빛으로 조명된 도시의 풍경을 포착한 것이다. 대체로 밝은 빛이 지배적인 이 그림의 화면 구성에서 아래로 어두운 빛이 많아지고 위로 갈수록 햇빛을 반사하는 듯 밝은 빛이 많아지는 것도 지는 해의 빛을 반사한다는 인상을 준다. 그러나 풍경은 건물을 넘어 하늘로 뻗으면서 다시 밝아졌다가 어두운 공기층이 되고 어두운 색깔의 고공(高空)이 된다. 아래의 칙칙한 어둠, 중간의 밝은 빛을 거친 다음의 위의 엷은 어둠은 일반적인 풍경의 무게 배치에도 맞아 들어간다.(루돌프 아른하임(Rudolph Arnheim)에 따르면, 사람들이 아래로 무거운 색깔, 위로 가벼운 색깔을 자연스럽게 느끼는 것은 사람의 세계에 대한 체험이 땅과 하늘의 대조라는 기본 구조에 의하여 뒷받침되기 때문이다.)

다른 그림에서도 하늘의 존재는 오치균 화백의 뉴욕 풍경에 자연의 안정을 부여한다. 물론 그것은 도시 위에 서려 있는 오염된 공기층일 수 있다. 그래도 건물 위로 펼쳐지는 하늘은 공간의 안정에 기여한다. 엠파이어 스테이트 빌딩을 그린 또 하나의 그림에서 하늘은 조금 더 넓고 짙은 푸른 색이 되어 화란의 풍경화에서처럼 로맨틱한 트임을 준다. 이것은 다시 산타페의 여러 풍경에서는 다양한 형태의 구름을 띄우고 있어서, 대기의 꿈틀거림을 많이 그린 터너(J. M. W. Turner)의 낭만적인 그림에 더욱 가깝다. 「알바쿠키를 향하여」[3](1997)의 희고 붉고 잿빛이 섞인 구름의 하늘 또는 더 널리 트인 빛깔의 하늘과 붉고 검은 산들은 단순히 아름답다고 할 수

---

2 같은 책, 89쪽.
3 같은 책, 192쪽.

(그림 3) 「알바쿠키 공항을 향하여」

있다. 「알바쿠키 공항을 향하여」(2004)(그림 3)에서 도로를 그린 듯한 화면
아랫부분의 짙은 검은색은 산들의 푸른빛의 엷은 띠를 거쳐 석양빛이 서
린 붉은 색깔로 바뀐다. 이러한 그림에서, 자연의 경치는 에드바르트 뭉크
(Edvard Munch)의 그림에서처럼 형이상학적 깊이를 느끼게 한다.

그러나 오치균 화백의 이러한 풍경은 대체로 자연의 아름다움을 현
대적 삶의 실상으로부터 완전히 분리하지는 않는다. 또 다른 예를 들면,

1995년의 「산타페」⁴는 조금 더 극적인 구름들의 꿈틀거림을 보여 주면서도 그러한 구름의 복판으로 길게 뻗어 나온 자동차의 백미러를 통하여 아이러니를 첨가한다. 이것은 자연 풍경의 전면을 가득 채운 자동차의 볼썽사나운 모습으로 이미 시사되어 있다. 그의 산타페 예찬에도 불구하고 오치균 화백에게 현대 생활의 대표적인 풍경은 뉴욕이나 서울에 있다.

물론 뉴욕의 '이야기'는 파노라마적인 것에 한정되지 않는다. 그리고 그것은 더 많은 사람의 이야기를 담고 있다. 물론 이 이야기는 그림에 메시지를 집어넣거나 소설적인 것을 삽입함으로써 만들어지는 것보다는 그림 자체에서 또는 그림이 그리고 있는 물질적 환경에서 저절로 일어나는 이야기이다. 멀리서부터 도시의 내부로 가까이 가면서, 눈은 도시의 물리적 공간과 움직임에서 인간의 드라마를 보지 않을 수 없다. 파노라마의 뉴욕은 광대하지만, 그 광대함으로 사람을 압도하지 않는다. 그것은 어쩌면 바슐라르(Gaston Bachelard)가 지적한 바와 같이 위에서 아래로 내려다볼 때의, 절대적 우위(優位)에 선 관점으로 인한 것일 것이다. 도시의 거대함은 거리로 내려갔을 때 느껴진다. 고층 건물들은 그 기념비적 거대함으로 그 아래에 왜소한 사람들을 압도한다. 그러나 그것이 반드시 공포의 메시지만을 갖는 것은 아니다. 숭고미는 공포와 아름다움을 종합하는 거대함을 말한다.

보통 사람의 높이에서 뉴욕의 시가지를 그린, 1993년 「Day & Night」⁵라는 제목의 두 작품은 장대한 아름다움을 가지고 있다. 「Delancy」(그림 4)의 아름다움은 좀 더 복잡하다. 그것은 풍경의 아름다움이 있으면서 건물들이 한데 어울려 만들어 내는 조소성, 화면 전체를 사선을 가르며 그 반을 차지하는 밝은 하늘과의 대조, 그리고 화면의 좌단 아래로 길과 건물의 원

---

4 같은 책, 61쪽.

5 같은 책, 76~77쪽.

(그림 4) 「Delancy」

근법적 배치의 소멸점(vanishing point)의 밝은 빛 —— 이러한 구성으로 하여 보다 인간적인 풍경이 된다. 그러나 고층 건물들은 그림으로 그려졌을 때 미학적으로 아름다울 수 있으나, 실제에 있어서 건물의 협곡은 사람을 압도하기도 하고 밀폐공포증을 불러일으키기도 한다. 「Broadway」[6](1994)에서 뉴욕의 거리는 그대로 좁은 그랜드 캐니언이 된다. 그러면서도 건물과 길의 끝에 밝은색을 주는 광선은 풍경을 반드시 우울하게 하지는 않는다. 그러나 「Elizabeth St.」(1992)에서는 헤드라이트를 켠 자동차는 밤이 내린 길의 협곡에서 두 눈에 불을 켠 야수가 된다.

뉴욕 거리의 특징은 건물들의 기념비적 거대함 이외에 풍경에 삼투되어 있는 속도의 느낌에 있다. 오치균 화백은 뉴욕 풍경에서 대부분 도로와 달리는 자동차를 그리고 있다. 「East Village」(1994)나 「Chelsea」[7](1993)는 높은 건물 사이에 사선으로 움직이는 자동차들을 그린다. 이것은 어쩌면 뉴욕의 자연스러운 풍경일 것이다. 뉴욕의 삶의 속도는 화면에서 가파른 사선을 이루며 달리는 자동차들 그리고 어떤 경우는 마치 물이 쏟아져 내리는 폭포처럼 수직으로 내리쏟아지는 자동차와 도로로 시사된다. 그때 속도는 삶을 위협하는 속도가 된다. 사실 「Elizabeth St.」(1993)(그림 5)에는 쏟아져 내리는 자동차 행렬 가운데에서 두 대의 자동차가 충돌해 있다. 그러나 속도의 위협은 단순히 사고의 위험만을 말하는 것은 아니다. 그것은 삶 전체의 위험스러운 속도이다. 이것은 그림의 가파른 사면 구조에 의하여 상징적으로 그러나 실감 있게 전달된다. 이 위협과 위험은 보다 상식적인 입장에서도 느껴질 수 있다. 눈 나리는 거리는 그대로 삶의 우울한 톤(tone)을 그려 낸다. 「1st St.」[8](1995)에서 소복이 눈이 쌓인 자동차들이 서

---

6 같은 책, 79쪽.
7 같은 책, 72, 84쪽.
8 같은 책, 80쪽.

(그림 5) 「Elizabeth St.」

있는 눈 덮인 거리는 춥고 음산하다. 눈 나리는 날씨에 눈 덮인 차가 움직이는 풍경은 「Last Winter」[9](1995)에서도 위협적인 기분을 암시한다.

이러한 뉴욕의 풍모는 그 물질적 외면의 시 — 물론 낭만적인 것만도 아니고 그렇다고 우울(spleen)만을 읊는 것도 아닌 — 가 된다면, 인간적인 '이야기'는 물론 인간의 삶이 개재됨으로써 나온다. 뉴욕의 풍경에는 건물들의 벽면을 그린 것들이 여러 편이다. 그 벽들에는 유리창들이 나 있다. 그것은 일단 감옥의 벽과 유리창으로 볼 수 있다. 그러나 이러한 의미가 있다고 하더라도 거기에 양의적 모호함이 없는 것은 아니다. 벽들의 현상학을 반드시 일면적으로 해석할 수는 없다. 벽과 창문은 갇혀 있는 삶의 시사이면서 동시에 그 너머의 실내 공간에 대한 호기심과 아늑함에 대한 그리움을 함축한다. 그림들은 이 두 암시 사이를 미묘하게 진동한다.

「China Town」[10](1993)을 비롯해 창들과 벽의 그림들, 그리고 특히 창 하나만을 그린 「Window」[11](1994)는 폐쇄와 함께 근접이 가져오는 인간적인 느낌을 전한다. 「East Village」[12](1994)에서 한정된 넓이와 수직의 벽과 창 앞에 자란 수목은 잎이 없는 앙상한 상태이면서도 생명의 온화함 그리고 인간성을 느끼게 한다. 그러나 같은 제목의 「East Village」(1995)(그림 6)의 지저분한 벽과 유리는 분명 보고 있는 사람의 아파트에서 내려다본 것으로서 우울한 광경의 한 부분이다. 이것은 약간의 차이이기는 하지만 심리적으로 바짝 다가간 느낌을 주게끔 정면으로 그려진 벽과 유리창에 비하여 조금 비스듬하게 입체적으로 그려진 구성 때문인지 모른다. 「Apt.」[13](1993)

---

9 같은 책, 81쪽.

10 같은 책, 90쪽.

11 같은 책, 74쪽.

12 같은 책, 75쪽.

13 같은 책, 66쪽.

(그림 6)「East Village」(1995)

의 많은 창은 비스듬하게 내다본 것들로서, 어디에서나 눈길을 막으며 주민들을 벽과 창 뒤에 가두는 환경을 상징한다. 그것은 분명 대도시의 고독과 소외를 시사한다. 정면으로 바짝 다가가는 것이 아니라 이편에서 내 유리창 너머로 내다본 뉴욕의 거리는 고독을 풍기는 익명의 거리이다.(「Houston St.」[14](1995)) 창 너머의 거리에는 의자 위에 혼자 잠들어 있는 흑인이 있고(「Thomson Square Park」[15](1995)), 거리에 지친 모습으로 퍼질러 앉아 있는 부랑인이 있다.(「Ave. A」(1995)(그림 7)) 이것들은 오치균 화백의 그림 가운데 드물게 사회학적 기록의 예가 될 수도 있다. 사람은 아니지만,

---

14 같은 책, 93쪽.
15 같은 책, 71쪽.

(그림 7) 「Ave. A」(1995)

그림에 자주 등장하는 개는 뉴욕의 삶의 상징이 될 수도 있다. 개들은 외로운 길거리에 혼자 묶여서 주인을 기다린다. 이 개들은 오치균 화백이 그린한국의 사나운 개들에 비해 양순해 보이지만 그 양순함이 오히려 더 슬픔을 전할 수도 있다. 길거리에 다니는 사람들도 무엇인가에 쫓기는 사람들이라는 인상을 준다. 「Ave. A」[16]나 「Houston St.」[17]의 사람들은 눈이 질퍽한길거리를 쫓기듯 서둘러 헤쳐 간다.

오치균 화백의 뉴욕 그림에서 사람들이 없는 것은 아니지만, 그들은 건물 사이에서 매우 왜소하게 등장한다. 그러나 「Day & Night」(1994)는 자동

---

16 같은 책, 82~83쪽.
17 같은 책, 70쪽.

차가 다니지 않는 길에 사람들의 왕래가 많아서 보다 인간적인 광경을 보여 준다. 그리하여 이 그림은 약간 르누아르(P. A. Renoir)와 같은 인상파 그림에서의 잔치에 모인 사람들을 연상케 한다. 비슷한 거리의 사람들은 「Broadway 1」,[18] 「Broadway 12」[19](Diptych)에서 좀 더 클로즈업되어 그려져 있다. 이것도 인상파의 잔치 모임의 사람들에 비교될 수 있다. 그러나 여기의 사람들은 어쩌면 어떤 사건을 둘러서서 지켜보고 있는 사람들인지도 모른다. 그렇게 생각하고 보면, 길고 진한 그림자를 늘어트리고 서 있는 이 사람들은 고흐의 「운동하는 복역수들」(1890, 모스크바 푸슈킨 박물관) —— 이 그림은 귀스타브 도레(Gustave Doré)의 1870년의 동명(同名)의 작품을 모델로 한 것이다. —— 에서의 군집한 사람들을 연상케 한다.

4

이와 같이 오치균 화백의 뉴욕 그림은 다양한 인간의 이야기를 담고 있다. 그러나 이것은 이미 말한 바와 같이 서사를 회화에 부가한 것이 아니라 회화가 그려 내는 사실적 광경들이 저절로 가질 수밖에 없는 인간적 암시들을 드러내는 것이다. 그의 그림에 서사적 또는 문학적 요소가 있다면, 그 것은 회화가 목표로 하는 물질적 상상력과 현실의 일부를 이룬다. 간단히 그것은 물질과 형상이 가지고 있는 물질의 시(詩)이다. 오치균 화백의 그림이 지역적인 구분이 있는 것 자체가 이러한 물질과 형태가 이루는 세계의 모습 그리고 그에 비치는 물질의 시가 그의 예술적 관심사라는 것을 말하

---

18 같은 책, 94쪽.
19 같은 책, 95쪽.

여 준다. 물질의 시는 다른 도시, 다른 풍경에 대한 그의 회화적 탐구에서도 계속된다. 그러나 다른 지역에서의 그의 탐구가 같은 미적인 효과 그리고 시적인 암시를 가지고 있다고 할 수는 없다. 그림의 대상물이 달라지는 만큼 이것은 자연스러운 일이다.

뉴욕의 경우, 임파스토 기법이 고양하는 사물들의 물질성 ─ 촉각에 느껴질 듯한 물질적 성격을 가지면서 동시에 형성적 잠재력을 가진 사물들의 물질성은 쉽게 기하학적 공간 형태를 암시한다. 이것이 오치균 화백의 뉴욕 풍경에 다양성과 통일성을 주고, 달리 찾기 어려운 가장 성공적인 도시의 초상화, 도시의 시가 되게 한다. 그러나 다른 지역에서 물질의 기하학적 형상은 쉽게 활용할 수 있는 정형화의 공식이 아니다. 그의 임파스토 기법이 조성하는 물질성과 형태는 다른 것이 되어야 한다. 이 형태의 파악은 광각의 파노라마로 잡으려 한 서울의 풍경 그리고 반드시 넓은 지역은 아니지만 사북 전도를 시도한 그림에서 난제가 된다. 이 문제는 이미 오치균 화백의 산타페 그림들에서도 예견될 수 있다. 화면의 구성 원리는 다양하게 찾아져야 한다.

쉽게 의지할 수 있는 기하학적 형상의 모티프의 부재를 대신할 수 있는 것은 하늘과 땅의 근원적인 안정의 틀이다. 산타페의 풍경에서 중요한 것은 이미 하늘과 대지가 되어 있다. 그것은 흔히 보는 자연의 풍경을 그린 그림과 별반 다르지 않다. 화집 *Santa Fe, Spring Scenes & Persimmon Season*(2007)에는 이러한 자연 풍경이 많이 실려 있다. 그중에서 책의 첫 부분에 실려 있는 것들로, 「산타페 저녁 무렵」(1995),[20] 「산타페」(1996),[21] 「저녁 무렵」(1996)[22] 등이 대표적이다. 위에서 우리는 「산타페 저녁 무렵」에는 아이러

---

20 같은 책, 36~37쪽.
21 같은 책, 62~63쪽.
22 같은 책, 43쪽.

니한 요소를 첨가하여 지나친 낭만주의적 연상을 깨트리려는 시도가 있다는 것을 말한 바 있다. 같은 시도는 다른 그림들에서도 엿볼 수 있다. 다만 그것이 참으로 효과적인지 어쩐지는 확실치 않다.

「겨울 언덕」(2005)[23]의 하늘에는 작은 구름들이 떠 있다. 그런데 이 구름들은 자연스럽게 하늘에 녹아들며 조화되는 것이 아니라 그 위에 덕지덕지 붙여 놓았다는 인상을 준다. 그것은 임파스토의 물감들이 배경과 분리되어 두드러지기 때문이다. 이것은 아이러니의 효과라고 해야 할지 또는 소재와 수법의 간격에서 오는 부조화라고 해야 할지 쉽게 판단하기 어렵다. 이러한 아이러니 또는 부조화는 대개 갈색을 주조로 하여 땅과 나무와 집과 하늘을 같은 수법으로 재현하려 한 「파세오 데 페랄타」(2005)(그림 8)와 같은 작품에서도 느낄 수 있다.

자연 그대로의 광각의 풍경에서 오는 형태적 단조로움은 쉽게 시각을 좁힘으로써 극복될 수 있다. 「산타페」(1997)(그림 9)의 하늘과 땅 사이에는 일찍 불을 밝힌 네모난 집이 있다. 그것이 화면의 중심이 된다. 이 그림은 오치균 화백이 예찬하는 넓고 밝은 뉴멕시코의 대지를 인간의 거주라는 관점에서는 삭막한, 그러면서도 그런대로 아름다운 땅으로 느끼게 한다. 집들은 삭막한 땅을 인간화하고 화면에 안정을 준다. 「What not shop?」(2005)[24]은 서부 영화에 흔히 나오는 외로이 서 있는 가게이다. 단독주택을 화면의 복판에 부각시킨 주택의 초상화 「LAMY Station」(2005)(그림 10)은 보다 선명하게 그려진 같은 제목의 다른 그림과 더불어 오치균 화백의 임파스토 기법에 힘입어, 이 지역의 아도비 건축술처럼 건축물과 대지와의 밀접한 관계를 떠올리게 한다. 몇몇 사람이 벽에 기대어 서 있는 모습은,

---

23 같은 책, 46~47쪽.
24 같은 책, 48~49쪽.

(그림 8) 「파세오데 페랄타」(2005)

(그림 9) 「산타페」(1997)

(그림 10) 「LAMY Station」(2005)

이름과는 달리, 다시 이 지역을 지배하는 것이 사람이라기보다는 붉은 흙의 대지라는 사실을 상기시킨다. 주택의 초상화는 이 외에도 여럿이 있다. 「마드리드」(2005)[25]와 「겨울 마드리드」(2005)[26]의 집들은 다 같이 언덕과 나무를 배경으로 한 건축물이면서 그것들이 자리 잡은 대지를 느끼게 한다. 그러나 이 집들의 지붕은 주변의 색깔과는 조화되지 않는 하늘빛이고, 집들의 문과 벽에는 강한 붉은색이 칠해져 있다. 이러한 불협화음은, 오치균 화백이 사북의 그림들에 관계하여 말한 바와 같이, 그 순진한 도장(塗裝)에 끌리는 화가의 마음을 강조하면서 다른 한편으로 낭만주의적 분위

---

25 같은 책, 40쪽.
26 같은 책, 52쪽.

기에 제동을 거는 역할을 한다고 할 수도 있다.

산타페의 그림들에서 재미있는 것은 아도비 건물들의 벽과 문 그리고 창을 부각시킨 것이다. 「산타페」(1995)[27]에서는 건축물의 일부에 보이는 수수께끼 같은 형체와 흙이나 빵가루와 같은 그 질감이 그림의 초점이 되어 있다. 여기에서 이러한 건축물의 전체적인 모양이나 그것이 서 있는 자리는 전적으로 무시되어 있다. 「Canyon Road」(2004)(그림 11)도 같은 질감과 형태를 재현하지만, 그것은 지붕의 선을 보여 줌으로써 그 형체의 자리를 어느 정도 알 수 있게 하고 다른 한편으로 작은 유리창 두 개를 양편으로 그려 넣어 동물의 두 눈과 같은 인상을 줌으로써 유머 감각을 느끼게 한다.

5

오치균 화백의 서울 및 한국의 풍경들도 미국의 풍경들과 마찬가지로 파노라마와 클로즈업으로 나누어 살펴볼 수 있다. 그러나 그 효과가 반드시 같은 것이라고는 말할 수 없다. 그것은 당연하다. 한편으로는 그림의 소재로서의 서울 그리고 한국이 다르기 때문이고, 다른 한편으로는 오치균 화백을 내면의 심리 표현에 주력하는 작가라고 할 수는 없지만, 역시 작가의 내밀한 정서가 보다 진하게 개입되어 있기 때문이다. 서울도 고층 건물과 번잡한 교통과 삶의 속도에 있어서 뉴욕에 비교할 만한 현대 도시의 모든 풍모를 가진 것임에 틀림이 없다.

그러나 간단히 말하여 서울의 고층 건물은 거의 서울 전역에 높이와 모

---

27 같은 책, 50쪽.

(그림 11) 「Canyon Road」(2004)

양이 다른 건조물 사이에 흩어져 있어 뉴욕의 맨해튼 지역에서 보는 바와 같은 거대 블록을 이루지 않는다. 교통은 똑같이 번잡하면서도 반드시 기하학적으로 정리된 길에서 하나의 연속적인 흐름을 이루지 아니한다. 서울에서 삶의 속도는 이러한 거대한 물질의 형태와 속도에 지배되는 것이라기보다는 삶의 일반적인 스트레스로 존재한다. 그리하여 그것은 조직화된 삶의 공시성(synchronicity)을 이루지 아니한다. 서울의 풍경은 조금 더 다방면, 다각도에서 제시된다. 이것은 오치균 화백의 서울 묘사가 대부분 1990년대 초기의 것이기 때문이기도 하지만, 방금 말한 것처럼 화가 자신의 심리적 태도로 —— 외부자 또는 외적인 관심 이상의 태도로 도시를 보는 것으로 인한 것이기도 하다. 그러나 동시에 이러한 여러 요인들로 인해 그의 서울 묘사에서는 인간적으로 보다 만족할 만한 뉴욕의 풍경화에서 보이는 다양성 속 통일성이라는 심미적 만족감을 주지는 못한다.

뉴욕처럼 서울도 전체적으로 조감하는 대상이 된다.「서울」(1991)(그림
12) 또 같은 해의「서울」[28]이라는 작품들에서 서울은 높은 곳에서 내려다
본 것이지만 고층 빌딩들이 일관된 선을 이루지 아니하고 화면 우하단(右
下端)의 작은 집들이 어지럽게 중첩되기도 하여, 뉴욕의 기념비적 거대성
을 보여 주지 아니한다. 또 하나의「서울」[29]이란 제목의 그림에서 고층 빌
딩들은 단순화된 긴 구형의 구조물이 되어 밀집하여 서 있다. 여기에서는
서울도 기념비의 거대성을 가진 것이 되어 있다. 그러면서도 거기에 전체
를 다스리는 공간적 질서는 보이지 않는다. 서울을 전체적으로 조감할 때,
서울의 지형 때문에 불가피하다고 하겠지만, 산이 두드러진다. 산은 자연
스럽게 다양한 구름의 형상들을 포함하는 하늘로 연결되고, 그러한 자연
의 바탕 위에, 도시 풍경의 혼란은,「현저동의 밤」(1991)[30]에서처럼, 별로
크게 눈에 띄지 않는 것이 된다.「서울」(1991)[31]에서는 이러한 도시 풍경은
완전히 산과 하늘과 아름다운 조화를 이룬다.

어떻게 보면 이러한 서울 풍경은 전통적인 산수화에 가깝다고 할 수 있
다. 이것은「독립문」(1991)[32]과 같이 비교적 도심에 가까운 지역의 묘사에
서도 그렇다. 어지럽게 밀집되어 있는 주택들이 크게 부각되어 있는「현저
동 풍경」(1991)[33]에서조차 배경으로 그린 산의 존재로 인하여 집들의 혼란
스러운 밀집은 어느 정도 산수화의 느낌을 유지한다. 여기에서 집들의 혼
란은 시골의 산 밑에 자리한 농가들의 도시적 확장의 결과라 할 수 있다.

---

28 같은 책, 103쪽.
29 같은 책, 104~105쪽.
30 같은 책, 123쪽.
31 같은 책, 114~115쪽.
32 같은 책, 109쪽.
33 같은 책, 124~125쪽.

(그림 12) 「서울」(1991)

(물론 이 모든 것들은 1990년대의, 오늘보다는 덜 도시화된 시점의 그림이라는 것과도 관계되는 일이다.)

조금 더 클로즈업된 도시의 묘사도 뉴욕의 경우보다는 더 유연하고 다양하다. 자동차 교통은 오늘날 도시의 가장 큰 특징이다. 오치균 화백의 서울 풍경에도 뉴욕의 경우와 마찬가지로, 폭주하는 차량들이 화면의 위로부터 아래로 수직선을 그리며 내려오는 그림이 없는 것이 아니지만(「신촌길 1」(1991)[34]) 여기에서 교통의 흐름은, 뉴욕의 교통을 그린 그림에서처럼, 주변의 높은 건물들과 일직선의 길이 주는 가파른 느낌을 두드러지

---

34 같은 책, 108쪽.

게 하지 않는다. 「강변도로」(1999)[35]에서도 자동차의 행렬이 가득한 도로
는 강과 숲에 공간을 크게 할애한 화면의 한쪽으로 부드러운 곡선을 그린
다. 어지러운 교통은 열을 지어 달려가는 차들보다도 세종로를 빽빽이 채
우는 자동차들 — 시야를 거의 메워 버리는 확대된 차의 볼륨으로 표현된
다.(「세종로」(1991)(그림 13))

　　오치균 화백의 서울 그림에는, 서울이 대도시임에도 불구하고 집들과
함께 또는 독립적으로 산만을 크게 부각한 그림이 적지 않다. 커다란 단풍
나무 아래 있는 집의 지붕만 그려져 있는 「빨간 단풍」(1990)[36]은 화집에 서
울의 그림으로 들어 있으니까 망정이지, 어느 시골의 정경과 크게 다르지
않다. 그러한 곳에서 영위되는 삶도 시골의 삶과 크게 다르지는 않은 것일
까? 「한강 고수부지」(1991)[37]에는 한강의 다리가 있고 자동차들이 있지만,
자전거를 타는 아이들이 있고 그것을 지켜보는 아이들이 있다.

　　오치균 화백은, 앞에서 본 바와 같이, 개를 즐겨 그린다. 「가을 복순이」
(1991)[38]에서 개는 부각되어 있는 가을의 나무와 자연과 완전히 일치되어
있다. 여기에 도시의 흔적은 없다. 「낮 12시(12 A. M.)」(1991)[39]의 개는 커다
란 나무 옆에 편안한 자세로 앉아 한가하게 화면 뒤의 하늘과 도시를 바라
보고 있는데, 조선조의 견도(犬圖)를 연상시킨다. 그러나 이러한 개들이 반
드시 평안한 삶을 나타내는 것은 아니다. 「생일 케이크」(1991)[40]나 「판문
점」(1991)[41](그림 14)은 제목에 따라 해석한다면, 생존 경쟁과 남북 대치에

---

35 같은 책, 100~101쪽.
36 같은 책, 113쪽.
37 같은 책, 110~111쪽.
38 같은 책, 117쪽.
39 같은 책, 116쪽.
40 같은 책, 121쪽.
41 같은 책, 118~119쪽.

(그림 13) 「세종로」(1991)

대한 우화이다. 그러나 동시에 이 그림들은 전체적으로 한국 사회의 삶의 분위기를 나타내는 것이라고 하여야 할 것이다. 이 개들은 외로운 포박의 상태에 있지만, 양순해 보이는 뉴욕의 개들과 비교해 볼 일이다. 이러한 현실 묘사에서 우리는 다시 한 번 사실을 호도하는 이상화는 오치균 화백의 그림의 특성이 아니란 점을 다시 상기하게 된다.

6

이것은 그의 사북 풍경에서도 확인할 수 있다. 사북이라고 하면 우리는 쉽게 1980년 4월에 있었던 광부들의 폭력 투쟁을 생각하고 또 일반적으로 노동 조건을 두고 노동자들이 벌여 온 투쟁의 역사를 생각한다. 그리하여 오치균 화백의 사북 그림, 그리고 두 권의 화집에 묶어 놓은 사북 그림들을 사북 사태와 관련되어 있는 것으로 생각한다. 이것은 모든 것을 정치화

(그림 14) 「판문점」(1991)

하려는 그리고 일반적으로 당대의 지배적인 거대 서사로서 모든 것을 단
순화시켜 생각하려는 우리의 습관과 관계된 일일 것이다. 오치균 화백이
사북을 발견한 것은 사북 사태라는 것과 관계가 없는 일이었다고, 월간지
《아트인컬처(*Art in Culture*)》(미술사랑)의 김복기 주간이 전하고 있다. 그는
우연히 정선으로 가는 길에 사북을 지나다가 사북의 새까만 모습에 놀라
고 그곳의 집들의 "푸른 페인트, 요란한 커튼"에서 "파란 삶"을 본다고 느
꼈지만, 그때는 사북의 이야기를 알지 못했다고 한다.(「고한읍 골목」) 그러
나 그가 느낀 "파란 삶"은 시대적 서사 속에서 고통을 딛고 다시 일어서는
삶의 희망이 아니라 당장에 그 자리에 있는 현재의 삶의 징표이다. 사북의
아름다움은 현재의 삶의 아름다움이다.

오치균 화백의 사북 풍경도 큰 파노라마와 더 작은 시각(視角)의 그림들로 나누어 생각해 볼 수 있다. 큰 파노라마의 사북 풍경의 하나인 「여름 계곡 마을」(2000)(그림 15)은 현실적인 관점에서 아름다운 마을 풍경을 보여 주는 것이라고 할 수 없을는지 모른다. 그러나 오치균 화백은 거기에서 나름의 조형미를 발견한다. 굽이도는 계곡을 따라 올라가는 집들은 일정한 비율로 작아지면서 원근법적 질서를 드러낸다. 「산속 마을」(2007)[42]은 사북의 한 마을을 보다 넓은 산자락 속에 두고 또 마을 건너편의 부채꼴로 열리는 노대(露臺) 사이의 밝은 빛 사이에 위치하게 하여 거의 동양화적인 모습을 띠게 한다. 「계곡 마을 1」(1999)[43]은 「여름 계곡 마을」과 비슷한 계곡의 마을을 그린 것이다. 앞 그림의 어두우면서 침착한 색깔에 비하여, 골짜기 집들의 원근법적 질서는 보다 다양한 가을의 빛을 띠고 있어서 조금 더 어지럽다. 어지러워 보이는 또 다른 이유는 전경에 있는 집들이 창이라든가 마루문이라든가 조금 더 구체적인 집으로서의 느낌을 가지고 있기 때문이다. 그러면서 이 집들은 그 안에서 영위되는 삶을 상기시킨다. 이 삶의 느낌은 집들이 보다 중요해지는 「산동네」(2000)[44]나 「두문동 계곡」[45]에서 더 강하게 나타난다.

인간적인 관심이 보다 중요한 것은, 다른 곳의 풍경을 그린 경우와 마찬가지로, 시각이 작아진 풍경에서이다. 그렇다고 거기에 어떤 이야기가 외부로부터 더해진다는 말은 아니다. 그리고 보다 가까이서 그려진 마을 풍경의 초점은 반드시 그것이 암시하는 인간적 내용에만 있는 것이 아니다. 초점은 그에 못지않게 그 형상성에 놓여 있다. 그런데 일반적으로 형상에

---

42 같은 책, 210쪽.

43 같은 책, 143쪽.

44 같은 책, 164쪽.

45 같은 책, 140~141쪽.

(그림 15)「여름 계곡 마을」(2000)

대한 우리의 생각은 살 만한 생활 조건이 무엇인가에 대한 생각과 마찬가지로 지배적 형상 담론에 의하여 예비 규정되는 경우가 많다. 사실 건축이나 도시에 대한 우리의 심미적 감각은 상투적인 — 대체로는 서양의 부르주아적 삶에서 수립된 기분으로 미리 규정되어 있다. 오치균 화백에게 아름다움은, 되풀이하건대, 어떤 특정한 상투형에 맞아 들어감으로써 생겨나는 것이 아니다. 사북의 그림에서 특히 눈에 띄는 것은 반듯한 지붕들과 벽이다. 현실에 있어서 이것은 물론 최소한도의 경비로 비바람을 막아 낼 수 있는 집을 짓자니 생겨나게 되는 형태이다. 그러나 그것을 화면으로 옮길 때, 이것은 화면에 단순한 선들을 확보해 준다. 다만 이 단순한 선과 형태가 하나의 통일된 디자인을 이루지 못하는 것이 마을 공동체의 무계획성을 드러내 준다. 그러나 보기에 따라서는 그것 또한 그 나름의 형태미를 갖는다고 할 수 있다. 큐비스트들의 그림에서 보이는 여러 기하학적 형태는 간단히 총체적인 도형으로 마무리되지 않는다. 그러면서 고등수학의 알고리즘에 의하여서만 그 이치가 밝혀질 듯한 높은 위상학을 암시한다. 그림의 효과는 상당 정도 잡힐 듯 잡히지 않는 형태위상학의 암시에서 온다. 그리고 사실상 우리의 일상적 지각은 기하학을 암시하면서도 간단명료한 기하학으로 환원되지 않는 형태들로 이루어져 있다. 기하학과 미술에 의한 시각 체험의 단순화에 대한 요구는 바로 이 모호성에서 나온다고 할 수 있다.

앞에 든 파노라마에 나오는 집들의 특징은 다른 무엇보다도 직사각형을 여러 각도에서 비틀어 놓은 모양의 지붕에 있다. 「여름 계곡 마을」의 집들은 그러한 사각형들이 큰 것에서 작은 것으로 쌓아 올려진 듯한, 또는 작은 것으로부터 큰 것으로 흘러 내려오는 듯한 모양을 이룬다. 「계곡 마을: 가을」(2000)[46]은 여러 각도로 나열된 지붕의 밝은색과 지붕과 벽 사이의 어두

---

46 같은 책, 162~163쪽.

운 색의 대조들로 이루어져 있다. 「산 그림자 3」(2000)은 어두운 배경에 밝은 빛을 더욱 강조함으로써 지붕들로 하여금 입체적 암시를 가진 추상이 되게 한다. 그 자체로도 사북의 지붕——그리고 벽들은 시각이 좁아지고 임파스토 기법으로 거칠고 불명확하게 표현됨으로써 더욱 추상적으로 보인다. 「산 그림자」(2000)[47]의 밝은 빛의 임파스토는 전체 풍경의 현실을 불명확하게 하여 추상적 디자인으로 옮겨 가게 한다. 「봄 지붕 1」(2001)[48]이나 「사북의 봄」(2001)[49]에서 사북의 지붕들은 형체보다도 색깔이 된다.

사물은 그 실용적 의미와 상관없이 화면의 구성에 중요한 역할을 하는 경우가 있다. 그 점에서 사물의 의미는 추상화된다. 물론 그렇다고 그것이 실생활에서 의미를 갖는 심미감이 아니라는 말은 아니다. 사람이 어떻게 해서든지 아름답게 느끼는 것은 실생활에 돌아오기 마련이다. 다만 시대의 상투적인 미(美)로부터 빠져나오기 위해서 이러한 거리화(距離化)가 필요하다. 그런 다음 그것은 있는 현실의 긍정으로 돌아오게 된다.

「계곡 마을」(1999)[50]에서 지붕은, 지붕임에 틀림이 없되, 단순히 화면을 명암으로 양분하는 역할을 한다. 또 「빨간 내복」(2000)(그림 16)에서 지붕은 회색의 벽과 어두운 갈색의 입구와 함께 화면을 분명하게 3등분한다. 「여름」(2000)[51]에서 지붕은 조금 더 복잡한 그러나 분명한 형태로 화면을 등분한다. 지붕은, 지금껏 말한 바와 같이 오치균 화백의 주된 관심사이지만, 특히 그의 상상을 사로잡은 지붕이 있다. 그것은 좁고 어두운 골목으로 뻗어 있는 지붕이다. 「퍼런 벽돌」(2001)(그림 17)의 지붕이 그 원형이다.(물

---

47 같은 책, 165쪽.

48 같은 책, 4~5쪽.

49 같은 책, 148~149쪽.

50 같은 책, 142쪽.

51 같은 책, 156쪽.

(그림 16)「빨간 내복」(2000)

론 제목으로 보나 『사북 그림집』에 부친 오치균 화백 자신의 설명으로 보나 여기에서
역점을 둔 것은 지붕을 받치고 있는 거친 담벼락의 블록이지만, 이 그림에서 지붕이 중
요한 것은 분명하다.) 이 지붕은 2006년의「빨간 지붕」[52](그림 18) 그리고「퍼

---

52 같은 책, 169쪽.

(그림 17)「퍼런 벽돌」(2001)　　　　　　　(그림 18)「빨간 지붕」(2006)

런 벽돌」[53]에도 다시 나타난다. 여기의 화면에서 지붕이 차지하는 공간은 다소 축소되었으나 지붕의 빨간색은 그것에 더 큰 역점을 준다. 이런 그림들을 이렇게 주로 화면 구성의 관점에서 말하는 것은, 앞서 비친 바와 같이, 이미 삶의 미학을 말하는 것이다. 그것은 그것만으로도 우리의 상투적인 미추(美醜)의 관념을 뒤집어 놓는다.

그러나 여기에 작가 자신이 곁들이는 삶의 이야기를 놓칠 수는 없다. 「퍼런 벽돌」에 부치는, 앞에서 언급한 『사북 그림집』의 작가의 논평에서, 그는 "페인트 통을 들이부은 듯한 징그럽도록 퍼런 벽돌담"은 "소박

---

53 같은 책, 174쪽.

한" 것이면서 "무채색 마을에서의 해방, 탈출의 몸짓으로" 보인다고 말한다.(「핑크색 집 1」)⁵⁴ 오치균 화백이 몇 해 후에 같은 곳을 지났을 때에는 지붕에 빨간 칠이 칠해져 있는 것을 보았을 것이고, 그것도 같은 느낌을 주었을 것이다. 그런데 그러한 논평이 없는 경우에도 오치균 화백의 경우에는 이러한 종류의 논평이 그림 안에 들어 있는 것이 보통이다. 앞에 든 「봄 지붕 1」(2001)이나 「사북의 봄」(2001)이 제목에 '봄'이라는 말이 들어 있음은 공연한 것이 아니다. 그림 안에도 어지러운 임파스토의 한곳에는 개나리와 비슷한 노란 꽃이 그려져 있다. 다른 그림에서도 푸른 나무들이 한편에 있다. 그리고 사북의 다른 그림에는 해바라기를 비롯하여 화초들이 그림들에 초점을 부여하는 경우가 많다. 또는 그것은, 앞에 든 「빨간 내복」의 경우처럼, 단순히 지붕과 대조되는 빨간 내복일 수도 있다. 대체로 파란색과 빨간색은 도처에 있어서 같은 사연을 전달한다. 「눈길」⁵⁵에서 지붕과 지붕 밑과 담 그리고 도로를 지나고 있는 트럭의 같은 색은 정녕코 그림 전체에 밝은 빛을 더하여 준다. 이러한 밝음의 초점은 '파란'이 아닌 '퍼런'이란 말에 시사되어 있듯이, 서민의 상상력의 천박성을 말하는 것일 수 있다. 그러나 오치균 화백은 그것은 그것 나름의 아름다움을 갖는 것으로 생각하는 것이다. 그리고 실제 화면에서 그것은 중요한 역할을 한다.(물론 어떤 때 그것은 인위적인 첨부라는 느낌을 줄 수도 있다.)

역시 흥미로운 것은 형체가 분명한 그림들의 이야기이다. 여러 차례 계절에 따라 그려져 있는 골목의 계단들은 길을 올라가는 사람들을 연상케 한다. 계단 그림 가운데 가장 로맨틱한 연상을 주는 것은 아마 「늦은 가을 1」(2006)일 것이다. 『사북 그림집』에 부치는 말에서 오치균 화백은, 계단

---

54 같은 책, 138쪽.

55 같은 책, 170~171쪽.

끝의 환한 벽은 계단을 올라오는 사람에게 위안을 주는 벽이라고 말한다. 광부들이 지하에서 올라올 때 가장 큰 기쁨을 주는 것이 굴의 끝에 밝아 오는 햇빛이 되는 것과 같다.(「봄소식」) 그림 속의 계단이 올라가는 노고를 연상케 하는 것처럼, 길도 길 가는 느낌을 자극한다. 사북의 풍경으로 길을 그린 것이 많지만, 양옆의 집들 사이로 난 골목길은 햇볕이 들지 않는 곳의 어둠, 외로움, 폐소공포증 등을 연상케 할 수 있다. 그러나 굽이도는 길은 대체로 낭만적인 외로움과 여로를 생각하게 한다. 「민들레」(2001)는 그러한 굽이도는 길의 하나이다. 제목에 꽃이 들어 있는 것이 이미 낭만적인 그림의 영감을 가리키고 있기도 하겠지만 이야기는 그것보다도 그림의 구성에서 온다. 그림에서 가장 중요한 것은 골목길이지만, 양편의 벽의 하나는 갈색이고 하나는 푸른색이어서 골목은 막힌 공간을 지나는 느낌을 주지 않는다. 골목길이 일직선으로 뻗은 것이 아니고 굽이돌아 사라진다는 것도 이 그림의 길을 정다운 외로움의 길이게 한다. 그러나 이러한 낭만적 요인 이외에, 그림의 회화로서의 효과는 다분히 그 구성의 단순성 — 입체성의 깊이 그리고 그것을 시사하는 상상의 힘을 그대로 간직하고 있는 단순성에서 온다. 사북의 광경에서 가장 많은 것이 주택들의 정면화(正面畵)이다. 정면화는 한두 채를 그리기도 하고 여러 채가 층층으로 산만하게 흩어져 있는 것을 그린 것일 수도 있다. 그러한 주택의 그림 가운데에도 효과적인 것은 집 한 채를 가까이 부각한, 「사북 오후」(2000)(그림 19)와 같은 것이 아닌가 한다. 소박한 대로 이 집은 출입문, 부엌문, 창문 그리고 추녀 밑의 오후의 햇빛 등이 사람이 살고 있는 친밀감을 떠올리게 한다.

시각의 넓이와 높이를 적절히 조절하면 아름다움은 어디에나 있다. 「접시꽃 2」(1999)(그림 20)의 때 묻은 벽과 유리창 그리고 자연스러운 원근의 시선을 그리며 피어 있는 접시꽃들은 사북만이 아니라 어디에서나 오

(그림 19) 「사북 오후」(2000)

(그림 20) 「접시꽃 2」(1999)

랜 삶의 흔적의 아름다움을 나타내는 광경이다. 「화분」(2000)[56]은, 오치균 화백의 설명으로는 "화분 아닌 아무런 그릇들 속에 가난한 주인의 손길로 소박하게 자라고 있는 화초"를 그린 것이지만, 어느 나라의 어떤 인상주의적 회화의 화제(畫題)일 수도 있는 것이다. 이러한 우연한 아름다움은 더 우발적인 것 ─ 사물 그 자체보다도 그것을 보는 눈의 통찰력에서 생겨날 수도 있다. 「늦은 가을 1」(2006)[57]은 외벽을 배경으로 시멘트 단 위에 놓여 있는 화분과 플라스틱 의자와 쓰레기통들의 모임이 마치 서구 인상파의 그림에서 보는 거실이나 화실 안의 가구들이 이루는 우연한 조화를 연출한다. 이 그림에 근본적 질서를 주고 있는 것은 깊숙한 벽과 전면으로 나와 있는 벽의, 수직선으로 그어진 대조 그리고 무거운 시멘트 단의 입체감이다. 그러나 이 입체감은 잡다한 것들을 하나로 모아 볼 수 있는 화가의 눈이 발견하고 구성하고 그려 낸 것이다.

7

앞에서 우리는 오치균 화백 그림의 이런저런 면모를 살펴보았다. 이러한 개략적인 조감에 조금은 일정한 맥락이 서는 것이 있다면 그것은 누차 강조한 바와 같이 그의 작품들에 부과된 서사적 맥락에서 오는 것이 아니라 그림 자체에서 나오는 것이다. 미술을 보는 데에 있어서나 또는 문학 작품을 읽는 데에서나 무엇보다도 예술가들을 절망하게 하는 것은 하나의 외적인 서사로서 작품의 구체성과 개체성을 무시하는 일일 것이다. 또 예

---

56 같은 책, 153쪽.
57 같은 책, 159쪽.

술가들 자신이 서사에 항복하기도 하지만, 아마 그 경우 예술가들은 더 큰 절망에 빠지게 될 것이다. 작품 자체에 주의하는 것은 작가로나 보는 사람으로나 예술의 본령에 그리고 사람이 사는 세계 자체에 충실하게 있는 것이다. 그렇다고 하여 작품이 그리는 세계 — 그것은 다시 한 번 작가의 밖에 있는 것을 그리는 일이다. — 와 작가의 삶 사이에 관계가 없는 것은 아니다. 다만 그 관계는 일대일의 서사로 맞추어 볼 수 없는 것일 뿐이다.

오치균 화백의 뉴욕의 서사는 뉴욕이라는 도시의 물질적 성격에서 오는 것이면서 그의 외래인으로서의 입지에 관계된 것이라고 하는 것이 옳을 것이다. 사북의 서사는 사북의 현실의 서사이면서, 동시에 오치균 화백의 삶의 역정에 깊이 관계되는 것임이 분명하다. 다만, 위에서 비친 바와 같이, 사북의 서사는 흔히 해설자들이 부과하고자 하는 '사북 사태'의 서사가 아니다. 오치균 화백의 서사가 정치적 의미를 가지고 있다면, 그것은 사북 사태를 말하는 정치적 관점을 넘어가는 것이라고 할 것이다. 그의 관점에서 사북은 그 가난과 혼란과 비참함에도 불구하고, 또 이러한 것들의 존재를 인정한다고 하더라도 그 나름의 아름다움을 가지고 있다. 이 아름다움은 산업 사회의 기준에 따른 빈부의 문제로만 환원되지 아니한다.

미국의 흑인 시인 가운데 니키 조반니(Nikki Giovanni)라는 시인이 있다. 흑인의 처지를 가난과 사회적 불평등이라는 관점에서만 설명하려는 사람들은 그가 빈민가의 제대로 된 화장실과 욕실이 없는 집에서 살았다 하더라도 가난이나 괴로움만 늘 마음에 있었던 것이 아니라 그 속에서 나름의 단란함과 즐거운 생일잔치, 크리스마스 모임의 행복을 누렸다는 것을 인정하지 않으려 한다고 그는 쓴 일이 있다. 결국 이러한 단순한 사회 인식으로부터 그 삶의 모든 것을 외래적인 '부'의 모방품으로 대체하는 것이 가난에 대처하는 방법이라는 생각이 나온다. 그 결과 가난한 대로의 삶에 있는 행복의 유기적 발전은 완전히 도외시된다. 이것은 우리나라의 근대화 과정에서 가장 분명하게 볼 수 있는 것이다. 사북이 개선되어야 할 문제를 안고 있는 곳이라면, 그 문제는 그 자체의 가능성으로부터 생각되어야 할 것이다. 오치균 화백이 이러한 문제를 생각하면서 사북의 풍경을 그렸다고 하는 것은 틀린 말이지만, 그가 그곳에서 그 나름의 아름다움을 발견한 것은 중요한 일이다.

그러나 그가 가지고 있는 현실적 아름다움의 원형이 없는 것은 아니다. 그에게 한 고장의 아름다움은 그의 고향의 아름다움이고 그가 자라난 고장의 삶의 아름다움이지 않나 한다.(이것도 아마 사북의 경우와 마찬가지로 오늘의 국토 개발의 시도로부터 지켜져야 하는 것일 것이다.) 아트링크에서 발행한 『오치균 봄 그림집』에 첨부되어 있는 1998년 신세계 가나화랑의 개인전과 관련하여 쓴 그의 자전적 발언에서 그에게 고향이 갖는 의미는 다음과 같다고 확인하고 있다.

귀국 후 한국의 시골 풍경을 그리기 시작했다. 경주 남산의 부처가 새겨진 바위를 그리기도 했고 인사동, 가회동 등 아직 남아 있지만, 사라져 가는 것들을 찾아다니며 그렸다. 어린 시절을 보냈던 시골의 풍광이 자신의 본능적 감성의 원천이 되었다는 깨달음은 뉴욕과 산타페 등 먼 곳을 그렸던 작품보다 더 애정을 담아 마음으로 그리게 하였다.(「작가 연보」/1998년, 『오치균 봄 그림집』, 아트링크, 2003)

오치균 화백의 "아직 남아 있지만, 사라져 가는 것들"은 그의 고향을 소재로 한 그림에서 저절로 하나의 서사적 맥락을 이룬다. 고향의 그림들에서 우선 주목할 수 있는 것은 보는 자와 보이는 대상 사이의 거리를 극도로 밀고 가는 파노라마화가 별로 없다는 것이다. 가까운 마음은 가까이 가는 시각으로 나타난다고 할 수 있다. 계절도 고향을 그리는 계절은 봄이다. 그리하여 그림들의 색깔도 밝다. 이것은 사북과 같은 착잡한 반응을 일으키는 경우에도 그러하다. 그의 많은 화집 중 하나로 *Oh Chi Gyun: Azaleas and Winter in Sabuk*(갤러리 현대, 2007)이 있다. 이 화집에서 독자는 사북의 겨울과 함께 봄의 정경을 기대한다. 그러나 실제 이 책에 담겨 있는 것은 사북의 겨울 그림으로 진달래를 찾아보기는 쉽지 않다. 다만 여기의 그림들에 봄이 있다면, 그것은 아마 산에 있는 것일 것이다. 그런데 산은 그 자체로 봄을 예감케 하는 데 그치는 것인지 모른다. 여기의 산은 사북으로 짐작되는 산들이다. 산들이 큰 그림을 이룬다. *Santa Fe, Spring Scenes & Persimmon Season*의 산들은 반드시 사북의 산인 것 같지는 않지만, 조금 더 봄이 와 있는 산이다. 그러나 그에게 산은 사람들이 사는 곳에 대한 먼 파노라마적 배경이 되어야 한다. 사람 사는 곳은 산 아래로 조금 더 가까이 보는 곳이다. 그렇다면 산에 어렴풋이 오는 봄은 마을을 단순히 예상하게 하는 것일까? 사북도 보다 정다운 곳으로 볼 때는 가까이 보아야 하는 것이지만, 거기에는 아직 봄의 자취가 분명하게 보이진 않는다.

고향의 그림에서 전체는 적고 가까이 본 그림은 많다. 고향의 마을을 전체적으로 보여 주는 그림은 「고향 마을」(2003) 정도이다. 이 마을은 사북의 혼란이 없는 산자락에 포근하게 감싸 있는 마을이다. 뉴욕이나 사북의 풍경의 아름다움에서는 화면의 기하학적 구성이 중요하지만, 여기의 화면은 기하학이 없이 자연스러운 풍경의 아름다움을 그대로 화면에 옮겼다. 고향 마을의 집들도 어지럽게 산재되어 있거나 중첩되어 있는 것이 아니라 자연스럽게 몇 가호씩 적절하게 여유를 보여 주는 공간 안에 서로 어깨를 맞대고 있을 뿐이다. 「언덕길」(2002)(그림 21)은 그러한 집들과 언제나 고향과 먼 길에의 향수 ── 독일 사람들이 Heimweh(향수)와 Fernweh(먼 곳에의 그리움)라고 말하는 ── 를 동시에 시사하는 굽이도는 길을 함께 보여 준다.

(그림 21)「언덕길」(2002)

「가을」(2003)[58]에서 길과 집들은 매우 현대화된 인상을 준다. 그 대신 향수
의 느낌은 보다 줄어든 것 같다. 그것이 주는 아름다움은 자못 현대적이다.

　앞에서 사북의 봄이 꽃이 피고 새싹이 트는 산의 그림으로 대표되어 있
다고 하였지만, 고향의 마을은 언제나 자연을 동반한다. 거기에서 집들은
자연스럽게 나무들과 어울려 있다. 또 하나 주목할 것은 자연 그 자체가 화
제가 되는 경우에도 자연은 파노라마를 이루는 산의 경관보다 어떤 나무
를 중심에 둔 경치로 묘사된다. 조금 단조로운 느낌을 주기는 하지만, 「큰

58　같은 책, 137쪽.

나무」(2002)[59], 「봄기운」(2001)[60] 등이 그러한 예이다. 1994년의 「강원도의 봄」[61]이 주로 고향 그림을 모은 화집에 끼어 있는 것은 자연스럽다. 「감」 (1999)(그림 22)에서도 나무는 여전히 그림의 중심에 있다. 그러나 나무와 직각으로 교차하는 빨간색의 지붕들 그리고 그림 전체의 색조가 이 그림을 ─ 오치균 화백의 그림이 흔히 가지고 있는 리얼리즘적 유보를 완전히 떨쳐 버린 ─ 아름답게 한다. 오치균 화백에게는 감은 괴롭고 즐거웠던 어린 시절에 대한 특별한 연상을 가진 나무이지만, 감나무를 주인공으로 한 그림들을 그리고 그것을 『감』(아트링크, 2003)에 모아 낸 것도 자연스러운 일이라고 할 수 있다.

여기서도 마찬가지로 인간적 친밀감은 클로즈업하여 표현하였다. 이것은 오치균 화백의 여행지, 주거지에 관한 모든 그림에서 확인할 수 있다. 누구나 고향을 생각할 때, 맨 먼저 떠올리는 것은 고향집이다. 그의 그림도 여러 편이 같은 제목으로 되어 있다.(여러 편의 고향집 그림이 같은 집을 그린 것인지, 다른 집을 그린 것인지, 아니면 자신의 고향집이기는 하되 경제 성장과 함께 변화한 그의 고향집을 그린 것인지는 분명하지 않다.) 2000년의 「고향집」은 비교적 수수한 그림이라고 할 수 있다. 옛 농촌의 중류 정도 집안의 가옥이 자연스럽게 자란 수목에 쌓여 서 있다. 임파스토와 흰색이 섞인 채색이 눈이라도 내리는 듯 윤곽을 흐리게 한다. 그리움의 안개라고 할까? 또 하나의 「고향집」 (1998)[62]은 조금 더 통상적인 시골집이다. 다만 지붕의 일부에 빨간색이 있는 것이 낭만적 심정을 나타낸다고 할 수는 있되, 그의 그림에서 빨간색은 사북의 그림에서 보았듯이 푸른색과 함께 생명의 기호이다. 2003년의 「고

---

59 같은 책, 128쪽.
60 같은 책, 10쪽.
61 같은 책, 129쪽.
62 같은 책, 133쪽.

(그림 22) 「감」(1999)

향집」,[63]은 붉은 감과 잎을 한껏 달고 있는 거목 감나무 아래 빨간 지붕의 집을 보여 준다. 집 자체도 다른 어떤 그림에서보다 번듯한, 전통적이면서도 현대적인 주택이지만 정면에서 약간 비켜선 시각과 채색의 명암 대조가 그것을 더욱 번듯한 것이 되게 한다. 「할아버지의 봄」(2000)[64]도 비슷하게 붉은 지붕의 집이다. 진한 해의 금빛을 그대로 지니고 있는 초목과 더불어 널찍한 토지 가운데 자리한 조금 더 고풍스러운 붉은 집도 편안한 여유를 느끼게 한다. 다만 그림으로서 집이 지나치게 화면과 중심에 놓여서 진부한 느낌을 주는 혐의가 있다. 개인적인 연상의 집은 아닐는지 모르지만, 「동백」(2002)(그림 23)의 집도 붉은 지붕의 집인데, 그림은 전체적으로 정면성(frontality)과 전체성을 피한, 유연한 기하학적 정형성으로 한결 더 아름답다.

고향을 그리는 눈은 집 전체로부터 부분에 근접해 간다. 클로즈업이 된 모든 집의 풍경이 풍성한 느낌을 주는 것은 아니다. 「가게 집 2」(2001)이나 「그을린 부엌」(2001)의 삶은 그렇게 유족한 삶의 수준을 보여 주는 것은 아니지만, 그 나름의 자족함을 느끼게 한다. 후자에 오치균 화백이 '솔가지 태워 밥 짓던 연기 자욱했던 부엌'에 대한 그리움의 표현을 첨부한 것은 이해할 만하다. 「남도 마을 3」(2000)의 집들과 길, 「남도 마을 2」(2000)[65]의 집과 벽 그리고 나무들도 넉넉하지 않으면서도 안정된 삶을 생각하게 한다. 집의 부분들을 그린 그림, 두 개의 2000년과 2001년의 「마루」(그림 24)도 같은 친밀한 관찰의 결과물이다. 「봄날」(2002) 그리고 「가게 집」(2002)에서 집은 초목들과 함께 있다. 이 그림들에서 작가의 공력이 더 많이 들어간 것은 초목들의 부분인 것 같다. 이 그림들에 부쳐진 화집의 말들에서, 작가

---

63 같은 책, 135쪽.
64 같은 책, 126쪽.
65 같은 책, 130쪽.

(그림 23) 「동백」(2002)

(그림 24) 「마루」(2000~2001)

는 앞의 것과 관련해서는, "노란 빨랫줄"에 걸어 놓은 "손수건"이 "한가로
워" 보이고, 뒤의 그림과 관련해서는, "사람의 손이 간 지도 오래돼 보이

는" "가게 집 앞 빨간 우체통"이 "화사하다"고 소감을 말하고 있다. 이것은 오치균 화백의 그림에 익숙해진 사람에게는 시각 효과 면에서도 수긍되는 말일 것이다.

8

오치균 화백은 철저하게 리얼리즘 작가이다. 물론 리얼리즘이라는 말은 우리나라에서 사실에 대한 일정한 정치적 해석을 시사하는 말이 되었지만 오치균 화백이 리얼리스트라는 것은 반드시 정치적인 의미에서 그렇다는 것은 아니다. 그의 작품은 그보다는 즉물적(sachlich)이라고 할 수 있을 정도로 사실에 충실하다. 그것은 그가 그리는 대상에 있어서도 그러하지만, 서두에 말한 바와 같이, 임파스토의 기법에 있어서도 그러하다. 그러면서 이 글에서 시도한 바와 같이 그것은 일정한 맥락의 서사를 담고 있다. 다만 이 서사는 앞에서 그림의 정독(精讀)을 통하여 설명하려고 한 것처럼 정확한 지각과 그 재현의 시도를 통하여 이야기되는 서사이다.

사람의 지각은 사람의 생물학적 실존 속에 들어 있는 외부 세계로 향한 창이며 통로이다. 그것은 사람에 속하면서도 그의 의지에 따라서 가감승제가 가능한 것이 아니다. 그러면서도 그것은 삶의 현실에 깊이 뿌리내리고 있는 생체 기능이다. 눈에 보이는 세계는 시각의 세계이지만 시각은 삶의 기능의 하나에 불과하다. 그러니만큼 그것에는 모든 지각, 촉각과 다른 지각이 동반한다. 물론 그 이전에 지각의 대상을 선정하는 데 있어서는 사람의 관심이 선행한다. 그리고 이것을 회화로써 재현하려 할 때, 재현의 작업은 불가피하게, 한편으로 보이는 것에 대한 이성적 이해 ── 그보다는 더 복잡한 전체적 인간의 구상력의 해상 능력을 필요로 하고, 다른 한편으로 전통적으로 집적된 재현 어휘의 활용을 필요로 한다. 좋은 화가의 작품은 그것이 사실적인 것이든지 추상적인 것이든지, 이러한 지각의 현실주의에 기초할 수밖에 없다. 오치균 화백은 실제 그 최종 결과에서도 사실적이라고 하겠지만 그 지각 재현의 수법으로부터 사실적 작가라고 할 수 있다. 그러면서 최종적인 근거는 삶의 현실이기 때문에 이 사실주의의 결과는 어떤 서사적 일관성을 갖는다.

그러나 동시에 오치균 화백의 그림 전체는 그의 삶의 이야기를 이룬다. 그것은 한편으로 뉴욕이나 산타페와 같은 이국땅의 경험과 서울이나 사북 그리고 그의 고향(충남 대덕 또는 기억으로 추상화된 한국의 농촌)의 경험을 포함한다. 그런데 이 지역의 체험은 한국의 최근 역사 ── 큰 역사적 사건보다는 생활의 혁명적 변화의 관점에서의 역사 그리고 오늘날의 세계의 큰 진폭과 역사를 대표적으로 포함한다고 할 수 있다. 우리는 그의 그림에서 산업 문명의 대표적 표현으로서의 뉴욕을 보고 그 문명의 압력하에 변화하고 있는 한국의 모습을 본다. 그림에 기록되는 것은 순수한 봄의 결과이지만 동시에 그에 대한 긍정과 부정을 암시한다.

예술의 힘은, 그 재현의 대상이 어떤 것이든지 간에, 그것을 우리의 마음을 움직이는 그림으로 변형시킬 수 있다는 것이다. 그 어느 쪽에나 아름다움이 있고 추함이 있고 인간다움이 있고 인간 소외가 있다. 그러면서 그 모든 것은 예술을 통하여 사실적으로 재생될 수 있으면서 동시에 심미적인 승화의 가능성을 갖는다. 그런 의미에서 예술은 모순과 고통에도 불구하고 그것을 넘어서는 인생과 세계에 대한 찬가이다. 이 찬가가 없이는 우리는 아마 소포클레스의 경구적 인생철학 ── 태어나지 않는 것이 제일 좋은 일이고 그다음은 빨리 죽는 것이 행복한 일이라는 철학에 동의할 수밖에 없을 것이다. 또는 그렇지 않은 경우 하나의 기획으로 모든 것을 파괴하고 바꾸고 다시 만들어 새로운 천지를 열 수 있다는 과대망상에 빠질 수도 있다.

예술의 인생 예찬이 사람들로 하여금 무조건적인 순응주의자가 되게 하는 것은 아니다. 그것은 당대의 도그마들을 넘어서 참으로 어떤 인생이 살 만한 것인가, 그것을 위한 삶의 조건은 어떤 것이어야 하는가를 삶의 세계와 주어진 물질적 가능성으로부터 생각할 수 있게 한다. 거친 단순화를 무릅쓴다면, 오치균 화백의 사북 풍경은 산업과 역사의 거친 발자국이 지나간 곳에도 아름다움은 존재하고 사람의 보다 나은 삶에 대한 물질적 표현이 일어난다는 것을 생각하게 한다. 어지러운 마을의 어지러움이 좋은 것은 아니지만, 그것은 그대로의 아름다움을 가지고 있다. 물론 그것은 더 나아질 수 있다. 그것은 그의 고향을 그린 그림에서 고향의 아름다움의 전체적 형상(configuration)에서 볼 수 있다.

그보다 더 중요한 교훈은, 사람의 삶의 핵심이 전체적인 지형에 못지않게 삶의 현장, 집과 집의 내부와 이웃집 그리고 그것의 자연 친밀성 ─ 초목과 조화에 있다는 사실이다. 큰 테두리로서의 지형은 하늘과 산과 나무 등의 자연으로 이루어지는 것이 마땅하다. 그러나 큰 도시의 밀집이 불가피하다면, 사람이 필요로 하는 것은 뉴욕에서 보는 바와 같은 도시의 질서이다. 물론 거기에는 고층 건조물들의 위협적인 존재가 있고 콘크리트 벽 사이와 벽 뒤의 고독과 소외가 있을 수 있다. 그러나 그것이 정리되어 있는 도시 환경의 모든 것은 아니다. 오치균 화백의 그림들을 두고 우리는 이러한 것을 생각할 수 있다. 물론 이것은 매우 추상적인 교훈에 불과하다.

예술의 의미는 그러한 교훈에 있는 것이 아니다. 설사 오치균 화백의 그림으로부터 이러한 교훈을 끌어내는 것이 정당하다고 하더라도, 그것이 그의 작품 하나하나에서 도출될 수 있는 것은 아니다. 이러한 교훈은 그의 작품 세계를 총체적으로 살피고 ─ 대체적으로는 그림이 아니라 그림의 복사로 이루어지는 화집들을 통하여 그것을 총체적으로 살피고 거기에서 끌어낼 수 있는 것이다. 대개의 감상자는 작품 한두 개 또는 몇 개만을 대한다. 작품에 어떤 메시지가 있다고 한다면, 그것은 작품 하나하나에서 전달될 수 있는 것이라야 한다. 어떤 종류의 현대화가 포스터 — 시각적 이미지를 메시지 전달의 수단으로 이용하는 포스터적 성격을 띠는 것은 이러한 사정에 관계된다고 할 수 있다.

그러나 메시지의 시각화로서의 미술이 만들어 내는 부산물의 하나는 세계와 삶의 현실의 후퇴이다. 그것은 우리의 삶을 빈곤하게 하고, 더 나아가 살벌하게 하는 데에 중요한 역할을 할 수 있다. 이와 비슷하게 현대 미술의 환상적, 추상적, 형식적 성격도 그 나름의 서사를 시각적 체험의 재현에 도입하는 일이라고 할 수 있다. 그러나 이것은, 성공적인 경우, 우리의 지각 속에 깊이 내재해 있는 지각의 원리와 과학적 원리를 드러나게 하는 것이다. 그것은 미리 정해져 있는 것이라기보다는 세계의 물질성과의 결합 속에서 늘 새롭게 확인된다. 결국 세계 자체도 지각의 대응물로서 — 사람의 의도적 조작을 넘어서는 지각의 대응물로서 구성된 것이고, 물리학적 법칙이며 그러한 세계로부터 도출되는 것이라고 할 수 있다. 이러한 것은 늘 발견의 즐거움을 동반한다. 이 발견에 사유가 없을 수는 없지만, 그것은 단지 사유되는 것이라기보다 직접적으로 지각되는 것이다. 이러한 것들이 아름다움의 중요한 속성이다.

오치균 화백의 그림들은 세계의 물질적 바탕에 주의하면서 거기에 들어 있는 지각의 원리를 드러내 준다. 그리고 그것은 우리의 삶에 중요한 의미를 갖는다. 그러나 오늘의 시대적 상황 — 정보와 이미지와 현실의 예술적 변형이 넘쳐 나는 세계에서 그의 메시지는 조금 더 분명해지는 것이 좋지 않을까 하는 생각이 든다. 미술은 물질적 세계를 일정한 형상적 구상 속에서 재현한다. 메시지를 전달하는 것은 형상적 요소이다. 이것은 우리에게 무엇이 주의에 값하는 것인가, 색계의 물질적 현실이 어떤 모양으로 종합되는 것이 마땅한 것인가를 전한다. 그것은 단순히 주어진 물질 현실을 그 형상적 가능성 속에서 종합하는 일에 그칠 수도 있다. 그러면서 그것은 다시 물질적 현실의 실감을 약화시키는 결과를 낳을 수 있다. 물질과 형상의 모순은 예술가가 부딪쳐야 하는 삶의 모순의 하나이다. 이 모순과의 씨름을 피할 도리는 없다. 그러나 지금의 시점에서 사람들은 사실에 움직이는 형상적 능력의 힘을 보다 강하게 느껴야 할 필요를 가진 것이 아닌가 한다.

(2008년)

기념비적 거대 건축과 담담한 자연

1. 기념비적 건조물의 현상학

오늘날 우리나라를 두고 '토건 국가'라는 이름으로 부르는 일이 있다. 지난 수십 년간 어디를 가나 산을 허물고 땅을 파헤치는 일이 계속되어 왔다. 새로 헐어 낸 땅에 아파트들이 들어선다. 도시고 시골이고를 가릴 것 없이 고층의 아파트들이 세워지는 것이다. '아파트 공화국'이라는 말은 우리 산천의 그러한 특징을 꼬집어 말하는 또 하나의 별명이다. 또 국토의 곳곳에 기념관과 기념비가 올라간다. 아파트는 간단히 말하여 실용적인 목적을 가지고 있는 건축물이다. 그것은 일차적으로는 주거를 위한 것이지만, 그에 못지않게 중요한 동기가 되는 것은 부동산 투자에서 오는 금전적 이익을 얻어 내자는 것이다. 그러나 이것도 기념비적 건조물의 기능을 완전히 벗어나는 것은 아니다. 이것은, 개인이든 집단이든, 그것을 조직할 수 있는 힘의 위세를 나타낸다.

인간이 세우는 모든 건조물이 그러하듯이, 아파트에 있어서도, 특히 고층 아파트의 경우, 실용적인 목적 이외의 여러 동기와 가치들이 작용한다. 가장 기초적인 것은, 유치한 것이든 세련된 것이든, 심미적 가치이다. 그리고 이것은 ─ 세련된 것일수록 ─ 건축자나 투자자의 성가(聲價)에 이어진다. 이것은 심미적으로 전환된 권력의 표상에서 온다. 권력은, 궁극적으로는, '폭력의 독점'으로 환원될 수 있다고 하겠으나, 그것은 시대에 따라서 여러 형태를 띠고, 현대에 있어서 그것은 자원과 노동을 동원할 수 있는 경제력에 머문다. 그것이 성가로, 다시, 심미적인 가치로 전이된다. 어느 경우에나 건조물을 눈에 띄게 하려면 이러한 효과를 망라하여야 한다. 이러한 방법으로 가장 간단한 것은 건조물을 될 수 있는 대로 높게 ─ 출중(出衆)하게 ─ 일반 대중이 우러러볼 수 있게, 높이 하는 것이다. 이것은 현대적 건물에 있어서 그렇다.

그리하여 그러한 건물은 여러 서양에서 흔히 '모뉴멘털(monumental)'이라고 하는 거대한 크기의 건물이 된다. 그리하여 그것은, 원래의 단어 뜻대로, 기념비적인 건조물에 비슷한 성격을 드러내게 된다. 그러나 기념비는 우선적으로 공간 속에 있으면서도 시간을 환기하려는 건조물이다. 이에 대하여 오늘날의 많은 건물들은 넓이와 크기의 거대함 또는 높이를 나타내기는 하면서도 시간을 환기하는 기능을 마음에 두는 것이라고 하기는 어렵다. 그러면서도 어떤 인간의 구조물도 시간을 완전히 무시할 수는 없다.

가령, 오늘날 고층 건물들은 목조의 것을 생각할 수는 없다. 그것은 단순히 구조 공학적 어려움 때문만은 아닐 것이다. 콘크리트는 실제로 그러하든 아니하든, 보는 사람에게 극히 탄탄한 느낌을 준다. 이것은 시간의 지속성에 대한 느낌이다. 모든 건조물은 결국 시공간의 역학 속에 존재한다. 그리하여 시공의 역학과 거기에 따른 존재론적 관련은 ─ 아파트와 기념비의 경우나 ─ 서로 맞아 들어가기도 하고 어긋나기도 하면서, 궁극적으로 하나일 수밖에 없다. 기념비와 기념비적 건조물을 생각해 보는 것은 궁극적으로 모든 건조물의 의의, 그 존재론적 의의를 생각하는 데 도움을 줄 것으로 생각한다. 큰 건조물은 물론 그리고 사람이 세우는 모든 건조물에는 사람이 삶의 바탕이며 테두리로서의 시공에 대한 일정한 지향이 들어 있다.

그러나 기념비와 기념관은 유독 역사와 인물을 기념하자는 것이다. 어떤 학교 교육에서는 간단한 공식의 반복으로 역사를 가르칠 수 있다고 생각된다. 이러한 의미에서 기억을 돕고 역사적 교훈을 주자는 것이라면, 고가의 또는 거대한 규모의 건조물은 효과적인 방법이라고 할 수 없다. 기념비적 건조물의 의의는 감각에 직접적으로 심미적인 호소력을 작용하려는 데에 있다. 심미적인 것은, 의도하는 의미를 쉽게 단순화하고 공식화할 수는 없으면서도 마음을 움직이는 의미로 전달한다. 중요한 것은 이 의미가 공식화된 정보가 아니면서 전달된다는 사실이다.

기념비가 교과서의 사실을 외우게 하려는 것이 아니라면, 그것은 어떤 사실을 기억하게 하려는 것인가? 이에 관련하여, 마르셀 프루스트(Marcel Proust)가 유명하게 만든 '불수의적 기억(la mémoire involontaire)'은 기념비적 건조물이 기념하고자 하는 기억의 의미에도 적용될 수 있는 개념이라 할 수 있다. 프루스트의 『잃어버린 시간을 찾아서』의 주인공은 특정한 음식물을 접하면서 어린 시절의 고향 콩브레와 그곳에 일어났던 여러 가지 일들을 기억해 내게 된다. 이것은 느낌과 감각과 사건들로 이루어진 기억이다. 이 불수의적인 기억은 인상과 사건의 구체성을 그대로 느낄 수 있게 한다. 비록 프루스트의 소설에서처럼 서사적 재현의 맥락을 회복하는 것이 아무에게나 가능한 것은 아니지만, 우리의 일상적인 기억도, 이에 비슷한 구체적인 기억 —— 지각 내용을 가진 기억과 추상적인 이름으로 요약되고 쉽게 불러낼 수 있는 기억으로 이루어진다. 심미적 효과는 후자가 아니라 전자에 의존한다. 감각 내지 지각적 직접성 또는 그것의 환기를 포함하지 않는 심미적 효과는 생각할 수 없다.

기념비적 건조물이 그러한 기억을 불러올 수 있을까? 이것이 쉽지 않을 것임은 그 기억이 반드시 보는 사람의 개인적인 기억에 관계되는 것이 아니기 때문이다. 그렇다고 그것이 불가능한 것은 아니다. 독자가 프루스트를 읽는 것은 직접적으로 콩브레에 대한 기억의 자료를 의식 속에 가지고 있기 때문이 아니라 그것에 공감할 수 있기 때문이다. 공감을 가능하게 하는 것은, 간단히 말하건대, 작가의 문학적 기술의 탁월성으로 인한 것이라고 할 수 있겠지만, 달리 생각해 보면, 우리의 의식에 그러한 기억의 가능성 — 불수의적 기억이라고 할 수도 있고 지각적 기억이라고 할 수도 있는 기억의 가능성이 들어 있기 때문이다. 이것은 시각적 예술품에서 특히 그러하다고 할 수 있다. 공감은 이 예비되어 있는 마음의 기층(基層)을 흔들어 시동된다.

다른 건물도 그러하지만, 기념비적 건물은 자연의 풍경 위에 솟은 돌기(突起)가 아니다. 되풀이하건대, 그것은 풍경의 물질적 변형으로 하여금 역사적 사건이나 인물을 기념하고 그것이 상징적인 의미를 전달하게 하려는 의도를 가지고 있다. 이것은 물질에 상징적인 의미가 내포되어 있거나 인각될 수 있다는 것을 전제한다. 다른 한편으로 물질에 인각될 수 있는 상징성은 보는 자의 마음에 그에 상응하는 의미 환기의 기능성을 전제한다. 이러한 상호 작용과 상관관계는, 간단히 말하면, 물질과 인간의 지각 내지 인지 능력의 사이에 존재하는 어떤 공명(共鳴) 또는 공진(共振)의 관계를 가리킨다. 소리의 공진에 대한 비유는 시각적 구조물에도 그대로 적용될 수 있다. 소리는 그에 상응하게 조율된 공간에서 울림을 갖는다. 물론 당초의 소리도 울림을 유도해 낼 수 있는 구조를 가지고 있어야 한다.

기념비는 어떤 사건을 기억하되, 그것을 여러 차원에서 공명하게 하려는 건조물이다. 그것은 어떤 사건을 기억하자는 것을 목표로 한다. 그러나 그 기억에 관계된 기억의 장(場)을 여는 일이 수반되지 않는다면, 감동은 그다지 강한 것이 되지 못한다. 이 모든 것의 아래에는 특정한 사건을 넘어가는 감성의 장이 놓여 있다고 할 수 있다. 역사의 장(場)에 들어가는 마음은 시공의 존재론적 근본을 경유하여 그곳으로 들어간다. 신비로운 것은 이것이 마음 스스로의 움직임이면서 동시에 물질들의 적절한 배열에 대한 반응이라는 것이다. 그리하여 물질의 형태가 마음으로 하여금 의미를 지각하게 하는 것이다. 특정한 역사적 사건과 물질세계의 의미 성향 사이의 진동이 마음의 공명판에 의미를 울려 나오게 하는 것이다. 보들레르가 '상호 조응(Correspondances)'에서 말하는 사람에게 의미 있는 눈길을 던지는 상징의 숲, 알 수 없는 소리가 통일되는 성전(聖殿)은 사람과 물질의 세계 아래 열리는 이러한 원형(原型)으로서의 의미의 근원을 지시하는 것이라고 할 수 있다.

자연은, 그 살아 있는 기둥들로부터 때로
두런거리는 말소리들이 들려오는 성전과 같다.
사람들은 거기에서 상징의 숲을 지난다.
이 상징들은 알 듯한 눈길로 사람들을 본다.

여러 곳에서 섞여 나오는 울림들이
어둡고 깊은 통일을 이루는 듯……

되풀이하건대, 인간은 자연에 보이고 들리는 상징으로 사원을 짓고 기념비와 기념 축조물을 짓는다. 이것은 자연과 인간의 심성에 들어 있는 근원적 성전에 상응한다. 의미는 이와 같이 물질과 인간에게 존재론적으로 예비되어 있다고 할 수 있지만, 사단(事端)이 밖으로부터 주어지는 일이 없이 사물의 형태만으로 의미가 생겨나지 않을는지 모른다. 특히 역사적 기념비는 단순히 자연에 존재하는 상징의 사원이 아니라 특정 사건을 위하여 이 사원을 이용하는 것일 뿐이다.

미술사에서 미술품의 감상에 도상학(圖像學)의 해설을 완전히 배제할 수 있는가 하는 것은 간단히 답할 수 없는 문제이다. 레오나르도 다빈치의 「최후의 만찬」은 더러 지적되는 바와 같이, 그것을 성경의 이야기에 관계시키지 않는다면, 그 심미적인 효과를 상당히 상실하게 될 것이다. 통상적인 의미의 심미적인 형상들을 억제하고 극히 추상적이고 황량한 디자인으로 이루어져 있는 베를린의 브란덴부르크 문 근처의 유대인 대학살의 기념 건조물과 같은 것이 배경 지식 없이 어떤 메시지를 전달하는지 또는 어떤 심미적 효과를 가질는지는 참으로 알기 어려운 일이라 할 것이다.

그러나 일반적으로, 기념비의 효과가 추상적으로 요약될 수 있는 특정한 역사적 사건이나 상황에만 달려 있는 것이 아님은 틀림이 없다. 관광객은 비록 충분한 정보와 지식을 가지고 있지 않은 경우에도 확실치 않은, 그러나 존중될 만한 기억의 다발에 가까이 가고 있다는 것을 안다. 정보가 충분하지 않더라도 관광객은 구조물이 포착하고 있는 기억의 개연성(蓋然性), 나아가서 진정성(眞正性)까지도 헤아릴 수 있는, 정보의 구체성을 넘어가는 척도를 가지고 있다. 이것은 일반적으로 미술품의 경험에서도 볼 수 있다. 미술관에서 초상화, 가령, 찰스 1세의 초상화를 보는 사람은 초상화의 모델이 된 사람이나 그 그림을 그리게 된 역사적 정황을 알지 못하고 그것을 초상화라는 일반적인 범주의 한 예로 보게 된다. 그러한 경우에도, 그러한 관람자가 반드시 초상화의 진정성을 판단할 만한 어떤 기준을 결하고 있는 것은 아니다. 그리하여 그 초상화가 그럴싸한지 그렇지 못한지를 판단할 수 있다. 이것은 특정한 사정 속에 박혀 있는 것을 떠나서 마음에 울리는 의미의 형상적 기호들이 존재할 수 있다는 것을 생각하게 한다. 초상화는 원초적으로 3차원의 대상들을 2차원으로 이행해 놓은 것이다. 이 점에서 그 재현은 이미 물질적 기초를 떠나 형상화하고 상징화되기 시작했다는 것을 신호한다. 그리하여 이것은 이러한 평면에서 해독(解讀)될 수 있다. 그러나 조각, 기념비, 특히 기념비적 건축물은 형상성 이전의 물질성 속에 박혀 있는 의미에 접근할 수 있어야 한다. 물론 이러한 형상성, 그리고 물질성은 작가의 창조 행위, 그리고 그것을 보게 되는 관객의 감상 행위와의 만남에서 구체적인 모습을 띠게 된다. 그것은 물질적 재현이면서, 사람이 부딪치게 되는 사건이다.

다시 기념비적 건조물에 대한 지금까지의 현상학적 관찰을 요약하건대, 눈앞에 벌어진 구조물들은 공시적인 공간에 존재하는 것과 같은 인상을 준다. 거기에 시간은 존재하지 않는다. 그런데 기념비적 건조물은 시간이 공간으로 존재할 수 있다고 생각하고, 또 공간이 시간을 포함할 수 있다는 것을 전제한다. 과학의 관점에서도 정지되어 있는 것처럼 보이는 시간의 인상 — 공간화된 시간의 인상은 상식의 착시에 불과하다. 공간은 시공간의 일부일 뿐이다. 시공간을 바르게 인식하거나 지각하는 것은 지극히 어려운 일이다. 그러나 다른 한편으로 시간과 공간의 경험은 우리의 일상적 경험의 일부이다. 그것을 분리하여 따로따로 생각하는 것이 오히려 비상식적인 추상화의 결과이다.

산다는 것은 공간 속에 움직이고 그 움직임이 시간을 요한다는 것을 말한다. 이것은 너무나 자연스러운 체험이다. 그러면서도 이러한 경우에 사람은 시간과 공간을 대상적으로 인식하고, 자신의 존재 자체가 변화하는 시공의 일부를 이루고 있다는 것을 의식하지 못한다. 이보다 더 어려운 것이 역사적 사건을 물질적 구조물로 표현하는 일이다. 기념비적 건축들은 더 적극적인 의미에서 그 일부로 존재한다. 그것은 자연의 지형지물(地形地物)과는 다른 것이면서 자연의 물질적 조건으로부터, 그리고 시공간의 연속성으로부터 완전히 벗어날 수 없다. 그것은 공간의 새로운 형성을 요구한다. 그러면서 그 공간은 추상화된 것이 아니라 시간을 현재화할 수 있는 공간이어야 한다. 자연은 바로 그러한 시간을 지닌 공간이다. 그것이 지각되는 것은 인간 존재의 근본이 이러한 시공에 뿌리내리고 있기 때문이다. 기념비적 건조물이 그 기념의 목적을 달성하려면 어떠한 방식으로든지 이 존재론적 바탕을 활용하여야 한다. 물론 기념비가 아니라도, 모든 구조물은 인간의 존재론적 근본을 벗어나서 존재할 수 없다. 그리고 어떤 방식으로든지 이것을 전달해 주는 건조물 앞에서 우리는 숙연해지지 아니할 수 없다.

2. 건조물과 표현 권력의 성쇠

물론 오늘날의 많은 고층 건물들은 자연이나 자연의 거주자로서의 인간의 존재론적 근본과는 관련이 없는 것처럼 보인다. 그리하여 어떤 건조물은 지상을 떠난 공중 곡예(曲藝)에 가까이 가는 듯하다. 그것이 드러내는 것은 땅과 인간의 원초적인 관계가 아니라 그것을 넘어가는 명성 — 대체로는 과시적 사치와 기술적 명성이다. 이러한 명성은 오늘날 권력이 존재하는 특별한 방식을 표현한다. 말할 것도 없이 인조물은 자연 속에 있으면서 자연에 대항하는 인간 의지의 표현이라는 면을 가지고 있다. 인조물의 스케일에 따라서는 이 의지는 집단적으로 동원되어야 한다. 이 동원은 물론 권력의 소관사이다. 전통적 권력은 자연에 저항하면서 그것의 전체성에서 오는 힘을 빌리고자 하였다. 이 자연의 전체성의 일부를 이루는 것은 물론 사회적 전체이다. 그리하여 건조물을 만들어 내는 권력은 벗어나고자 하는 배경에 대하여 다시 유기적 관계를 가질 수밖에 없다. 이러한 구성적 힘의 경제력에의 이행은 이러한 관계를 한껏 느슨한 것이 되게 한다. 그러나 힘은 이외에도 여러 형태 — 에피스테메의 체계로, 이데올로기로, 문화적 헤게모니로 작용하고, 그에 따라 건조물들이 갖는 인간적 의미도 여러 가지로 달라질 수밖에 없다.

그러면서 모든 것은 지각과 인식의 근본적 유동성에 연결되어 있다. 그러면서도, 앞에서 말한 바와 같이, 인위적 건조물을 포함하여 모든 건조물은 하나의 전체적인 의미 속에 사물들을 통합하는 공간적 질서, 세계의 원초적인 통일성을 전제한다. 이것은 이성의 움직임 속에 드러나면서도 대상적으로는 포착되지 아니한다. 시각적으로 감지되는 것은 물질적 차원에서의 통일성을 구성하고 보여 주는 여러 요소들이고 그것들이 이루는 하나의 공간이다. 다른 측면에서 이것은 다양한 물질적 요소들을 하나로 — 여러 단위로 분절화되면서 하나의 공간 속에 존재하는 것으로 구성하는 주체성의 산물이다. 이 주체성은 초월적인 근거를 가질 수도 있지만, 현실적 관점에서 볼 때, 인간의 의지 — 개인적인 것이기도 하고 제도 속에 표현되는 것이기도 하는 의지를 표현한다. 조성된 공간 아래 놓이는 가장 분명한 주체성의 예는, 공간을 그렇게 구성하는 힘, 심미적 어휘를 차용하는 정치권력이다.

공간성은 어느 경우에나 하나의 힘이다. 그것을 구체적으로 계획된 공간으로 조성해 내는 것이 정치적 동원의 힘이다. 궁전은 건축적 의장(意匠)으로 다듬어 놓은 공간 속에 솟아오른다. 그리고 거기에 정원과 포장한 마당과 접근로가 따른다. 사원은 그 나름의 힘 — 벌거벗은 물리적 세계를 의미로 전환하는 힘이 있다. 이 권력은 종종 신화가 되어 숨은 힘으로 작용한다. 기억을 조직화하여 서사가 되게 하는 것도 이러한 힘이다. 서사는, 그리고 역사는, 이야기를 선정된 하나의 목적으로 집중하는 힘의 소산이다. 그러나 다시 의미는 외줄기로서의 이야기를 넘어 원초적인 공간성 속에 용해되고 심미적으로 조정된 물리적 형태를 얻음으로써 ─ 단순한 물리적 넓이와, 그리고 식물과 바위와 흙과 하늘과 같은 물질적 사물로 전환됨으로써, 현존의 무게를 얻게 된다. 그리하여 그것은 시간 속에 지속하는 안정성을 암시할 수 있게 되고, 모든 존재자의 지속하는 목적성(또는 목적 없는 목적성)을 인간의 가시적(可視的) 체험 속에 드러내 보여 준다.

물론 이렇게 하여 암시되는 안정성과 목적성은 그 표면적 인상에도 불구하고, 모호하고 불확실한 것일 수밖에 없다. 기념비, 거대한 건조물, 궁전, 그에 따르는 정원과 공원, 그리고 도시는 무너져 폐허가 될 수 있다. 일찍이 물질과 의미의 하나 됨을 암시하던 형상들은 부서져 땅에 떨어져 내리고, 영원한 것 같았던 통일성은 갈라져 쪼개진다. 이것은 물리적 현상이기도 하지만, 어떤 경우에는, 모든 인간의 조형적 노력을 뒷받침하는 문화적 인식의 틀, 에피스테메의 전환으로 인한 것일 수도 있다. 이것은, 이미 비친 바 있지만, 모든 공간적 구성이 자연에 못지않게 인간의 힘, 정치적이고 사회적이고 문화적인 힘, 경제와 상상의 자원을 동원할 수 있는 힘에 관련된 것이라는 사실을 말하여 준다.

그러나 이 흥망성쇠에도 차이가 있다. 어떤 폐허는 그 나름의 심미적 호소력을 발휘한다. 또는 그것이 오히려 강한 인상을 주는 경우도 있다. 이 호소력은 다른 종류의 응집력과 일관성, 인간적 노력의 흥망성쇠 너머에 있는 보다 긴 시간의 순환, 세계의 현존의 단일성 속에 행해지는 인간 노력의 순환을 상기하게 하는 데에서 온다. 물론 이 경우에도, 폐허의 호소력은, 비록 무너져 사라지는 것이라고 하더라도, 그 나름의 맥락 속에서 정당했던 인간 노력의 진정성에 이어져 있다.

말할 것도 없이 처음부터 세계의 통일성을 전달하지 못하는 축조물들이 있다. 이것을 예시하는 것이 비서양 세계에 세워진 서양적 건물들이다. 대부분의 경우, 이것들은 단순히 제국주의의 위압과 과시를 표현하는 것일 뿐, 문화적 일체성, 자연과의 연속성 ── 존재론적 깊이를 느끼게 하지 못한다. 그렇다고 이러한 건축물의 원형들이 원래의 발상지에서도 그러했던 것은 아니다. 이것은 인위적 건조물 속에 움직이는 지각 현상의 복잡성을 다시 한 번 상기하게 한다.

하여튼, 서양 제국주의는 서양식 아이디어와 지도와 풍습을 온 세계에 퍼지게 하였다. 서양적인 것의 전파는 제국주의 패권하에서 피정복인들의 굴종의 결과이기도 하고, 다른 한편으로는 그 진정한 호소력으로 인한 것이기도 하다. 서양의 문화적 발전에 있어서 건축은 특히 중요한 위치를 가졌던 것으로 보인다. 그것은 그 인간주의적 함축을 떠나서도, 정치와 사회와 일상적 삶의 어디에서나 눈에 띄는 그 일반성, 역사적 일관성, 규모 등으로 하여 많은 사람들에게 강한 인상을 줄 수밖에 없었다. 서양의 건축이, 그들이 내건 '문명의 사명(la mission civilisatrice)' 가운데 가장 눈에 띄고 자연스럽게 모방의 대상이 된 데에는 그럴 만한 사연이 있었다고 할 수 있다. 지금 세계 어디에서나 볼 수 있는 콘크리트와 철강과 유리로 된 고층 건조물들도 그 발원지가 서양이라고 하겠지만, '근대화'라는 세계사적 변화의 표지가 되어 그것이 반드시 서양에서 출발한 것인지조차 불분명한 것이 되었다. 이러한 것이 일반화되기 전에, 캘커타든, 상해든 또는 도쿄든, 세계 도처에는 서양에서 시작된 서구적 건물, 신고전주의, 로마네스크 또는 고딕 스타일의 건물들이 세워졌다.

그러나 흥미로운 것은 이러한 것들이 잘 모방된 경우에도, 그 자체로 주목할 만한 문화적, 심미적 업적으로 간주되는 일이 드물다는 점이다. 이것은 사람들이 건축물을 보는 데에 있어서 역사적 민족의 삶과의 연속성이 배경적 의식으로 작용한다는 증거라고 할 수 있다. 전통에는 그 나름의 정신이 있어서, 그것이 인공의 구조물을 내적으로 형성하면서 그것을 사회 문화적 기초에 자리하게 한다고 할 수 있다. 지방의 읍면에 세워졌던 관청이나 학교의 건물들이 — 이것들은 압축 근대화 이전의 축조물이지만 — 전통적인 관아(官衙)에 비하여 얼마나 이질적이었던가를 상기해 보아도 이것을 느낄 수 있다. 이것은 일반 민가와 거리가 근대화되면서 비로소 전체적인 도시 풍경의 일부가 되었다.

콘크리트와 철강의 현대적 구조물들은, 서양에서 발원한 것이면서도, 제국주의 시대의 건조물들에 비하여 지역 중립적인 적응력을 가지고 있어서 반드시 식민지적 이질감을 주지는 아니한다. 지역 중립적이란 특정한 시공간으로부터 이탈되어 그것과의 유기적 일체성을 잃어버렸다는 것을 말한다. 그러니까 어디에서나 맞아 들어갈 수 있는 것이면서, 적어도 전통적 형상성의 관점에서는, 어디에도 맞아 들어가지 않는다. 인조물의 미적 호소력의 상당 부분은, 다시 한 번, 단순히 지각되는 사물의 직접성이 아니라, 관람자가 지니고 다니는 연상과 기억의 다발 그리고 자연과 존재론적 원형에 의존하는 것이라 할 것이다.

3. 탈존재론적 건조물들

건축의 근대적 발전은 그 서양적 근원을 넘어서, 이미 말한 바와 같이, 이제 전 지구적인 현상이 되었다. 서울은 지난 몇십 년간에 다른 곳에서 유례를 볼 수 없을 정도로 콘크리트 아파트 뭉치들의 도시가 되었다. 이 축조물들은 한국의 전통적인 건축 양식과는 아무런 관계가 없다. 그렇다고 그것이 반드시 서양적인 것이라고 할 수는 없다. 서양적이라고 한다면,

기술과 경제적 계산의 관점에서 서양적이고 또 근대화의 출발이 서양이라는 뜻에서 서양적이다. 그러나 이제 근대성은 어느 지역의 문화와 전통에 관계되지 않은 세계성의 표지이다.

서양에서 시작한 그러면서 세계적인 양식이 된 현대 건축의 극단적인 예로서 우리는 두바이에 세워진 최근의 명물 고층 빌딩을 들 수 있다. 이 건물과 그에 대한 반응을 잠깐 생각해 보는 것은 오늘날의 세계화된 근대 건축의 특성을 밝히는 데에 도움이 될 것이다. 여기에서 보게 되는 것은 세계화되면서 세계를 떠나는 건축 양식, 그리고 삶의 스타일이다. 그런대로 건축적 기적을 대표하는 이 건물이 한국의 여러 콘크리트 건물들에 비교될 수는 없지만, 적어도 토지와 사회 —— 그중에서도 하층민의 세계로부터 멀리 떠나서 존재하게 되는 이러한 건물은 비슷한 동기를 가진 기념비나 현대 건물들의 존재 방식을 다시 되돌아보게 한다. 여기에서 말하는 건축물은 지난 1월 4일에 공식으로 문을 연 두바이 부르즈 할리파(Burj Khalifa)이다. 보도에 의하면,[1] 18억 달러의 건축비가 든 이 826미터 높이의 건물에는 1만 2000명의 사람이 살 수 있는 공간 구획이 있다. 그것은 "인간의 대부분이 자연환경으로부터 단절되어 콘크리트, 철강, 그리고 유리로 된 마천루 건조물의 멸균된 거주 공간에 살고 있는 공상 과학 영화의 건물"을 연상하게 한다.

아메리카에서 시작되어 극동에 퍼지고 이제 아랍의 여러 나라에 퍼지게 된 이러한 건물의 최근의 사례에 대한 이 프랑크푸르트의 신문 보도는 이것을 역사적으로 진화되어 나온 건축, 그리고 도시 양식을 그대로 지키고 있는 유럽의 경우와 대조하고 있다. 주의할 것은 유럽에서 전통을 유

---

1   필자가 참조하는 것은 독일의 한 신문에 나온 이 건물에 대한 보도와 평가이다. 《프랑크푸르터 알게마이네 차이퉁(*Die Frankfurter Allgemeine Zeitung*)》, 2010년 3월 9일자, Ingmar Hohmann 보도.

지하는 것이 단순히 타성으로 인한 것이 아니라는 사실이다. 그것은 상당 부분 의식적 결정에 의한 것이다. 가령, 유럽연합의 건설 기획 담당관들이 2007년 5월에 합의한 '지속 가능한 유럽 도시에 관한 라이프치히 헌장 (The Leipzig Charter on Sustainable European Cities)'은 도시를 구상함에 있어서 '환경과 문화 다양성, 그리고 사회적 균형의 가치들'을 존중할 것을 말하고 있다. 이 헌장은 도시 문제에 대한 시민의 참여를 규정하고 있거니와, 이에 맞춰, 뮌헨 시민들은 투표에 의하여 자신들의 도시에서의 건축물 높이를 100미터 이내로 제한하기로 결정하였다.(필자는 이것이 뮌헨 사원의 높이를 기준으로 한 것이라고 들은 일이 있다.)

독일의 도시들은 유럽에서 도시 개발의 패러다임으로 생각된다. 쾰른과 만하임에서 도시 개발의 기준은 '삶의 질'이다. 중요한 것은 구름까지 솟아 있는 인공물이 아니고, 공원과 열린 공간과 자동차 교통이 제한된 도심의 가로이다. 여기에 물론 모든 도시 시민을 위한 주택 확보도 중요한 과제이어서 마땅하다. 물론 아시아의 고층 빌딩도 이 마지막 기준의 관점에서는 어느 정도 이해될 수 있다. 앞에서 말한 독일 신문의 보도는, 새로운 산업화의 압력에서 생겨난 도시 인구의 증가라는 관점에서 아시아의 고층 빌딩들을 이해하여야 한다는 건축가 베르너 조베크(Werner Sobek)의 변호를 언급하고 있다.

그러나 이미 비친 바와 같이, 새로이 근대화하는 이들 나라에서 콘크리트 고층 건물에 사로잡혀 있는 것은 과밀 도시의 주거 문제를 해결하는 일만 그러한 것이 아니다. 원하는 것은 명성이고 새로 동원할 수 있게 된 경제력과 기술력의 과시이다.(한국의 경우, 이에 더하여, 수긍할 수 있는 욕구, 그리고 그것의 확대로서의 탐욕이 중요한 요인이라고 할 수 있다. 새로운 아파트는 토지와 평판으로 증폭되는 부동산가의 이익을 사유할 수 있게 한다는 이점 이외에, 현대 생활의 편의 시설을 한 번에 소유할 수 있게 하며 개인적으로 해결할 수 없는 주거지의 문제를 집단적으로 처리할 수 있게 한다는 이점도 가지고 있다.) 그런데 이러한 빌딩들이 명성과 과시를 원한다고 할 때, 그 명성은 매우 취약한 기반 위에 서 있다고 할 수밖에 없다. 전통 시대에 있어서, 건축 과정의 배후 권력은 일정한 지역에서 종교와 정치에 의하여 조직화된 인민과 인간의 연대망에 이어져 있는 권력이다. 자료와 공학적 제한 자체가 지역의 자료와 노동을 오랜 시간에 걸쳐서 끌어들이지 않을 수 없게 하고, 건조물을 영토와 주민의 산물이 되게 하였다. 그리하여 높이 회자되는 건조물은, 이러한 우연적 요소까지 보태어져서, 지역의 풍경을 포괄하는 심미적 전체성을 표현하는 것이 되었다. 이러한 것이, 그 이념과 효과에 있어서, 요즘 많이 이야기되는 '디자인' 또는 '콘셉트'로 하루아침에 만들어지는 건조물과 같을 수는 없다.

현대의 고층 콘크리트 탑은, 그 기념비적 거대함에도 불구하고, 경제력과 공학 기술에 의하여 조립될 수 있는, 뿌리 없는 유동체이다. 그것은 기념비적인 거대함을 가지고 있으면서도 무엇을 기념하는 것인지 분명치 않다. 적어도 공간과 시간을 반복되지 않는 일회적인 통일체로 집합하는 데에 성공한다는 뜻의 기념비가 될 수는 없다. 이것은 물론 오늘의 사회 질서에 관계되어 있는 일이다. 오늘의 세계를 지배하고 있는 것은 추상화된 자본의 권력이다. 그것은 전 지구적인 힘이면서 어떤 시공에 대하여 유기적 관계를 가지고 있지 않다. 그것은 거의 시각화되지 않을 정도로 삶의 유기적 실상을 떠나서 존재한다. 탈영토화, 탈시간화 또는 탈역사화가 그 특징이다. 이 유동성이 만들어 내는 사회 질서는 가상 현실에 가까워지고, 거기에서 인간의 건조물들은, 보드리야르가 말하는 것처럼, 스스로를 무수히 모조하는 모방품이 된다.

4. 비기념비적인 도시 / 비기념비적인 예술

거대한 건물들은, 앞에서 말한 것처럼, 권력, 그리고 그 권위를 나타내지만, 이 현상을 조금 더 관대하게 해석한다면, 그것이 어떤 종류의 것이든지 간에, 어떤 삶의 이상을 나타낸다고 할 수 있다. 전통적 거대 건물들은 왕권이나 다른 권력자의 권위를 나타내면서 통상적 인간의 삶을 초월하는 영웅적 삶의 차원, 고양된 삶 또는 적어도 공적 책임의 삶의 차원을 나타낸다고 할 수 있다. 그러한 의미에서 그것은 기념비적 건조물이라는 면을 갖는다. 오늘의 콘크리트 건물은 경제 권력을 대표한다. 사회를 지배하는 권력에는 틀림이 없으면서, 이 권력이 보통 사람의 삶과 다른 차원의 삶을 구성한다고 말할 수는 없다. 추구되는 것은 거대화된 일상적 삶이다. 주거 목적의 화려한 건물의 경우, 그것은 일상적 소비 생활을 과시화하여 그 양식화를 의도한다. 이때 일상적 소비 생활은 질적으로 보통의 삶의 일상성과 크게 다르다고 할 수 없다.

이러한 의미에서 현대의 거대한 콘크리트 건물이 나타내는 이상은 보통 사람 이상의 단순한 확대라고 할 수 있다. 즉 보통의 삶이 그대로 기념비적 거대함으로 끌어올려지는 것이다. 그런 의미에서, 그것은 권위주의적 사회 형태들에 비하여 보다 발전적인 정치 이상 —— 민주주의적 발전의 이상을 나타내는 것으로 말하여질 수도 있다. 아랍 여러 나라들이 반드시 그러한 것인지는 모르지만, 적어도 건축 형태만의 의미로 볼 때, 그러한 함축을 가진 것으로 볼 수 있다는 말이다. 그러나 사람과 땅과의 보다 근원적인 관계를 무시하는 발전이 반드시 근원적인 만족을 가져온다고 할 수는 없을지 모른다.

두바이의 부르즈 할리파는 주로 주거로 이용될 것이라고 한다. 그것은 단순한 의미에서의 권력의 인간이 거주하는 곳은 아닐 것이다. 그러나 대중성을 떠나지 아니하면서도(흔히 낭만 시대의 시가 꿈꾸는), '우리 집'의 느낌을 주지도 아니 할 것이다. 그리고 전체 환경에 대하여 사람들이 가지게 되는 관계도 우리 동네에서 느끼는 내재적 일체감은 아닐 것이다.(정확히 알 수는 없지만, 그것은 가령 호텔이 주는 느낌의 항구화와 같은 것이 될는지 모른다.) 사람이 자신의 거주 환경에 대하여 가지고 싶어 하는 느낌은 사람이 갖는, 지상에 거주한다는 느낌에 이어진다고 할 수 있다. 지나치게 인위적인 고층 콘크리트 건물은 당초에 중력과 자연 지형으로부터의 이탈을 원하고 또 그에 대한 도전이라고 할 수 있다.

부르즈 할리파에 대한 《프랑크푸르터 알게마이네》의 논평자는 이와 대조하여 아부다비의 마사다르(Masadar) 시를 말하고 있다. "이 도시는 좁고 어둡고 그늘진 전통적인 아랍 도시의 기본 양식을 그대로 살리면서 도시의 쇄신을 꾀한다." 이것은 앞에서 예를 든 유럽의 도시들에 비슷하게 삶의 터전으로서의 도시를 존중하면서, 그것을 극단적으로 밀고 간 예라고 할 수 있다. 사실 많은 인간의 거주처는 영웅의 도시나 과소비와 사치의 도시 또는 조화된 환경의 도시라기보다는 이와 같은 단순한 삶의 도시이다. 주목할 것은 이것도 리우데자네이루의 파벨라와 같은 것도 하나의 모델로 생각되기 시작했다는 사실이다.

거대하고 추상적인 복제 가능한 건물들이 번창하는 시대에 포스트모던의 거대 콘셉트가 아니라 전통적인 삶의 잡다함으로 복귀하려는 움직임이 일어나는 것은 자연스러운 일이다. 2008년 초까지 뉴욕의 뉴 뮤지엄(The New Museum)에서 열린 '비기념비적: 21세기의 대상물(Unmonumental: The Object in the 21st Century)'이라는 표제의 전시회는, 그 홈페이지에 실린 설명문에 의하면, "우연히 보게 되고, 쪼개어지고, 버려진 물건들 가운데에서 예술을 발견"하고자 한다. 그 뒤에는 "겸손, 비형식성, 그리고 현장성(modesty, informality and improvisations)"을 존중한다는 도덕적 의도가 들어 있다. 적어도 그 발상에 있어서 이에 비슷한 예술 의지는 다른 데에서도 찾아볼 수 있다. 인스톨레이션은 예술에 대한 거창한 주장을 버리고 그것을 보다 겸손한 삶의 흐름에 합치하게 하려는 뜻을 가진 새로운 예술 장르라고 할 수 있다. 팝아트 또는 그 이전에 인상주의까지도, 현실 재현 또 많은 경우 현실 이상화를 지향하는 전통적 예술 의도를 완전히 버린 것은 아니면서도, 예술의 일상화 또는 일상성의 예술화를 향한 예술적 움직임이었다고 할 수 있다.

그러나 역설적으로 인정하여야 할 것은 비기념비적인 인스톨레이션을 전시하는 데에도 거대한 전시 공간 —— 대체로는 거대한 기념비적 건물의 거대한 공간이 필요하다는 사실이다. 일반적으로 예술의 공간으로, 예술의 영역으로 인정되는 전시장이 필요한 것이다. 예술로 발견되는 쪼개지고 버려진 물건들은, 정리가 잘 되어 있는 미술관에 놓이게 되지 않는다면 쓰레기와 분간할 수 없었을 가능성이 크다. 이 추상적인 물질 공간은 현대적 공중성(publicity)의 공간을 기념비적 크기의 구조물로써 표현한다. 그리하여 기념비적이거나 비기념비적이거나를 막론하고 여기에 전시되는 예술품들은 크고 작은 데에 관계없이 가상 현실적이고 교체 가능한 현대적 지형의 일부를 이룬다.

물론 여기에서 볼 수 있는 모순은 삶의 예술적 승화에서 피할 수 없는 모순이기도 하다. 문제는 이 모순이 존재론적 근본을 망각하는 데에 있다. 위에서 인위적 구조물과 지상에 거주한다는 느낌과의 관계에 대해 언급했지만, 이것은 말할 것도 없이 예술이나 건축물을 말하면서 하이데거가 즐겨 환기하는 개념이다. 하늘과 땅, 영적인 것과 인간을 하나로 하여 사람이 거처할 수 있는 장소를 구성해 내는 것이 건축이라는 것이다.[2] 그리고

---

2 Martin Heidegger, "Bauen, Wohnen, Denken", *Vorträge und Aufsätze*(Pfullingen: Günther Neske,

다른 곳에서는 이러한 통일된 계시가 바로 예술의 기원이라고 말한다. 그러나 그는 동시에 사람은 공간을 헤아리고 하늘과 땅 사이에 척도를 부여한다고 말한다.[3] 예술 작품을 만들고 집을 짓고 하는 것은 자연 속에 있으면서 자연을 절단해 내는 행위인 것이다. 풍경을 보다가 문득 가지게 되는 장소의 느낌 자체도 자연을 멈추어 세운 관조의 순간이다. 그것은 주어진 대로의 자연을 초월하는 의식화의 순간이다. 여기에서 시작하여 공간은 인위적 변용의 가능성으로 열리게 된다. 그러면서 이러한 이 관조는 인위적 공간이 아니라 자연에 서리는 원초적 공간을 향한다.

5. 담담함에 대하여

거기에 관조적 정지가 있든 없든, 이 원초적 공간은 조금 더 적극적으로 대상화될 수 있다. 동아시아의 예술의 중심에는 전통적으로 산수화가 있었다. 이러한 문화 구도의 숨은 의도는 인간 생존의 생태 환경을 상기시키려는 것이었다고 할 수 있다. 자연환경의 전체에 대한 느낌을 중요시한 것은 건축이 다른 문명에서만큼은 중요한 역할을 하지 않았던 것과 관계가 되는 일인지 모른다. 어떤 전통에서나 숭고한 산수는 정신적 힘의 신비를 대표할 수 있다. 산수화도 일상적 삶을 넘어가는 초월적 차원을 지시하는 의미를 갖는다. 동시에 주목할 것은 단순한 낭만적 숭고미보다도 진정한 의미에서 생태적 환경의 일부 ─ 그러니까 일상생활을 포함하는 삶의 전체를 나타내는 것이 산수화의 기능이라는 사실이다. 「강산무한(江山無限)」,

---

1964), p. 159.

3 "……Dichterisch wohnet der Mensch……", Ibid., pp. 195~199.

「계산무한(溪山無限)」과 같은 제목의 산수화는 대체로 산수와 함께 사람의 사는 모습을 포함하는, 삶의 생태적 총체를 그려 내는 그림이다.

프랑스의 중국학자 프랑수아 쥘리앵(François Jullien)은 담박함(fadeur, blandess) —— 강한 맛이 없는, 즉 특별한 강조점이 없는 생태적 전체로서의 산수를 중국 회화만이 아니라 중국적 세계관을 대표하는 특징으로 말한다. 그는 이러한 그림의 예로서 원 대(元代)의 화가 니짠(倪瓚)의 한 그림(그림 1)을 다음과 같이 이야기한다.

전경에는 잎이 성글고 가느다란 나무들이 몇 그루 서 있다. 초목의 표현은 그것이 전부다. 이 수풀 주위에 듬성듬성 바위들이 있고, 바위들의 아랫자락이 몇 군데 물가의 윤곽을 드러내고 있다. 그 물의 건너편에는 야트막한 언덕들이 밋밋한 원경을 이루고 있다. 두루마리 화폭의 중앙을 차지하고 있는 물의 텅 빈 공간에 하늘의 끝없는 투명함이 상응한다. 끝으로 그저 기둥 네 개로 버텨 놓은 초막이 인기척을 살피게 하지만, 실제로는 아무도 거기에 없다.[4]

쥘리앵의 묘사에 나와 있는 바와 같이, 이 그림의 풍경에서 중요한 것은 모든 것이 엷고 맑고 투명하다는 데에 있다. 수법에서도 엷은 채색, 강하지 않고 편안한 붓 자국, 장식적 화사함의 부재가 그렇고 화면을 가로질러 역점 없이 고르게 흩어져 있는 사물들의 배치가 그러하다. 이것은 물론 예술가 자신의 무사(無私) 초연(超然)한 마음에 대응한다. 마음이나 사물 모든 것이 단순하고 담박하다. 요점은 실재를 있는 그대로 보이게 하는 것이다.

---

4 François Jullien, *Eloge de la fadeur*(Editions Phillipe Picquier, 1991); 프랑수아 쥘리앵, 최애리 옮김, 『무미예찬(無味禮讚)』(산책자, 2010), 22~24쪽.

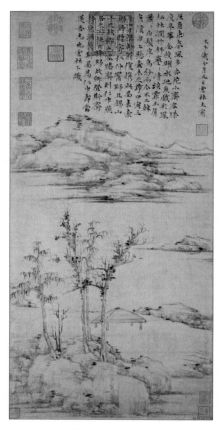

(그림 1) 니짼, 「Landscape at the Rong-xizhai(容膝齋圖)」

"담의 세계에서는 현실에 대한 이해가 어떤 소명이나 전언에도 의지하지 않는다. 어떤 의미도 밖으로부터 주어지지 않으며 어떤 것도 음영이나 매혹을 더하게 하지 못한다."[5] 이 실재하는 것은 다시 현상의 전체를 넘어 본질적 실체의 바탕을 암시한다. 그러나 이 실체는 "풍경을 넘어가는 풍경"일 뿐이다.[6] 즉 그것은 있는 대로의 현상의 전체 이외의 다른 것이 아니다.

한국의 전통화에서도 같은 종류의 담백한 산수화를 그린 것들을 볼 수 있다. 산과 물을 배경으로 사람의 집이 있지만, 그것은 극히 검소한 초가이거나 아니면 조금 더 큰 집이 있다고 하더라도, 풍경에 깊이 자리해 있는 주거들이다. 다만 이들 한국의 산수화에 있어서, 묘사의 수법이 조금 덜 질소(質素)한 느낌을 주는 것은 사실이다. 산은 더 강한 결을 가지

---

5 같은 책, 36쪽.
6 12장. '맛 너머 맛, 풍경 너머 풍경.'

고 있고 주거는 조금 더 복잡하다. 고산준령(高山峻嶺)이 많은 한국의 산의 영향으로 하여 그것을 그리는 사람들도 그 신령스러운 힘 또는 기세에 압도되는 느낌을 가졌을 것이고 또 그러한 기운으로부터의 피난처로서 집을 생각한 것인지 모른다. 또 다른 중요한 요소는 주거자의 정신적 기개를 표현해야 한다는 강박감이다. 아마 선비 문화에 있어서의 이에 대한 지나친 강조는 조선조의 화가들로 하여금 산과 물이 가진 신령스러운 느낌을 털어 버리고 쥘리앵이 말하는 담담(淡淡)함에 이르는 것을 쉽지 않게 하였을 것이다.

영·정조조(英正祖朝)의 강세황(姜世晃)의 「산수대련(山水對聯)」 가운데 한 폭은 기본 지향에 있어서 조금 더 담담한 태도를 표현하는 것으로 볼 수 있다. 적어도 산 입구의, 네 개의 가냘픈 기둥이 받치고 있는 초가는 인간 거주의 최소한을 그려 낸다. 그러나 왼쪽 그림에서 앞쪽 물을 그린 데에는 종자를 데리고 말을 타고 가는 사람의 모양이 위계화된 사회를 시사한다.(그림 2, 3) 그다음 그림에서, 초가는 보다 화려한 정자가 되어 있고 거기에서 모인 벗들의 연회가 열리고, 왼쪽의 그림에서 물에는 사공이 저어 가고 있는 배에 앉은 사람이 경치를 즐기고 있다.(그림 4, 5) 다음 세기의 허유(許維)의 「죽수계정도(竹樹溪亭圖)」는 상기한 니싼의 그림에 극히 유사하다. 사실 이것은 니싼을 재현해 보려 한 결과라고 한다.

이러한 종류의 그림으로 한국에서 가장 잘 알려진 것은 김정희(金正喜)의 「세한도(歲寒圖)」일 것이다.[7](그림 6) 주의할 수 있는 것은 이 그림에서는 세상에 대하여 초연할 뿐만 아니라 도덕적 계율의 속박도 벗어난 현자의 마음가짐보다도 유학자의 강직함이 느껴진다는 것이다. 땅 위에 거주하는 방법으로서 이러한 도덕적 엄격성은 그림의 제목에도 이미 시사되어

---

7   안휘준(安輝濬) 감수, 『한국의 미(美): 산수화(山水畵) 하』(중앙일보사, 1995), 259쪽.

(그림 2, 3, 4, 5) 강세황, 「산수대련」

(그림 6) 김정희, 「세한도」

있다. 그것은 "추운 계절이 와서야, 송백의 잎이 늦게 진다는 것을 안다.(歲
寒然後, 知松柏之後凋也)"라는 논어의 말씀에서 나온 것이다.[8] 한국의 선비들
은 대체로 도덕적 교훈주의를 벗어나지 못했었다고 할 것이다.(아니면 이에
대한 의식적 반항으로서 초탈한 몸짓은 도처에서 볼 수 있다. 그러나 그것은 담담하게
일상에 합류하는 것과는 조금 다른 것이다.) 그렇기는 하나 지상의 환경적 조건
에 자리한 인간적 삶을 잊지 않게 하는 것이 예술의 사명이라는 것은 예술
행위의 기본이었다. 이렇게 자리하는 것은 인간이 만드는 것이 최대한으
로 단순하게, 그리고 겸허하게 자연의 윤곽에 맞아 들어가는 것을 조건으
로 하였다.

---

8 같은 책, 257쪽.

6. 결론을 대신하여: 광주의 아시아문화전당

여기에 두서없이 적은 생각들은, 광주비엔날레의 이용우 상임부이사장이 주재하는 모임에서 발의된 화제에 의하여 자극된 것이기도 하지만, 무엇보다도 광주시가 계획하고 있는 기념비적 시설들과 관계하여 떠올리게 된 생각들이다. 오늘날 한국의 풍경의 도처에서 시선을 가로막는 가상 현실(Virtual Reality)의 인공 구조들을 피하면서 국토를 생각하는 방도는 없는 것일까? 크게 볼 만한 것은 없더라도 새로운 계획들을 보다 생태적인 전체에 관련시켜 자연에 있어서의 인간 존재의 위치를 생각하던 동아시아의 전통에서 배울 수는 없는 것일까? 이러한 것들이 당초 마음에 이는 질문들이었다.

그러나 현대적 불협화음을 피한다고 하여도 슬로건으로 단순화되는 전통이나 전통적 모티프들을 기치의 얄팍한 수법으로 반복함으로써 과거가 회복될 수 있다고 말할 수는 없다. 당대의 건축은 당대의 삶에 뿌리박고 거기에서 나오는 것이라야 한다. 요점은 역사의 과정에서 생성되는 변화하는 진리와 지상의 심미적 창조에 깃들게 마련인, 지속하는 진리를 하나로 묶어 내는 일이다. 과거 회귀, 또는 그 영감의 근원에의 회귀를 말한 것에 대하여, 그것을 객체화하고 스펙터클화하는 것이 무엇을 말하는가를 시사하기 위하여, 20세기 초의 미국 시인 로빈슨 제퍼스(Robinson Jeffers)의 시 「뉴멕시코의 산(New Mexico Mountain)」을 잠깐 살펴보겠다. 이 시는 아메리카 원주민의 제례(祭禮)가 관광객을 위한 구경거리가 됨으로써 공허해진다는 것을 말한다. 여기의 제례는 어린 옥수수가 제대로 자랄 것을 축원하는 무도이다. 그런데 이것이 관광객의 흥미를 끌어 구경꾼이 모여든다. 관광객들이 구경을 오는 것은 그들 마음 가운데 어떤 정신적인 것을 향한 갈구가 있기 때문이다. 그러나 구경하는 사람들의 존재는 이 의식을 공허한 것이 되게 한다. 그들은 이 의식을 밖으로부터 본다. 그들의 지각 수단은 객체화하는 눈, 시각이다. 진정한 것은 안으로부터, 시에서 말하는 것으로는, 무도에 수반하는 북소리로부터 온다.

> 이들 관광객은 눈을 가지고 있다. 백 명이 춤을 본다. 미국인들도,
> 굶주린 듯, 웃음으로가 아니라, 경외심으로 본다.
> 문명 세계에서 온 순례자들, 두근거리는 마음으로 아름다움을 찾아,
> 종교를 찾아, 힘을 찾아, 진공으로부터 온 순례자들,
> 도시에서 온 사람들, 다시 한 번 사람이고저, 가련한 구경거리여,
> 그들로 하여 너는 빈 껍질이 된다. 인디언들은 껍질이 된다.

이 시, 그리고 다른 시들에서 제퍼스는 문명으로부터 자연으로 되돌아갈 것을 주장한다. 그러나 여기에 주의하고자 하는 것은 관광객의 눈이 진정한 의식(儀式)을 공허한 쇼가 되게 한다는 사실이다. 기념비를 세우고 기념비적인 거대 건조물을 세우고 문화 구역을 만들 때, 우리는 지나치게 관광을 의식한다. 그리고 우리 자신도 관광객이 되어 그 눈으로 사물을 본다. 우리 스스로의 전통에 대해서도 우리는 관광객이 된다. 귀 기울여 들어야 할 것은 우리가 살고 있는 삶의 심장에서 나오는 소리이다. 그것은 현재에 있고 과거에 있으면서, 그것을 넘어간다. 새로운 건조물은 우리가 오늘 살고 있는 삶의 표현이 아니라 다른 어떤 삶을 재현하는 모방품일 수 없다. 그것은 복제가 아니라 새로운 생산이다.

지난봄, 나는 이 글을 쓰는 데 중요한 계기가 되었던 광주의 문화전당의 기본 설계를 간단히 살펴볼 기회를 가졌다. 우규승(禹圭昇) 씨의 설계는 다행히 거대한 건조물이 아니라 환경 친화적인, 총괄적인 공간 계획을 넘겨볼 수 있게 하였다. 인공적 공간의 많은 부분은 지상으로 솟아오른 것이 아

니라 지하로 들어가고 지상은 자연의 숲을 재현한 것이었다. 채광, 냉난방, 폐기물 처리 등은 최근의 녹색공학의 관심을 반영하는 것으로 계획되었다. 이것이 과연 땅과 사람, 오늘의 시간과 과거와 미래의 시간을 잠시 통일된 존재론적 진리 속에 멈추게 하는 그러한 건물이 될는지는 완성된 다음에야 알 수 있을 것이다. 새로운 건축 디자인이 성공하려면, 그것은, 좋든 나쁘든, 과거에 우리가 살던 환경을 하나의 조화된 구도 속에 편입할 수 있어야 한다.

(2010년)

사물과 서사 사이

강연균 화백론

1

　서구의 포스트모더니즘 일반에, 텍스트 이외에 또는 더 일반화하여 말 이외에 실재가 따로 있는 것이 아니라는 주장이 있다. 눈을 뜨고 보거나 몸을 움직여 보기만 해도 사람이 사는 세계는 자연이든 인공물이든 물질적 실체들로 차 있는 터이므로, 이러한 말을 하는 사람들도 참으로 그렇게 생각하지는 않을 것이다. 사람들이 말에 둘러싸여 사는 것은 틀림없는 사실이다. 사람들이 물건에 가까이 가는 것도 많은 경우 그 이름을 통해서이고, 사람과 사람의 관계를 다지고 행동을 조정하고 정치를 논하고 사회를 말하는 것도 말을 통해서이다. 이때에 우리의 삶에 중요한 의미를 가진 일들은 말에 의해 매개된다. 또 무슨 일이 있어서가 아니라도, 말을 나눌 사람이 없는 고독은 사람들에게 숨이 막히는 듯 견딜 수 없는 처참한 상태로 느껴진다. 그러나 다른 한편으로 말 속에 살다 보면, 말은 우리를 지치게 한다. 그리하여 오가는 말들에 갇혀 있다가 그것을 벗어나 접하게 되는 말

없는 세계, 하늘과 땅과 나무의 세계는 우리에게 한없는 해방감을 준다. 말이 이것을 보이지 않게 하고 말이 전부라는 생각을 하게 했던 것이다.

예술이 주는 위안은 적잖이 우리를 옭아매는 이러한 말들로부터 해방해 주는 데에 있다. 예술에는 흔히 문학도 포함되는 것으로 생각되는데, 모든 예술이 말로부터의 해방을 약속하는 것은 아니다. 문학은 바로 말을 가지고 만들어지는 예술이 아닌가. 물론 그렇다. 그러니만큼 문학의 경우는 애매하다. 그러나 문학에 있어서도 말로부터의 해방은 문학의 중요한 속성의 하나이다. 말의 피곤감은, 오히려 문학에서의 말의 역설적 기능으로 설명하는 것이 쉬울 수도 있다. 단순화하는 것이기는 하지만, 가령 소설의 경우, 소설은 세상사를 말로 엮어 내는 것이면서도 그것이 사실이 아니라 허구라는 것을 전제로 하기 때문에, 소설의 말은 세상을 직접적으로 말하는 말로부터 거리를 가진 말이라 할 수 있다.

시는 참으로 말로 이루어지는 표현 행위이다. 그러나 역설은, 바로 그렇기 때문에 세상사를 말하는 말로부터는 떨어져 있는 것이라고 할 수 있다. 즉 말이 전면으로 오면서 세상사와의 관계는 뒷전으로 물러난다. 또 하나의 역설은 바로 그렇기 때문에 시의 말들이 말을 넘어가는 사물을 가리킬 수 있다는 것이다. 황인숙 시인의 다음과 같은 시가 있다.

　　　욕조 속으로
　　　졸졸졸 흘러 떨어지는 물줄기를
　　　하염없이 바라보는 고양이가 있다
　　　고양이는 기다리지 않으면서
　　　지나가는 것을 바라본다
　　　시간이 지나가고
　　　물이 가득 채워진다

지나가기를 기다리면서

의자는

깔고 앉아 있다

제 그림자를

    고양이가 물이 떨어지는 것을 바라보는 것은 무엇을 기다리고 있는 것과 같은 인상을 준다. 그러나 고양이는 사실 아무것도 기다리지 않고 그냥 앉아 있을 뿐이다. 사람은 늘 움직이고 있고 그 움직임은 어떤 목적에 이르려는 움직임이기에, 움직임이 없는 동물을 보고도 무엇을 기다리고 있다는 생각을 하게 된다. 그것은 의자와 같은 물건의 경우에도 그러하다. 목적을 향한 움직임, 쓸모를 기다리는 사물, 이러한 것들은 사람의 지각과 인식 속에 거의 기본적 도식처럼 들어 있고, 그것은 언어 속에도 들어 있다. 위 시의 제목은 「손대지 마시오」이다. 사람이, 몸으로 또는 마음으로, 물건에 손을 대지 않는 것은 그렇게 어렵다. 적어도 고양이나 의자가 화제가 된다면, 우리는 그것이 어떤 목적이나 쓸모에 관계하여 이야기될 것으로 기대한다. 이 시의 효과는 그것을 완전히 등지는 데에 있다. 그러면서 우리는 사물의 그저 있음이라는 것을 넘겨보게 된다.

    「손대지 마시오」가 드러내 주는 것은 일찍이 김춘수 선생이 '무의미의 시'라고 불렀던 시의 한 국면이라고 할 수 있다. 그는 모든 언어와 대상물에 숨어 있는 관습, 반드시 이미 정해진 의미를 부과하려는 관습의 제약을 벗어나 그 너머의 어떤 것에 이르는 시를 쓰고자 했다. 이 언어를 넘어선 어떤 것을 관념, 이미지, 대상 등으로 정의하다가 결국 그것을 '무의미'라고 정의하게 된다. 일단 그가 이르고자 한 것이 관념이었다고 하더라도, 그것은 우리가 흔히 생각하는 관념이 아니다. 김춘수 선생에게 그것은, 말을 넘어서 있는 어떤 사물을 가리키는 것으로 보인다. 또는 그것은 사물의 고유한 있음새를 말한다. 그러나 그것은 말로 또는 확정되어 존재로 포착하는 것도 불가능하다. 다만 그것은 "말의 피안에 있"는 어떤 것이라고 할 수 있을 뿐이다. 그 앞에서 말은 깨어져 흩어진다. "말을 부숴 보면, 의미는 분말이 되어 흩어지고 말은 아무것도 없어진 거기서 제 무능을 운다. 그것은 있는 것(존재)의 덧없음의 소리"이다.[1]

관습적 언어의 구속을 깨어 낸 곳에 드러나는 것은 비재(非在)이고 허무이다. 그러나 흥미로운 것은 이 관습적 언어가 부정된 공간이, 사물들이 그 본래의 모습을 드러내는 공간이 된다는 점이다. 자신의 무의미에 이르게 되는 길을 설명하면서, 김춘수 선생은 세잔이라든가 반 고흐, 잭슨 폴록 같은 화가의 이름을 들어 가면서, 자신이 계속 사생(寫生)에 진력했음을 말한다. 그가 사생하고자 한 것은 관습적인 의미를 파괴하는 데에서 드러나는 사물이다. 그리하여 도착한 것은 무의미였다. 무의미란 관습적인 언어의 습관, 지각의 습관의 관점에서 무의미라는 말일 것이다. 물건의 물건 됨을 깨뜨리는 부정 속에 드러나는 것은 사물의 즉물성(卽物性)이라고 할 수 있다. 이것은 김춘수 선생의 많은 시에서 우리가 느낄 수 있는 것이다. 앞에서 인용한 황인숙 씨의 시가 말하는 것도 이러한 사물의 즉물적인 있음이다.

미술이나 음악의 경우는 별생각이 들어가지 않는 상투적인 언어를 피하기가 쉬울 것으로 생각할 수 있다. 그럼으로 하여 그것은, 위에서 비친 바와 같이 상투적인 말과 그 의미로부터 해방된 예술적 위안을 줄 수 있다. 그러나 비언어적 예술도 완전히 자유로운 것은 아니다. 거기에도 그 나름으로 정해진 주제가 있고 방법이 있다. 그리고 이것은 쉽게 상투화된다. 또 음악이나 미술은 매체로서 언어 매체의 유연성을 가지지 못한 까닭에 오히려

1   김춘수, 「의미에서 무의미까지」, 『김춘수 전집』(민음사, 1994), 503~504쪽.

더 상투적인 주제와 어휘와 수법에 의존할 필요가 커진다고 할 수 있다. 그런데 음악과 미술의 경우, 어떤 상투성의 제약이 있다고 하더라도 하나의 출구가 열려 있다. 무엇보다도 통사적 구조에 의존해서만 의미를 전달하는 음악과는 달리, 미술에 있어서 색채나 형상은 다른 의미화의 수단에 의존함이 없이 그 감각의 호소력만으로도 무엇인가를 전달할 수 있다. 이 감각은 쉽게 언어적인 의미로 환원되지 않는다.

감각 자체에 충실한 것만으로도 미술은 언어적 의미의 상투화를 벗어날 수 있다. 물론 감각, 또는 조금 더 정확히 말해 지각(perception)은 그 나름의 정형성을 가지고 있다. 그러나 설령 이것이 작용한다고 하더라도 그것은 감각이나 지각의 충일감 속에서 쉽게 눈에 띄지 않는다. 어떤 경우나, 이 지각의 충일성의 구현이 쉬운 것은 아니다. 사물의 사물성 또는 즉물성이, 따지고 보면 모든 사람에게 열려 있는 것임에도 불구하고 드러내기가 어려운 것이듯이, 이 감각적, 지각적 충일성 그것도, 어떤 형태의 것이든지 특별한 업적으로서만 구현될 수 있다.

2

강연균(姜連均) 화백의 그림에서 강하게 느끼는 것은 바로 이러한 감각적 충일감이다. 그의 많은 그림들의 호소력은 그것이 마치 우리의 감각에 직접 와 닿는 듯한 느낌을 주는 데에 있다. 그의 그림은 대개 꽃과 과일, 누드, 크고 작은 마을 풍경, 인물화로, 그리고 약간의 정치화(政治畵)로 나눌 수 있지만, 모두가 감각적 사실성을 특징으로 한다. 그러나 이것이 김춘수 선생의 시의 경우처럼 특별히 의식적인 조작을 밑에 깔고 있는 것은 아니다. 아리스토텔레스는 연극의 심리적 동기로서 모방 또는 재현의 충동을 말했지만, 사물의 있는 그대로의 모습을 재생하는 것이야말로 사람의 재현 충동의 가장 단적인 발현이다. 강연균 화백의 그림은 이 사실적 재현의 가장 충실한 결과라고 할 수 있다.

이러한 특징이 가장 집중적으로 나타나는 것은 꽃이나 과일의 그림에서이다. 주로 1994년 이후의 그림들을 모은 이 화집에서도 꽃과 과일은 수록된 그림들의 3분의 1 이상이 된다. 그것들은 한결같이 박진감에 있어서 뛰어난 작품들이다. 여기에 그려진 수국, 모란, 목련, 백합, 국화, 모과, 석류들의 박진한 사실성은 누구나 감탄하지 않을 수 없을 것이다. 이것은 거의 사진과 같은 객관성을 가졌다는 인상을 준다. 그러나 그것은 단순한 모사의 결과라고 할 수는 없다. 그 사실성(寫實性)은 특이한 기술적 집중에 의해 이루어진다.

사실성을 높이는 데 중요한 것은 사물의 세부에 주의하고 그것을 재생하는 것이다. 이 책에 실려 있는 과일 그림, 즉 모과나 석류 그림들을 보면, 그 실감에 감탄하지 않을 수 없다. 특히 이것은 석류 그림에서 강하게 느껴지는데, 그전의 석류 그림, 가령 1991년 또는 1992년의 석류 그림(그림 1)에서도 확인할 수 있다. 사실적 효과는 다분히 색채의 선명함에 관계될 것이다. 붉은색은 원래 가장 강렬한 반응을 일으키는 색깔이지만, 이 석류 그림에서 그것이 노란색 그리고 갈색과 배합되어 주는 인상은 마치 우리가 머리에 그리는 모든 가을빛이 과일의 완숙함 속에 그대로 포착되어 투명하게 비치고 있는 듯하다. 이러한 효과는 시각적인 것으로 인한 것만은 아니다. 1992년작 「석류」에서 우리는 미각을 자극하는 싱싱함을 느낀다. 그 효과가 조금 줄었다고 하겠지만, 이 책에 실려 있는 석류 그림[2]에서도 이것은 느껴진다. 우리는, 본다는 것이 시각만의 사건이 아니라 잠재적으로 다

---

2 『강연균 작품집』(열화당, 2007), 129~137쪽.

(그림 1)「석류」(1992, 종이에 수채, 72.5×91cm)

른 감각들도 동원되는 공감각적 현상(synaesthesia)의 한 부분이라는 것을
다시 확인하게 된다.

이 그림들에는 또 시각이나 후각만이 아니라 촉각적인 것들도 작용한
다. 여기에서 보는 사람은 석류 껍질의 가죽과 같은 표피를 느낀다. 이것은
석류를 담고 있는 광주리의 묘사에서 특히 강하게 느껴진다. 대체로 과일
을 그린 그림에서 우리는 그것을 담은 광주리나 소쿠리, 망태기 등 세부의
작은 나무나 짚의 오라기들이 하나하나 재현된 데에 놀란다. 재현되어 있
는 대나무나 짚의 오라기들은 실물의 오라기들과 똑같은 수가 아닐까, 어
쩌면 화가 자신이 그것을 일일이 세어 보고 그 수대로 그려 놓은 것이 아닐
까 하는 생각을 불러일으킬 수도 있다. 그만큼 자세하게 묘사되어 있는 것

이다. 더 중요한 것은 그것이 손에 만져지는 듯한 느낌을 준다는 것이다.

3

그러나 새삼스럽게 말할 것도 없이 아무리 객관성이 높은 작품이라고 해도 그것은 어디까지나 작품이지 실물이 아니다. 그리고 보는 사람에게 주는 효과는 화면의 효과, 즉 그 구도, 형상, 색채 등이 주는 효과이다. 병풍 속의 떡은 떡이 아니다. 우리가 감탄하는 것은 떡이 아니라 떡의 그림이다. 더 중요한 것은 이러한 작품의 생김새를 깨닫게 되는 현실과 지각과 마음의 상호 작용의 과정이다. 사람의 지각이나 인식에서 객관성은 주어진 것과 그것을 수용하는 주체의 상호 작용, 적어도 그것이 맞부딪치는 중간 지대에서 일어나는 사건이다.

앞에서 말한 바와 같이, 이 그림들에서 오라기들이 놀라운 것은 그 정밀성 때문만이 아니라 이 세부들의 결이 손끝에 느껴지듯이 그려졌기 때문이다. 우리가 보는 것은 자연 속의 꽃이나 과일 또는 그것이 담긴 용기가 아니라 화가가 재현한 것이다. 여기에는 작가의 개입이 있다. 그것을 해석이라고 부를 수도 있지만, 이 해석이 반드시 의식 작용으로 행해진 것은 아니다. 아마 이 개입 또는 해석에 더 중요한 작용을 하는 것은 예술적 기술이다.

앞에서 말한 대바구니나 망태기의 결은 작가의 의식적 결정의 수행에 못지않게 수채화 붓의 움직임의 효과라고 할 수 있다. 이 효과는 작가가 예상한 것이고 또 작가의 예술적 기교의 완성을 통해서 가능해진 것이다. 그것이 기교의 수행에 달려 있는 만큼 완전히 계획된 것은 아니다. 작가는 작품의 제작 과정에서 예상과 효과를 끊임없이 조정해 나간다. 그리고 그것은 동시에 사물의 있음에 대해 새로운 것을 깨달아 가는 과정이다. 석류 그림에서 석류 알들은 광선의 투명성을 지닌, 수채 물감이 그려 내는 —— 김창렬(金昌烈)의 물방울 그림과 비슷한 —— 둥그런 물방울의 착시 효과로 인해 실감 있는 석류 알이 된다. 여기에는 착시에 대한 광학적 이해가 있고, 그것을 그림에 적용하는 화가의 능력이 있다. 그러나 이 이해와 능력은 어쩌면 의식화된 것이라기보다는 예술적 연마에서 온 기술적 성취일 것이다.

그러므로 엄밀하게 따지고 보면, 강연균 화백의 그림들이 엄격하게 객관적인 것은 아니다. 그것은 엄밀한 기술적 연마와 의식의 업적이다. 특히 이 화집에서 수국이나 설토화 등의 그림들은 이러한 주관적 개입을 다른 그림들에서보다 더 느끼게 한다. 그것은 이 그림들이 매우 사실적이면서도 입체성을 크게 가지고 있지 않다는 점에서 드러난다. 꽃들은 전면에 클로즈업되어 그려져 있다. 이 클로즈업이 강한 인상을 낳는다. 현실에는 삼차원의 입체성을 가지지 않은 사물은 없다. 그러나 이들 그림의 화초들은, 이차원의 화면에 재생되었다는 점에서 이미 그러하지만, 현저하게 삼차원적으로 존재하지 않는다. 이런 점은 호박꽃과 다른 붉은 꽃을 서로 어울리게 그린 「호박꽃」(1989)(그림 2)과 같은 작품에서도 볼 수 있는 효과다. 꽃이나 넓은 잎들 사이의 어두운 청색 그리고 화면 아래쪽의 커다란 노란 꽃과 위쪽의 작은 붉은 꽃이 공간의 전후라는 느낌을 만들어 내기는 하지만, 여기에 그려진 꽃들은 화면의 전면 위에 고르게 배치되어 배경의 여유 있는 공간을 보여 주지 않고 있다. 화면 가득한 꽃들이 매우 화려한 느낌을 주는 것은 이러한 구도에 관계된다. 그러니까 사물의 존재 방식에 대한 통상적 이해로 보면 이것은 비사실적이라고 하겠지만, 지각 체험으로서는 이것이 반드시 비사실적인 것은 아니다. 근접해 있는 사물에서는, 특히 감각적 충일감이 강한 경우, 사물의 공간성은 약화된다. 일본 우키요에(浮

(그림 2)「호박꽃」(1989, 종이에 수채, 162×99.5cm)

世繪)의 평면성이나, 모든 것이 전면에 압착되어 있는 느낌을 주는 클림트 (Gustav Klimt) 그림들의 효과도 이러한 수법에서 온다. 이러한 그림들은 강한 관능성을 시사하는데, 물론 강연균은 그 정도로 이러한 수법을 사용하지는 않는다. 이러한 지적은 그의 그림이 미술 수법의 능숙하고 다양한 구사의 결과라는 것을 시사할 뿐이다.

이미 비친 바와 같이, 이러한 사실적 효과는 반드시 의식적인 조작으로 이루어지는 것은 아니다. 그러면서도 그것은 미술 재료와 손의 기교와 작가의 의식의 해후 속에서 이루어진다. 그것은 연구의 방법으로서의 실험적인 과정과 비슷하다. 그런 의미에서 작가가 사물에 대해 다음과 같이 말한 것은 정당하다.

우리는 사물을 막연한 관심으로만 보아 넘기기 쉽다. 그러나 하찮은 풀한 포기의 생명일지라도 그것을 세세히 관찰한다면 이제까지 모르고 지내왔던 신비한 발견에 눈뜨게 된다. 이런 새삼스러운 발견은 마침내 사물을 관념으로만 보아서는 그 생명의 비밀과 실상을 파악하지 못한다는 진리를 일깨워 줄 것이다.[3]

이 책의 그림들 대부분은 이러한 제작 과정을 그대로 보여 주지만, 구태여 그 전과 차이를 말한다면, 이제 작가는 그 전에 비해 조금 더 주관적인 개입을 시도하는 것으로 보인다. 그림들은 대체로 그 전 그림들에 비해 사물의 정밀한 재현 과정에 그러니까 그것들이 그렇게 드러나게 되는 주관적인 절차에 관심을 덜 쏟았다고 말할 수 있다.

---

3 이태호, 「남도의 빛, 그 땅의 사람들」, 《월간중앙》(1980년 1월); 『강연균』(삼성출판사, 1993), 33쪽에서 재인용.

모란은 모두 일곱 작품에서 주제가 되고 있다. 이 그림들은 그려진 세부를 실감하게 하는 것도 있고 그렇지 않은 것도 있다. 이 모란 그림들은 2003년에서 2006년 사이에 그려진 것이다. 이 책에서의 배열은 반드시 연대순으로 되어 있지 않고, 대체로 인상주의적 스케치로부터 보다 면밀한 사실적 재현으로 나아가는 과정을 보여 주는 듯하다. 처음의, 2004년의 「모란」(그림 3)은 두 송이의 모란꽃을 대체적인 스케치로 보여 준다. 이것의 인상적이고 개략적인 성격은 꽃잎을 암시하는 진한 녹색 배경의 흰 반점으로도 시사된다. 이 반점에서 느낄 수 있는 것은 이 그림의 시험적인 성격이다. 그다음 2003년의 「모란」[4]에서 화가의 눈은 꽃에 조금 더 근접해 있다. 그러나 꽃잎의 흰색이나 배경의 진한 녹색은 세부적 특징을 드러내지 않는다. 같은 2003년의 또 다른 「모란」[5]은 꽃잎 하나하나의 특성을 조금 더 드러내 준다. 그리고 조금 더 밝은 인상을 준다. 이 밝은 인상은 꽃잎들 아래쪽에 더해진, 보다 밝은 갈색으로 인한 것인가. 화면의 왼편을 보면 어두운 녹색 사이로 작은 푸른색 자국이 있다. 어둠 사이로 밝아진 하늘을 시사하는 것일 수 있다. 가장 밝게 드러나는 꽃의 모습은 2005년[6]과 2003년[7]의 「모란」에서 비로소 발견할 수 있다. 이 두 점의 그림은 2년 간격을 두고 그려진 것이지만, 같은 꽃을 그린 것이 분명하다. 여기에서야 꽃잎의 잔주름, 화판 아래의 주홍색 부분, 화예의 수술들이 보인다. 이 두 꽃이 앞의 것들과는 다르다는 의미에서 하나로 묶어서 볼 수 있는 것은 사실이지만, 둘 사이에는 또 다른 뉘앙스가 있다. 대체적으로 말해, 이 책의 모란 그림들의 배열 순서가 시사하는 대로 앞의 것보다는 뒤의 것이 더 밝은 인

4 『강연균 작품집』, 50쪽.

5 같은 책, 51쪽.

6 같은 책, 52쪽

7 같은 책, 53쪽.

(그림 3) 「모란」(2004, 종이에 수채, 57×76.5cm)

상을 준다. 뒤의 것에서 회색의 그림자가 줄고 연한 분홍과 갈색이 늘었다. 그리고 흰 화판도 더 밝은 느낌을 준다. 햇빛이 더 밝은 것일까, 아니면 개화의 시간이 더 지나서 더 활짝 밝으면서도 이울기 시작하는 것일까. 그러나 이 '모란' 연작이 반드시 시간의 경과에 관계되어 있는 것 같지는 않다. 이 두 그림보다 앞의 것들이 덜 핀 인상을 주는 것은 사실이지만, 앞에 배열된 2004년의 「모란」(그림 3)도 그 개략적인 묘사 수법에도 불구하고 활짝 피어 있는 모란임에는 틀림없다. 어쩌면, 광도의 차이로 달라 보이는 것인지도 모른다. 어쨌든, 이 연작은 대체로 광선과 지각과 그 재현의 다양성에 대한 실험으로 보는 것이 옳을 것이다.

그러면서 또 흥미로운 것은, 이것이 위에서 말한 바와 같이 일정한 순서로 배열되어 있다는 사실이다. 이 연작은 우리의 지각의 명료화 그리고 객관화 과정을 예시한다고 할 수 있다. 우리의 지각은 어떤 사실의 전체에 대한 개략적 인상에서 출발하여 점점 더 면밀한 지각과 인식으로 나아간다고 말할 수 있다. 이 연작이 보여 주는 것이 바로 이러한 지각과 인식의 심화 과정이다. 이러한 의미에서 다시 한 번 앞에 인용한, 연구의 과정, 공부의 과정으로서의 작품 제작에 대한 이해의 정당성을 확인한다.(흔히 작품의 실물과 작품을 사진으로 재현한 화집을 놓고 후자는 전자의 복제품, 그러니까 가짜라고 생각하지만, 반드시 그러한가는 다시 한 번 생각해야 할 문제이다. 다른 화가의 다른 작품들에서도 그러한 경우가 많지만, 이 '모란' 연작에서 볼 수 있는 것처럼, 화집의 병치 없이 작품만을 두고는 그림의 깊은 의미를 바르게 이해하기 어려운 경우들이 많다.)

이 책에 배열된 '모란' 연작과 관련하여 다시 한 번 확인할 수 있는 것은, 그림의 제작 과정에서 알 수 있듯이 미술의 과정이 객관화의 과정이면서 주관화의 과정이라는 사실이다. 객관적 모사의 과정에서도 주관은 늘 거기에 남아 있고 객관화가 진행됨에 따라 그것은 심화될 뿐이다. 그러나 이 주관과 객관은 반드시 한 방향으로만 움직이는 것은 아니다. '모란' 연작에서 앞쪽에 배치된 조금 더 어둡고 개략적인 것이 더 주관적이라고 한다면, 강연균 화백의 이 화집은 대체적으로 조금 전에 말한 의미에서의 주관성이 강하다고 할 수 있다. 풍경화에서 종전의 것들보다 어두운 색깔이 많고, 또 마치 주관의 정서를 대표하듯이 비 오는 풍경이나, 녹고 있는 눈에 덮인, 잔설이 있는 풍경이 많은 것에 주목할 수 있다. 영화나 이야기에서 비가 내리쏟는다든지, 폭풍이 분다든지, 또는 거대한 자연이 압도하는 장소가 낭만적 사건의 배경이 되는 것을 흔히 볼 수 있다. 이것은 하나로 통일하는, 또는 통일되는 듯한 자연 현상이 인간의 주관의 통일에 대한 대응, 즉 코레스퐁당스(correspondance)가 된다는 사실을 이용한 것이다. 물론 이러한 것들은 숨어 있는 구도로서 표면에 크게 부상할 수는 없다. 그것은 의도적 강조로서보다는 작품의 의도의 통일성, 또는 구성의 통일성으로 시사될 뿐이다.

4

이렇듯 객관적 사실성이 높은 강연균 화백의 작품들의 의미는 무엇인가. 앞에서 시도해 본 분석에 그 의미의 일부는 시사되어 있다. 그림은 지각 훈련의 의미를 갖는다. 미술 제작의 과정이 학습의 과정이라면, 그것을 보는 일도 학습의 과정이다. 정확히 보는 것은 훈련을 필요로 한다. 사물에 대한 사람들의 태도는 대체로 습관과 관습의 유형을 따르기 때문에 그 객관성으로부터 동떨어진 것이기 쉽다. 회화는 ― 또 앞에서 시사했던 바와 같이 예술은 일반적으로 ― 이러한 상투적 유형을 깨뜨리고 객관적 지각에 이르고자 한다. 회화의 많은 실험은, ― 가령 성공한 모더니즘의 작품에서 보는 바와 같은 ― 이것을 보다 의식화하여 보여 주려는 작업으로 해석될 수 있다. 그러나 강연균 화백의 그림에서 보듯이, 미술의 새로운 실험과는 관련이 없는 듯한 그림들에도 사실은 거의 실험적이라고 할 수법상의 고안이 들어 있게 마련이다.

학습을 통해 보는 일을 심화함으로써 무엇을 어떻게 하겠다는 것인가. 여기에서 보는 행위는 아름다움을 보는 행위이다. 아름다움은 단순히 카메라가 10초나 14초 동안에 사물의 모습을 포착해 내듯 일시에 우리의 지각에 각인되지 않는다. 그것은 보는 행위의 느린 과정, 훈련을 쌓아 가는 과정에서 드러난다. 그렇다면 아름다움을 무엇에 쓸 것인가. 이 아름다움은 세계의 아름다움이다. 세계의 아름다움을 인지하는 것은, 다른 정당화가 없어도 삶의 보람의 일부를 이룬다. 그것은 그 자체로서 삶과 세계의 경이에 대한 예찬이다. 어떻게 보면, 이것으로 모든 질문은 끝나는 것일 수 있다. 그러나 아마도 우리들 대부분은 삶의 실용적 목적에 의해 정당화되지 않는 의미는 완전히 만족스러운 것으로 받아들이지 않을 것이다.

그러나 아름다움, 더 정확히는 아름다움의 학습은 이러한 원초적인 의미 이외에 여러 가지로 현실의 삶에 관련된 의미를 가지고 있다. 아름다움의 학습이 사물에 대한 지각 그리고 그것의 연장으로서의 인식의 학습 또는 훈련이라고 한다면, 이것이 갖는 의미는 매우 심장(深長)한 것이라고 할 수 있다. 삶에서의 바른 판단과 행동의 근본은 객관적이고 면밀한 사실 인식에 기초한다. 그러나 더 중요한 것은 객관성이 주관의 엄격한 훈련에 기초한다는 것을 아는 일이다. 되풀이하여, 객관화는 주관의 심화의 다른 면이다. 이것을 인정하는 데에서, 지각의 학습은 삶의 다양성의 인정과 심화의 과정이 된다. 즉 여기에서 개인적으로나 집단적으로나 경험과 역사에 대한 이해, 그리고 다른 사람에 대한 인정과 존중, 그리고 민주적 다원성의 복합으로서의 인간 공동체에 대한 인식이 나온다. 물론 이러한 학습이 반드시 의식적인 형태로 이루어지는 것은 아니다.

보다 확대된 의미를 갖기 위해서는 보다 의식화되는 단계를 거쳐야 한다. 그러나 그것은 아름다움을 앎으로써 준비되는 것, 또는 삶과 세계의 구체적인 현실의 기초로부터 준비되어 나오는 것이라고 할 수 있다. 아름다움의 지각 훈련이 갖는 의미는 사물이 갖는 다른 종류의 의미와 관련하여 조금 더 분명해질 수 있다. 물론 그렇다고 하여 그것이 다른 의미와 별개의 것으로만 존재하는 것은 아니다. 그것이 다른 것들과 연관하여 존재함으로써 그것은 이러한 사물의 다른 존재 방식들을 조금 더 근원적인 현실, 즉 사물들이 구성하는 세계의 현실에 뿌리내리게 한다.

일상생활의 물건들은 대체로 실용성의 관점에서 받아들여진다. 실용성이 사물을 얼마나 단순화하는가는, 사물을 이름과 일치하는 것으로 생각하는 사례들에서 쉽게 알 수 있다. 가령 요즘은 물건을 우편이나 인터넷으로 구입하는 경우가 많은데, 물건과 이름이 등가 관계에 있지 않고서는 보지도 않고 물건을 구입하는 것은 불가능한 일이다. 물론 물건이 배달되면, 사람들은 배달된 물건을 주문 시의 상품명과 대조한다. 또 물건과 이름이 대응한다고 하더라도 그 물건의 질을 확인할 때는 이름을 넘어서 물건 자체를 검사해 보게 된다. 그러나 이 경우에도 사실 물건의 사물성이 문제가 되는 것은 아니다. 검사의 대상이 되는 것은 이름과 쓸모가 일치하는가에 대한 확인뿐이다. 그사이에 물건의 사물성은 잠깐 모습을 비추다 사라지고 만다.

결국 물건을 정의하는 것은 쓸모이다. 물론 이는 사람이 살아가는 일에서의 쓸모를 말한다. 그러니까 물건들은 길게든 짧게든, 사람이 삶에 설정하는 계획에 의해 주어진다고 할 수 있다. 간단한 실용성은 당장의 삶의 필요에 의해 정해진다. 그러나 길게 볼 때 그것은 사람들이 생각하고 있는 조금 더 긴 삶의 플롯에 의해 정의된다. 소비 생활이 발달된 요즘에 와서 물건의 구입 또는 제조는 점점 더 이 긴 플롯을 포함한다고 할 수 있다. 응접 세트를 구입하는 것은 의식적으로든 무의식적으로든 자신이 어떤 양식의 삶을 마음에 두고 있느냐에 따라 결정된다. 그리고 이것은 다시 자신의 삶을 위해 어떤 종류의 궤도를 그리고 있느냐에 관계된다. 물론 물건을 통한 자신의 삶의 구도의 실현은 완전히 독자적이고 독창적인 창조에 의한 것이라기보다는 시장에서 제공하는 물건들을 이리저리 꿰어 맞추어 만들어 내는 브리콜라주(bricolage)이다. 그리고 시장은 벌써 제공하는 물건들 밑에 숨은 삶의 궤도, 즉 일정한 범위의 가능성으로 이루어진 몇 개의 삶의 플롯을 준비해 두고 있다. 그리고 이 플롯은 많은 경우 사회적 규범으로서의 의미를 갖는다.

사람이 선택하는 플롯이나 스타일은 스스로 선택하는 것이면서 동시에 사회 규범에의 순응을 나타낸다. 다시 말해 이것은 삶의 필요의 압박이 어느 정도 느슨해진 경제에서 볼 수 있는 것이라고 하겠지만, 빈곤의 경제에서도 이러한 것들이 전적으로 작용하지 않는 것은 아니다. 여기에서 플롯은 더 단순하고 또 삶의 필연성에 밀접한 것이 될 것이고, 삶의 플롯이나 스타일이 의식화된 선택의 대상이 되기는 어려울 것이다. 그러나 이 경우에도 플롯은 독자적인 삶의 필요의 인식에 기초하기보다는 사회적으로 준비된 것이라고 할 수 있다. 그리고 이 사회적 플롯으로부터의 이탈에 대한 관용의 폭은 별로 넓지 않다. 물건의 의미와 이름은 이러한 가능한, 선택된 그리고 부과된 삶의 플롯, 삶의 스타일, 실용성의 조직에서 묻어 나오는 것이다. 물건들은 사물이면서, 동시에 이러한 것들과의 관련에서 삶의 이야기의 일부이다.

미술에 있어서는, 모사 대상이 풍요의 삶을 암시하는 것이든 빈곤의 삶을 암시하는 것이든, 사물과 더불어 암시되는 삶의 플롯은 거의 전적으로 전경을 차지한다. 결국 미술이 그려 내는 것은 따지고 보면 아무 쓸모없는 것이다. 어떤 작품에 쟁기가 그려져 있든 초가가 그려져 있든, 그것은 실제 사용할 수 있는 것이 아닌 실용적인 물건의 모사품에 불과하다. 위에서 말한바 이것이 지각 작용의 학습이라는 것은 이 사실로부터 연유한다. 그러나 그것이 지각 작용의 연구 이상의 의미를 가지고 있다면, 그것은 모사된 대상이 암시하는 비유적 의미로 인한 것이다. 세상의 아름다움은 세계 자체의 한 속성이고 그것을 미술이 더욱 분명한 의식 작용으로 바꾸어 준다고 하겠지만, 사람이 그의 실존적 관심을 벗어날 수 없는 한, 아름다움이란 동시에 아름다운 세계에서의 삶의 아름다움에 대한 암시이다. 그러한 의미에서 그것은 역시 비유적인, 또는 제유적(提喩的)인 성격을 갖는다. 거꾸로 말하면, 미술에서의 모사 대상의 의미도 그것을 규정하는 테두리에서 온다고 할 수밖에 없다.

앞에서 꽃이나 과일 그림을 말했지만, 꽃들은 대부분의 그림에서 여러 종류의 테이블에 놓여 있게 마련이다. 테이블 위의 화병에 꽂힌 꽃들을 포함한 정물들은 한국의 근대화 시기에서 대체로 현대적인 삶 또는 그것을 지향하는 삶을 암시했다. 1991년작 「국화」를 보면, 이것은 테이블 위에 놓여 있지만 희고 깨끗한 종이에 싸여 있다. 그리고 이것은 꽃 선물을 주고받는 낭만적 또는 예절스러운 삶의 세계를 암시한다. 이 책에 실린 「조선의 향기」(2005)(그림 4)에는 목련으로 보이는 꽃들이 있고 그 앞에 백자가 놓여 있다. 이것은 물론 조선 시대의 미적인 삶을 암시하는 것이지만, 백자 아래 깔려 있는 화려한 오색의 조각보를 보면 이 조선적인 삶은 그 시대의 삶이 아니라 오늘날 회고적으로 복원된, 우아한 삶으로서의 조선 시대의 삶을 암시한다. 비슷한 삶의 아름다움에 대한 시사는 「능소화」(2001) (그림 5)를 비롯하여 화분에 담겨 있는 꽃 그림들에 그대로 해당한다.[8] 석류 그림들에서, 석류만이 아니라 석류가 담겨 있는 짚이나 갈잎의 망태 용기는 자연의 풍요와 함께 거기에 밀착해 있는 삶의 보람을 느끼게 한다.

5

일상생활용품이나 미술에서의 사물의 재현이 그것들을 에워싸고 있는 보다 큰 테두리에서 온다고 한다면, 작은 테두리들을 포함하는 궁극적인 테두리는 무엇인가. 방금 말한 바와 같이 미술과 실생활과의 차이는 미술이 갖는 불가피한 비유적 성질에서 온다. 그것은 직접적으로 실물의 세계에 개입하지 않는다. 그러니만큼 그것은 사물의 의미, 즉 큰 테두리가 정해 주는 의미에 실생활에서보다 더 관심을 갖지 않을 수 없다. 이 점에서 미술도 다른 사유나 사상의 모험처럼 사물을 에워싼 큰 테두리에 관심을 갖는다. 파노프스키(Erwin Panofsky)는 그의 미술의 원근법의 철학적 해석에서 원근법을 모든 것을 에워싸고 있는 공간의 무한성 그리고 초월적인 것을

---

8   같은 책, 59~71쪽.

(그림 4)「조선의 향기」(2005, 종이에 수채, 57×76.5cm)

(그림 5)「능소화」(2001, 종이에 수채, 65.1×90.9cm)

시사하려는 시도라고 말한 일이 있다. 적절한 회화적 구도의 조정에 따라서는 부분적인 시각 재현도 시각 현상 전체를, 그리고 대상적 세계 전부를 포용하는 테두리를 시사할 수 있다는 말이다. 하나의 시각 작용에서도 지각의 신비가 열릴 수 있는 것이다.

그러나 일반적으로 그리고 상식적으로 말해 인간의 많은 것을 규정하고 있는 것은 사회 그리고 정치적 범주이다. 앞에서 꽃이 암시할 수 있는 아름다운 삶에 대해 언급했지만, 대체로 그림에 재현되는 꽃들, 특히 화병 등에 꽂혀 있는 것들은, 어떤 사람들의 관점에서는 부르주아적 삶을 그린 것이다. 모네나 르누아르의 그림들에 그려져 있는 선상(船上)이나 풀밭 위의 파티 같은 것도 부르주아 계층의 삶을 그린 것이다. 이러한 것들에 비해, 하이데거의 『예술 작품의 기원』에서 핵심적인 텍스트가 되었기 때문에 유명한, 반 고흐의 「구두」는 그의 다른 그림 몇 점과 함께 노동하는 사람의 삶을 내세운 것이라고 할 수 있다. 그러나 어떤 관점에서는, 이러한 것은 적극적인 의미에서 인간 생존의 사회적, 정치적 테두리를, 그리고 그것에 대한 인간의 실천적인 관계를 보여 주는 것이 아니다. 여기에는 분명한 계급적 의식이 없다. 그것을 계급의 관점에서 말하는 것은 그림의 밖으로부터 사회적 해석을 도입하는 것이다. 그렇게 볼 때, 이러한 그림들은 사회주의 건설에의 노동자 투쟁의 역사적 의의를 강조하는 사회주의 리얼리즘 회화와 같은 것일 수는 없다.

한국에서도 예술이 삶을 결정하는 사회적, 정치적 테두리에 대해 주목할 것을 요구하는 목소리가 높은 것은, 한국 현대사의 혹독함에 비추어 당연하다고 할 수 있다. 민족, 민중, 정의, 평등, 투쟁, 역사, 통일 등의 추상적인 언어들은 정치적 구호가 될 뿐만 아니라, 예술 작품의 영감과 이해 그리고 평가에 동원되거나 함축되는 삶의 큰 범주들이다. 사람들은 집단의 삶을 그러한 말들로 종합되는 어떤 이야기 — 흐름이 있는 역사로서 파악하고, 개인의 삶을 그 이야기에서 차지하고 있는 자리로서, 그리고 자리에 관계되는 작은 이야기로서 의미를 갖는 것으로 생각한다. 이러한 개념들과 그것들의 이야기가 단순한 지적인 이해의 틀이 되는 것은 아니다. 이러한 큰 언어들이 풀어내는 이야기는 사람들의 감정생활에도 깊이 침투한다. 그것들은 사람들을 흥분시키고, 어떤 때는 죽느냐 사느냐의 싸움을 유발하기도 한다.

또 이러한 말들 또는 그것이 나타내는 사회와 정치의 현실들은, 단순히 개체적 삶을 담고 있는 그릇과 같은 것이라기보다도 거기에 일정한 정향성(定向性)을 부여하는 근원으로 작용한다. 그리하여 그것들은 개체적 삶을 밖으로부터 형성하는 원인이 될 뿐만 아니라 무엇인가에 의지하여 자신의 삶을 정당화하고 정형화하고자 하는 개체의 절실한 요청이 된다고 할 수 있다. 알튀세르(Louis Althusser)가 사람의 삶에서 이데올로기의 기능을 설명하면서, "개체는 이데올로기가 대표하는 사회의 큰 주체성의 부름을 통해 비로소 주체가 된다."라고 한 말은, 그 착잡한 함의를 넘어서 인간에 대한 중요한 관찰을 담은 것으로 볼 수 있다. 또는 이것을 더 확대하여, 많은 사람들은 자신의 삶을 어떤 역사적 사건 또는 사회적 범주와 관련하여 정의함으로써 — 그것은 긍정적인 의미일 수도 있고 희생과 고통의 경험일 수도 있다. — 자신의 삶의 의미를 발견했다고 생각할 수 있다. 이러한 여러 가지 정치적, 사회적 이유와 인간 본래의 필요로 인해, 1960년대 이후 문화적 노력은 이러한 어휘들이 가리키는 사회적, 정치적 범주를 도입하는 데에 경주해 왔다. 그리하여 문학은 개인적인 체험과 지각에 기초한 것이라도, 이러한 큰 범주에 의해 규정된 것으로 보아야 하는 것이 되었다. 비슷한 현상이 미술에서도 일어나는 것은 당연하다. 그 가장 대표적인 것이 1970년대부터 일어나기 시작하여 1980년대 말과 1990년대에 크게 부상한 민주 예술이다.

정치화되는 사회 현실에 대한 강연균 화백의 관계는 복잡하다. 그의 작품 가운데 단적으로 정치적인 작품으로 「하늘과 땅 사이 1」(1981)(그림 6)과 같은 것을 들 수 있고, 이것을 광주의 「게르니카」라고 보는 것은 당연하다. 고구려 벽화의 산세나 단청의 원색을 연상시키는 채색이 뚜렷한 「조국산하도」(1993)는 분명 민족정신을 그림으로 표현하겠다는 정치적 의도를 가진 것으로 말할 수 있다. 그러나 대체적으로 강 화백의 정치 현실에 대한 관계는, 이데올로기적 의도를 크게 감지할 수 없는, 말하자면 반 고흐의 「구두」나 「감자 먹는 사람」과 비슷한, 토착적 현실의 탐구로서 대표된다고 할 수 있다.

말할 것도 없이 그림에 대한 강연균 화백의 태도는 한결같이 사실적이다. 이 '사실적'이라는 말은, 어떤 리얼리즘론에서 말하듯이 이데올로기적 편향을 지칭하는 말이 아니다. 위에서 본 바와 같이 그 핵심은 사물을 있는 그대로 재현하는 것이다.(있는 그대로의 사물이 무엇이냐가 간단히 정의될 수 없다는 것은 이미 위에서 충분히 시사한 바이지만, 그 애매성에도 불구하고 그것을 상정하는 것이 무의미한 것은 아니다.) 이 사실성은 소재를 표현하는 방법에 관계된다. 그러나 강 화백의 사실성이 민중적인 소재에서 발휘된다는 점은 부정할 수 없다. 그의 그림의 대상은 향토의 풍경 그리고 향토의 농민이나 어민과 같은 사람들이다. 이것을 반드시 정치적 경향성을 가진 것이라고 해야 할지는 분명치 않다. 그의 다른 소재는 앞에서 본 바와 같이 꽃이나 과일 그리고 누드인데, 이러한 것은 반드시 민중적 주제라고 할 수는 없다. 강 화백의 민중적 소재는 이러한 비민중적 소재의 연장선에 있다.

그의 예술의 핵심은, 무엇이 그 대상이 되든지 간에, 사실성의 추구이다. 사실성은 방법론적으로 이미 이데올로기적 단순화를 어렵게 한다. 정치적 미술이 노리는 것은 메시지의 전달이다. 그리하여 사실을 이에 종속하게 한다. 사물의 메시지화는 포스터에서 가장 두드러진다. 이에 비해 사

(그림 6) 「하늘과 땅 사이 1」(1981, 종이에 수채, 193.9×259.1cm)

실에 대한 강조는 사실로 하여금 메시지를 넘어서게 하고, 사실 자체에 따르게 마련인 여분의 애매성을 만들어 낸다. 그리하여 메시지의 일의성(一意性)은 사물의 다의성(多意性) 속에서 모호해진다. 정치적 관점에서는 이것이 비판되어야 하지만, 보다 심미적인 관점에서는 그림과 예술 본래의 기능이 바로 여기에 있다. 그러나 사람의 삶과 그 환경을 있는 대로 그려 내는 것, 그보다 더한 정치적 행위도 없다고 할 수 있다. 삶의 현실을 떠나서 무슨 정치가 있겠는가.

그러니까 다시 말해, 분명한 범주를 거부한 채로 강연균 화백의 그림에서 정치적 주제를 찾아본다면, 사회의 부유층이나 중산층이 아니라 일하는 농민이나 시장의 아낙네, 쉬고 있는 어부, 이러한 모습들에서 찾을 수 있을 것이다. 또는 그의 풍경화들이 도시가 아니라, 사회적, 경제적 척도에 비추어 빈곤하다고 할 수밖에 없는 농촌의 풍경들을 대상으로 한다는 사실에서도 그의 작품의 정치적 성향을 발견할 수 있을는지 모른다. 그의 그림에 오지호(吳之湖) 화백의 밝은 풍경을 연상시키는 것들이 없지 않으나——「외양간」(1992)은 자못 시적인 농촌의 삶을 환기한다.——그의 향토 묘사는 대체로 어두움이 드리워져 있는 것이 주조를 이룬다. 그러나 이 그림들의 의미를 정치에 한정하는 것은 더 깊을 수 있는 작품의 의미들을 놓치는 일이다.

그의 작품에서 풍경은 큰 부분을 차지한다. 그의 풍경이나 농촌의 인물 묘사들이 정치적 함의를 가지고 있다고 하더라도, 그것은 이 풍경의 전체적인 의미 속에서 생각되어야 한다. 그의 풍경화들은 「고부 풍경」, 「고부 가는 길」, 「구진포 가는 길」 또는 「만경강」과 같은 지명을 가진 것도 있고, 좀 더 일반화한 「전라도 땅」이나 「남도의 빛」과 같은 화제를 가진 것도 있다. 이 이름들은 이 그림들이 향토의 풍경임을 말해 준다. 이러한 이름이나 표시로 하여, 이 그림들은 진경산수(眞景山水)라고 할 수 있다. 그러나 전통적인 진경산수가 진짜 풍경이 되는 것은 이름 때문이거나 이름이 지칭하는 어떤 특정한 지형을 그린 때문만은 아니다. 그러한 그림이 진짜가 되는 것은 어떤 진짜 풍경을 그렸느냐 하는 것보다도 땅의 실감, 즉 어떤 특정한 곳일 것이리라는 느낌을 가지게 하는 땅의 실감으로 인한 것이다. 가령, 「고부 가는 길」(1983)은 그 길을 따라 고부에 가 본 일이 있는 사람에게도 반드시 '이곳이 바로 고부임에 틀림이 없다'는 정확한 지형의 인지를 가능하게 하지는 않을 것이다. 앞에서 우리가 화판의 주름이나 가죽과 같은 석류 껍질이나 소쿠리의 세밀한 결에서 본 바와 같은, 밭고랑, 비포장의 흙길, 마른 짚가리, 길가의 마른 풀잎들, 앙상하게 뻗은 겨울나무, 그리고 어두운 언덕의, 삭막하다면 삭막한 풍경의 세밀하기 짝이 없는 재현이 이 그림들을 진경산수가 되게 한다.

사실 땅의 실감은 별로 이름을 필요로 하지 않는다. 그렇다고 사실 묘사가 한결같은 것은 아니다. 묘사된 사실성 그리고 사실성의 재현 방법에는 여러 다른 뉘앙스들이 있다. 「구진포 가는 길」(1986)은 조금 더 낭만적이다. 여기서의 사실성은 반드시 정밀한 세부 묘사에 의존하지 않는다. 그러면서도 녹아내리는 눈이 있는 길가의 풍경은 그 젖은 흙길의 재현만으로도 실감 나는 시골길의 정경임을 알게 한다. 「황토길」(1985)은 비슷하게 흘러내리는 색채의 풍경 묘사이다. 그 특징은 집들이 없는 넓은 들녘을 보여 준다는 점이다. 「잡초 언덕」(1984)의 수법은 잡초의 느낌을 전달하는 세필의 묘사에서 「고부 가는 길」과 비슷하다. 그러나 이 그림은 마을이나 마을로 가는 길이 아니라 언덕진 넓은 들녘을 보여 준다. 「전라도 땅」(1990)(그림 7)은 제목이 시사하고 있듯이 매우 사실적이면서도 땅의 전체적인 조망을 보여 준다. 밭도 있고 사람의 집도 있지만, 그것들은 넓은 황토 언덕과 그 사이로 파인 골짜기가 압도하는 전체적인 지형 속에 포용되어서, 사람이 거주하고 있으면서도 그것을 넘어가는 대지를 신비화한다.

땅으로서 민족의 정신을 상징하고자 하는 「조국산하도」는 이러한 토지 의식 또는 대지 의식을 민족주의적으로 신비화한 것이다. 조금 전에 거명한 작품들은 사람의 자취가 없거나 그것을 넘어가는 큰 규모의 자연의 제시를 주제로 하는 그림들인데, 땅의 신비화는 강 화백의 그림에 늘 비치고 있었다고 할 수 있다. 그러나 정치적 의미에서의 토지의 신비화는 강연균 화백이 그렇게 즐기는 것이 아닐는지 모른다. 그에게는 현실의 땅 그 자체, 또는 그것의 아름다움이 더 중요한 것일 가능성이 크다. 땅의 아름다움이란 삭막한 땅의 아름다움을 포함한다. 그러나 그것은 보다 더 행복한 땅의 아름다움일 수도 있다. 「어머니의 땅」(1985)은 넓은 시각에서의 토지 그림이지만, 그 토지는 대자연이나 민족정신으로 크게 열리는 것이기보다는 조금 더 사람의 거주로 순화되어 있는 토지이다. 숲이 있고 잘 경작된 밭이 있고, 꽃이 핀 작물이 가득한 밭이 있고, 집들이 있다. 이것은 어쩌면 매우 인간적인 농촌의 삶을 이상화한──비현실적인 것이라고 할 수는 없지만──전원적 유토피아라고 할 수 있다.

「탄광촌 설경」(1980)(그림 8) 같은 그림은 강연균 화백의 풍경화 가운데에서도 두드러지게 정치적인 그림이라고 할 수 있을는지 모른다. 그러나 그것도 그림의 내용보다도 탄광이라는 이름 때문에 그렇게 생각되는지 모른다. 물론 암석의 봉우리와 눈과 겨울나무의 산, 그 아래 서 있는 인적이 없는 검은 창(窓)의 길갓집들, 또 그 집들 사이의 눈 덮인 길을 웅크리고 가는 수건 쓴 아낙네들의 모습이 삭막한 느낌을 주고, 이것이 이 풍경이 빈한한 탄광촌의 풍경임을 알게 한다. 그러나 다른 한편으로 이 어두운 색의 콩테, 수채화의 전체적인 느낌은 삶과 자연의 냉혹함과 함께 그 엄숙함에서 온다. 앞에서 언급한 풍경들처럼, 있는 그대로의 큰 자연은 우리에게 그 엄격함 또는 엄숙함으로 우리를 위압한다.

「고부 풍경」(1983)이나 「언덕길」(1985)도 빈곤의 풍경이라고 할 수 있다. 「고부 풍경」은 토담 뒤에 숨어 있는 낮은 눈 덮인 집들, 그 사이로 굽이 돌아가는, 잎 진 포플러들이 서 있는 좁은 길을 그리고 있다. 그러면서, 색깔이 더 어둡고 길이 좁고 조밀한 집들의 배치 때문인지, 다른 비슷한 그림들보다 더 음침한 가난을 전달한다. 이에 대해 「언덕길」에서, 그림이 보여주는, 먼 곳으로 뻗는 듯한 길이나 조금 더 널찍한 공간의 구도 또는 조금은 더 밝은색으로 인해, 가난의 어둠은 조금 더 가벼운 듯하다. 전혀 인기척이 없는 것도 여기에 활발한 삶이 없음을 느끼게 한다. 그러나 다른 한편으로 이것들이 참으로 가난을 나타내는 것인지는 분명치 않다. 앞에서 말한 경치들에 엄숙함이 있었다고 한다면, 여기에서의 집과 동네는 자연스럽게 그 일부를 이루고 그 엄숙성에 참여하고 있다고 할 수 있다. 그 쓸쓸함, 조촐함, 빈한함, 그리고 강연균 화백의 그림에 자주 나오는, 길이 상징

(그림 7)「전라도 땅」(1990, 종이에 수채, 97×146cm)

(그림 8)「탄광촌 설경」(1980, 종이에 콩테와 수채, 38.5×57.5cm)

하는바 보이지 않는 곳을 향한 그리움은 그 나름의 아름다움을 가지고 있다. 이러한 풍경의 인상을 지나치게 낭만적으로 확대해서도 안 되지만, 여기에 빈곤의 처참함이 있다고 한다면, 그것은 도시 빈곤의 비참과는 전혀 다른 종류의 것이다. 그것은 적어도, 빈곤하든 부유하든, 오늘날의 새 건축물로 가득한 신도시들보다도 주어진 엄격한 환경에 유기적인 관계를 가진 것으로 보인다.

6

삶의 엄격함과 엄숙함, 그 아픈 무게 그리고 엄격한 자연과의 유기적인 일체성의 느낌은 농촌 서민들을 그린 인물화들에 가장 잘 나타난다. 강연균 화백의 서민화 중 대표적인 것은 「시장 사람들」(1989)(그림 9)이다. 여기에서 우리는 짚망태, 대바구니, 짚가리, 일궈 낸 밭고랑, 흙길, 종이 봉지 등의 세부를 그려 내던 세필 묘사가 인물들과 복장 그리고 소지품들의 재현에 그대로 사용되어 있는 것을 본다. 이 세필 묘사는 인물과 물건 그리고 그 사이의 짙은 일체성을 그려 내는 일에서 아무것도 놓치는 것이 없다. 그러한 예 가운데 가장 돋보이는 것은 한가운데의 노부인의 모습이다.

이 할머니의 얼굴의 주름살은—여기에도 화려한 색깔 조각보가 들어 있는 대소쿠리가 나오지만—석류 그림에 나오는 왕골 망태의 오라기와 같이 하나하나가 자세히 묘사되어 있다. 수법이 같을 뿐만 아니라, 같은 수법은 이것들 사이의 유사성을 두드러지게 한다. 그녀의 얼굴의 주름은 황토의 흙 고랑과도 유사하고, 오랜 쓰임 속에 사람의 삶의 일부가 된 대나 짚이나 왕골의 용기(容器)의 잔줄기들과도 비슷하다. 그녀의 옆으로 죽 그릇을 받아 들고 있는 다른 여인이 있는데, 이 여인을 보고 있는 눈은 무엇을 그렇게 노려보고 있는 것인가. 이 노려보는 듯한 눈이 나타내고 있는 것은 분명 적의는 아니다. 그것은 삶의 신산스러움의 역사를 뒤로 가진 무표정을 나타내고, 또 그 무표정 속에 과장된 친절의 표정을 넘어선 너그러움, 일하는 삶의 넓은 포용에서 나온 선의를 나타낸다고 할 수 있을는지 모른다. 이러한 느낌은 이 할머니만이 아니라 이 그림 전체에서 우러나온다. 그것은, 말하자면, 특히 좋을 것도 나쁠 것도 없는 자연 속의 노동의 삶의 표정이다. 그림의 배경에는 어업 관계의 사업장이 있고 바다가 있고 바다로 뻗은 육지의 팔들이 있다. 조금 더 큰 자연의 배경이 있었을 법도 하지만, 보다 큰 자연은 그 숭고미로 삶의 무게를 가벼운 것이 되게 했을는지도 모른다. 자연이 부과하는 삶의 조건은 그림 전체에 황토색을 칠하게 하고, 그 색깔은 만들고 사고팔고 주고받고 일하고 쉬는, 삶의 모든 것에 스며들어 있다고 할 수 있다.

　삶의 무게와 그것이 사람에게 부여하는 위엄은 강 화백의 다른 서민화에서도 느낄 수 있다. 「시장 사람들」의 할머니는 강연균 화백의 여러 작품에 등장한다. 「할머니」(1992)(그림 10)에서, 배경의 토지는 그다지 비옥하지 않은 자갈밭으로 대략적으로 스케치되어 있다. 그러나 주인공 할머니와 모자, 얼굴, 스웨터 그리고 조끼 등은 자세히 묘사되어 있다. 이 그림에서의 초점은 무거운 것이 담긴 바구니를 들고 있는 할머니의 자세가 아닌가 한다. 그 꾸부정한 자세는 들고 있는 것의 무게와 함께 인생과 세월의 무게를 나타내는 것으로 보인다. 이 자세가 반드시 무게에 대한 절망이나 저항을 나타낸다고 할 수는 없다. 거기에는 무게를 견디고 받아들이는 자의 무게가 있다. 어쩌면 그것이 이 할머니의 인간적 위엄을 구성하는 것일 것이다.

　「포구의 오후」(1989)에는 노동과 삶의 세월이 얼굴에 주름들을 새겨 놓은, 노어부(老漁夫)로 보이는 한 노인이 앉아 있다. 그가 엇비슷하게 바라보

(그림 9) 「시장 사람들」(1989, 종이에 콩테와 수채, 97×146cm)

(그림 10) 「할머니」(1992, 종이에 콩테와
수채, 58×41cm)

고 있는 것은 풍요롭거나 아름다운 것이 아닌 짙은 갈색의 자연과 웅덩이 같은 물들, 그리고 기슭에 올려놓은 낡은 보트이다. 담배를 물고 쭈그리고 앉아 있는 노인은, 그가 보고 있는 그의 삶의 조건들로부터 잠깐 휴식을 취하고 있는 것일 것이다. 그의 덤덤한 듯 쓸쓸한 듯한 눈길이 나타내고 있는 것은 무엇일까. 그것은, 어쩌면 완전히 멍한 상태에 있는 모습인지도 모른다. 밥줄이 되는, 고되면서도 고마운 노동으로부터 쉬는 순간이라는 것은 잠깐 멍한 상태에 빠지는 것을 의미하는 것이 아닐까. 큰 감정도 의미도 없는 이 공백의 상태에서 다시 삶의 작업으로 돌아가는 에너지가 재생되는 것이라고 할 수 있다. 사람의 위엄은 이러한 휴식과 노동의 순환에서 저절로 생겨난다.

이 그림들은 자연을 크게 떠나지 않는 상태에서의 삶의 고됨과 견딤을 보여 준다. 그러면서 그것은 그러한 삶을 수용하고 긍정하고, 또 넓은 의미에서는 기린다고 할 수 있다. 여기에 사회적으로 부과되는 부당한 빈곤과 고통이 있는 것은 틀림이 없겠으나, 이 그림들이 보여 주는 것은 정치적으로만 정의될 수 없는 삶의 현실과 그 무게 그리고 삶의 위엄이다. 이 현실은 하나의 메시지에 종합되기에는 너무 복합적이다. 우리의 지각은 늘 이 복잡한 현실에 열려 있다. 지각이 발견하는 것은 사실의 세계이다. 이 세계는 단순하기보다는 복합적이고 하나이기보다는 다양하다. 그리하여 삶의 사실성에 가까워 간다.

7

이 화집은, 앞에서도 비친 바와 같이 앞의 시기 그림들의 사실주의보다는 낭만주의적인 경향을 띤다. 여기에서도 화초, 풍경화, 누드, 인물화는 앞에서와 마찬가지로 강 화백의 그림을 갈라 보는 데에 분류 항목으로 사용될 수 있다. 풍경화는 앞에서 논한 화초 못지않게 중요한 항목이다. 그러나 그것은 앞에서 본 바와 같은 의미에서의 향토의 사실적 재현을 강한 특징으로 하지 않는다고 할 수 있다. 그려진 풍경들은 특정 지역의 풍경이겠지만, 일반화되어 있다. 중요한 것은 지역보다는 계절의 순환이다. 사실성은 여전히 두드러진다. 다만 그것은 사회적 의미보다도 회화적이고 심미적 의미를 갖는 것으로 생각된다. 이 점에서 그것은 이 글의 맨 앞에서 논한 바 있는 화초나 과일 그림의 연장선상에 있다고 할 수 있다.

2005년작 「정미소」 두 점은 그 전의 그림과 같이 번창하는 것으로 보이지는 않는 시골의 정미소이지만, 반드시 빈곤이나 쓸쓸한 느낌을 전달하지는 않는다. 자세히 보면, 건물의 허름한 벽 또는 튼튼하지 못한 시멘트 벽돌 등 전체적으로 건물의 가건물적인 형태, 이러한 것들을 확인할 수 있지만, 그러한 것들은 그림의 회화적인 효과 속에 가려져 있다. 이 그림들의 전체적으로 어두운 색조는 다른 농촌 풍경의 보다 밝은색, 특히 「일출하경」(1987)이나 「오월」(1989)의 밝은 색채의 풍경들과 대조되지만, 그것이 농촌의 사회적 비참함을 강조하는 것으로 보이지는 않는다. 두 점의 「정미소」 그림 중 밝은 해가 비치는 그림(그림 11)에서 눈에 띄는 것은 무엇보다도 정미소의 한쪽 벽을 비추고 있는 햇빛과 다른 쪽 벽과 그 뒤의 소나무들에 드리운 그늘의 대조이다. 이 명암의 대조는 밀도 높은 색채의 통일 속에 있는 전체 화면에 공간의 깊이감을 만들어 낸다.

다른 정미소 그림[9]은 훨씬 어둡지만, 이것도 비참한 느낌을 주는 것은 아니다. 어두운 색조의 건물들이나 굵은 나무 밑동, 잿빛 구름의 하늘, 여

---

9 같은 책, 87쪽.

(그림 11) 「정미소」(2005, 종이에 수채, 57×76.5cm)

기저기 남아 있는 눈은 묘사된 사람의 거주 형태 전부를 하나의 통일된 회화적 공간에 재현한다. 그림이 어둡다면, 그것은 사회적 어둠이라기보다는 자연의 어둠, 흐린 겨울날의 어둠일 뿐이다. 「양광」(2003)[10]이 재현하는 시골의 집은 가난하다고 할 것까지는 없을지라도, 오늘날 같은 주택의 사치가 일반화한 시대에 「고부 풍경」의 집들보다 특히 나은 집들이라고 할 수는 없다. 집 앞에 있는 담, 그리고 화면의 왼편에 있는 슬레이트나 양철 지붕 건물의 흙벽은 특별히 가꾸어 놓은 건조물이라고 할 수 없다. 그러나 여기에서도 우선 눈에 들어오는 것은 번영과 빈곤의 물질적 차이보다도 지금 말한 두 건조물을 조명하는 광선 효과의 강한 대조이다. 그림의 제목이 「양광」인 것은 우연이 아닐 것이다.

---

10 같은 책, 103쪽.

자연의 자연 됨에 대한 강조는 다른 풍경화에서도 볼 수 있다. 「고향의 잔설」(2006)(그림 12)이나 「설경」(2006)[11]의 경치들은 전적으로 사회적 주석이 없는 농촌의 정경이다. 돌이나 바위 그리고 잎 떨어진 나무들 사이에 산만하게 흩어져 있는 집들은 순수한 자연 풍경의 일부이다. 바위들의 존재는 이곳의 인조물들이 자연의 사물들과 크게 다르지 않다는 것을 강조하는 것일까. 「봄볕」(2003)[12]에서 밖을 넌지시 내다보고 있는 소가 있는 외양간은 커다란 바위와 나무 등이 저편에 있다. 어두운 색깔 속에서 사람의 집도 바위틈에 존재하는 자연물에 가까이 가는 것으로 보이는지도 모른다. 여수 사도(沙島)의 풍경을 그린 몇 폭의 그림 ——「여수 사도의 얼굴 바위와 장군 바위」(2003~2006)[13], 「사도 장군 바위」(2002)[14], 「사도」(2002)[15] —— 에서 바위를 크게 부각시킨 것은 자연의 무게를 상징하는 것들에 관한 어떤 우의(寓意)를 담은 듯하다.

「매향리」(2005)[16]나 「국동마을」(2003)[17]의 마을들은 앞에서 본 고부나 구진포 또는 언덕길의 마을과 크게 다르지 않은 마을들이겠으나, 이 그림에서 사회적 소외와 같은 것이 강조되었다고 할 수는 없다. 집들은 그대로 눌러 자리하고 있다. 집들 사이로 길들이 있지만, 이 길들은 마을을 벗어나 다른 먼 곳으로 가는 것이 아니라 마을로 들어가는 길이다. 거기에는 흙 부스러기가 흩어져 있는 대신 눈들이 쌓여 있다. 눈 덮인 길은 비어 있는 느낌을 주지 않는다. 그리고 눈으로 인해 길은 춥기보다는 아늑한 느낌

---

11 같은 책, 89쪽.
12 같은 책, 105쪽.
13 같은 책, 125쪽.
14 같은 책, 126쪽.
15 같은 책, 127쪽.
16 같은 책, 83쪽.
17 같은 책, 81쪽.

을 준다.

이 책에서 자연 풍경은, 다시 말해, 어두운 색조를 드러낸다. 그러나 그 것은 대체로 조금 전에 말한 바와 같이 삶의 어둠보다는 자연과 화면에 통 일성을 부여하는 것으로 보인다. 구태여 우화적인 의미가 있다면, 그것은 자연의 무게와 깊이를 강조한다고 할 수 있다. 인가를 제외하거나 극소화 한 풍경화에서 두드러진 것은 검은색의 나무 밑동, 등걸, 그리고 바위이다. 흙이나 산등성이의 색깔도 사뭇 어둡다. 2004년에 제작된 두 점의 「과수 원」(그림 13)에서 과수들은 고목이라고 할 만큼 굵고 어둡다. 풍경화의 도 처에서 강조되는 것은 굵은 밑동과 얼크러져 뻗은 가지들이다. 이 모든 것 들은 어쩌면 수목과 수목 재배의 시간의 깊이를 나타내는지도 모른다. 「봄 나물」(2001)[18]에서 나무들은 검은색의 바위들과 더불어 있다. 이 나무와 바 위들 너머로 멀리, 거의 조그만 돌덩이와도 구분되지 않는, 나물을 캐고 있 는 사람의 모습이 보인다. 나무와 바위 너머의 공간은 양광이 가득한 듯 밝 다. 풍경화들이 가리키는 의미는 이 풍경들이 봄 풍경이라는 데에도 함축 되어 있다. 검은 나뭇등걸들은 새로운 잎이나 꽃망울을 달고 있다. 「동복 의 매화」(2002)[19]와 「자두꽃」(2001)(그림 14)에서 꽃들은 흰 불꽃처럼 피어 오른다. 특히 「자두꽃」은 조금 과장된 형태로, 한 그루의 나무가 커다란 불 꽃이 되어 있는 것을 보여 준다.

강연균 화백에게 누드는 중심적인 테마 중 하나이다. 그의 화제는 정물 이나 풍경, 그리고 인물화 —— 이것은 자화상을 제외하고는 반드시 초상화 적인 것은 아니지만 —— 와 같은 서양화의 전통적인 화제의 범위에 머문다. 누드가 미적인 탐색의 대상이 되는 것은 자연스럽다. 그러나 인간 육체의

---

18 같은 책, 119쪽.
19 같은 책, 95쪽.

(그림 12)
「고향의 잔설」(2006, 종이에
수채, 38×57cm)

(그림 13)
「과수원」(2004, 종이에 수채,
57×76.5cm)

(그림 14)
「자두꽃」(2001, 종이에 수채,
91×117cm)

사실성에 대한 미술적 학습의 가능성은 매우 좁다고 할 수밖에 없다. 앞에서 본 「시장 사람들」의 늙은 부인네의 얼굴의 주름살은 사실이면서 사연이다. 그것은 일하는 삶의 세월을 이야기한다. 광주리의 줄기들도 그것을 짜 내는 손놀림의 면밀한 작업을 이야기한다. 이낀 낀 검은색 바위가 말하고 있는 것도 지질학적 세월의 장구함과 그 세월 속에서의 지속이다. 젊은 여인의 몸이 이야기해 줄 수 있는 것은 무엇인가.

「포구의 누드」(1983)(그림 15)는 등을 보이고 있는 여인의 나체 저편으로 낡은 보트들과 먼 지평선을 보여 준다. 보트가 표시하는 항해는 여인 자신이 가진 꿈이라든지 아니면 여인이 약속하는 항해일 것이다. 바다의 붉은 사장(沙場)에는 항해를 멈추고 육지에 올라와 있는 낡은 보트가 있다. 항해의 꿈은 순탄하지만은 않다. 그러나 이 그림의 사연은, 조개껍질을 타고 바다를 건너오는 비너스의 그림처럼 신화적이지 않을지라도 매우 낭만적인 연상을 불러일으킨다. 「토기와 누드」(1992)는, 윌리엄 블레이크(William Blake)의 그림에서 보는 듯한 신비스러운 배경의 위아래로 배치한 토기와 여인을 통해 두 가지의 아름다움, 두 가지 다른 종류의 피부가 존재하는 세계의 신비를 말하려는 것일까. 예전의 여인상들은 대체로 이상화된 것들이라고 할 수 있다. 「자매」(1989)에서 이국적인 화초를 암시하는 배경 앞에 과일 바구니를 이거나 들고 있는 여인들은 그 밝은 빛의 피부만으로도 이상화되어 있음을 알 수 있다. 이에 비해, 「2인의 누드」(1991)의 두 여인은 그들이 누워 있는 꽃이 핀 풀밭으로 인해서도 그러하지만, 세필로 조소성(彫塑性)을 높여 다듬어 놓은 육체, 그리고 그들의 몸과 풀밭의 바탕 색깔이 되어 있는 은은한 회색이 밝은색과는 다른 의미에서 모든 것을 이상화한다.

이 화집의 여인상들은 대체로 그 전 것들에 비해 보다 사실적이라고 할 수 있다. 이는 별로 서사적인 연상을 드러내지 않는다는 말이다. 2003년

(그림 15) 「포구의 누드」(1983, 종이에 콩테, 수채, 파스텔, 91×65cm)

의 한 「누드」[20]에서는 하반신이 크게 부각되어 있다는 느낌을 준다. 같은 해 다른 누드의, 누워 있는 여인의 모습[21]에서는 과장된 포어쇼트닝(foreshortening)을 통해 전면의 다리는 거대하게 부각되고, 상반신은 빈약해지고 거의 사라지는 듯하게 처리된다. 이 다리는 1991년작 「고목」을 연상하게 한다. 나무의 다른 부분과 전적으로 불균형한 나무의 아랫도리는 석문(石門)이나 기념비와 같은 인상을 준다. 나무의 가운데가 파여 생긴 공동(空洞)은 어두우면서도 많은 것을 간직하고 있다. 이러한 나무의 아랫도리와 과장된 여인의 하체 사이에는 어떤 상사 관계(相似關係)가 있는 것일까. 2003년의 또 다른 「누드」[22]에서 나체의 여인은 흰 시트 위에 누워 있는 것 같지만, 시트는 어쩌면 설원(雪原)일 수도 있고, 여인의 몸은 눈 덮인 들녘 위에 솟은 산과 같은 지형지물일 수도 있다. 성적인 존재로서의 — 적어도 남성의 관점에서 — 여성은 자연의 거대한 힘의 일부로 상상될 수 있다.

8

사물은 서사의 일부로 생각될 때 그 사물성을 손상당한다. 그러나 사물성의 추구도 그림자처럼 깃드는 서사의 암시를 벗어나지 못한다. 이것은 인간의 나체상의 경우에 특히 그러하다. 적어도 어떤 이상화(理想化)가 없이는 그것은 흥미를 일으키지 못하는 것이 아닌가 한다. 미술의 역사에서 최초로 인간의 육체를 사실적인 모습으로 보여 주었다고 하는 그리스의 조각들이 형상화한 인간 육체가, 사실적인 것이 아니라 이상화된 것이라

---

20 같은 책, 153쪽.
21 같은 책, 157쪽.
22 같은 책, 156쪽.

는 것은 유명한 이야기이다. 예술에 개입하는 주관은 대상을 필연적으로 이상화 또는 이념화한다. 이 주관적인 부분을 의식화하고 확대하는 것이 현대 미술의 하나의 경향이라고 할 수 있다. 앞에서 누차 비친 바와 같이 객관적 사실성의 추구 자체도 주관의 여과 장치, 투명한 것일 수도 있고 불투명한 것일 수도 있는 주관의 여과 장치를 피할 수 없다. 이 측면을 간과하면 어떤 경우에나 예술의 복합성을 이해하는 데에 실패한다고 할 수 있다.

다시 강 화백의 누드로 돌아가서, 하체 부분을 확대 부각한 것을 포함하여 사실적인 재현에만 주력한 것이 그의 누드의 전부는 아니다. 1991년작 「2인의 누드」 두 점[23]과 2003년작 「누드」[24] 등은, 주어진 사실에만 충실을 기한다는 의미에서의 사실주의적 수법으로 그린 나체상들이라 할 수 없다. 이것들은 화려한 색깔이나 진하고 굵은 윤곽의 필적으로 흐르는 듯한 유연성을 만들어 냄으로써 그림들의 감각적 호소력을 높인다.

그중에 2003년작 「누드」는 사실적인 듯하면서 이상화의 흔적을 그대로 화면에 표시하고 있는 작품이다. 여인의 어깨 너머 배경의 장식이 되어 있는, 분명치 않으면서도 알아볼 수 있는 푸른 잎과 꽃, 또 왼편의 나뭇가지 모양의 타원형 — 거울을 암시하기도 한다. — 에 비치는 하늘과 구름 등이 이미 모사된 여인을 이상화한다. 그러나 여기에서 중요한 역할을 하는 것은 수법이다. 여인의 나상에 풍만한 느낌의 입체감을 주는 것은 엷은 회색 물감의 음영(陰影)이다. 그러면서 그것은 여인의 육체에 투명한 느낌을 준다. 이 느낌은 또 육체의 흔들리는 윤곽에 의해서도 강조된다. 이러한 수법의 효과로 인해 우리는 마치 얼른 의식되지는 않지만 어른거리는 렌

---

23 같은 책, 33쪽.
24 같은 책, 145쪽.

즈를 통해 이미지 전체를 들여다보는 느낌을 갖는다. 이러한 영상의 흔들림은 우리의 지각 작용에 개입하는 주관성의 필터를 형상화한 것이라고 할 수도 있다. 여기에서 투명한 회색은 가장 중요한 효과를 낳는 것으로 생각된다. 그로 인해 나체상은 풍만한 무게와 함께 조금은 차가운 느낌을 준다. 그리하여 감각은 고양되기보다는 가라앉는다. 예술이 만들어 내는 아름다움이 결국 관조적 거리 저편에 존재한다는 것은 맞는 말일 것이다. 객관적이고자 하는 주관성의 필터가 만드는 것이 이 거리이다.

조금 유추(類推)를 지나치게 밀고 가는 감이 있으나, 5·18 광주 사건을 그린 「하늘과 땅 사이 1」(1981)의 서사에도 이러한 이상화 또는 관조적 거리를 상정할 수 있지 않나 한다. 이 그림은 강 화백의 그림 가운데 가장 추상적이다. 그것은 그 비극적 소재에 적절한 것이라 할 수 있다. 광주의 학살 사건은 근래의 민주화 움직임 가운데에 가장 야만적인 일이었지만, 그것을 다시 되돌아볼 때 역시 그것을 비극적인 일이었다고 보는 것은 합당한 일이라고 할 수 있다.

비극은 인간이 경험할 수 있는 가장 처절한 일을 소재로 한다. 비극에서 관중은 소재에 재현되는 사건에 대해 연민과 공포를 느끼게 되지만, 동시에 이러한 감정을 넘어서는 어떤 심리 상태에 이른다. 아마 광주에서 일어난 참혹한 일이 불러일으키는 감정은 연민과 공포라는 말보다는 천인공노의 분노라는 말로 표현하는 것이 적절할 것이다. 그러나 그것이 분노에 그친다면, 그것이 반드시 상황에 대한 심화된 반응을 의미한다고 할 수는 없다. 공포와 분노, 또 가해자에 대한 불구대천의 적개심, 이러한 것들은 현장의 감정이지만 현장을 떠난 후의 상황에 대한 회고는 상황의 극복에 관계되는 반성적 고찰을 담은 것이어야 마땅할 것이다. 그리고 이 극복이란 가장 넓은 의미에서 그러한 처참한 일이 일어나지 않는 상황, 피해자는 물론 가해자도 존재하지 않는 상황을 넘겨보는 일을 포함하는 일일 것이다.

비극의 마지막 효과로서 아리스토텔레스가 말한 카타르시스가 무엇을 뜻하는지에 대해 논란이 없지 않지만, 그것은 비극의 관람에서 격발된 감정 이후에 조금 평정된 마음 상태를 말하는 것으로 해석될 수 있다. 아마 이것은 아리스토텔레스적으로 생각할 때 이성적 반성이 가능한 상태를 지칭하는 것일 것이다. 꼭 그렇지 않다고 하더라도, 비극을 겪거나 보고 난 다음, 마음에 어떤 침잠(沈潛)의 순간이 생기는 것은 사실이다. 또는 한순간의 정지 상태가 개입된다고 할 수도 있다. 거기에서 극히 간단하고 짧은 것일망정 모든 것에 대한 반성적 성찰의 계기가 열릴 수도 있는 것이다. 이 계기를 거친 다음 다시 분노가 재발한다고 할 때, 그것은 충동적인 것이라기보다는 전체적인 반성을 토대로 하고 있는 분노가 될 것이다. 지금까지 일반적인 비극의 효과를 말했지만, 비극의 정지의 순간은 미적인 재현에 관계되는 관조의 순간에 일치할 수 있다. 위에서 말한 바와 같이 모든 객관적 사실성의 예술적 재현에도 주관적 계기가 개입한다. 다만 이것은 주관의 선입견들을 괄호 속에 넣은 순화된 주관성이다. 비극적 사건의 재현에서도 이 주관의 바탕은 강조되게 마련이다. 바로 예술적 재현의 의미는 사실의 재현 못지않게 비극적 사건에 대한 반성을 투영한다는 데에 있기 때문이다. 「하늘과 땅 사이 1」의 추상성, 강연균 화백의 화풍으로는 조금 이질적인 추상성의 의미는 이렇게 설명될 수 있지 않을까 한다.

다른 한편으로 역사적 사건은 기념비적 사건으로서 재현될 수밖에 없고, 그것은 이상화 또는 그의 극단화로서의 추상화를 요구한다. 그렇다고 그것이 완전히 이념이나 이데올로기의 의미에서의 추상화를 의미하지는 않는다. 그것은, 적어도 예술의 경우, 스페인의 철학자 미겔 데 우나무노(Miguel de Unamuno)가 "삶의 비극적 느낌"이라고 부른, 구체적인 인간의 삶에 기초한 전체성의 느낌이 작품에 삼투하는 것을 말한다. 이것은 형상적 추상화를 요구하는 것일 것이다. 결국 비극이란 육신을 가진 구체적인 인간이 추상적으로 지칭할 수밖에 없는 외부적인 운명에 사로잡힌 경우이다. 그것이 추상과 구상을 합치는 방법으로 표현되는 것은 당연한 일이다. 여기 말한 것은 강연균 화백의 그림에 들어오는 추상성, 특히 '하늘과 땅' 사이를 이해하기 위한 것이지만, 이 작품이, 예를 들어 피카소의 「게르니카」의 기념비적 차원에 이르지 못한 것도 그 추상적 성찰의 필요라는 관점에서, 이번에는 그 미흡, 가령 공간적 구성의 미흡이라는 관점에서 설명될 수 있지 않을까 한다.

9

역시 강연균 화백은 사실성의 작가이다. 미술의 본령은 감각과 지각의 세계이다. 그 세계를 벗어나는 것이 재현의 대상이 되는 수도 있지만, 매체 자체는 이미 전적으로 지각 작용에 의존한다. 색채와 형상과 그것들이 만들어 내는 공간을 떠나서 미술에 창조나 전달의 수단이 달리 있을 수 없다. 사람의 지각과 의식과 삶도 이 사물로 가득한 세계를 떠나서 존재할 수 없다. 물론 이 사물들 그리고 그에 대한 지각과 의식은 그것을 넘어가는 것들에 영향을 받는다. 궁극적으로 이것들은 삶을 결정하는 큰 테두리로 생각될 수 있다. 테두리 가운데 큰 것에는 정치적인 것도 있고 그것을 넘어가는 것도 있다. 사람은 민족의 일원이기도 하고, 인간이라는 생물학적 범주에 속하는 생물이기도 하고, 그에 이어서 유기체의 일부이기도 하고, 또 우주적인 현상의 일부이기도 하다. 또는 이것을 조금 더 종교적으로 표현하면, 신의 피조물이기도 하고, 우주적 연기(緣起) 속에 있는 중생이고 제유(諸有)의 일부이기도 하다. 우리가 접하는 사물은 이러한 큰 테두리 속에서 그 의미를 획득한다. 그러면서 또 사람의 삶에 일시적으로나마 방향을 주는 것은 사람들 하나하나가 가지고 있는 기획이고 이야기들이다. 이러한 것들이 또 우리의 삶 속의 사물들에 의미를 부여한다.

놀라운 것은 이러한 이야기들에게 우리를 열어 주는 것이 우리 주변의 익숙한 사물들이라는 것이다. 그것들은 스스로 안에 이러한 이야기들을 포함하고 있다. 그리고 그것들을 넘어서 우리가 쉽게 미치지 못하는 무한한 창조의 원천으로서의 세계를 엿보게 한다. 그러나 무엇보다도 우리 주변의 사물 자체를 친숙하게 알고 감식한다는 것은 그 자체가 삶의 보람이라고 할 수 있다. 릴케는 예술가를 "찬양할 사명을 부여받은 사람"이라고 했다. 찬양의 대상이 되는 것은 무덤에서 나온 것이든, 방 안에 놓인 것이든, 평상적인 사물, '반지, 팔찌, 또는 물 단지'와 같은 것이다. "어떠한 먼지도 그의(시인의) 목소리를 그치게 할 수는 없다." 그렇다고 삶에 좋은 것만 있다는 것은 아니다. 예술가는 오히려 삶의 어둠과 고통에 민감하다. 그러나 이 어두운 것들은 바로 우리가 빛나는 것들을 알고 있기 때문에 그러한 것으로 인지된다. 또는 반대로 어두운 것들로 인해 빛나는 것들의 놀라움을 안다고 할 수도 있다. "찬양의 공간에서만 비탄은 움직인다." 그러나 예술가는 종국에 가서는 비탄의 위로 밝은 별이 빛나게 한다.(「오르페우스를 위한 소네트」, 6, 7, 8) 이 별은, 여러 어려움에도 불구하고, 사물을 통해 열린다.

강연균 화백은 사물의 세계에 충실하다. 그리고 그것을 기린다. 우리는 그를 통해 다시 한 번, 먼지와 죽음과 비탄의 그림자에도 불구하고, 그 아름다움을 확인하게 된다.

(2007년)

차이성의 장소로서의 예술

이우환 화백론

"예술가의 일이란 있는 그대로를 있는 그대로로 하는 데에 있다." 이 말은 이우환 화백이 스스로 그림과 조각 또는 설치에 대한 생각을 하나의 주제로 요약한 말이다. 있는 그대로를 있는 그대로로 한다는 것은 어떤 일에서나 사람의 개입을 최소한도로 한다는 말이고 이것을 예술이나 지적 작업으로 옮겨 생각하면, 인식이나 표현에 주관의 개입을 경계하여야 한다는 말일 것이다. 그런데 이것은 두 개의 다른 결과를 낳을 수 있다. 그대로 둔다는 것은 한편으로는 삼라만상을 그대로 있게 하고 보여 준다는 말이지만, 다른 한편으로는 그대로 있게 하는 데에 작용하여야 하는 조심하고 절제하는 노력을 말하는 것이기도 하다. 그리하여 그 지향하는 바는 삼라만상의 풍부가 되기도 하고 금욕의 빈곤이 되기도 하다. 이 두 지향 가운데, 이 화백의 노력은 최소주의를 향한다.

이우환 화백의, 단순한 점이나 선으로 압축된 그림이나 철판과 돌을 큰 구도가 없이 맞대어 놓은 조각 또는 설치 작품은 곧 예술 의도가 표현의 절제에 있음을 느끼게 한다. 있는 그대로를 그대로로 한다는 것은 방치가 아니라 절제로 이루어진다. 이 절제는 철학적인 자기 수련의 성격을 띤다. 이번에 출간된 그의 산문집이 확인하여 주는 것도 이러한 사실이다. 여기에 실린 산문들은 그가 끈질기게 사고하고 관찰하는 화가라는 것을 드러내 준다. 그의 철학이 사람의 주관 — 생각과 관념의 구성을 최대로 억제하는 것을 말하는 것이라면, 역설적으로 그것은 사고와 관찰의 주관적 과정으로 깊이 들어가는 것을 의미한다. 서양의 철학 전통에서 — 인식론적 비판에서나 현상학에서나 — 이것은 당연한 것이다. 동양의 전통에는 있는 그대로에 이르는 길은 침묵하는 것이라고 하는 생각이 있다. 그러나 이 경우에도 침묵밖에 다른 도리가 없다는 것은 깨달아져야 하고 또 말하여져야 한다. 그것은 가장 치열한 사고와 표현의 훈련을 통하여서만 가능하다. 실제와 인식 그리고 표현은 영원히 해결할 수 없는 역설과 모순의 관계에 있을 수밖에 없는 것으로 보인다.

이우환 화백의 주장으로는 사람의 세계에 대한 관계를 왜곡하는 것은 그것이 일정한 관념이나 디자인에 의하여 재현되고 재구성될 수 있다는 생각이다. 이 관점에서는 예술 작품은 미리 생각되어진 — 그가 즐겨 쓰는 말로는 이미 '요해된' — 일정한 구도를 수행하여 얻어진다. 주관의 주장이 강한 작품이라면, 추상적인 구성을 주안으로 하는 작품 그리고 예술 자체의 독자적 존재를 강하게 내세우는 작품을 생각할 수 있다. 그러나 여기에는 객관적 현실의 기율에 복종하고 그 재현을 지향하는 리얼리즘의 작품도 포함된다. 이 경우에 예술은 현실의 사물과 세계가 제공하는 일정한 원형을 모방하는 것이다. 이 원형이란 객관적 사실성 — 또는 실체성의 주장에도 불구하고 결국은 이성적으로 재구성된 것이다. 객관적 세계는 주관에 대응하여서만 드러난다. 이 주관은 비판적 반성으로 제거되어야 한다. 그리고 이 반성으로부터 예술 작품이 만들어질 수 있다.

예술 작품이 관념적으로 미리 준비된 구도나 실체로서 존재하는 현실을 충실하게 모방하여 얻어진다는 생각은 예술적 작업의 현장의 조건을 주의하여 보지 않는 결과 가지게 되는 잘못된 생각이다. 실제 제작의 과정에서 얼마나 많은 것이 손과 제작의 도구와 자료 그리고 제작의 시간과 공간의 우연적 상황에 달려 있는가. 그리고 이러한 우연적 요소가 없는 작품은 생명력이 없는 작품이다. 이 화백이 붓과 손, 눈과 몸, 그리고 그것들이 결합되는 캔버스나 설치의 공간을 강조하는 것은 예술의 현실 재현에 대하여 예술 과정의 창조성을 부각하기 위한 것이다.

작품 제작의 과정으로서의 성격은 세계 자체의 과정이 그러하다는 데에 근거해 있다. 그가 자주 언급하는 메를로퐁티의 현상학이 강조하는 것처럼 지각은 모든 것의 기본이다. 지각은 사람의 존재를 세계로 열어 놓는다. 지각에서 사람과 세계는 서로 만난다. 그보다는 이 만남에서 세계가 태어난다고 하는 것이 옳을는지 모른다. 적어도 우리는 메를로퐁티에 대하여서는 이렇게 말할 수 있다. 이우환 화백의 경우 지각이 우리에게 알게 해 주는 것은 세계의 탄생이 얼마나 어려운 것인가, 또는 왜 불가능한 것인가 하는 점이라고 할 수도 있다. 그에게 지각에 있어서 세계와 사람이 만난다고 한다면, 그가 자주 쓰는 말로서 그것은 '어긋남'으로 만나는 것이다.

그의 글과 그림은 이 '어긋나는' 만남에 대한 기록이다. 여러 가지로 변주되는 돌과 철판의 설치물의 미적 효과는 보는 사람에 따라서 다른 것일 수 있다. 우리가 거기에서 부딪치게 되는 것은 그 의미의 모호함이다. 그러나 질료로서의 철판과 돌에 대한 그의 명상은 그의 설치물을 읽는 데에 도움을 줄 수 있다. 그 의미는 큰 테두리에 있어서는 어떻게 사람의 지각 속에서 인간과 사물이 공존하며 어긋나는가를 예시하는 데 있는 것으로 생각된다. 설치 장소에 놓인 철판은 무엇보다도 그 물질적 존재감으로 우리를 당황하게 한다. 이 화백의 분석에 의하면, 이 물질성은 철판이 바로 인공적인 자료이기 때문에 강하게 전면에 나타나게 된다. 설치 장소의 철판은 어디엔가 쓰여야 하는 것인데도 어디에 쓰여야 하는 것인지 모르는 상태에 있기 때문에 우리를 당황하게 하고 또 그것의 물질적 무게를 느끼게 하는 것이다. 그러나 철판의 물질성은 인간의 기획과의 관계에서 생겨나는 물질성이기 때문에 철판의 물질로서의 부재를 나타낸다. 철판은 강하게 있으면서 또 없는 것이다. 설치 장소의 돌은 반대의 방향에서 그 존재의 애매함을 드러낸다. 설치 장소에 놓인 돌도 강하게 돌로서 인지될 것이다. 그러나 그것은 자연으로부터 분리되어 있기 때문에 우리를 당황하게 한다. 그러나 그것으로부터 그 자연과의 연관이 완전히 소거된 것은 아니다. 그것은 어디까지나 자연의 일부이다. 그것은 그것과의 관련을 통하여서만 어떤 의미를 갖는다. 그러나 이 관련은 우리를 넘어간다. 그리고 이 관련은 우리가 완전히 포착할 수 없다는 점에 있어서 부재 상태에 있다.

이 부재는 어디에서 오는가? 이 역설적 부재는 사물 자체의 것으로만 이해될 수 없다. 그것은 사람이 세계를 자신의 일부로서 이해하고 거머쥐려고 하기 때문에 생겨나는 것이라고 할 수 있다. 그러나 이것이 반드시 주체성의 망상을 말하는 것은 아니다. 그렇다는 것은 인간의 존재론적 기획이 없이는 세계의 존재는 생각할 수도 없는 것일 것이기 때문이다.(이것이 하이데거가 인간 실존의 분석을 '근본적 존재론'이라고 부른 이유일 것이다.) 그리하여 인간과 세계 사이에 존재하는 모순을 이우환 화백은 "인간에게 있어서의 관념성과 세계성의 자기 분열"이라고 표현한 것일 것이다.

그러나 인간이 이러한 분열을 그대로 받아들이는 것은 지극히 어려운 일이다. 표현이란 이 화백이 지적하는 대로 의식과 존재의 "어긋남을 없애고 존재 그 자체이고 싶어 하는 소원의 표출"이다. 그렇기는 하나, 이 화백의 생각으로는 이 소원이 바로 어긋남의 새로운 원인이 된다. 이 어긋남을 넘어서는 길은 무엇인가? 이 화백의 처방으로는 "자기 자신에게, 사물에게, 더욱 새로운 어긋남을 만들어 낼 때에만 어긋남을 메우는 작업은 진척

된다." 이것은 더 간단히 말하면 아마 인간과 세계의 절대적 단절을 받아들이고 그로부터 역전하여(사실 인간도 철판이나 돌과 다름없는 사물 세계의 한 존재이기 때문에) 그 사물의 존재 방식에 스스로를 내맡기는 것을 말하는 것이 아닌가 생각된다. 하여튼 그는 '철판과 돌에 대하여'라는 제목의 가장 독창적인 단편의 결미에서 철판과 돌의 인스톨레이션의 의미를 이렇게 설명한다.

  그 자신에게 무한히 가까운 것으로, 철판을 인공성에서 벗어나게 하는 일, 그 자신에게 무한히 가까운 것으로, 돌을 자연성으로부터 벗어나게 하는 일, 거기에 철판과 돌의 만남의 가능성이 나타나게 되는 바이다.

인공과 자연은 다 같이 부재를 나타낸다. 그러면서도 이 부재는 존재한다. 모든 것은 이 부재와 존재의 애매한 흔들림 속에서 공존한다. 이러한 결론이 무엇을 뜻하든지 간에, 철판이나 돌과 같은 간단한 물건을 보는 우리의 지각 작용에도 매우 복잡한 존재론적 맥락들이 개입되어 있는 것은 의문의 여지가 없다. 메를로퐁티가 『지각의 현상학』에서 그의 철학적 기초를 찾고자 한 것은 충분히 이유가 있는 일이다.

세계와 사람이 만나는 곳은 지각이다. 그것은 사람이 신체적인 존재라는 데에 관계되어 있다. 이 세계는 머리로 생각하여 구성될 수 있는 것이 아니다. 그것은 머리보다는 세계 속에 세계의 일부로서 존재하는 몸에 의하여 매개된다. 그러면서 거기에서 의미와 이성이 태어나는 것이다. 그러나 메를로퐁티처럼 이우환 화백에게도 감각이 의미와 이성의 모체가 되는지는 분명치 않다. 메를로퐁티에게 지각은 모든 것을 관념으로 흡수하는 이성을 비판적으로 보게 하는 것이면서 다른 한편으로는 이성을——의식의 인식 원리로서의 이성을 넘어선, 보다 근원적인 이성을 감각과 육체의 비이성의 영역에까지 확대하는 작용을 한다.

이우환 화백의 경우 이성은 도대체가 믿을 수 없는 것일 것이다. 이성은 인간과 세계의 일체성을 말한다. 그러나 있는 것은 절대적인 단절, 어긋남 뿐이다. 그것을 넘어서는 어떤 연결은 참으로 있을 수 없는 것인가. 적어도 인간과 사물 — 여러 가지 과정에서 드러나는 사물이 공존한다는 것은 어떻게 설명할 것인가. 이우환 화백에게 중요한 것은 인간의 육체를 포함하여 사물들 사이에 열리는 가변적인 공간이다. 그에게 모든 것은 서로 이어지면서 침투하는 상관관계 속에 존재한다. 거기에서 세계가 태어난다. 그가 설치 조각에 즐겨 쓰는 재료인 돌이나 철판(또는 다른 재료인 유리나 솜이나 철사, 밧줄 등)을 모아 놓는 것은 그것들이 어울려 어떤 공간을 만드는 때문이다.

이렇게 말하고 보면, 이러한 공간을 제시하는 의도는 우리로 하여금 모든 사물 속에 또 그 틈에서 서식하는 바탕으로서의 근원적인 공간을 깨닫게 하고 존재론적 근원에 대한 직관에 이르게 하려는 것으로 생각될 수 있는 것으로 보인다. 이 점에 대한 이우환 화백의 태도는 불명확하다. 그는 도교와 선불교의 무와 무한을 말하고 동양화의 여백을 말한다. 그리고 하이데거가 말하는 모든 것의 바탕으로서의 존재의 암시에 공감한다. 그러나 그는 공간보다는 사물들의 관계, 그는 그것보다는 개개의 사물들이 어우러지면서 일시적으로 드러내는 어떤 질서 또는 질서의 부재에 관심을 가진 것으로 보인다. 그리하여 그것이 반드시 공간이라는 어떤 실체 또는 차원을 암시한다고 생각하지 않는다. 공간은 사물과 사람 사이에 생겨나는 관계의 장소일 뿐이다. 그것은 "개개의 사물과 사물, 개개의 사물과 장의 상호 간섭 작용에 의해 열리는 조응적인 공간"으로서의 '장소'를 지칭한다. 그가 장소성이라고 부르는 것은 종교적 형이상학적 바탕이라기보다는 현실적인 것으로 생각되는 것이다.

반형이상학적 입장은 그의 작품에 대한 생각에도 들어 있고 철학적 사고에도 들어 있다. 미술 작품의 경우 그는 하나의 음영에 의하여 통일되는——그렇게 하여 공간의 통일성을 드러내 주는 화면의 구도를 호의적으로 보지 않는다. 그림에 명암이 지나치게 강조되면, 그림에 퍼지는 전반적인 분위기가 사물의 개별성을 하나의 전체성 속에 용해시키는 결과를 가져온다.(동양화가 그늘을 그리지 않는 것은 세계를 존재와 무라는 형이상학적 전체로서 보지 않기 때문이라고 그는 말한다.) 무(無)의 자각적 한정이라는 개념으로 의식과 사물의 상호 한정 속에 무가 개입되는 과정을 설명한 일본의 철학자 니시다 기타로(西田幾多郎)의 생각을 언급하면서, 그는 사물의 공존 관계에서 개개의 사물이 지나치게 강조되면, 그것의 공간적 확산이 근거 없는 것이 되고, 공간이 개개의 사물을 초월하면, 사물이 공간의 부속물에 지나지 않게 되어, "개개가 무에 의해 장소에 종속"하게 된다고 말한다. 이러한 그의 논평에 있어서 그는 사물이 여러 관련 속에 존재하는 것은 사실이나 그 관련이 하나의 초월적 공간으로 실체가 되는 것을 피하려고 하는 것일 것이다. 이것은 그가 메를로퐁티적인 지각 현상을 말하면서, 그것에 내재하는 이성을 인정하지 않는 것과 비슷하다. 그는 아마 메를로퐁티가 지각 현상의 밑에 들어 있다고 생각하는 근원적이고 시원적인 공간성도 인정하지 아니할 것이다.

　　(위에서 언급한 것을 되풀이하건대, 우리가 경험하는 돌이 여러 관련성 속에서 돌로서 존재하면서도 거기에 어떤 선험적 구조가 있는 것은 아니라는 것을 드러내 주는 일상적인 삽화를 우리는 이우환 화백의 산문집에서 읽을 수 있다. 그는 독일에서 철판과 돌의 설치물을 제작하면서 독일의 안내인을 따라 돌을 구하러 나선 일이 있었다. 그가 본 돌들은 일본의 돌과는 너무나 달랐으므로 그가 작품에 원하는 돌이 아니었다. 그러나 한참 후에 그는 마음에 맞는 돌을 찾을 수 있었다. 안내인에게 그것을 말했더니, 안내인은 그 돌은 자기가 처음에 보여 주었던 돌이라는 것이었다. 그는 돌을 구하러 여

기저기를 다니는 사이에 독일의 돌과 돌의 존재 환경에 익숙해졌고, 그것을 자연스러운 것으로 받아들이게 된 것일 것이다. 감각의 습관 그리고 환경 구속성은 우리가 너무나 자주 경험하는 일이다. 적어도 이러한 차원에서 감각을 규정하는 것은 경험적인 것이지 선험적인 것은 아니다. 물론 어떤 현상학적 관점에서는 여기에서도 원초적 공간성, 또는 선험적 도식의 작용을 본다고 생각할 것이다.)

이우환 화백은 대학에서 철학을 공부했다. 그리고 그의 산문집에는 많은 현대 철학자의 이름이 등장한다. 그러나 그의 생각의 뿌리는 철학과 아울러 또는 그보다는 현대 미술 —— 특히 서양 미술에 대한 반성에 있다. 그의 미술관은 현대 미술사에 대한 그의 넓은 검토에 기초하여 형성된 것이다. 이번의 산문집은 현대 미술 그리고 현대 미술가에 대한 많은 단편들을 수록하고 있다. 그의 현대 미술을 보는 눈은 극히 비판적이다. 그 비판은, 위에서 단순하게 요약하여 말한 것처럼, 준비된 도구를 가지고 만들어지는 예술에 대한 것이다. 물론 이것은 일관된 구도에 의한 기획 일체를 향하는 것이기도 하다. 그에게는 사실주의 미술은 물론 주체적 구성의 의지에 의하여 제작된 것으로 보이는 모든 모더니즘의 작품은 지각이니 존재론적 실상을 왜곡하는 것이다. 물론 그가 호의를 가지고 있는 미술이 없는 것은 아니다. 그는 당대의 미술 —— 후기 모더니즘이나 포스트모더니즘의 여러 작품들에서 예술적 동지를 만난다. 그러나 그것도 늘 비판을 수반한다.

당대의 미술가 중 구성적 의지가 강한 것으로 보이는 작가들 —— 프랭크 스텔라(Frank Stella)는 물론 다니엘 뷔랑(Daniel Buren) 같은 작가는 그의 호감을 사지 못한다. "종합적이고 구축적인" 스텔라는 그에게 정복, 욕망, 폭력들을 시사한다. 뷔랑의 경우에도, 공간을 뒤덮는 그의 스트라이프 무늬의 설치는 "전체주의적"이고 "외부성", "이질성"을 부정하고 배제하는 "지배의 논리"를 드러내는 것으로 생각된다. 이에 대하여 이 화백에게 중요한 준거점이 된 것은 요제프 보이스(Joseph Beuys)의 설치 미술로 생각된다. 그는 "예술을 외계와의 교류 가운데서 재포착하려고 한 선구성"을 가지고 있었기 때문이다. 그러나 동시에 보이스도 "소름이 끼치는 표현주의의 올가미에서 해방된"것은 아니었다고 그는 생각한다. 주세페 페노네 (Giuseppe Penone)의 조각은 사물의 다의성을 보여 준다. 그의 나무는 "관계의 나무이며, 생명의 나무이고, 그리고 조각의 나무이다." 이 화백의 보다 전폭적인 호감은 "정적이고 로고스적인 화재와는 다른" 백남준의 설치 미술과 같은 것을 향한다. 그것이 이룩해 내는 것은 "제도의 쇠사슬에서 세계를 해방시키는 일"이다.

여기에서 제도의 쇠사슬이라는 것은 제1차적으로 미술을 한정하는 여러 제도, 미술관, 전통적 제작 방법, 일정한 틀 속의 미술의 정의 — 대체적으로 미술의 물질적, 사회적 존재 양식의 관습을 말하는 것이고 이 화백의 서양이나 일본의 현대 미술과 동시대 작가들에 대한 비판적 검증은 이 관습화된 상황을 확인하고 비판하는 것이지만, 그것은 쉽게 보다 큰 테두리의 사회와 정신의 존재 방식에 대한 전통적 관성을 향하는 것이 된다. 또는 미술의 관습에 대한 비판은 바로 인간의 생존을 한정하는 사회 체제와 이데올로기 체제에 대한 비판에서 나왔다고 할 수도 있다. 그는 오늘의 세계가 전쟁, 환경 파괴, 관리된 사회에서의 인간 개체의 차이성의 상실 등으로 특징지어진다고 본다. 이것의 근원은 근대주의에 있고, 근대주의의 핵심은 로고스주의, 인간 중심주의, 전체성의 이념 등에 있다. 이것은 다시 말하건대, 인간이 그의 이성으로 세계 전체를 구성하고 그 주인이 될 수 있다고 생각한 서양의 근대 사상에 집약된다. 그 이성으로 세계를 포괄할 수 있다고 생각한 팽창주의적 오만이 바로 식민주의, 제국주의로 연결된 것이고 자연의 정복과 파괴를 가져온 것이다.

이제 필요한 것은 "세계와 이성의 통일"이 불가능하다는 것을 인정하고, 개개의 사물과 인간 그리고 상황에서 각각의 차이, 이질성, 타자성을 수용하는 것이다. 예술에 있어서 "거창한 스케일, 위협적인 존재감, 동일 패턴의 확대 증식"을 특징으로 하는 예술은 "유아독존의 과대망상"의 소산이며, 예술이라는 이름을 빌린 폭력이며 범죄이다. 새 시대의 예술은 이질적인 사물의 상호 조응과 침투로 이루어지는 임시적이고 임장적인 장소의 예술이다.

그런데 어떻게 각각 따로 있을 수밖에 없는 것이 하나의 장소에 모일 수 있는가. 이 모임의 공간이 개개의 사물을 넘어가는 형이상학적 공간이 되는 데 대하여 이우환 화백이 지극히 조심스러운 태도를 취한다는 것은 위에서 말한 바와 같다. 같은 생각은 정치적 영역에도 적용된다. 근대주의의 이성이 전제하는 것은 개개의 것들이 전체로 통합될 수 있다는 생각이다. 이것이 결국의 의지의 표현 —— 어떤 개체나 집단의 지배 의지의 표현이라는 것은 많이 이야기된 바이다. 이 화백은 전체란 거짓이라고 한 아도르노의 말에 동의한다. 지배되는 사회를 대치할 수 있는 것은 무엇인가? 근대 자본주의 사회의 폭력과 경쟁을 낳은 개인주의에 대신하여 공동체의 회복이 필요하다고 생각되는 경우가 있다. 그러나 이 화백은 이것도 주체 중심주의의 표현이라고 생각한다.

필요한 것은 "종래의 공동체 이념이나 동일성의 환상"이 아니라 "각각 무수한 타자와의 상호 관계에 의해 성립하는 비동일성"의 역설적 연결이다. 그는 최근의 국제적인 미술 전람회의 특징을 말하면서, 그것이 "시대, 지역, 인종, 양식, 방법을 넘어 비규정적인 테마하에 그것들을 가능한 의미 지음이나 질서 지음을 하지 않고 그저 섞어 놓은 일"을 한다고 말한다. 이것은 미술뿐만 아니라 오늘의 세계에도 해당된다. 오늘날의 세계에 어떤 방향이 있다면, 그것은 그의 생각으로는 "국가나 민족, 인종, 계급, 미술이라는 제도를 넘고자 하는 운동"에 표현되어 있다. 경계를 뛰어넘는 '노마드성'이 오늘의 특징이다. 그 가운데에 임시적이고 임장적인 연계 고리들이 성립한다.

많은 것이 혼재하는 세계에 대한 그의 느낌은 긍정적인 것이면서도 단순하지는 않다. 임시적이고 임장적인 연계 고리들은 위안의 바탕이 될 수도 있지만, 커다란 재난 속에서 사람들이 찾는 일시적인 피난처 같기도 하다. 그의 진단으로는 서양의 전위 예술가들 — 보이스를 비롯하여 슈나벨, 파졸리니, 크리스토 등은 역사의 종말 — 또는 역사의 한 시기의 종말을 나타내는 "쇠퇴의 미술"을 실천하는 사람들이다. 종말론적 느낌은 그에게서 미술을 넘어선다. 인류의 미래를 생각할 때 그는 "언젠가 모두 거꾸러지게 될 것이라는 막연한 페시미스틱한 예감을 갖고 있다."라고 말한다. 이들 전위 예술가들의 작품은 르네상스 이후의 공간이 무너지면서 거기에서 나오는 파편으로 이루어진 예술이다. 이러한 예술은 그 세계의 종말을 알린다.

그는 그 자신의 예술 세계도 이와 비슷하다는 것을 인정할 것으로 생각된다. 그러나 동시에 다른 전위 예술가의 경우도 그러하지만, 특히 그 자신의 예술적 시도의 일부는 새로운 희망을 예시하는 것이라고 생각하는 것으로도 보인다. 그는 서양 전위 예술가들의 쇠퇴의 미술을 말한 다음에 곧 "불확실한 세계의 침투에 의해 성립된 작품이야말로 훨씬 더 크고 해방감에 찬 것으로 느껴지는 것"이라고 말한다. 그의 산문집에서 읽을 수 있는 스스로 내세우는 그의 예술적 과제는 사람과 사물과 세계의 타자성을 불확실한 채로 매개하고자 하는 것이다. 자기를 버린 타자성의 수용이야말로 넓은 자아를 가능하게 하고 넓은 세계를 가능하게 한다고 그는 말한다. 그에게는 회화가 자아 중심적인 발상에서 벗어나서 "외계와 연락하는 중간의 장"이 될 때, "그 타자성에 의해 번성과 사랑과 숭고함이 보증되기를" 바랄 수도 있다.

이러한 타자에 대한 개방성은 회화에 한정되지 아니한다. 그는 「해체를 향하여서」에서 극히 단편적이기는 하지만, 먼 미래를 조망하면서 21세기 또는 22세기, 23세기에는 생태 공동체가 실현될 것이라고 말한다. 이 비전에 의하면, "(앞으로의 방향은) 인류의 다극화, 페미니즘화 다음에는 온갖 생물과의 차별 철폐이며, 혼성화이며, 공존의 모색이며", 궁극적으로 인간은 "돼지님, 파리님, 풀님, 나무님과 함께 …… (그리고) 돌님, 흙님이라는 무기물과 함께 민주주의나 평등, 자유를 같이 나누어 가져야 할 것"이다. 그때는 사람이 사람 중심으로 만든 문화는 소멸되고 물론 예술도 소멸되고 모든 것이 자연이 되는 것이다. 인간 공동체의 해체 후에 성립하는 것이 생명 공동체 ── 이것에 대한 예감에서 이우환 화백의 페시미즘은 낙관론으로 전환한다.(보이스는 이 화백과는 다른 철학적 입장을 가졌다고는 하겠지만, 그의 설치를 통하여 환경에 대한 의식을 깨우치고자 했다. 그는 독일의 녹색당을 창당하는 데에 중요한 역할을 했다.)

이렇게 볼 때, 이우환 화백의 예술은 서양의 설치 미술과 비슷하면서도 그 자기 이해에 있어서 그것과 구별되는 것이라고 말할 수 있다. 작품에 있어서 이러한 차이는 스케일과 자료에 있어서의 그 최소성 ── 점과 선 또는 장식 없는 철판과 돌을 주제로 한 설치의 미니멀리즘에 드러나는 것일 것이다. 대체적으로 절제된 간결성은 그의 작품의 특징인데, 이것은 그의 동양적 전통에 대한 연계를 표현하는 것이라고도 할 수 있지만 ── 그는 동양적인 것, 일본적인 것 또는 한국적인 것을 특별히 개발한다는 것을 긍정적으로 생각하지 아니한다. 그것은 이성주의의 물화(物化)된 세계의 상업 전술에 말려드는 일이다. 그에게 중요한 것은, 이성적 보편성은 아니라도 세계의 보편적 지평 속에 생각하고 창조하는 일이다. ── 이것은 그의 예술 철학, 삶의 철학에 기인하는 것이다.

이우환 화백의 작품에서 보는 간결성이 관객으로 하여금 인공이면서 인공을 넘어 암시되는 자연의 세계를 생각하게 하는 것은 사실이다. 그렇기는 하나 개방성을 위한 절제의 참뜻이 우리로 하여금 세계의 풍부함으로 열어 놓고자 하는 것이라고 한다면, 미니멀리즘이 참으로 세계에의 열림을 위한 방편이 되는지 어떤지는 확실치 않다. 철학에 있어서 인식론은 세계를 보고 아는 바탕을 분명히 하려는 방법론적 사고의 결과물이다. 세계의 진상을 알고자 할 때, 인식론적 반성은 필수적인 전제이다. 그러나 이론적으로 그렇다 하더라도 인식론이 세계의 풍부함을 우리의 체험으로 열어 주지는 아니한다. 뿐만 아니라 모든 인식에 인식의 주관이 개입된다고 하여 이 주관을 최소한으로 하는 것이 인식의 폭과 깊이를 크게 해 주는 것도 아니다. 이것은 특히 예술 작품의 경우에 그러할 것이다.

논리적으로 규정하기 어려운 유동성과 풍부함으로 특징지어지는 것이 감각이라고 할 때, 이 풍부함은 최소화된 주관이나 최소화된 예술 형식과 질료로서 주어질 수 없다. 예술의 역설은 우리가 외부 세계에서 경험하는 바와 같은 감각적 풍요를 통하여 그리고 그것의 의미 함축성을 통하여 예술의 자족적 세계로 우리를 유혹하면서 동시에 보다 풍부해진 현실에로 우리를 되돌아오게 한다는 것이다. 물론 그렇다고 하여 예술이 현실과 일치하고 현실을 재현하는 것이 ─ 가령 그것이 가능하다고 전제하는 경우에도 ─ 반드시 예술과 현실을 풍부하게 하는 것은 아니다. 또는 반대로 예술의 표현 매체 그리고 그 창조의 과정이 가하는 여러 제한과 도전이 오히려 현실을 확보해 줄 수도 있다.

결국 예술에서 빼놓을 수 없는 계기는 현실의 변용 가능성이다. 이 변용이 ─ 의도된 것이든 우연적인 것이든 ─ 예술의 모든 것을 가능하게 한다. 어느 쪽이든 궁극적으로는 문제는 현실과 예술의 풍요의 문제이다. 현실과 예술, 세계와 예술 사이에 개재되어 있는 문제는 아마 논리적으로 답하여질 수 있는 것이 아닐 것이다. 혹 그러한 것이 있다면, 그것은 불가피하게 역설과 모순 또는 부조리의 형태를 띨 수밖에 없을 것이다.

그러나 이우환 화백의 예술 인식론은 불가피한 것이었다고 할 수 있다. 언제나 예술은 새로 태어나야 한다.(이것은 가장 관습적인 예술의 시기에도 그렇다. 그리고 관습이나 전통과 그 새로 태어남 사이의 관계는 반드시 적대적인 것만은 아니다.) 오늘날 서양 미술의 전통은 —— 그것에 대한 반작용으로 생각되었던 현대 미술의 여러 전위 운동을 포함하여 —— 하나의 막바지에 이르렀다는 느낌을 준다.(캐치프레이즈가 된 한스 벨팅(Hans Belting)의 한 저서의 제목은 '미술사의 종말'이다.) 이것은 그것 자체의 전통의 무게 때문이기도 하고, 서양 미술사를 뒷받침하고 있던 서양 문명의 기획이 고비에 이른 때문이기도 하다. 서양 문명의 전 지구적 확산은 그것으로 하여금 다른 많은 전통과의 접촉을 불가피하게 하였다. 그러면서 이 접촉이 지속되는 동안 스스로의 보편성을 주장하는 확장주의가 궁극적으로 자신감을 상실하게 되는 것은 당연하다. 다원적으로 존재하는 미술 전통은 서양 미술 또는 어떤 한 전통의 미술의 언어를 유일한 언어일 수 없게 한 것이다. 그리하여 새로운 예술의 존재 방식에 대한 탐구는 피할 수 없는 과제가 되었다.

　예술의 새로운 탐구는 많은 경우 예술적 실험과 함께 예술의 존재 방식에 대한 인식론적 성찰을 요구한다. 그것은 적어도 근대 서양 예술이 전위 예술을 통하여 자기 갱신을 도모하는 방법이었다. 서 있는 곳이 서양이든, 동양이든 아니면 다른 어떤 곳이든, 오늘의 세계는 모든 문화 이해에 있어서 인식론의 반성을 불가피하게 한다. 최근 몇십 년간의 문학과 문화 이론 분야에서의 이론의 번성도 이러한 사정에 연유한다. 이 이론들은 문학과 문화의 존재 방식의 근본적인 취약성을 밝혀내는 데 집중된다. 그리고 어떻게 문학과 문화가 불가능한 것인가를 밝힌다. 모든 것은 불순한 이데올로기일 뿐이다. 다양하고 다원적인 세계에서 이데올로기가 아닌 대전제는 거의 없는 것처럼 보인다. 이데올로기의 구성물들 저편에 진리는 존재하는가?

문학과 문화의 근본에 대한 의심의 해석학은 번창하지만, 그것이 문학과 예술의 실제를 넓고 깊이 있게 하는 데에 기여하는 것은 별로 없다고 할 수 있다. 그러나 되풀이하건대, 근본에 대한 질문은 중심이 없어진 세계에서 불가피하다. 그 현실과 예술을 갱신하려는 의도에도 불구하고 그것은 종종 예술과 현실의 허상화를 수락하지 않을 수 없게 한다. 그리고 그 가운데 예술적 장치의 최소화만이 진리를 위한 유일한 선택이 되게 한다.

　이우환 화백은 현대 미술의 자기 갱신의 노력에서 최전방에 서 있었던 것으로 생각된다. 그의 이론과 실천이 그로 하여금 일본의 화단에서 '모노'파를 이끌게 하고, 국제적인 성가(聲價)를 누리는 작가가 되게 하였다. 여기에는 그의 예술적 업적과 함께 철학적 사고의 끈질김이 크게 몫을 담당한 것일 것이다. 위에서 비친 바와 같이 그는 드물게 끈질긴 사고로 미술의 역사와 현실을 되돌아보았다. 그의 산문집에 나와 있는 것은 이러한 되돌아봄의 결과이다. 물론 이미 말한 바와 같이 이 되돌아봄은 미술에 한정된 것이 아니다. 그것은 오늘의 세계의 사정을 넓게 되돌아보는 일에 관계되어 있다.

　여기에 덧붙일 수 있는 것은 그의 생각이 그의 삶의 체험 ── 미술과 철학 그리고 세계 속의 삶의 모험에서 나온 것이라는 사실이다. 그는 세계사의 변두리에 자리한 한국인으로 태어나 일본을 경험하고 서양을 경험하였다. 그러는 사이에 중심의 허상을 깊이 체험하였다. 그리고 그는 중심 없는 세계에서 유일하게 가능한 삶의 방식은 임시적이고 임장적인 관계성으로만 정당화된다는 것을 알았다. 그는 그가 어디에서나 ── 한국에서, 일본에서, 유럽에서, 이방인이었음을 여러 군데에서 말하고 있다. 그러나 동시에 그는 어디에서나 생겨나는 ── 그의 미술과 사색 그리고 인간성으로 인하여 가능하여지는 것이겠지만 ── 작은 인간의 그물 속에서 그의 장소가 있음을 경험하였다. 이것은 그의 경험이면서 동시에 오늘의 세계에서 많은

사람들의 경험이다. 그의 미술과 미술에 대한 사고는 그리고 세계의 현대
적 상황에 대한 진단은 이러한 삶과 경험에서 결정된 것일 것이다.

(2002년)

예술, 정신, 자연

우성又誠 김종영 각도인刻道人의 서예와 고전 전통

1

김종영(金鍾瑛) 선생은 새삼스럽게 말할 것도 없이 조각가이면서, 그림도 그리고 글씨도 썼다. 이것은 그가 다면적인 예술가였다는 말이기도 하지만, 시서화(詩書畵) 세 부분을 겸비하고자 했던 전통적 선비였다는 것을 말한다. 그중에도 글씨는 그의 작품 세계에서 중요한 일부분을 이룬다.

서예 작품은 많은 경우 그 내용에 관계없이 그 서체의 미적 가치만으로 평가된다. 서예도 예술인 만큼 그것은 당연한 일이다. 그렇다는 것은 감각적 호소력은 예술 작품에 접근하는 창문이고 또 가장 중요한 내용이기 때문이다. 선전 광고들이 정치적 상업적 목적을 위해서 미적인 내용을 이용하는 경우, 감각적 소재는, 그 자체만으로 또는 문자 메시지를 섞어서, 일정한 의도를 전달한다. 전달되는 것은 정치적, 교훈적, 또는 서사적(敍事的) 의미를 갖는 메시지이다. 그러나 순수한 예술적 관점에서 볼 때, 감각적 소재는 그 자체로서 의미를 갖는다. 물론 이때의 의미를 읽어 내는 것은 극히 어려운 일이다. 그러면서도 그것은 세계의 현실에 즉하는 면이 있기 때문에, 세계에 대한 더욱 심오한 의미를 전달한다. 시각 예술의 진정한 의의는 이 점에 있다.

그러나 서예의 경우는 이러한 구분 — 의도적으로 부여된 의미와 사물 자체의 모습에서 드러나는 의미를 구별할 수 없다. 글씨는 의미를 가진 언어를 시각화한 것이다. 따라서 쓰여진 글씨의 내용이 의미 없는 것일 수는 없다. 특히 예술가의 작품 그리고 거기에 표현되어 있는 생각 그리고 그 배후에 스며 있는 심성을 이해하려 한다면, 그 내용을 해독해야 한다. 내용을 담고 있는 글들의 총체적인 의미 지향은 특히 예술 창작자의 근본 지향을 말하여 줄 수 있다. 김종영 선생의 경우, 그것은 서예에 들어 있는 지향성만이 아니라 그의 예술 세계 전부를 규정하고 있는 틀을 짐작하게 한다.

말할 필요도 없이 김종영 선생은 현대 조각가이다. 현대 미술에 대하여 그가 쓰고 발언한 것들이 적지 않게 남아 있는데, 그가 언급한 것들을 보면, 관심은 완전히 현대 미술을 향한다. 대체로 그가 예거하는 것은 현대 서양 예술의 흐름 그리고 그것을 대표하는 예술가들이다. 인상파, 입체파, 포비즘 등 20세기 주요 전위 예술의 경향, 작가로서는 세잔, 피카소, 로댕, 아리스티드 마욜, 앙투안 부르델, 헨리 무어, 자코메티 등이 그의 글들에 등장한다. 여기에 대하여 한국의 전통 예술가로서는 추사 김정희가 언급되고, 서예 작품에도 재현되는 데에 한정된다. 그의 글들에 따르면, 서양 미술이 그의 관심의 초점에 있었던 것이 분명하다. 그러나 서예 작품들을 보면, 그가 아시아의 서예나 시의 전통에 깊은 관심과 조예를 가지고 있었던 것이 분명하다. 예술론을 펼칠 때, 언급되는 대상이 서양 미술과 화가라고 하더라도, 그의 사고가 동양 시서화의 전통에 연결되어 있다는 것은 의심할 수 없다고 하겠다. 그에게 중요한 것은 예술이 요구하는 정신적 기율이었다. 그리고 적어도 이것은 그의 마음에 들어 있는 동양적 전통의 가르침에 관계가 있다. 그리하여 그의 서예를 심미적 표면을 넘어 그 내용으로부터 생각해 보는 것은 이 연결 또는 비교 대조를 불가피하게 한다.

동양의 미술은 — 사실 시를 포함하여 예술 전반은 자연을 그려 내는 데에 큰 관심을 가지고 있었다. 또는 그것을 재현하고 해석하는 것이 핵심을 이루는 내용이고 수법이었다고 할 수 있다. 이것은, 방금 말한 바와 같이, 동양 예술의 큰 특징이지만, 서양의 예술 전통에서도 자연과의 관계가 없었다고 할 수는 없다. 사실 자연의 재현은 동서양을 막론하고 예술의 기본 관심이었다. 김종영 선생의 예술관 — 특히 그의 서예의 의미 내용에 대한 이해는 우리의 생각을 이러한 문제에도 이르게 할 것이다. 그리고 서예에 나타나는 그의 관심을 살피는 것은 동양의 예술 전통에서 — 더욱 일반적으로 동양적 삶에서 자연이 무엇을 의미하였던가를 짐작하게 한다. 물론 이렇게 말하면서도 중요한 것은 그의 미술 작품의 이해를 시도하는 것이다. 그러나 위에 말한 그의 근본 지향에 대한 고찰은 그의 조각이나 회화의 이해에 하나의 전주곡이 될 수 있을 것으로 생각한다.

그러나 이 글에서는 다른 관련 사항에 대한 고찰을 뒤로 미루고 김종영 선생의 서예 작품의 검토에 생각을 한정하고자 한다. 김종영미술관의 박춘호 학예실장은 「서예 작품 목록」¹의 기초 작업을 끝낸 바 있다. 여기에서는 전체를 펼쳐 놓고 그 모양을 그려 내기보다는 이 목록에 나와 있는 연도별 분류에 의존하여, 그 주제의 전체 모양을 가려내 보고 그와 함께 세월의 흐름에 따른 변주를 추적해 볼까 한다. 그러면서도 이 정도로도 그의 예술적 지향, 삶의 지향을 짐작할 수 있지 않을까 한다. 뿐만 아니라 그것은 한국의 전통 사회에서, 어떤 것을 보다 뜻있는 삶이라 생각하였던가, 그리고

---

1 「서예 작품 목록」, 탈초 번역 윤찬호, 편집 박춘호(2015년 7월 28일) 미출간. 박춘호 실장의 수교로 건네받은 자료집이다. 여기의 글은 이 자료집에 나오는 서예 작품들의 내용을 살펴보고자 한다. 출전은 연도로 확인할 수 있으므로 페이지 각주는 생략하였다.

그에 따라 살고자 하였던 삶이 어떠한 것이었던가 하는 것을 되돌아보게 한다. 서예 작품에 투영되어 있는 김종영 선생의 예술론, 인생론은, 이제는 사라져 버리고 관심의 시각을 벗어나 버린, 옛 삶의 이상을 조금은 짐작할 수 있게 하고 그것이 오늘날에 무엇을 의미하는가를 생각하게 한다고 할 수 있다.

2

위에 말한 목록에 의하면, 김종영 선생의 서예 작품 중 가장 오래된 것은 1949년의 작품이다. 그 작품들은 스스로 예술가로서의 길을 가는 데 지표가 될 만한 글귀들을 모은 것이라고 할 수 있다. 그것은 인생의 지표로도 연결된다.

예술과 인생의 지표 찾기는 그의 서예 작품에 계속 드러나지만, 이 지표적 성격의 문장에 대한 강조는 1960년 말까지의 작품에서 두드러진다. 이 문장들은 대체로 동양 사상의 경서, 『도덕경』, 『장자』, 『논어』, 『맹자』, 『순자』, 정호, 정이, 주자 그리고 『주역』이나 『채근담』 그리고 당송(唐宋)의 시에서 따온 것이다. 고전이 널리 포괄되면서도, 이러한 고전 텍스트 중 핵심이 되는 것은 노장(老莊)이고 유가에서도 노장과 구별이 분명치 않는 내용을 가진 것이 많다. 또 동양 고전 또는 중국 고전에 추가하여, 이미 비친 바와 같이, 우리 고유의 전통에서는 추사 김정희가 자주 나온다. 추사가 김종영 선생에게 중요한 의미를 가졌던 것은 확실하다. 김종영 선생의 서예 텍스트에는 선생 자신이 한시로 읊은 것들도 포함된다. 그러면서도 이러한 삶의 지표들은 직접적이기보다는 자연의 이미지들에 관계되어 암시적으로 이야기되는 경우가 많다. 그리하여 교훈적인 말들이 불러일으킬 수 있는 혐오감을 피한다. 물론 이 간접성은 한문으로 쓰여졌다는 사실과도 관계된다.

연도로 보아 1949년 맨 처음에 쓰인 것으로 위의 목록에 세 편의 작품이 있다. 우선 이 셋을 살펴보기로 한다. 1949년 정월 초하루에 쓰인 것이 두보(杜甫)의 시 「그림 그리노라 늙어 감도 모르나니(丹靑引贈曹將軍霸)」에서 나온 것이다.

> 그림 그리노라 늙어 감도 모르나니　　　　丹靑不知老將至
> 나에게 부귀는 뜬구름과 같도다.　　　　　富貴於我如浮雲

조패(曹霸)는 그림을 그리며 세월 가는 줄을 몰랐고 여러 공적으로 장군까지 되었지만, 결국 서민으로 전락하고 가난하게 살다가 죽었다. 두보는 이것을 시에서 사실적으로 이야기하고 있지만, 족자의 글씨에서는 그 교훈이 조금 더 단순화되고 압축된다. 예술의 추구는 부귀와 관계없이 이루어지는 것이어서 마땅하다. 교훈은 이것이다. 뜬구름이 속절없는 것을 나타내는 것은 한문에서 익숙한 성어이다.(『논어』의 「술이(述而)」 편에서 공자가 소박한 생활을 말하면서, 의롭지 못한 부귀가 뜬구름 같다고 한 데에도 이 비유가 나온다.) 김종영 선생이 두보의 이 구절을 글씨로 옮긴 것은 필자도 부귀와 같은 세속적인 가치를 떠나서 예술에 정진하겠다고 생각한 것이라 할 수 있다. 연도가 표시되지 않은 또 하나의 작품에서 그는 "그림 그리느라 늙어 감도 모르나니(丹靑不知老將至)"를 "조각하느라 늙어 감도 모르나니(琢彫不知老將至)"로 바꾸어 놓고 있다. 이 구절이 그의 삶의 모토가 될 만하다고 생각한 것일 것이다.

1949년 봄에 쓰인 글은 당(唐) 시인 유우석(劉禹錫)의 「시도환가(視刀環

歌)」이다. 반드시 위의 시에 연결하여 생각할 필요는 없지만, 이 시는 소통의 어려움에 대한 심정을 표현한 것인데, 예술적 표현의 어려움도 그것에 표현된다고 할 수 있다. "얇고 짧은 말솜씨가 깊은 속마음 따라가지 못함을 늘 한이었네(常恨言語淺 不如人意心)"——이는 이렇게 시작한다. 시 끝에서도 이 한은 풀리지 못한다. "오늘 아침 둘이 서로 만나 보니 조바심만 계속 나네(今朝兩相視 脈脈萬重心)"——이것이 이 시구의 뒷부분이다. 도환(刀環)은 칼에 붙이는 둥그런 고리이고 관용적으로 귀향, 향수(鄕愁)를 의미할 수 있다고 한다. 어쨌든 시인은 칼의 고리와 같은 둥그런 것을 보고 그 테두리를 벗어나지 못하고 맴도는 마음을 말한 것으로 생각된다. 그 마음은 사람을 만나서 소통이 원만치 않은 것, 향수에도 불구하고 귀향하지 못하는 것, 그리고 앞의 시의 예술론에 관련하여 보면, 예술 표현에 따르는 기술적 어려움 그리고 그에 따르는 금욕, 절제의 순환 등을 의미하는 것일 수 있다.

　　1949년의 또 하나의 작품은 『도덕경(道德經)』에서 취한 것이다. 예술과 정신적 기율——이 둘은 김종영 선생 일생의 주요 관심사라고 할 수 있다. 정신적 기율은 삶의 현실이 요구하는 것이면서 동시에 예술 작업 그리고 예술 작품의 형상적 구성이 요구하는 것이다. 그러니 거기에 긴장과 갈등이 있는 것은 당연하다. 그것이 탐구의 변증법을 만들어 낸다. 이 변증법에서 예술이 탄생한다. 그리고 어떤 때 긴장과 갈등은 기율로부터의 해방으로서의 예술을 만들어 낸다. 물론 이 경우에도 해방된 예술은 그 나름의 기율을 지키고 또는 만들면서, 새로운 표현을 형상화한다. 김종영 선생의 예술적 충동에서도 위의 예술과 정신적 기율의 복합 작용에 더하여, 종종 단순한 예술 표현들이 나타난다. 그런데 선생은 예술 자체의 큰 테두리로서 드물게 정신적 기율을 중요시한 것으로 보인다. 그리고 이 기율은 무엇보다도 노장(老莊)의 사상에서 찾았다. 연대가 남아 있는 첫 작품에 『도덕경』

이 들어 있는 것은 상징적이다.

앞에서 본 두보의 조패 장군에 대한 시는 예술적 헌신이 부귀를 포기할 것을 요구한다는 말을 한다. 물론 이러한 금욕 또는 자기 절제의 결심이 쉬운 일일 수는 없다. 그것은, 되풀이하건대, 자신이 헌신하고자 하는 예술 작업의 필요에 의하여 정당화되면서, 다른 한편으로, 세상의 이치, 천지의 이치에 의하여 정당화되어야 한다. 이러한 선택의 철학적 우주론적 논거를 김종영 선생은, 앞에서 말한 바와 같이, 대체로 노자나 장자에서 찾는데 그것을 우선 『도덕경』을 선택하는 데에서 드러나게 한 것이다. 두보의 시에서, 자기 일에 충실한 것은 큰 것을 포기하는 것, 또는 힘이 센 것을 포기하는 것을 의미한다고 했는데, 김종영 선생의 족자에 인용된 것으로는, 사실 세계를 움직이는 것은 약한 것이라고 한다. 이것은 노자의 주장의 핵심이다. "세상에서 지극히 부드러운 것은 세상에서 지극히 단단한 곳에서 마음대로 누비고 다니며(天下之柔, 馳騁天下之至堅)" 그리고 그것은 형체가 없는 것 사이를 드나든다. 개인적으로나 세계와의 관계에서나, 아무 일도 하지 않는 것이 제일 좋은 것인데, 즉 무위(無爲)가 좋은 것이고 원리인 것인데, 그것은 동시에 가장 유익한 것이다. 이것은 인생철학이고 김종영 선생이 서예로 옮긴 여러 텍스트에 자주 나타나는 주제이지만, 예술 작업에도 적용될 수 있다. 예술을 위하여 부귀를 포기한다는 것은, 크게 보아, 이러한 우주적 원리 속에 드는 것이다. 부귀는 강하고 예술은 약하지만, 이 약한 것이 그 나름의 힘의 표현일 수 있는 것이다.(이런 관련으로 하여, 어떤 영국의 중국학 연구자는 『노자』는 인간 존재에 대한 철학적인 고찰을 담은 저서가 아니라 정치 전략을 논한 것이라고 말한다.)

3

서예 목록의 작품은 1949년에 시작하는데, 앞에 언급한 작품들 이후의 작품은 10여 년을 건너뛰어 1960년의 것이 된다. "괴석 그림"으로 분류되는 그림에 첨부된 자작시는 그림과 글이 동시에 들어 있는 것인데, 작품의 메시지는 위에서 말한 작품들과 비슷하다. 김종영 선생 자작의 시이고, 또 특이한 상상력을 담은 것이기 때문에 조금 더 자세히 읽어 볼 만하다.

우뚝한 모습 표현하자면 절묘하게 깎아 놓은 듯	譜出巑岏勝琢成
스스로 좋은 옥돌인 듯이 두드려도 소리가 없네	自欺良玉擊無聲
비와 이슬이 안색을 씻어 낼 필요 없이	不須雨露揩顏色
도서와 함께 즐겁게 속세를 벗어나네	恰與圖書共逸情
교묘히 바위 계곡을 붓끝으로 서툴게 그려 내어	巧將嚴壑筆頭拙
완연히 구름 일으켜 폭염을 피하게 하려 했네	宛欲生雲子辟炎
고향에서 부쳐 온 편지를 어제 접하고 나니	昨接寄來鄉信道
공경하는 마음에 삐쭉 솟은 한 봉우리 잃었네	敬尊狀失一峯尖

이 시에는 여러 겹의 의미들이 얽혀 있다. 해독(解讀)은 쉽지 않다. 간단히 말하면, 산을 그리면서 화가는 처음에 산의 웅장한 모습을 그리고자 하였다. 봉우리를 깎아 세우고 옥의 느낌을 주고 책을 읽는 경우에 그러한 것처럼 세상을 초월하는 모습을 보여 주고자 하였다. 그리고 한발 더 나아가 그려 놓은 현실이 구름을 일으키고 폭염을 피하게 하는, 마술적 힘을 가지게 하고자 하였다. 그러나 고향에서 부쳐 온 편지는, 그 내용이 어떠한 것이었는지는 말하고 있지 않지만, 이 시의 화가에게 보다 겸손한 마음을 가지게 하여, 봉우리의 날카로움을 버리게 하였다. 고향의 편지가 그가 자연

에 대하여 가지고자 하는 그의 힘을 줄이고 겸손한 마음을 가지게 한 것이다. 자만심이나 호기(浩氣)가 예술가의 영감을 만들어 낸다는 주장이 있다. 그러나 주변의 현실에 대한 의무감은 이것을 물러가게 한다. 그리고 이 현실은 전통을 포함하는 것일 것이다. 한국의 현대 문화는 과거를 부정하는 데에서 시작되었다. 그러나 그것이 참으로 좋은 일일까? 김종영 선생의 앞의 자작시에는 여러 가지 의미에서의 모더니즘 그리고 모더니티에 대한 회의가 숨어 있다고 할 수 있다.

겸허와 힘의 긴장은 다음 시기, 1964년의 서예 텍스트들에서 더 강화되어 나타난다. 스케치북에서 취해 온 것으로 등재된, 묵화에 딸린 김종영 선생 자작의 절구(絶句)는 속이 비어 있는 대나무와 그윽한 아름다움의 난초라는 전통적인 이미지를 통하여 온유함의 미덕을 찬양한다.("處世曠懷虛若竹, 與人和氣靜幽蘭.")

또 하나의 글과 그림을 아울러 넣은 액자는 "표범이 달리듯 사자가 웅크리듯 …… 날카로운 기세"를 가진 바위를 말한다. 약함은 많은 경우, 사실 노장의 생각에서도 그러하지만, 힘을 위한 전략적 움직임일 수 있다.

그런데 같은 연도의 또 하나의 스케치는 강약의 대립을 넘어서는 초월적 세계를 말한다. 여기에서 대나무와 난의 허정(虛靜)함과 표범과 사자의 힘은 하나의 질서 속에 통합된다. 그런데 주의할 것은, 이 질서가 어쩌면 노자의 무위의 이익이나 힘보다도 더 넓은 것이라고 할 수 있다는 점이다. 여기에 나와 있는 자연의 질서는, 힘으로만은 규정할 수 없는 숭고함(Erhabene)을 가지고 있기 때문이다.

끝없는 종고 소리 찬 하늘에 울리고　　　　無端鐘鼓發蒼寒
굽이굽이 빈 강에는 달덩이가 떠 있네　　　宛轉空江月一丸

저 산을 인간 세상의 초록에 비유하자면　　若比人間凡草木

만 송이 부용화가 쭉쭉 뻗은 것 같구나　　芙蓉萬朶自珊珊

서예 목록에 주석되어 있듯이, 이 칠언시(七言詩)는 추사(秋史)의 "옥순봉(玉筍峰)"에서 따온 것이다.(옥순봉은 단양(丹陽)에 있는 단양팔경에 드는 명산의 하나이다.) 이 시에서 비로소 김종영 선생은 자연 그 자체가 주는 숭고함을 말한다. 이것이 그리고 있는 것은 여러 가지 것들이 이루고 있는 통일된 질서이다. 종소리가 울리면서 세계는 그 소리 속에 쌓이고, 강물에는 여러 굽이가 있지만, 그것들 위에는 달이 하나의 원판으로 비춘다. 이러한 통일의 질서는 천지의 이치이지만, 그것을 구태여 인간 세상에 비교하여 말하자면, 봉우리는 전설적 아름다움의 상징이 되는 부용화가 가지를 수없이 친 것과 같다. 하나의 창조적 근원에서 수많은 것들이 나오는 것이다.

　목록의 주석에서 이야기되어 있듯이, 이 시는 두 개의 연으로 이루어져 있는 것의 한 연만을 따온 것이다. 그 두 번째 연은 다음과 같다.

번개처럼 붓으로 그려 낸 듯 내달리고　　如人筆力走雷霆

뛰어난 운 그윽한 정 먼 물가에 흩어지네　　送韻幽情散遠汀

천리에서 바위 조각 매고 왔다 말하는데　　千里擔挑論片石

집 머리에 새파란 한 봉우리 옮겨 왔네　　齋頭移得一峰靑

이 두 번째 연은 자연과 인간의 예술을 중첩시켜 말한 것이다. 일단 시가 말하는 것은 사람이 시를 짓고 그림을 그리는 것을 두고 한 말이라고 읽을 수도 있다. 그러나 앞 연에 이어서 읽는다면, 이 시는 자연을 인간사 그것도 예술 작업에 비교하여 말한 것이다. 즉 자연이 이러한 예술 작업을 펼쳤다는 것이다. 보이는 풍경은 붓을 번개처럼 한달음에 놀려서 그리면서 동시에 그윽한 정을 전달한다. 그것은 운(韻)에 맞춘 듯이 조화를 이루고 있고, 거인이 암석을 업고 와서 집 머리에 놓은 듯이 푸른 봉우리가 놓인 것을 드러내 보인다.

그러니까 풍경을 예술가로서의 조물주의 관점에서 파악한 것이 이 두 연으로 이루어진 시이다. 그러면서 그것은 예술가의 작업이 그러한 조물주의 창조 작업에 일치하는 것임을 암시한다.(다만 김종영 선생이 이 시구를 곁들인 스케치에는 자기(瓷器) 화분에 심은 난초가 보일 뿐 추사의 시가 전하고 있는 장엄한 광역의 지형을 보여 주는 것은 아니다. 다만 전통적으로 대나무를 심고 난초를 심어, 이를 관망하는 것은 그것들이 시사하는 자연의 이치를 회상하려는 것이기 때문에, 구태여 장엄한 자연이 그려져 있지 않아도 상관이 없다고 할 수 있을 것이다.)

4

앞에서 살펴본 것은 1964년까지의 서예들에서 확인되는 관심의 유형이다. 여기에 드러나는 관심은 — 예술의 도리, 삶의 지침, 그리고 이러한 것들은 김종영 선생의 관심사이고, 사실 일반적으로 동양적 예술관 그리고 처세학으로서의 인생철학이 그러한 것이기 때문에 — 자연과의 관계 그리고 거기에서 알게 되는 삶의 이치에 집중된다. 이것은 대체로 그 후에도 다시 확인된다. 다만 그것은 보다 유연하고 자연스러운 것이 된다고 할 수 있다. 그 점에 있어서, 그의 예술관이나 인생관 그리고 우주론은 조금 더 삶의 지침을 찾아야 한다는 강박을 벗어난다. 그리하여 조금 더 여유가 있게 말해진 것들을 그 뉘앙스를 살피면서 잠간 들여다보기로 한다.

지금 의존하고 있는 서예 목록을 따르면, 1965년의 첫 작품은 앞에서 보았던 『도덕경』 43장에 이어 45장에서 취한 것이다. 그것은, 앞의 43장에서 말한바 유한 것이 강한 것이라는 것을 노자에서 중심적인 이미지가 되어 있는 물의 이미지를 빌려 다시 말한다. 즉 천하에 유약(柔弱)한 것이 물이지만, 강한 것을 공격하는 데에는 그것을 따를 것이 없다는 것이다. 그다음 해의 작품인 또 하나의 고전 『채근담(菜根譚)』에서 나온 텍스트도 앞에서 보았던바 겸허한 삶을 강조하는 것이지만, 이것은 그 철학을 조금 더 구체적인 이미지에 담은 것이어서 친밀감을 더하게 한다.

> 흥취를 얻는 데에는 많은 것이 필요하지 않으니 좁은 연못과 작은 돌멩이 하나에도 자연의 정취가 깃들어 있네
> 좋은 경치는 먼 곳에 있는 것이 아니니 오막살이 초가집에도 맑은 바람과 밝은 달빛이 흠뻑 스미네
> 得趣不在多, 盆池拳石間, 煙霞具足
> 會景不在遠, 蓬窓竹屋下, 風月自賒

여기에서 이야기되어 있는 것은 큰 것과 작은 것을 집합하는 경치이다. 전체와 부분이 일치하는 것이다. 번역만으로는 이것이 분명하게 드러나지 않기 때문에 원문에 열거되어 있는 세부를 살필 필요가 있다. 연못과 작은 돌 사이에도 넓은 대기, 즉 안개와 노을이 서리고, 초가집에도 바람과 대를 엮어 창을 하고 대나무로 지은 집에도 천지의 전체에 부는 바람과 달이 비춘다.(여기에 들어 있는 발상은 사람이 지나는 세상이 상징의 숲이고 거기에서 향기, 색깔, 소리, 어둠과 밝음들이 어울려 하나가 된다는 보들레르의 "상호 조화(Correspondances)"에 표현되어 있는 생각과 비슷하다고도 할 수 있다.)

도를 닦는 것은 사물들 사이에 스며 있는 이치를 깨닫는 것이다. 이러한 주장은 당 대(唐代)의 문인 이한(李漢)의 「창려문집서(昌黎文集序)」에서 따온 글에 나와 있다. 이것은 글을 공부하는 사람, "문자(文者)"에 해당하는

것이지만, 예술을 도 닦는 일에 가까운 것으로 생각하는 예술인에게도 해당되는 것일 것이다. 사실 문(文)은 글이기도 하지만, '무늬', 'pattern'을 말한다. 문에 관심을 갖는 것은 현상 속에 드러나는 형상에 관심을 갖는 것이다. 그리하여 그다음 해, 1967년에 쓰인 서예 그리고 족자에는 『장자』「천하(天下)」편의 말, "판천지지미, 석만물지리(判天地之美, 析萬物之理)"가 나온다. 예술가의 사명은 아름다움을 추구하는 것이지만, 그것은 곧 이치를 분석해 내려는 것이고, 그것은 다시 말하면, 천하 또는 세계의 형상을 알고자 하는 일이다. 이것은 김종영 선생의 시서화 조각에서도 모토가 된 것이 아닌가 한다. "판천지지미, 석만물지리"가 쓰여 있는 액자는 김종영미술관 전시장에도 걸려 있지만, 이것은 김종영 선생의 시서화 조각에 있어서 모토가 된다고 할 수 있지 않나 한다.

그런데 이러한 모토와 관련하여 —— 즉 천지의 아름다움을 알고 천지의 이치를 알아야 한다고 하는 모토에 관련하여 하나 재미있게 생각될 수 있는 첨부 사항이 있다. 1967년에 쓰인 글 「가지위(家之位)」는 김종영 자신의 집이 동서남북의 지표, 낙산(駱山), 고리(古里), 선교(仙橋), 청계(淸谿)에 의하여 정위(定位)될 수 있다는 것을 말한 것이다.(이 지명 가운데, 고리가 어디인지는 확실하지 않다. 선생의 택지의 서쪽, 성북동이나 미아리를 옛 고을이라고 부른 것인지 모르겠다.) 그러니까 천지 이치를 깨달아 자신의 위치를 안다는 것은 추상적이고 정신적인 것만을 의미하는 것이 아니라 실제로 자신의 위치가 자연의 어디엔가에 자리해 있다는 것을 알아야 한다는 것으로 생각할 수 있다. 물론 여기에는 풍수지리에서 보는 바와 같은, 자연 위치의 마술적 의미에 대한 생각이 스며 있다고 할 수 있다. 그러나 자신이 사는 곳이 자연의 일부라는 것을 정확히 안다는 것은 사람이 감각적으로도 자연의 이치를 알면서 존재하여야 한다는 깊은 깨달음을 나타내는 것이라고 하는 것이 옳다.

1968년의 액자로서 『장자』 외편 「천도(天道)」의 앞부분에 나온 것을 적은 것이 있다. "아무것도 하지 않아도 존중받고 소박한 채로 있어도 천하에 그와 아름다움을 겨눌 사람이 없다.(無爲也而尊, 樸素而天下莫能與之爭美.)"— 이것이 나오는 부분은 마음과 태도를 "허정념담적막무위(虛靜恬淡寂寞無爲)"하게, 즉 비고 고요하고 조용하고 담백하고 적막하고 무위 상태로 지녀야 한다는 것에서 시작한다. 그렇게 하는 것이 세상의 이치에 맞는 것이라면서 결국은 액자에 인용된 바와 같이 정치도 그와 같아야 한다고 한 것이다. 앞에서도 본 바와 같이 김종영 선생은 자연 속에서의 무위 상태가 세상을 돌아가게 하는 힘이 된다는 생각을 여기에서도 버리지 않은 것이라고 할 수 있다.(동양 사상에서는 약함을 말하면서도, 현재하는 상태에서나 부재의 상태에서나 힘에 대한 관심은 버리지 못하는 것으로 보인다.)

그런데, 표면에 드러나는 천지 이치 또는 정치적 힘에 의한 정당화가 없이 자연 속에서 사는 삶의 모습을 아름답게 그린 것은 1970년의 작품 웅유등(熊孺登)의 「송승유산(送僧遊山)」이다.

걸림 없는 구름처럼 이 산 저 산 다니다가 　　雲心自在山山去
어느 영산에 있길래 돌아오지 못하는가 　　何處靈山不是歸
해 저물녘 겨울 숲에 오래된 절 들렀더니 　　日暮寒林投古寺
꽃 같은 하얀 눈이 가사 위에 수북하네 　　雪花飛滿水田衣

이 시는 산을 향해 길 떠나는 스님을 말하는 시이지만, 내용을 보면, 스님의 방랑을 상상으로 그려 낸 것이다. 떠나는 스님은 구름처럼 주저하는 바 없이 산에서 산으로 떠도는 마음으로 방랑의 길을 떠난다. 그리고 그는 부처가 계시는 산 또는 신령스러운 산을 찾으려 하기 때문에 쉽게 돌아올 수 없다. 그러다가 어느 겨울 숲의 절에 머문다. 그때 그는 그의 옷에

눈꽃이 떨어지는 것을 본다. 자신이 찾던 영혼의 경험을 섬세한 자연 현
상──꽃처럼 아름다운 눈에서 얻게 되는 것이다. 영산은 멀리 있는 것이
아니다.(가오싱젠(高行健)의 소설 「영산(靈山)」에도 이와 비슷한 메시지가 들어 있
다.)

　눈꽃은 조금 더 복잡한 의미를 가진 것으로 해석될 수도 있다. 시에 나
오는 눈은 다시 물이 되어 스님의 옷을 적신다. 그가 입은 옷 수전의(水田
衣)는, 목록에 달린 주석에 의하면 스님의 가사(袈裟)를 말하는데, 가사의
천을 이어 붙인 모습이 두렁이 있는 논과 같이 보이기 때문이라고 한다. 다
른 한편으로 그것은 수전(水田)에서 입는 옷일 수도 있고, 또는 적어도 수
전, 논을 연상하게 하는 덧옷일 수도 있다. 그러한 연상을 넣어서 생각하
면, 내리는 눈꽃은 방랑하는 승려로 하여금 자신이 찾는 것이 수전──농
사짓는 논이라는 것, 즉 보통 사람의 삶이라는 것을 깨닫게 한다고 말할 수
있다. 눈은 꽃이 되어 다가올 개화(開花)의 시기를 생각하게 하면서 녹아
전의(田衣)를 적시고 채운다.("雪花飛滿水田衣"는 번역된 바와 같이 읽으면서 동
시에 雪花飛, 滿水, 田衣로 떼어 읽을 수 있다.)

　어떻게 읽든지 간에, 영산이 순간에 사라지는 눈에 대비되고 거기에 있
다는 내용이 담겨 있는 것이 이 시라는 것은 별로 틀린 일이 아닐 것이다.
문(文)으로 관도(貫道)하고, 만물의 이치를 해석한다는 것과 삶의 섬세한
일들에 충실한다는 것은 결코 별개의 것이 아니다. 이것이 김종영 선생의
깨달음의 하나라고 할 수 있다.

5

1970년대에 들어와서도, 개인적 삶의 지침과 기율, 자연의 이치, 예술

적 정진을 위한 각오 등은 그대로 김종영 선생의 관심사이다. 다만 앞에서
웅유등의 시에 관련해서 말한 바와 같이 그의 관심은 조금 더 유연해진다
고 할 수 있다. 이런 유연성은 경서보다는 시 — 주로 당시(唐詩) 또는 그 전
후의 한문 시를 서예의 텍스트로 쓴 데에서 두드러진다. 가령 1971년의 도
연명(陶淵明)의 「음주(飮酒)」와 같은 것이 그 표본이 될 것이다. 연대를 따
라가면서 살펴보면, 1970년의 작품으로는 위에 살펴본 웅유등의 시 외에,
『논어』「위정(爲政)」편의 "온고이지신(溫故而知新)"이라는 흔히 듣는 격언
풍의 말을 적은 족자가 있지만, 그것은 깊은 교훈적인 뜻을 전하려는 것보
다도, 현대 미술의 작업에 종사하고 현대의 어지러운 상황 속에 살면서 전
통 정신을 잊지 않으려는 그 자신의 태도를 다시 한 번 다짐하는 것이라 할
수 있다. 1970년의 스케치 작품으로 「도중우음(道中偶吟)」은, 약간의 혼란
이 있다고 하겠지만, 일상과 자연 철학과 예술과 작품이 하나로 섞이는 경
험을 흥미롭게 포착한 시이다. 그러면서 예술에 대한 그의 입장은 더욱 유
연하면서 또 여러 유보를 가진 것이라는 것이 여기에 드러난다.

이런저런 생각하다 문득 그대 집에 이르니	偶到君家思適然
한 봉우리 기이한 돌이 내 앞에 우뚝 섰네	一峯奇石墮吾前
천 겹의 욕계에서 더없이 값진 것이요	千重欲界初無價
수백 개의 구멍은 소유천과 몰래 통했네	百穴潛通小有天
꽃들은 향기 풍기고 푸른 벽은 촉촉하며	花露透香滋碧潤
달빛 그림자 머금어 고운 자세 드러내네	月娥含影發幽姸
지금부터 울긋불긋 부용꽃이 피는 날에	從今紫翠芙蓉篤
제주 도착 못 하고서 벽 구석에 떨어지겠네	不到齊州落壁邊

이 시는 친구의 집에 가다가 샛길로 들었는데, 어떤 풍경을 보고 흥취를

느끼게 된 삽화를 이야기한다. 말하자면, 샛길의 음악, 디베르티멘토로 귀결되는 예술적 영감을 말한 것이다. 앞에 번역문을 인용했지만, 다시 읽어 보면, 생각에 잠겨 그대의 집에 이르려는데, 기이한 봉우리가 솟아 있는 것을 보았다는 것이 시작이다. 이 봉우리는 진짜 산봉우리일 수도 있고, 정원의 괴석(怪石)일 수도 있다. 세속의 관점에서는 무엇보다도 값이 비쌀 터인데, 요점은 그 봉우리 또는 바위에 많은 구멍이 있어서 그것을 통해 신선의 세계로 나아갈 수 있을 것 같은 느낌이 든다는 점이다. 그 세계는 아름다운 자연의 세계이다. 꽃에 달린 이슬방울에서도 향기가 나고 푸른 암벽이 윤택한데, 달은 달의 미인 항아(姮娥)의 그림자를 던져서 그 은은한 아름다움을 느끼게 한다. 얼마 안 되어 미인에 합당한 부용꽃이 피어날 예감이 든다. 제주에 가야 할 터인데, 제주에 가지 못하고 벼랑에서 떨어질지 모르겠다. 여기의 제주(齊州)는, 주석에 의하면, 제주(濟州)라고 한다. 조금 달리 해석하여, 제주(齊州)를 그대로 산동성의 옛 도시로 볼 수도 있다. 이백(李白)과 두보(杜甫)는 당 대(唐代)의 두 대시인인데, 서로 자주 만나지 못하던 그들은 제주에서 만난 일이 있다. 세 번째의 회동이었다.(또는 만나지 않았다는 설도 있다.) 중국 문학사에서 큰 사건으로 보는 이 만남은 "제주지회(齊州之會)"로 불린다.

이런 것들을 아울러 생각할 때, 위에서 말한 바와 같이, 시의 요지는 친구든 제주든 목적지를 향해 가다가 자연의 아름다움에 이끌려 샛길에 들게 되었다는 이야기이다. 이렇게 읽는다면, 앞에서 자연 그리고 예술의 아름다움을 이상적으로 보던 것과는 달리 심미적 심취(心醉)가 가지고 있는 유혹을 조금은 경계를 가지고 말한 것이라고 할 수 있다. 항아를 중심으로 성적(性的)인 연상이 스며 있는 것도 이러한 유혹을 가리킨다. 다시 말하여 이 김종영 선생 자신의 이 시에 시사되어 있는 것은 아름다움의 양의적 성격이다. 그런데 이것 자체는 그의 안목이 넓어지고 있다는 증거라고 할 수 있다. 하여튼 예술을 높이 생각하고 그 작업을 존중하는 것은 사실이지만, 그의 중국 경서에 대한 관심으로 미루어 보기만 해도, 김종영 선생이 일방적 탐미주의자(耽美主義者)가 아닌 것은 분명하다.(앞에서 본 「괴석 그림」에 나온, 미적 유혹에서 현실로 깨어나는 것은 고향에서 온 편지로 하여 봉우리를 조금 더 낮게 한 그림의 이야기에도 시사되었다.)

그렇다고 하여 김종영 선생을 좁은 의미의 도덕주의자라고 할 수는 없다. 독단론적 도덕주의는 예술과 양립하지 않는다. 그 사이에서 예술의 우울(spleen)은 불가피하다. 앞에서 유우석의 「시도환가」가 읊고 있는, 다하지 못하는 한스러운 마음──"恨言語淺 不如人意心"에 언급했지만, 20여 년이 지난 1970년의 족자에 나오는 장호의 시도 비슷한 마음을 그리는 시이다. 그러나 그것은 물론 불평이 아니고 우수(憂愁) 또는 애수(哀愁)를 그리는 것이고, 우수야말로 시의 가장 중요한 주제이다. 그리고 그것은 사람의 마음을 널리 열게 하는 그 나름의 의의를 갖는다.

강물은 고요하고 서쪽으로 달은 지는데	江流不動月西沈
남북의 행인들은 만 리 고향 그리워라	南北行人萬里心
하늘 나는 기러기도 저녁이면 만나거늘	況是相逢雁天夕
은하수 쓸쓸한 밤에 객의 시름 깊어지네	星河廖落水雲深

위의 시, 만당(晚唐)의 시인 장호(張祜)의 「야숙분포봉최승(夜宿㤅浦逢崔升)」은 여행객의 쓸쓸한 마음을 그린 것이지만, 위에서 말한 대로 그 심정은 사람의 경험의 일부일 뿐만 아니라 마음을 넓히는 작용을 한다. 실제 시의 구성, 그려지는 공간을 보아도 이것이 드러난다. 풍경의 넓이를 보면, 땅에는 강이 있고, 하늘에는 달이 있으며, 행인들은 남과 북으로 오가며, 그 마음 씀이 만 리에 걸친다. 다시 하늘에는 기러기가 날고 또 은하수가

있고, 이것이 물과 구름으로 내려와 깊어진다. 아마 시의 경우와는 달리 그림이나 조각으로 이러한 우수를 표현하기는 쉽지 않을 것이다. 그러나 조형 예술에서도 우수가 가능하게 하는 정서적 넓이는 중요한 역할을 할 것이다.

6

그것이 특별한 의미를 갖는 것은 아니겠지만, 1970년대, 또 그중에도 1971년은 김종영 선생의 서예 작품이 많이 쓰인 시기이다. 1971년에 들어, 목록에서 우리가 맨 처음에 보게 되는 것은 성리학의 선구자 정이(程頤)의 「사물잠(四勿箴)」이다. 제목에 들어 있는 네 가지 하지 말아야 할 것이란 눈으로 보고 말하고 듣고 행동하는 데에 있어서 조심하여야 할 것을 말하는 것이다. 주석에 의하면, 이 네 가지에 대한 잠언을 시잠(視箴), 언잠(言箴), 청잠(聽箴), 동잠(動箴)이라고 말한다고 하는데, 김종영 선생의 족자에 쓰인 것은 시잠이다. 마음은 본래 비어 있는 것인데, 이 마음을 바른 상태에 유지하는 방법은, 바르게 보고, 마음을 욕심으로 움직이지 않게 하여, 편안한 마음으로 자기를 이겨 내 예(禮)로 돌아가고 성실함을 지키는 것이다.

정자(程子)의 잠언은 앞에서 본 글들과 마찬가지로 삶의 윤리적 원리가 무엇이어야 하는가에 대한 것인데, 그것을 보다 작은 원리로 분화하여 이야기한 것이다. 그러면서 근본적 원리의 차원을 완전히 벗어나는 것은 아니다. 분화된 원리도 특정한 윤리 규정의 지시가 아니라, 비어 있는 마음의 평정을 근본으로 한다. 그러나 역시 그것을 서예로 옮겨 쓴 김종영 선생의 마음이 세부 사항으로 옮아온 것은 사실일 것이다.

「사물잠」과 같은 심학(心學)에 관계되는 것들 이외에 이해에 쓰인 것으로는, 위와 같은 행동 격률들에 더하여, 그림을 그리는 어려움, 또는 인생의 행로의 어려움에 대한 관찰을 담은 글들이 있다.

그림에 대한 글을 쓴 것으로는, 「식화우난(識畵尤難)」이라는 제목의 김종영 선생 자작 두 편이 있다. 하나를 보면, 그림을 알아보는 일이 어렵다는 것을 말한 것이다. 그런데 다른 또 한 편의 글을 보면, 한편으로는 그림을 그리는 일 — 작화(作畵)가 어렵고, 다른 한편으로는 그림을 알아보기 — 식화(識畵)가 더욱 어렵다고 한다. 그리고 세 번째로는 이 둘을 합쳐 그림을 그리기도 하고 그것을 알아보기도 한다면, 그것은 성인의 수법(手法)을 아는 것 — 성수(聖手)가 되는 것이라고 한다. 이러한 발언은 선생이 그림을 그리고 조각을 하되, 그것을 늘 자기비판적 식견을 가지고 하고자 했다는 것을 말하는 것이라고 할 수 있다. 예술가에게 궁극적으로 그것이 어떤 의미를 갖든, 그가 자신의 눈을 스스로에게 돌린, 자기비판적 작가였던 것은 확실하다고 할 수 있다.

왕희지(王羲之)의 「제위부인필진도후(題衛夫人筆陣圖後)」는 서예의 수법을 설명한 것이다. 이 글은 붓으로 글씨 쓰는 일을 전쟁에서 작전을 하는 일에 비교한다. 그림이나 글씨나 예술 제작에서 일필휘지(一筆揮之)와 같은 표현에서 보듯이 능숙하게 단련된 기교와 함께, 또는 그보다는 한 번에 발휘되는 에너지를 존중했던 서예의 기법에서 군사 작전과의 비교는 이해될 만한 것이지만, 그것을 얼마나 해명해 주는 것이 거기에 있는지는 알 수 없다. 주석에 덧붙여 나와 있는, 같은 글의 다른 부분에서, 너무 기계적인 배치가 아니라 조금 불규칙적인 대로 작가의 의도가 비치게 하는 것이 바른 필법이라는 말은 들을 만한 충고일지 모른다. 에너지의 기법은 여기에 관련된 것일 수 있다.

앞에 말한바 인생행로에 대한 관찰을 담은 글들도 형이상학적 동기가 느슨해진 평상적인 견해를 비춘다고 하겠다. 김병연(김삿갓)의 「노음(老吟)」은 오래 사는 것이 좋은 일이 아니라고 하면서, 벗들은 이미 세상을 떠났는데, 홀로 오래 살면 젊은이들로부터 구시대인 취급을 당한다는 비교적 평범한 관찰을 담은 것이다. 편집인의 주석에는 앞의 시에 이어 몸의 통증이 심해진다는 것 그리고 다른 사람들이 한가한 사람으로 착각하여 아이들을 맡겨 힘에 벅찬 일이 생긴다는 불평을 말하는 후속(後續) 시가 나온다.

앞에서도 언급한 도연명의 시 「음주(飲酒)」도 일상적인 삶을 예찬한 것으로서, 그 나름의 깊이와 시적 울림을 가진 시이다. 그가 「귀거래사(歸去來辭)」에서 입신양명이 아니라 귀향한 농촌의 삶이 참다운 삶을 가능하게 한다고 한 것은 유명한 것이지만, 「음주」도 자연과 농촌의 검소한 삶을 예찬한다. 현실에서 빗나가는 과장된 예술과 삶을 기획한 김종영 선생이 이것을 서예로 옮긴 것은 당연하다고 하겠다. 인용해 본다.

사람 사는 곳에 초막 짓고 살지만	結廬內人境
수레의 시끄러운 소리 들리지 않네	而無車馬喧
그대에게 묻노니 어찌하여 그럴 수 있나	問君何能爾
마음이 멀어지면 사는 곳도 외진다네	心遠地自偏
동쪽 울타리 아래서 국화꽃 따며	採菊東籬下
멀리 남산을 우두커니 바라보니	悠然見南山
산 경치는 석양빛에 아름답게 물들고	山氣日夕佳
새들은 서로 함께 둥지로 돌아가네	飛鳥相與還
이 가운데 진실한 뜻이 있겠지만	此間有眞意
말하려 해도 이미 할 말 잊었구나	欲辯已忘言

사람 사는 곳을 떠나지 않으면서도 거기에서 스스로를 멀리하는 것 —— 이것이 도연명의 삶의 방식이라고 이 시는 말하고 있다.(도연명의 시대 4세기의 동진(東晉)에 오늘의 도시에서와 같은 거마(車馬) 소리가 시끄러운 도시가 있었다는 것은 놀라운 일이다.) 인간 세상에 있으면서 그것을 벗어나는 이중의 삶은 어떻게 가능한가? 이것이 시의 물음이지만, 거기에 대한 답은 정면으로 주어지지 않고 있다. 그러나 그것은 시의 서술에 함축되어 있다고 할 수 있다.

유명한 구절인, "동쪽 울타리 아래서 국화꽃 따며/ 멀리 남산을 우두커니 바라보니"는 이미지로서 이것을 압축하는 부분이다. 시인은 울타리 안에 있지만, 멀리 있는 남산을 본다. 국화를 따는 일을 하면서도, 그는 서서히 남산을 본다. 울타리는 남산으로 넓어지고, 국화 따는 일은 산을 관조하는 일로 여유를 얻는다.(울타리가 동쪽에 있는 것이라는 데에도 그는 주목한다.) 주변 모든 것에 비하여 작은 것에 불과할 국화는 그래도 아름다운 꽃이어서 주목의 대상이 된다. 국화를 따는 것은 무엇을 위한 것인가? 술 마시는 이야기는 시에 나와 있지 않지만,「음주」라는 제목으로 보아, 국화는 아마 술에 넣어 향기를 더하게 하려는 것일 것이다. 산 기운의 변화와 일몰과 저녁이 다가옴을 안다는 것도 그의 세계가 좁지 않다는 것을 말한다. 새들이 함께 나는 것은 시간의 리듬을 알기 때문이다. 새들은 자연과 더불어 그에 맞추어서 산다.

도연명의 시에는 술을 주제로 한 시가 많은데, 그것은 여러 가지 뜻이 있는 일이고, 대체로는 어지러운 세상사를 잊자는 의도가 있지만, 다른 한편으로 술은 벗들이 함께 어울리는 수단이기도 하다. 위의 시에서 새들이 귀소(歸巢)하되 함께한다는 것을 보면, 음주를 준비하려고 국화를 따는 행위도 그에 연결할 수 있을 것이다. 물론「귀거래사」에는 "술병과 잔을 당겨 홀로 술 마시며, 눈 감고 뜨락의 나무를 만지며 지긋이 웃는다.(引壺觴而自

酌, 眄庭柯以怡顏)"라는 구절이 있지만, 홀로 술을 마시는 것도 생각할 수 있다. 그러면서, 나무 만짐에 드러나듯이, 여기의 술꾼은 구체적으로 그리고 전체적으로 자신과 자연에 일치하는 것이라고 할 수 있다.

그러면서 또 하나 주목할 수 있는 것은, 다시 「귀거래사」로 돌아가는 것인데, 바깥세상과의 일시적 단절이 그것과의 연계를 강화한다는 사실이다. 눈을 감는 것이 사실 집중에 도움이 되는 경우는 우리가 일상적으로도 경험하는 것이다. 이 집중은 사실 집중이면서, 마음의 집중이다. 또는, 거꾸로, 마음의 집중이 사물에의 집중을 가져온다. 여기의 구절이 말하고 있는 것은, 물론 도연명이 그러한 것을 일일이 연구하여 말하는 것은 아니지만, 손으로 만지는 감각적 집중, 눈을 감는 외계와의 단절, 마음의 집중, 사물의 있음에 대한 집중 ── 이 네 가지 집중이 하나로 일어나는 것이다.

「음주」로 되돌아가서, 마지막으로 시는, "이 사이에 참뜻이 있고, 그것을 말하고 싶지만, 말을 잊었다.(此間有眞意, 欲辯已忘言)"라는 것으로 끝난다. "이 사이", "이 안" 또는 "여기"가 무엇인지는 분명치 않지만, 시에서 말한 일들을 모두 말한다고 할 수 있다. 국화를 따고 먼 산을 보고, 천기와 석양을 느끼고, 날의 저묾에 맞추어 귀소하는 새들을 보고 하는 일들, 즉 자연의 넓은 공간과 리듬에 순응하여 사는 것이 삶의 의미일 터인데, 그것을 모두 말로서 표현할 수는 없는 것이라고 시인은 말한다. 어떻게 자연을 모두 말에 포착할 수 있겠는가? 많은 경우 말로 삶의 진실을 요약할 수 있다고 하는 것은 도덕적 훈화가 되기 쉽다. 그런데 마지막 행에서 말하려고 했지만, 잊었다고 하는 것은 다른 함의가 추가되어 있다고 할 수 있다. 말을 하려다 잊어버리는 것은, 시인이 시간의 흐름과 더불어 그리고 자연과 더불어 있기 때문이다.

7

　도연명이 사환(仕宦)의 길을 일체 사양하고 전원으로 돌아간 것은 물론 세간의 부귀영화가 추구할 만한 것이 못 된다고 생각했기 때문이다. 더 나아가 세계를 바라보는 그의 눈에는 세상사 일체가 무의미하다는 허무주의가 들어 있다고 할 수 있다. 그러나 그는, 앞의 시에서도 볼 수 있듯이, 자연에 순응하고 그 이치를 받아들이는 삶을 살고자 한다. 사실 그는 전원으로 돌아온 다음에도 학문을 계속하고 또 거기에서 정신적 중심을 찾았다. 그가 관직을 그만둔 것은 그것이 이러한 정신적 추구와 양립할 수 없기 때문이었다고 할 수 있다. 도연명의 시에는 위의 「음주」에 더하여 같은 제목의 시가 여러 편 있고, 다른 시들에도 술 마시는 이야기가 자주 나오지만, 그의 음주벽은 매우 절제된 것이었다고 한다. 전원에서 밭을 갈고 하는 일도 부지런히 했다.(「오류선생전(五柳先生傳)」) 이것은 그에게 노장적(老莊的) 요소가 강했음에도 불구하고, 중심에 유가적(儒家的) 기율이 있었다는 것을 말한다.

　이러한 것들을 말하는 것은 물론 도연명을 논하자는 것이 아니라 김종영 선생의 취향을 말하기 위한 것이다. 서예 작품에 나타나는 그의 심적(心的) 경향으로 보아 그에게 중요한 것은 유가적 삶의 기율이었던 것으로 보인다. 1972년으로부터 시작하여 김종영 선생의 서예에 나타나는 글들의 내용은 점차 사려와 언행을 단정하게 하는 일에 집중된다. 이것은 어쩌면 박정희 독재가 강화되던 시대의 분위기에 관계되는 일일 수도 있다. 시대는 시대에 대한 바른 반응이 무엇인가를 생각하게 했다.(김종영 선생은 1968년에서 1972년까지 서울대 미대 학장직을 맡고 있어서 어려운 시대에 있어서의 공인으로서의 몸가짐에 마음을 쓰지 않을 수 없었을 것이다.) 이러한 사정이 그의 유가적 관심을 되살렸다고 할 수 있다. 어려운 시대를 사는 방법으로 유가의 정신적 기율이 필요했기 때문이다. 그러면서도 적어도 작품에서는 그 기율의 원리는 유가적 인륜 도덕으로 연결되는 것이라기보다는 자연에서 직관되는 투명성의 암시에서 온다고 할 수 있다. 이 때문에 그를 고리타분한 유학자라고 생각할 수는 없다.

그러나 1972년의 작품들은 그 후의 작품에 비하여 조금은 덜 긴장된 정신을 나타내는 글들을 보여 준다. 말하자면, 보다 도학(道學)의 엄격성에 나아가는 데 있어서 과도적인 글들이라고 하겠다. 1972년 원정(元正)에 쓰인 자작시는, 말하자면, 새해의 결심을 스스로에게 다짐하는 것이다.

> 맑은 하늘에 고금의 거울 길이 걸려 있는데　　晴空長掛古今鏡
> 비었다 찼다 한 이치임을 그댄 알지 못하네　　一理盈虛君未知

세상의 일이나 인간의 마음은 비었다 찼다 하게 되어 있는데, 거기에는 하나로 관통하는 이치가 있다. 이것을 말하여 주는 것은 예나 지금이나 하늘에 걸려 있는 거울과 같다. 물론 세상의 이치를 비추는 이 거울이란, 보다 직접적으로는, 맑으면서 비어 있는 하늘에 뜨고 지는 달을 말하는 것일 것이다. 그러나 그것은 정신적 의미를 가지고 있다. 사람들은 이러한 뜨고 지면서 한결같고 언제나 맑은 세상의 이치를 몰라 갈팡질팡 헤매는 것이다.

같은 해(임자 정월)에 쓴 또 하나의 족자 글에는 재미있는 설화가 적혀 있다. 이 설화의 허구성에 비추어, 초하룻날에 말한 명경(明鏡)의 이야기는 세속적인 사람들에게 이 설화처럼 허구적인 것으로 보일 수도 있다는 것을 암시한다. 그러면서 그것은 세상의 진실이다. 이 설화는『삼국유사(三國遺事)』에 나온 것이다. 매월 보름달이 밝으면, 당나라의 황제는 연못에서 거기에 비치는 산을 보았다. 산에는 사자처럼 생긴 바윗돌이 있고, 그 사이에 꽃이 피어 있었다. 황제는 이 산이 어디에 있는 것인가 알고자 하여 화공에게 산 모습을 그리게 하고 사자(使者)로 하여금 온 누리를 뒤지게 하여 그 산을 확인하고자 하였다. 그런데 사자는 그것을 신라의 창원군의 백월산(白月山)이라고 확인하였다. 여기에 왔던 사자는 산의 사자암에 신발을 걸어 놓고 갔다. 그리고 당나라로 돌아가 황제께 보고하였다. 당 황제는 신발이 걸린 바위가 있는 산을 보고 이것을 확인할 수 있었다.

재미는 있지만, 이 설화가 무엇을 뜻하는지는 분명치 않다. 일단은 이것이 김종영 선생의 고향인 창원군에 관계되기 때문에, 그의 관심을 끈 것이라고 할 수 있다. 그런데 그의 어떤 서예 작품에는 스스로 백월산인(白月山人)이라고 서명한 것이 있다. 스스로 백월산인이라고 한 것은 이 설화를 그는 고향의 설화라는 사실을 넘어서 심각하게 취한 때문일지 모른다. 앞에서 세계가 상징의 숲이라는 보들레르의 말을 언급했지만, 그렇다면, 거리에 관계없이 서로 비추고 있는 것이 세계의 한 모습이라고 할 수도 있을 것이다. 사실 사자와 같은 바위 그 사이에 핀 꽃송이 —— 이것은 세계 어디에서나 발견될 수 있는 것이고, 거기에 사람들은 대체로는 긍정적인 심미적 반응을 보일 것이다. 강약을 합친 노장적(老莊的) 독해법을 쓴다면, 독해의 심법(心法)은 세계에 두루 관통하는 도상학(圖像學)이 된다고 할 수 있다. 앞에서 말한 맑은 공간에 걸려 있는 고금(古今)의 거울은 세계 어디에서나 발견될 수 있는 자연 전체에 해당한다고 할 것이다. 마음의 관점에서는 창원의 산이 당나라의 장안에 비출 수도 있을 것이다. 어디에서나 자연은 사람의 마음과 조응(照應) 관계를 갖는다. 그리고 그것은 서로 유사한 것일 수밖에 없다. 이러한 보편성에 근거하여 예술 작품은 문화의 경계를 넘어 상통하는 것이 된다. 세계를 여행하면서 사생(寫生)하는 화가는 아마 그의 예술적 상상력의 신통력에 대하여 비슷한 감회를 가질 것이다. 어쩌면, 현실에 전혀 맞지 않는 백월산의 이야기가 보통 사람에게도 마력(魔力)을 갖는 것은 이러한 신통력에 대한 은근한 믿음이 사람의 마음에 있는 때문일지 모른다.

형이상학적이고 사변적인 텍스트의 매력은 현실에서도 작용한다. 그리고 현실적인 현실도 언제나 그로부터 멀리 있는 것은 아니다. 물론 현실의 물음에 대해서는 구체적인 답이 형이상학적 원리 ─ 그 맑고 허한 것이 모든 것의 근본이라는 원리가 시사하는 가르침에서 나온다. 소식(蘇軾)의 「항주(杭州) 어잠현 스님의 푸른 대나무집(於潛僧綠筠軒)」은 가장 직접적으로 자연의 대원리에서 도출될 수 있는, 현실 삶의 방식에 대하여 단적인 답을 제공하는 시이다. 맑고 허한 자연이 시사하는 삶의 규칙은 무엇인가? 사치스러운 물건들에 둘러싸여 있지 않은 검소한 삶일 것이다. 이 시는 이렇게 답한다.

밥 먹는 데 고기야 없어도 되지만	可使食無肉
사는 곳에 대나무 없어서 되겠나	不可居無竹
고기가 없으면 사람이 야윌 뿐이지만	無肉令人瘦
대나무 없으면 사람이 속되게 변하니	無竹令人俗
사람이 야위면 살찌울 수 있어도	人瘦尙可肥
선비가 속되면 고칠 길이 없다네	士俗不可醫
옆 사람은 내 이 말을 비웃어서	傍人笑此言
고상하다 못해 바보 같다고 하겠지만	似高還似癡
만일 대나무를 대하면서 고기를 먹는다면	若對此君仍大嚼
세상에 양주학 이야기가 어째서 있겠는가	世間那有楊洲鶴

대나무는 동양의 전통에서 허(虛)한 마음과 검소한 삶의 상징이다. 앞에서 "봉창죽옥(蓬窓竹屋)"이라는, 검소한 주거를 말하는 채근담에서 나온

문자가 있었다. 여기의 소식의 시는 대나무로 지은 집에서 살 뿐만 아니라 대나무가 있는 데서 살아야 한다고 말한다. 대나무는 호의호식(好衣好食)을 하지 않는, 선비가 살아야 하는 검소한 삶을 상기하게 한다. 양주학은, 목록의 주석에 의하면, 양주에서 자사(刺史)를 지낸 어떤 사람이 신선의 나라에 가고 싶어 하는데 돈을 허리에 찬 채로 그곳에 가고자 했다. 그때 그를 태워다 줄 학(鶴)이 양주학이다. 양주학은 불가능한 학이다. 소식이 말하는 것은 세속적인 영화와 선비의 도리가 하나일 수 없다는 것이다. 이 도리는 자연의 암시에서 나온다.

1972년의 또 하나의 작품은 두보의 「발진주(發秦州)」에서 취한 것이다. 이 시는 빈곤한 삶을 괴로워하던 두보가 조금 더 유족한 삶을 찾아 감숙성(甘肅省) 진주로 갔다가 그곳에서 다시 떠나게 되는 자신의 신세를 한탄하여 쓴 시이다. 김종영 선생의 족자에 나오는 부분은 이 시의 마지막 부분인데, 두보의 신세 한탄은 사라지고, 그가 방랑의 길에 들어선 것만을 말한다. 그것은 정신적 탐구를 위한 방랑의 길에 들어선 것을 읊는 것으로 들린다. 아마 김종영 선생이 전하고자 한 것도 이러한 탐구의 여정이 계속된다는 것이었을 것이다.

별과 달은 무수히 떠오르고	磊落星月高
안개구름 아득히 피어나네	蒼茫雲霧浮
크기도 큰 하늘과 땅 안에	大哉乾坤內
내가 갈 길 길고도 멀구나	吾道長悠悠

조금 전에 말한 바와 같이, 두보는 보다 여유 있는 삶을 찾아서 진주를 떠나 성도(成道)로 가는 것인데, 시에서 별과 달, 안개구름, 천지를 말하고, 자신의 길이 길고 멀다고 한 것은 자신의 여로가 막막한 것이라는 느낌을

표현한 것이다. 그런데, 이러한 천문에 대한 언급 자체가 그가 가는 길이, 우주적 원리에 대한 탐구의 길이라는 느낌을 준다. 사실 어떻게 보면, 인간의 행로는 거대한 우주 속의 고독한 탐험의 길이다.

1972년 정월 또 하나의 작품은 "浩然如水之流不可止也"――"호연은 물의 흐름과 같아서 그치게 할 수 없다."라는 문구를 쓴 것인데, 이것은 1974년에도 다시 쓰였다. "호연지기(浩然之氣)"는 『맹자』에 나오는(「공손추 상」) 유명한 말인데, 도와 정의에 입각한 당당함을 가능하게 하는 마음의 기운을 의미한다. 그러나 목록의 주석에 나오는 바와 같이, 이 족자에 적힌 것은 다른 맥락에서, 즉 「공손추 하」에 나오는 것에, 주자(朱子)가 주석한 것을 적은 것이다. 원래의 호연지기의 뜻과 이 주석의 차이는, 주자의 의도가 반드시 그러한 것이 아니었다고 하더라도, 맹자의 호연지기에 함축되어 있는 정치와 주자의 주석에 들어 있는 보다 순수한 자연의 차이라고 할 수 있다. 맹자의 말은 도덕과 정치에 관한 것이고, 주자의 주석은 넓은 기운이 물처럼 흐른다는 것을 말하여 그것을 자연의 힘으로 돌린 것이다. 앞에서 본바 두보의 "발진주(發秦州)"에 이것을 연결하여 보면, 주자의 주석은 삶에 내재하는 불확실성과 그에 따른 방황에도 불구하고 자연의 거대한 이치는 그대로 움직인다는 것을 확인하려 한 것이라 할 수 있다. 이것은 정초에 쓰인 고금경(古今鏡)의 메시지에도 연결된다. 이렇게 연결하고 보면, 김종영 선생의 의도는 정신적 탐구는 계속되어야 하고, 탐구는 방황을 의미하지만, 동시에 자연의 이치가 그 종착점을 보장한다는 믿음을 말하려는 것이라 할 수 있다.

8

1973년은, 목록에 의하면 ─ 주로 가을에서 겨울에 이르는 기간 중에 쓰인 것이지만 ─ 서예 범주에 드는 많은 작품들이 쓰인 해인데, 거의 모든 작품이 선비의 고고한 삶의 자세를 주제로 한다. 그러니까 그 전해에 비하여 더욱 도학적인 텍스트에 서예의 초점이 놓인 것이다. 예술적 정진에 대한 글들이 있지만, 그것들도 수법상의 문제보다는 정신 자세에 관계되어 이야기된다.

목록에서 이해의 맨 처음 그러나 음력 7월에 쓰인 작품은 『도덕경』 2장에서 취한 것으로서, 그 요지는, 일하고 기르고 베풀면서도 그에 대한 대가나 인정을 구하지 않는 초연한 자세를 갖는 것이 바른 태도라는 것이다. 그리하여 바르게 사는 사람은 이룩하는 공적이 있어도 그에 멈추지 않는다. 역설은 그러니만큼 그 공이 사라지지 않고 상존하게 된다는 것이다.("현실을 떠나도 현실의 이점은 멀리 있는 것이 아니다.(夫唯弗居 是以弗去)")

계절의 순서로 보아 그다음의 작품은 당대의 서예가 안진경(顏眞卿)의 「쟁좌위고(爭座位稿)」이다. 이것은 이러한 초연한 자세를 국가의 정치 질서에 적용한 것으로서, 소국의 통치자에게 보낸 서한으로 되어 있다. 그것은, 자신의 세력을 믿고 교만과 사치를 두려워하지 않은 자에게 충간(忠諫)하고자 하는 서한이다. 거기에서 예가 되어 있는 것은 『서경(書經)』에 나와 있는 제 환공(齊桓公)의 이야기이다. 제후를 단합하여 천하를 평정한 환공이 나중에 교만한 태도를 보이자 제후들이 등을 돌리게 되었다는 것이다.

스스로의 공을 내세우지 않고 교만하지 않는 것과 아울러, 같은 글에서 취한 또 하나의 가르침은 어떤 일을 하든 방심하는 일이 없어야 한다는 것이다. 김종영 선생은 이것을 여러 번 족자에 썼다. 즉 "行百里者 半九十里 言晚節末路之難也"─ 백 리를 가려는 자는, 구십 리를 갔더라도 반쯤 간 것으로 알아야 한다. 이것은 끝이 어렵다는 것을 알고 마무리를 잘하여야 한다는 뜻이라고 한다.

　같은 해 늦은 가을에 쓴 서진(西晉)의 유영(劉伶)의 「주덕송(酒德頌)」은 인간의 삶을 우주적인 관점에서 본 것이다. 이러한 관점이 앞에서 말한 초연한 태도를 가능하게 한다고 할 수 있다. 그러면서도 여기에 이야기되는 우주적인 관점은 정치적 편향을 갖는다. 그리하여, 달리 말하면, 동양 사상의 취향이 그렇고 또 김종영 선생의 관심이 그러한 것이라고 할 것인데, 우주의 원리를 말하면서도, 관심은 거기에서 도출되는 마음가짐 그리고 그것의 현실적 효과에 있다. 근본이 되는 마음은, "천지개벽을 하루아침으로 여기고 만년을 찰나로 여기며 해와 달을 문과 창으로 삼고 천지를 뜰과 길거리로 삼을(以天地爲一朝 萬期爲須臾 日月爲扃牖 八荒爲庭衢)" 수 있는 마음이다. 그러면서 지나다닌 자취나 살고 난 자취를 남기지 않고 산다. 그런데 제목이 「주덕송」인 것은 이 모든 것을 술잔에 집중하여 말하기 때문이다.

　흥미로운 것은 이것과 다른 —— 우주의 광활함을 일상적 환경으로 끌어들이는 것에 대하여 그것을 다르게 보는 현상을 관찰한 것이다. 「주덕송」에서 우주를 끌어들인다는 것은 우주를 좁혀 본다는 것일 수도 있는데, 그러한 경우에도 넓은 것과 좁은 것은 하나가 된다.(물론 「주덕송」은 광활한 우주 공간을 열린 마음으로 수용한다기보다는 그렇게 하여 호탕한 느낌을 갖는 것을 찬양한 것으로 해석될 수도 있다.) 그러나 보통의 삶의 경우 삶의 넓고 긴 배경들이 순간의 집착 속에서 완전히 등한시되는 것이 상례이다. 우주의 넓이가 인간의 좁은 관심과 이해관계 속에서 완전히 사라져 버리고 마는 것이다. 목록에 족자 3으로 등재되어 있으면서, 제작 연대가 나와 있지 않은, 『채근담』의 글이 이러한 대조를 제공한다. 조금 길게 인용하면 다음과 같다.

세월은 본래 길고 길건만 마음 바쁜 이에겐 짧게 느껴지고, 천지는 본래 넓고 넓지만 마음 좁은 이에겐 좁게 느껴지며, 바람과 꽃과 눈과 달은 본래 한가하지만 정신없이 애쓰는 이에겐 분주하게 느껴지네

歲月本長而忙者自促 天地本寬而鄙者自隘 風花雪月本閑而勞壤者自冗

여기에 표현된 것이 앞의 유영의 「주덕송」의 말에 대조되는 것이라고 한다면, 이것은 우주와 삶의 진실에서 벗어난 경우를 말한 것이어서 대조 라고 하기보다는 잘못된 경우를 예시한 것이라고 하여야 할 것이다. 그러 나 이러한 대조를 떠나서, 노장적 사고에서 흔히 보는 것은 대조와 부정(否 定)의 유희(遊戲)이다. 그것은 한편으로는 사물의 진실이 언어로 표현될 수 없다는 것을 주장하고, 다른 한편으로 명제에 매달리지 않는 정신의 자유 를 지키고자 하는 뜻을 감추고 있는 유희이다. 김종영 선생의 관심도, 자연 의 모든 것에 열려 있고 거기에서 얻는 교훈으로 정신의 강건함을 지키면 서도 그 중심을 자유로운 정신에서 찾고자 한다고 할 수 있다. 앞의 대조 는, 시비를 따지는 데에서 오는 대조이지만, 많은 대조나 모순의 시인은 진 리의 거대한 모호성을 깨닫는 것을 의미한다. 이 시기의 김종영 선생의 인 간 조건에 대한 반성은, 그 도학적 집착에도 불구하고, 이 모호성에 대한 글에서 총괄된다고 할 수 있다. 그것을 서예적 표현의 텍스트가 『도덕경』 21장이다.

큰 덕의 모습은 오직 도만을 따르니, 도라는 것은 그저 있는 듯도 하고 없는 듯도 하도다. 있는 듯 없는 듯하면서도 그 가운데 형상이 있고 그윽하 고 아득하면서도 그 가운데 정신이 깃들어 있으니, 그 정신은 매우 참되어 그 가운데에 진실함이 있다.

孔德之容 唯道是從 道之爲物 惟恍惟惚 恍兮惚兮 其中有象 窈兮冥兮 其中有

精 其精甚眞 其中有信 自古及今

앞에서도 본 바와 같이, 그의 서예 작품들의 내용으로 미루어 보면, 김
종영 선생의 관심은 우주나 인간 세계를 향하고, 그 안에서의 바른 정신의
삶의 자세를 향한다. 그러나 그를 떠나지 않는 것은 예술 작품에 대한 반성
이다. 그것은 그 기술에 대한 것이기도 하고 그 정신적 기초에 대한 것이기
도 하다. 그의 서구적인 조각 그리고 서구의 예술 세계에 대한 넓은 관심에
도 불구하고, 이미 살펴본 바와 같이, 그의 정신의 세계는 동양 사상 전통
에 대한 깊은 관심으로 이루어진다. 이 동양의 전통이란 주로 중국의 전통
이고 대체로는 그 문사들의 전통이지만, 예외적인 것이 추사 김정희에 대
한 관심이다. 그리고 추사는 드물게 학문과 예술에 대한 이해를 겸비하고
있던 조선의 예술가이고 선비이다. 방금 말한 바와 같이, 김종영 선생은 예
술에 대하여 반성적 사고를 계속하였는데, 1970년대 초의 예술론을 내용
으로 하는 서예 작품에서 추사에 대한 글을 작품으로 옮긴 것은 자연스럽
다고 할 수 있다.(금년 9월 11일부터 10월 14일까지 학고재에서는 추사와 우성 김
종영을 주제로 하는 전시회를 개최한다. 두 예술인 또 사색자(思索者)의 상통성을 인정
하는 데에서 발상한 전시회로 생각된다.)

1973년 겨울에 김종영 선생의 족자에 쓰인 글은 조선 후기의 문신 민규
호(閔奎鎬)의 「완당김공소전(阮堂金公小傳)」에서 나온 것이다. 글씨에 담긴
것은 서예가로서의 추사를 논한 것이라기보다는 그의 인품에 대한 일반론
이다. 그는 "청아하면서도 부드러우며, 그 기운이 고요하면서도 화평하였
다.(甚淸軟 氣宇安和)"고 한다. 그러나 "의리의 관계에 있어서는 쏟아 내는
말과 의견들이 마치 천둥 벼락이나 창칼과 같았다.(及夫義理之際 議論如雷霆
劍戟)" 박식하고 학문이 깊었다. 그는 제자백가(諸子百家), 십삼경, 『주역』
등을 잘 알고 있었고 도서 시문 전례(篆隷)에도 밝았고 서법(書法)에도 달

인이었다. 유배 생활을 하면서 험난한 일도 많이 겪었으나, 걱정하고 두려워하는 일 없이 자신의 삶을 살았다. 이렇게 요약되는 김정희의 삶은 아마 김종영 선생의 마음에 모범이 되는 삶이었을 것이다.

추사의 예술에 대한 의견은 그의 말을 인용하여 쓴 다른 족자의 글에 나온다. 그것은 다음과 같다.

> 완당 선생이 이르기를 "서화 감상은 금강안, 즉 크고 준엄한 안목을 갖추지 않으면 안 되고 또한 다른 한편으로는 아전의, 뚜껑을 열어 하나하나 헤아려 보는 섬세함을 갖추지 않으면 안 된다."
>
> 阮堂曰 書畵鑑賞 不得不似金剛眼 酷吏手覆之耳

예술 창작의 방법에 대하여서는 김종영 선생 자신의 생각을 표현한 것들이 있는데, 1973년에 쓰인 글 「그림 보는 법」의 내용은 근본적으로 위에 말한 추사의 의견과 비슷하게, 그림이나 글씨나 열려 있는 시각으로 보고 또한 세밀하게 관찰하여야 한다는 것이다. 그러한 관찰의 대상은 단순히 자연의 사물만을 말한 것이 아니라 앞서간 옛사람들의 예이다. 이 글에서는 원 대(元代)의 서화가 조맹부(趙孟頫)가 인용되어 있는데, 조맹부는 그 나름으로 선행한 서화가들의 예들에 대하여 말하고 있다. 그리고 특이한 것은 그림과 글씨체가 서로 분리되지 않고 하나라는 것을 말한 것이다.

또 하나의 자작 「학서법(學書法)」도, 적어도 첫 부분에서는, 비슷한 내용을 가지고 있다. 필요한 일의 하나는 옛사람들의 모범을 하나로 모아 거기에서 배워야 한다. 배우는 것은 또한 그것을 직접 써 보고 느끼는 것이다. 그리고 그가 강조하는 것은 수련한 모든 것을 하나의 힘으로 결집하여 한 번에 표현할 수 있어야 한다는 것이다. 이것을 말하는 비유가 자못 화려하다.(물론 그것은 흔히 힘을 강조하는 데 동원되는 비유들로 이루어진다.)

마치 용처럼 날아오르다가도 호랑이처럼 (눕고) 바람과 구름이 자유롭게 움직이는 것과 같으며 마치 사계절이 차례로 바뀌되 하늘과 땅이 위아래로 자리 잡은 것과 같이 해야 한다. 날카롭기는 칼과 창 같고 굳세기는 활과 화살 같으며 붓을 내리찍을 때는 마치 산을 무너뜨릴 듯한 세찬 소나기와 같고 가늘게 선을 그을 때는 마치 뿌옇게 피어나는 아지랑이와 같게 해야 한다. 마음속에 종횡으로 크고 넓은 형상을 두어서 작은 이룸에 만족하지 않고 노력한다면 당대에서도 이름을 날릴 것이다.

若龍跳虎臥 風雲轉移 若四時代謝 二儀起伏 利若刀戈 强若弓矢 點滴如山頹雨驟 而纖輕如烟 霧游絲 使胸中宏博縱橫有象 庶學不窮于小成 而書可名于當代矣

조금 전에 말한 것처럼 여기의 힘의 비유는 상투적이고 과장된 느낌을 줄 수도 있지만, 그것은 동양화나 서법에서 흔히 강조되는바 모든 것을 힘차게 한 번에 표현하여야 한다는 것을 말하려는 일반적 관용어이다. 그러면서 그 뜻은 그 나름의 초점을 가지고 있다. 그것은 서화 어느 쪽에서나 붓놀림이 체득(體得)되어야 한다는 것을 말하고, 다시 창작 행위 그리고 모든 덕성의 단련이 체득되고 심득(心得)되어야 한다는 것을 강조하는 것이다. 그러니까 여기에 함축되어 있는 바로는, 예술 행위는 다른 심신의 수련이나 마찬가지로 전인격적인 수련을 요구한다고 할 수 있다.

물론 이러한 자기 훈련 ─ 옛 전통에서 배우고 익히는 훈련이 예술가의 성장에서 필연 조건이라고 하더라도 예술가는 그의 자유를 유지할 수 있어야 한다. 그것은 모순된 조건의 융합을 필요로 한다. 명 대의 문신(文臣) 도륭(屠隆)의 『고반여사(考槃餘事)』에 나오는 말 ─ 그림은 꽃과 같은 대상물의 흡사한 재현을 의도할 수도 있고 그렇지 않을 수도 있는데, 이것을 적절하게 선택 평가하는 것은 높은 경지의 관점에서만 가능하다는 말은 이러한 통찰을 담은 말이라고 할 수 있다.

9

앞에 언급한 힘에 대한 비유는 자연 현상에서 취한 것이다. 거기에는 맹수가 흔히 등장하지만, 바람, 구름, 연무, 하늘과 땅 등의 사람의 환경에서 오는 사항이 비유의 수단이 된다. 이것은 다른 수사적 비유, 특히 시에서 두드러진 것이다. 자연은 언제나 직접적인 효력을 갖는다. 그러면서도 그것들이 인생의 교훈을 위해서 동원된다는 점에서 자연의 현실이 적지 않고 감추어지게 된다는 것도 사실이다. 역시 보다 직접적으로 호소력을 가질 수 있는 것은 훈계나 인생 태도에 대한 잠규(箴規)를 감추어 가진 것이 아니라 인생이나 자연의 원리를 직관에 따라 또는 성찰의 소득으로서, 될 수 있으면 그대로 말한 것이다. 맹자의 말 호연지기가 정의나 윤리를 추진하는 힘에 관계되는 것으로 설명된다는 것은 앞에서 말한 바이다. 이것은 다시 소식(蘇軾)이 쓴 비문 「조주한문공묘비(潮州韓文公廟碑)」에 인용되어 있고, 김종영 선생의 족자는 이것을 인용한다. 그런데 인용된 소식의 비명의 특징은 그것을 단순한 활달한 기운이나 그것의 정치적 의의에 관계없이 설명한다는 점이다. 여기에서 "호연지기"는 범상한 것 가운데에도 있고(寓於尋常之中) 천지간에도 가득한 것(塞乎天地之間)으로 말해진다. 그런데, 앞에서 본 바, "浩然如水之流不可止也"──호연이란 물과 같다고 할 때 그것은 우리의 마음을 한결 누그러뜨린다. 그것은 적어도 일단은 단순히 자연을 말한다. 소식의 관찰은 감각적 현실을 그대로 재현한 것은 아니면서도, 있는 그대로의 자연의 일체성에 대한 느낌과 관찰을 담고 있다. 그리하여 조금 전에 말한 바와 같이, 교훈의 상투성을 피하게 된다.

그런데 자연스러운 느낌과 생각의 표현은 도덕적 산문보다 시에서 더 자주 볼 수 있다. 적어도 직접적으로는 시와 교훈은 양립하지 않는다. 시가 자연을 말할 때 그것은 사람의 감각에 그대로 열려 있는 자연을 말한다.

그러면서 물론 숨은 뜻을 피하기는 쉽지 않다. 그리고 그것은 당연한 일이다. 특히 동양의 시에서 이것은 정신적 자세에 대한 함의를 갖는다. 그러면서도 이 함의는 깊이 감추어 있는 것이라야 한다. 김종영 선생이 1973년의 중양절(重陽節)에 맞추어 서예로 옮긴, 송 대(宋代) 유학자 소강절(邵康節)의 시 「청야음(淸夜吟)」은, 이러한 여러 면에서, 다른 사변적인 시에 비하여 청신한 느낌을 준다.

달은 중천에 떠 빛나고	月到天心處
바람은 물위에 불어오네	風來水面時
이와 같은 맑고 서늘한 맛을	一般淸意味
아는 사람 그리 많지 않으리	料得少人知

여기의 이미지, 달, 바람, 물, 맑은 하늘 등은 상투적인 것이라고 할 수 있고, 또 끝 두 번째 줄, '너는 모르지' 하는 말이 풍기는 자만심에도 불구하고, 자연과 마음의 '맑은 의미'를 적절하게 전달한다. 앞에서 김종영 선생의 1970년대 초의 서예가 상당히 교훈적 성격의 내용을 가지게 된다고 하였지만, 이러한 청신한 시를 적은 것이 없는 것은 아니다.

10

1974년의 서예 작품들을 보면, 김종영 선생은 일단의 깨우침의 고지에 다다랐다는 느낌을 준다. 이해의 작품 수는 다른 해에 비하여 조금 줄어들었다. 신정(新正)에 쓰인 것으로 되어 있는 족자는 『채근담』 「한적(閑適)」에 나온 문장을 적은 것으로, "어려움을 당해도 근심하지 않지만 즐거운 때를 당하면 염려한다."는, 마음의 평정(平靜)의 한결같음을 말한 것이다. 봄에 쓰인 첫 작품은 『장자』「제물론(齊物論)」 끝에 나오는 유명한 호접몽(胡蝶夢)을 적은 것이다. 장자가 나비가 된 꿈을 꾸었으나 혹 나비가 장자의 꿈을 꾼 것일지도 모른다는 것은 현실과 환상이 교차하는 삶의 불확실성을 긍정적으로 받아들인 것이다. 제 나름의 이치로 움직이는 세계를 그대로 받아들이는 것으로의 물의 이미지 ―"浩然如水之流", 넓은 기운이 물과 같다는 데 나오는 이미지가 다시 한 번 족자에 반복된다. 정이(程頤)의 문인이었던 여여숙(呂與叔)의 「극기명(克己銘)」은 『논어』의 "극기복례(克己復禮)"에 대한 주석이라고 하지만, 족자에 나오는 문자, "일일지언 막비오사(一日至焉莫非吾事)" ―"일단 (인(仁)에) 이르면 세상일로서 자신의 일이 아닌 것이 없다."는 말은 대긍정의 표현으로 받아들일 수 있을 것이다. 지금 의존하고 있는 서예 목록에는 "괴음(槐陰)"이라고 크게 적은 글씨가 있는데, 출전이나 의미가 불분명한 것이라는 주석이 있다. 앞에 말한 다른 서예 내용에 비추어 본다면, 모든 것이 회나무의 그늘 ―즉 하나의 덕(德)의 그늘 아래 있다는 긍정의 표현으로 취할 수 있을 것 같다.

이러한 느낌에 비슷하게, 1975년의 초파일에 쓰인 『장자』 외편(外篇)「천도」에 나오는 글은 천도를 감탄하는 장자의 말을 적은 것이다. 만물이 부서지고 또는 만물에 은덕이 주어져도 의(義)나 인(仁)의 기준을 들어 탓하지도 기리지도 않고, 동(動)과 정(靜) 사이를 순환하는 우주의 진리를 받아들이는 것이 사람이 취해야 하는 마땅한 태도이다. 그렇게 하여 마음을 하나로 하여 중심을 잡고 있으면, 천하를 승복하게 할 수 있다. ―장자는 이렇게 말한다. 이런 원리에서 볼 때 세상에 못마땅한 일이 있다 하여도 거기에 대처하는 방안은 원리의 정당함을 믿고 기다리는 것이다. 만사는 결국 천지의 이치에 따라서 운행되게 마련이다.

당 대(唐代)의 서예가 온정균(溫庭筠)의 운필론(運筆論)인 『서보(書譜)』에서 따온 글은 필법과 인간의 성숙에 관한 글이라고 할 수 있지만, 그것은 또한 기다림의 자세를 말한 것이라고 할 수 있다. 이 글은 인생의 바른 진로에 대한 공자의 말에서 시작하는데, 우선 나이에 따른 공자의 인생 처방 가운데에서도 50, 70세 나이만을 이야기한 데에 주목할 수 있다. 언급된 것은 50에 지천명(知天命)하고 70에 종심(從心)한다는 것이다. 중요한 것은 성숙해지는 것이다. 평안하고 험한 것을 다 같이 아우를 수 있는 경지에 이르는 것이다.(故達夷險之情) 그런 연후에는 정황을 저울질하면서 변하는 법을 익히고, 생각하고 움직이고, 움직임이 중심을 잃지 않고, 기회에 맞추어 말을 하고, 말이 이치를 벗어나지 않게 한다.(體權變之道 亦猶謀而後動 動不失定時然後言 言必中理矣.)

이러한 것은 여러 사정의 요동 가운데에서도 마음과 삶의 평정을 유지하자는 것인데, 그것은 결국 수양의 결과로 이루어지는 것이다. 1975년에도 이한의 「창려문집서」에 나오는 글은 도를 닦는 수단이라는 말이 되풀이하여 족자에 쓰이고, 다른 한편으로 그림 그리면서 늙어 가는 것을 잊었다는 두보의 조패(曹霸)를 위한 글이 되풀이하여 나온다. 이한의 모토에 두보의 말을 연결하면, 그림은 도를 닦는 방법이라는 말이 된다. 그러나 마음을 허정(虛靜)하게 하고 고정하여 평안을 얻는 것은, 적어도 예술가에게는, 세상의 아름다움에 마음을 여는 수단이라고 할 수도 있다. 앞에서도 말한 바와 같이 시는 특히 이 열림의 매체이다. 1976년의 족자에는 시가 여러 편이 쓰여 있다. 지금 여기의 글은 주로 연도별로 구분한 작품 목록에 의지하여 쓰고 있는데, 이 연도별 목차에 기재되지 않은 시도 김종영 선생의 족자에 실린 것이 적지 않다. 그러나 연도별 목차에 나온 것을 몇 편 살펴볼까 한다.

한시를 특히 많이 텍스트로 쓴 김종영 선생의 1976년의 서예 작품 중에서 남북조(南北朝) 시대의 학자 범중엄(范仲淹)의 「악양루기(岳陽樓記)」는 특히 자연의 아름다움을 교훈을 첨가하지 않고 노래한 시이다.

화창한 봄날에 주변이 훤하고 아름다우며	春和景明
물결이 일지 않아 잔잔하면,	波瀾不驚
위아래가 모두 하늘빛으로	上下天光
온통 한결같이 푸르네.	一碧萬頃
물가에는 갈매기들 날아들고,	沙鷗翔集
비단 빛의 물고기들 헤엄쳐 다니며	錦鱗游泳
언덕의 향초와 물가의 난초가	岸芷汀蘭
푸릇푸릇 향기를 피우네.	郁郁青青
이따금 길게 뻗은 안개가 하늘을 가득히 덮고	而或長煙一空
밝은 달빛이 천 리까지 비추는데,	晧月千里
달빛 받은 물결은 금색으로 일렁이고,	浮光躍金
고요한 달그림자는 물에 잠긴 구슬 같네.	靜影沈璧
그곳에 어부들이 주고받는 노랫소리 울려 퍼지니,	漁歌互答
이 즐거움이 어찌 끝이 있으리.	此樂何極

또 한 사람의 남북조 시대의 문인 심약(沈約)의 시 「장가행(長歌行)」도
자연을 노래한 시이다. 이 시는 범중엄의 시에 비하여, 적어도 첫 부분에서
시각을 조금 더 작은 자연에 돌린다고 할 수 있다.

정원에는 해바라기 푸릇푸릇	青青園中葵
아침 이슬 햇살에 사라지네	朝露待日晞
봄볕이 따스한 은혜 베푸니	陽春布德澤
만물이 반짝반짝 생기 도네	萬物生光輝

위 구절에서 작은 자연이란 해바라기라든가 아침 이슬이 햇살에 사라진다거나 하는 모습을 두고 한 말이다. 그러나 이것은 다음 전결(轉結) 부분에서, 배경의 큰 자연이 된다. 화초를 보면서도 계절이 바뀌고 잎이 시드는 것을 생각하지 않을 수 없는 것이 자연의 이치이다.

늘 두려운 것은 가을철이 닥쳐와서	常恐秋節至
말라 버린 꽃과 잎이 시들어짐이다	焜黃華葉衰

위의 구절 다음에는 훈화와 같은 시상이 표현된다.

온 냇물 동으로 흘러 바다에 가고 나면	百川東到海
어느 때에 서쪽으로 다시금 돌아올까	何時復西歸
사람도 젊었을 때 노력하지 않으면	少壯不努力
늙어서는 그저 오로지 슬픔뿐이라네	老大徒傷悲

마지막 부분은 노후 대책을 세워야 한다는 교훈으로서 조금 진부한 감이 들지만, 봄빛 속의 꽃을 보고 그것만이 생명 현상의 전부가 아니라는 생각은 일어날 수 있는 것이라고 할 수 있다. 햇빛에 말라 버리는 이슬이 그것을 나타낸다고 할 수도 있다. 햇빛은 초목을 자라게 하면서 동시에 이슬을 말린다. 결구(結句)에 이르기 전 냇물의 이야기는 시간의 흐름을 말하는 것이면서 동시에 자연 현상을 가리킨다. 해바라기가 피는 곳 곁에 흐르고 있는 냇물을 말한 것인지도 모른다. 전체적으로 꽃이 피어난 것을 기쁘게 생각하는 마음에는 의식하든 아니하든 계절의 흐름에 대한 생각, 그러니까 시간의 흐름에 대한 생각이 스며들어 있다. 그리하여 약간의 무리가 있는 대로, 단순한 자연 묘사에 첨가된 이러한 철학적 성찰은 시에 깊이를

더한다.

　어떤 경우에나 동양의 시 전통에서 자연 묘사는 대체로 큰 자연의 배경을 환기하는 것이 된다. 사실 어떤 전통에서나 자연은 그것대로 감각적 기쁨의 원천이면서 동시에 존재의 전체에 대한 철학적 직관에 이르는 길잡이가 된다. 다만 동양 시의 전통에서 이것이 지나치게 상투화된 주제로 환원될 경우가 많은 것이 유감이라고 하겠다.

　예술과 철학의 주제로서 자연이 등장하는 경우, 그것은 대체로 인간세를 에워싸고 또 그것을 압도하는 자연을 말하는 것이 된다. 인간은 그러한 자연의 품에 안김으로써 비로소 그 실존적 뿌리를 찾는다. 그러나 예술에서 자연은 인간과 나란히 존재하는 동반자처럼 비치기도 한다. 가령 송 대(宋代)에 화제(畵題)로 등장한 소상팔경(瀟湘八景)과 같은 것은 자연과 함께 그 안에 적응하여 일상적 삶을 사는 사람의 모습을 그대로 수용하는 그림들이다. 그중에 「산시청람(山市靑嵐)」과 같은 것은 산 근처의 저자[市場]의 모습을 포함하는 그림이다. 김종영 선생의 서예 작품에 나오는 자연은 대체로는 정신적 가치와의 관계에서 생각되는 자연이지만, 그렇다고 그러한 제한으로부터 풀려나 있는 시가 없는 것은 아니다. 소식의 「서왕정국소장연강첩장도왕진경화(書王定國所藏煙江疊嶂圖王晉卿畵)」를 적은 1976년의 서예 작품 병풍은 자연이나 인간세에 대한 메시지가 없이 두 요소를 나란히 담고 있는 글이다. 첫 10행은, "강 위에 어린 수심 첩첩 쌓인 산봉우리/ 허공에 뜬 푸른빛이 구름과 안개 같구나(江上愁心天疊山/ 浮空積翠如雲蓮)"로부터 시작하여 산, 절벽, 골짜기, 계류(溪流), 숲, 돌 등 산의 모습을 그린 그림, 왕진경(王晉卿)의 그림을 이야기한다. 그런데 그림에서 산기슭이 끝나고 냇물이 잔잔한 곳에 작은 다리와 시골 주막이 있다. 그리고 행인들이 높은 숲 밖으로 빠져나가는 모습이 보인다. 강물에는 고깃배 한 척이 떠 있다. 시인은 이런 곳이 어디에 있는가 묻고 그곳에 2경(頃)의 밭이라도 사고 싶다고 하고, 자신을 동파(東坡) 선생이라고 부르면서, 일찍이 자신이 그림에 그려져 있는 곳과 비슷한 무창(武昌)과 번구(樊口)에서 살았노라고 말한다. 그다음은 다시 풍경을 말하는데, 그것은 그림에 있는 것인지 자신이 살던 곳을 회상하는 것인지 확실치 않다.

봄바람 강물을 흔들고 하늘은 고요한데	春風搖江天淡淡
비 걷힌 저문 구름에 산 풍경이 곱디곱구나	莫雲卷雲山姸姸
단풍 숲 까마귀는 날아서 물가에 맴돌고	丹楓翻鴉伴水宿
큰 수나무에서 떨어진 눈은 낮잠을 깨우네	長松落雪驚晝眠
복숭아꽃 흐른 물 이 세상에도 있으니	桃花流水在人世
무릉도원 어찌하여 신선계에만 있으랴	武陵豈必皆新船

동파는 이렇게 좋은 자연을 이야기한 다음, 위의 마지막 구절에서 무릉도원이 따로 있는 것이 아니라 이 세상에도 있다는 말로 자연의 풍경화를 끝맺는다.

김종영 선생의 작품에 이 소동파의 시의 마지막을 따서, 칠언절구가 되게 하여 족자에 쓴 것이 있다.("桃花流水在人世 武陵豈必皆神仙") 선생은 소식이 그린 자연과 인간의 낙원에 대하여 강한 동의를 보냈던 것으로 보인다.

11

그러면서도 물론 이러한 무릉도원이, 소동파에게는 몰라도 김종영 선생의 입장에서는, 현실에 존재하는 것이라고 할 수는 없다. 그것은 하나의 비전(vision)일 뿐이다. 그것은 탐구의 결과로 얻어진다. 김종영 선생이 작고한 것은 1982년이다. 그러나 서예 목록에 연대를 가려 기록된 서예 작품은 1979년으로 끝난다. 1977년으로부터의 작품들을 보면, 얼마 되지는 않지만, 이때의 작품들을 두고 세 가지의 분류가 가능할 것으로 보인다. 경전에서 나오는 텍스트의 윤리 도덕의식, 무(無)의 진리와 그 고뇌, 그리고 자연의 예술적 재현을 통한 현실 긍정 ── 이러한 분류가 가능하다는 말이다. 이것은 그의 생애 전반에 걸친 예술적 탐구에서 발견할 수 있는 주제들의 변주이다.

경전에 속하는 것으로는 우선 『도덕경』이 있음에 주목할 수 있다. 그것은 선(善)이나 미(美)가 하나의 정의로서 파악될 수 있는 것이 아니며 사실 언어로써 표현될 수 있는 것이 아니라는, 진리 인식의 열림을 강조한다. 난이(難易), 장단(長短), 고하(高下), 전후(前後) 등은 상대적인 또는 상생적(相生的)인 개념일 뿐이다. 그중에도 중심적인 개념은 유위(有爲)와 무위(無爲)이다. 물론 근본은 무위에 있다. 일정하게 정해질 수 있는 확실한 진리를 부정하면서도, 다른 한편으로 탐구는 지속되어야 한다. 1978년 만년의 작품으로 놀라운 것은 유학에서 기초가 되는 『대학(大學)』이 등장하는 것이다. 큰 액자에 작은 글씨로 쓰인 대학의 텍스트는 명명덕(明明德), 친민(親民), 그리고 재지어지선(在止於至善)의 가르침에서 시작하여 수신제가치국평천하(修身齊家治國平天下)에 이르기까지의 강령을 전부 포함한다. 여러 가지 들고 남이 있었음에도 불구하고, 대학으로 돌아간 것은 유학의 기본을 확인할 필요를 느낀 것이라고 할 수 있다.

다른 한편으로 유학의 경우와는 달리, 삶과 세계의 진리를 공식화할 수 없다는 노장적 사상도 김종영 선생은 재확인할 필요가 있었던 것 같다. 기독교의 부정의 신학(否定神學)은 공식(公式)이 되어 버리는 진리를 거부하면서도, 탐구하여야 하는 진리를 부정하지는 않는다. 노장 사상에 있어서도 부정의 되풀이가 진리의 실재 가능성을 부정하지 않는다. 그것은 오히

려 가장 포괄적인 진리의 존재를 확인하려는 노력이라고 할 수 있다. 앞에
말한 『도덕경』의 개념과 명재의 상대성 또는 상생성에 대한 주장도 이러
한 관점에서 이해할 수 있다.

그런데 김종영 선생의 마지막 작품들에서 눈에 띄는 것은 당나라 때의
스님인 한산(寒山)의 「등척한산도(登陟寒山道)」에서 나온 텍스트이다. 한산
이 표현하고 있는 것은 노장의 경우보다도 강한 진리 부정주의(negativism)
이다. 그리고 한산이 말하려는 것은 단지 진리가 알기 어렵다는 것이 아니
라 거기에 이르는 길이 험난하다는 것이다. 그러니까 그것은 진리의 어려
움에 더하여, 그에 이르는 탐구의 역정의 험난함을 강조한 것이다.

길 따라 한산을 오르려 하는데	登陟寒山道
한산 가는 길 끝없이 이어졌네	寒山路不窮
계곡에 돌무더기 총총이 쌓여 있고	溪長石磊磊
냇가엔 잡초들이 총총이 자라 있네	澗闊草濛濛
이끼가 미끄러운 건 비 온 탓이 아니요	苔滑非關雨
소나무 우는 것도 바람 탓이 아니라네	松鳴不假風
누가 감히 속세의 구속 벗어나서	誰能超世累
흰 구름 가운데서 함께 앉을런고	共坐白雲中

한산으로 가는 길이 어려운 것은 길에 돌무더기 쌓이고 잡초들이 자라
고 이끼가 미끄럽고 이상한 바람 소리가 나기 때문이다. 즉 자연의 험난
함이 거기에 있는 것이다. 그것은 고행의 길이다. 그러나 그 길이 어려운
것은 다른 이유 때문이기도 하다. 길의 본질이 그러한 것이다. 위의 시는
그 길이 끝나지 않는 길이라고 한다. 다른 한산시(9편)에 의하면, "사람들
이 한산으로 가는 길을 묻지만, 한산에는 길이 통하지 않는다.(人間寒山道

寒山路不通.)"² 그런데 이 한산시에 의하면, 길이 어려운 것은 얼음이 덮여 있고, 안개에 덮이고 한다는 점에도 있지만, 마음이 그 편으로 뚫리지 않았기 때문이다. 그리하여 한산자(寒山子)는 길을 묻는 자에게 그의 마음이 자기 마음과 같았더라면, 길을 알 수 있었을 것이라고 말한다.(君心若似我 還得到其中.)

그런데 앞의 시에서 이끼가 미끄럽고 소나무 우는 소리가 바람 탓이 아닌 것은 무슨 이유인가? 그것은 새로 길을 오는 사람이 그것들에 익숙하지 않았다는 것을 말하는 것일 수 있다. 한산시 20번째의 시에 보면, 솔바람 소리가 좋고 잘 들어 보면 더 좋다는 말이 있다.(微風吹幽松 近聽聲愈好) 이 시에서 그러한 소나무 아래에 한 노인이 노자와 장자를 읽고 있다. 소나무는 바람 소리에도 울지만, 듣는 사람의 마음에 따라서 달리 들린다고 할 수 있다. 이러나저러나 한산도가 한산자처럼 어름 길이 놓인 굴에서 살며 풀과 열매로 목숨을 이어 가는 사람의 도(道)를 말한다고 한다면, 그 길이 쉬울 수는 없다. 수양하는 사람은 그것에 익숙해져야 한다. 길이나 소나무 울음소리도 마찬가지이다.

「등척한산도(登陟寒山道)」는 1976년과 1977년에 그림을 곁들인 스케치로, 길고 짧은 족자 글씨로 다섯 개의 작품이 되었다. 김종영 선생에게 깊이 호소하는 바가 있었을 것으로 생각한다. 다시 말하건대, 그 핵심은, 그 가장 짧은 족자에 나와 있듯이, "寒山路不窮"——그 길이 한없다는 것이었던 것 같다. 그러나 다른 한편으로 김종영 선생은 수도승은 아니었다. 한편으로 정신적 추구를 떠나지 않으면서 그는 인간세에서 가능한 아름다움과 깨달음의 순간——아름다움의 깨달음을 포함하는 깨달음의 순간이 있음을 잊지 않았다. 앞에서 우리는 1970년에 쓰인 옹유등의 「송승유산」을 언

---

2   김달진(金達鎭) 역주, 『한산시(寒山詩)』(홍법사, 1986), 9편.

급하였다. 그것은 영산(靈山)을 찾던 스님이 그의 방황의 끝에 옷에 떨어지는 눈을 본다는 내용의 시였다. 이 시는 1979년에 다시 한 번 스케치가 들인 서예 작품이 된다.

자연의 진실 그리고 정신의 구도자가 얻는 비슷한 보상은 주돈이(周敦頤)의 「애련설」에 적절하게 표현되어 있다.

진흙에서 나오고도 때 타지 않고, 맑은 물로 씻어 내도 요염하지 않으며, 몸속은 비어 있고 겉모습은 반듯하며 덩굴도 뻗지 않고 가지도 치지 않으며, 향기는 멀어질수록 더욱더 맑아지고, 우뚝 솟아 정정하게 서 있으니, 멀리서 바라볼 수는 있어도 함부로 대할 수는 없구나.

出淤泥而不染 濯清漣而不妖 中通外直 不蔓不枝 香遠益清 亭亭淨植 可遠觀而不可褻翫焉.

고고한 정신을 잃어버리지 아니하면서 인간세에 이룰 수 있는 아름다움의 상징으로 연꽃은 불교에서나 성리학자 주돈이에게나 가장 좋은 상징이 된다. 이것은 김종영 선생에게도 마찬가지였던 것이다. 그의 서예를 통해서 지금까지 살펴본 결과가 이것을 증명하리라고 생각한다. 「연화설(蓮花說)」은 그가 타계하기 3년 전 그리고 「서예 작품 목록」에 의하면, 마지막 서예 작품이다.

(2015년)

영상과 장소 —— 박재영의 설치 미술에 대한 반성, 《포에티카》 제2호(1997년 여름호)

광주비엔날레와 그 짜임새, 광주비엔날레 공청회 발표문(1996년 6월)

하노버 엑스포와 쿠얀 불락의 양탄자 직조공, 『하노버 세계 엑스포 한국관의 문제점과 대안』(문화개
혁을위한시민연대, 2000)

행복의 추구와 문화 —— 두 개의 다비드상, 《대산문화》 제12호(2004년 여름호); 『시대의 흐름에 서서』
(생각의나무, 2005)

삶의 현실과 초현실 —— 황규백 화백의 작품 읽기, 《현대문학》 제599호(2004년 11월호)

사물의 시 —— 릴케와 그의 로댕론, 《예술논문집》 제47호(대한민국예술원, 2008)

물질적 세계의 상상력 —— 화폭 속에 함축된 근원적 서사: 오치균 화백론, 『김우창과 김훈이 보는 오
치균의 그림 세계』(생각의나무, 2008)

기념비적 거대 건축과 담담한 자연, 《눈》 제2호(광주비엔날레, 2010)

사물과 서사 사이 —— 강연균 화백론, 강연균, 『강연균 작품집』(열화당, 2007)

차이성의 장소로서의 예술 —— 이우환 화백론, 《현대문학》 제574호(2002년 10월호)

예술, 정신, 자연 —— 우성(又誠) 김종영 각도인(刻道人)의 서예와 고전 전통, 《예술논문집》 제54집
(2015)

김우창

1936년 전라남도 함평 출생. 서울대학교 문리과대학 정치학과에 입학해 영문학과로 전과했다. 미국 오하이오 웨슬리언대학교를 거쳐 코넬대학교에서 영문학 석사 학위를, 하버드대학교에서 미국 문명사 박사 학위를 취득했다. 서울대학교 영문학과 전임강사, 고려대학교 영문학과 교수와 이화여자대학교 학술원 석좌교수를 지냈으며 《세계의 문학》 편집위원, 《비평》 편집인이었다. 현재 고려대학교 명예교수, 대한민국예술원 회원으로 있다.

저서로 『궁핍한 시대의 시인』(1977), 『지상의 척도』(1981), 『심미적 이성의 탐구』(1992), 『풍경과 마음』(2002), 『자유와 인간적인 삶』(2007), 『정의와 정의의 조건』(2008), 『깊은 마음의 생태학』(2014) 등이 있으며, 역서 『가을에 부쳐』(1976), 『미메시스』(공역, 1987), 『나, 후안 데 파레하』(2008) 등과 대담집 『세 개의 동그라미』(2008) 등이 있다. 서울문화예술평론상, 팔봉비평문학상, 대산문학상, 금호학술상, 고려대학술상, 한국백상출판문화상 저작상, 인촌상, 경암학술상을 수상했고, 2003년 녹조근정훈장을 받았다.

김우창 전집 9

사물의 상상력과 미술

1판 1쇄 찍음 2016년 8월 12일
1판 1쇄 펴냄 2016년 8월 26일

지은이   김우창
발행인   박근섭·박상준
펴낸곳   (주)민음사

출판등록 1966. 5. 19. 제16-490호
주소   서울시 강남구 도산대로 1길 62(신사동)
           강남출판문화센터 5층 (우편번호 06027)
대표전화 515-2000 | 팩시밀리 515-2007
홈페이지 www.minumsa.com

ⓒ김우창, 2016. Printed in Seoul, Korea

ISBN   978-89-374-5549-0 (04800)
ISBN   978-89-374-5540-7 (세트)